楚辞「離騒」を読む

――悲劇の忠臣・屈原の人物像をめぐって――

矢田尚子　著

東北大学出版会

Revisiting *Li Sao in Chu Ci* :
On the Figure of Qu Yuan, the Tragic Loyal Subject

Naoko YATA

Tohoku University Press, Sendai
ISBN978-4-86163-300-3

本書は「第 11 回東北大学出版会若手研究者出版助成」(2014 年)の
制度によって刊行されたものです。

目　次

序章

1 「楚辞《そじ》」とは

本書で取り上げようとする「楚辞」とは、本来、中国の戦国時代（前四〇三－前二二一）に、長江中流域の楚の国で生まれたとされる韻文様式の文学ジャンルのことである。しかし現在では一般的に、楚辞作品を集めた書物としての『楚辞』や、そこに収められる作品を指すことが多い。

現在、我々が見ることのできる書物としての『楚辞』は、戦国時代後期から後漢（二五－二二〇）にかけて作られたとされる楚辞作品、すなわち「離騒《りそう》」「九歌《きゅうか》」「天問《てんもん》」「九章《きゅうしょう》」「遠遊《えんゆう》」「卜居《ぼくきょ》」「漁父《ぎょふ》」「九弁《きゅうべん》」「招《しょう》魂《こん》」「大招《だいしょう》」「惜誓《せきせい》」「招隠士《しょういんし》」「七諫《しちかん》」「哀時命《あいじめい》」「九懐《きゅうかい》」「九歎《きゅうたん》」「九思《きゅうし》」の十七作品に、後漢の王逸《おういつ》という人物が注をつけて著した『楚辞章句《そじしょうく》』十七巻がもとになっている。

そしてこの『楚辞』は、北（黄河流域）の『詩経《しきょう》』、南（長江流域）の『楚辞』といわれるように、中国詩歌文学の源流である『詩経』と並び称され、後世の文学作品に多大な影響を与え続けてきた。

『詩経』は、周代初期（前十一世紀）から春秋時代中期（前七世紀）までの詩を集めた中国最古の詩集であり、収録されている詩の多くは本来、素朴な古代歌謡であったと考えられる。しかし、儒教の祖である孔子《こうし》が、各国で採集された三千余篇の詩の中から三百余篇を厳選して『詩経』を編纂したと伝えられることから、それらの詩には、「聖賢の深遠なる教えが込められている」という前提のもとに解釈が施され、前漢期（前二〇二－後八）以降は儒家の経典、知識人の必読書となった。

一方『楚辞』も、経典化されるまでには至らなかったものの、それに近い扱いを受けてきた。『楚辞章句』を著した王逸は、首章に収められた「離騒」を「離騒経」と呼んで経典と見なし、「九歌」以下の諸篇をその「離騒経」の解釈に当たる「伝」と見なして「離騒伝」と呼んだ。『詩経』の詩篇と同様、「離騒」にも教訓が詠み込まれているとして経典視したのである。そして、その教訓を詠み込んだのは、戦国時代後期の楚国に生きた屈原《くつげん》という人物であるとされている。彼に関しては、前漢の司馬遷《しばせん》の『史記《しき》』に伝があり、それによれば、屈原は楚国の貴族として生まれ、有能な側近として懐王《かいおう》に仕えたが、彼の才能を妬《ねた》む者の讒言《ざんげん》に遭《あ》って王に疎《うと》んじられ、その悲憤を「離騒」その他の楚辞作品に詠み込んだという。

『史記』のこの記述をふまえ、王逸は上記の楚辞作品のうち「離騒」「九歌」「天問」「九章」「遠遊」「卜居」「漁父」を屈原の作品であるとし、[*1]それ以外の作品についてもすべて屈原に関連づけて理解するように注釈をつけて『楚辞章句』を編纂した。そして『楚辞』諸篇には、楚王に忠誠を尽くしながらも報われることなく、悲運の人生を送った忠臣屈原の悲憤と教訓が込められていると見なし、「離騒経」「離騒伝」と呼んだのである。その後、この王逸『楚辞章句』が『楚辞』の最も古い注釈書として生き残ることとなったため、近代に至るまで、『楚辞』の作品は、屈原という人物と強く結びついた形で理解されてきた。

2　問題の所在

(1)『史記』屈原伝と楚辞解釈

上述のような『楚辞』諸作品の理解に対して、近代以降、そうした旧来の解釈を見直すべきだという意見が現れはじめる。

民国期（一九一二－一九四九）における白話文学《はくわぶんがく》（口語文を使用した、民衆のための新たな文学）の提唱者として知られる胡適《こせき》（一八九一－一九六二）は、『史記』屈原伝の記述の信憑性に疑問を投げかけることによって、それを拠り所とする伝統的な『楚辞』解釈の方法に異議を唱えた。

胡適は、前漢武帝期（前一五六－前八七）の末年に死んだ司馬遷が知るはずのない前漢の昭帝《しょうてい》（前九四－前七四）の諱《いみな》が記されていること、楚の懐王に疎んぜられて職位を追われたはずの屈原が、使者として斉《せい》の国に赴いたり、懐王に諫言《かんげん》したりしたと記されていることなど、記述に多くの矛盾点があることを根拠として、『史記』屈原伝は信頼できないとする。そして、屈原伝に記されているのは「伝説の屈原」であり、「儒教化した楚辞解釈」をもとにして漢代に作られた「複合物」であると断じたのである。

その上で胡適は、『楚辞』諸作品を「伝説の屈原」から切り離し、漢代の価値観に基づく伝統的解釈から脱却すべきであると主張した。[*2] 彼のこの問題提起はその後、屈原という人物が実在したか否かをめぐる議論を引き起こしたのであるが、[*3] 彼が提案したような方法論が実際に『楚辞』の作品解釈に適用されるまでには至らなかった。

ところが近年になって再び、伝統的な解釈を退け、『楚辞』の諸作品を新たな視点から解釈し直そうという動きが起こりつつある。

たとえば台湾の許又方《きょゆうほう》は、「離騷」の作者をめぐる議論から浮かび上がってきた「作者の不確定性」という問題をふまえた上で、テクスト理論や読者反応論といった、近代文学理論に基づいて「離騷」を読み直すことを提案している。[*4]

また日本の小南一郎《こみなみいちろう》も、『楚辞』の初期の作品が作られた当時には近代的な意味での「作者」という観念は未発達であったとして、屈原を作者とする伝統的な解釈からの脱却を訴えている。[*5]

上述したように、「離騷」をはじめとする『楚辞』のいくつかの作品の作者および主人公を屈原と見なす伝統的な解釈は、『史記』屈原伝の記述に基づいてなされている。しかしながら、その屈原伝を改めて見てみると、秦《しん》国との外交に失策を重ねる楚国の様子を記した文章と、「漁父」「懐沙」といった楚辞作品の引用によって記述の大部分が占められており、屈原本人の言動を記した箇所がごくわずかであることに気づく。

試みに、屈原本人の事跡が書かれている箇所を中心に、以下に抜き出してみよう。[*6]

屈原伝では、はじめに、屈原が内政外交に優れた手腕を発揮し、側近として懐王の信任を得ていたことが述べられる。

> 屈原者、名平、楚之同姓也。為楚懐王左徒。博聞彊志、明於治亂、嫻於辭令。入則與王圖議國事、以出號令、出則接遇賓客、應對諸侯。王甚任之。（屈原《くつげん》は、名《な》は平《へい》、楚《そ》の同姓《どうせい》なり。楚《そ》の懐王《かいおう》の左徒《さと》と為《な》る。博聞彊志《はくぶんきょうし》にして、治亂《ちらん》に明るく、辭令《じれい》に嫻《なら》う。入《い》りては則《すなわ》ち王《おう》と國事《こくじ》を圖議《とぎ》して、以《もっ》て號令《ごうれい》を出《い》だし、出《い》でては則《すなわ》ち賓客《ひんきゃく》を接遇《せつぐう》して、諸侯《しょこう》に應對《おうたい》す。王《おう》甚《はなは》だ之《こ》れに任《にん》ず。）

そして次に、屈原が彼を嫉妬する同僚の讒言に遭って王に疎まれ、そのことを憂えて「離騷」を作ったという説明がある。

上官大夫與之同列、爭寵而心害其能。懐王使屈原造為憲令、屈平屬草藁二未定。上官大夫見而欲奪之、屈平不與。因讒之曰、王使屈平為令、衆莫不知。毎一令出、平伐其功、曰以為非我莫能為也。王怒而疏屈平。屈平疾王聽之不聰也、讒諂之蔽明也、邪曲之害公也、方正之不容也、故憂愁幽思而作離騷。（上官《じょうかん》大夫《たいふ》　之《こ》れと同列《どうれつ》なれば、寵《ちょう》を争《あらそ》いて心《こころ》に其《そ》の能《のう》を害《にく》む。懐王《かいおう》　屈原《くつげん》をして憲令《けんれい》を造為《つく》らしめ、屈平《くっぺい》は草藁《そうこう》二《ふた》つを屬《つづ》りて未《いま》だ定《さだ》まらず。上官大夫《じょうかんたいふ》　見《み》て之《こ》れを奪《うば》わんと欲《ほっ》するも、屈平《くっぺい》は與《あた》えず。因《よ》りて之《こ》れを讒《ざん》して曰《いわ》く、「王《おう》　屈平《くっぺい》をして令《れい》を為《つく》らしむるは、衆《しゅう》　知《し》らざる莫《な》し。一令《いちれい》出《い》づるごと毎《ごと》に、平《へい》は其《そ》の功《こう》を伐《ほこ》りて、以為《おも》うに我《われ》に非《あら》ずんば能《よ》く為《つく》るもの莫《な》しと曰《い》うなり」と。王《おう》　怒《いか》りて屈平《くっぺい》を疏《とお》ざく。屈平《くっぺい》は王《おう》の聽《き》くことの聰《さと》からず、讒諂《ざんねい》の明《めい》を蔽《おお》い、邪曲《じゃきょく》の公《おおやけ》を害《そこな》い、方正《ほうせい》の容《い》れられざるを疾《にく》み、故《ゆえ》に憂愁幽《ゆうしゅうゆう》思《し》して「離騒《りそう》」を作《つく》る。）

この後に続くのは「信《しん》にして疑《うたが》われ、忠《ちゅう》にして謗《そし》らる。能《よ》く怨《うら》むこと無《な》からんや。屈平《くっぺい》の「離騒《りそう》」を作《つく》るは、蓋《けだ》し怨《うら》みより生《しょう》ずるならん（信而見疑、忠而被謗。能無怨乎。屈平之作離騒、蓋自怨生也）」という文をはじめとする、屈原や「離騒」に関する司馬遷個人の意見である。その中には「屈平《くっぺい》は道《みち》を正《ただ》し行《おこな》いを直《ただ》しくし、忠《ちゅう》を竭《つ》くし智《ち》を盡《つ》くして、以《もっ》て其《そ》の君《きみ》に事《つか》う（屈平正道直行、竭忠盡智、以事其君）」などとあるものの、そのように評価されるに至った屈原の言動を具体的に物語る出来事は記されていない。

そして、この後に縷々《るる》述べられているのは、楚が秦の謀略に陥って国土を失い、懐王が秦で客死するに至るまでの歴史的経緯である。その中で屈原本人の言葉として記されているのは、[*7]秦の恵王《けいおう》が差し向けた、連衡策《れんこうさく》で有名な張儀《ちょうぎ》に欺かれた懐王に対して発した「何《なん》ぞ張儀《ちょうぎ》を殺《ころ》さざる」と、懐王の入秦に反対して発した「秦《しん》は虎狼《ころう》の國《くに》なれば、信《しん》ずべからず。行《ゆ》くこと無《な》きに如《し》かず」の二箇所のみである。ところがこれらでさえ、前者はその前後の事情も含めて『史記』張儀伝には見えず、後者は『史記』楚世家《そせいか》においては、屈原ではなく昭雎《しょうしょ》という人物が発したことになっている[*8]。

懐王が秦で客死した後、長子の頃襄王《けいじょうおう》が即位し、末子の子蘭《しらん》が令尹《れいいん》となる。そして、懐王を死に追いやった張本人だとして、屈原が子蘭を憎んだこと、懐王の悔悟《かいご》を願ったが叶わなかったことなどが記される。

屈平既嫉之。雖放流、睠顧楚國、繫心懐王不忘、欲反、冀幸君之一悟、俗之一改也。其存君興國而欲反覆之、一篇之中三致意焉。然終無可奈何。故不可以反、卒以此見懐王之終不悟也。（屈平《くっぺい》既《すで》に之《こ》れを嫉《にく》む。放流《ほうりゅう》せらると雖《いえど》も、楚國《そこく》を睠顧《けんこ》し、心《こころ》を懐王《かいおう》に繫《か》けて忘《わす》れず、反《かえ》さんと欲《ほっ》し、君《きみ》の一《ひと》たび悟《さと》り、俗《ぞく》の一《ひと》たび改《あらた》むるを冀幸《こいねが》うなり。其《そ》の君《きみ》を存《そん》し國《くに》を興《おこ》して之《こ》れを反覆《はんぷく》せしめんと欲《ほっ》し、一篇《いっぺん》の中《なか》に三《み》たび志《こころざし》を致《いた》す。然《しか》れども終《つい》に奈何《いかん》ともすべき無《な》し。故《ゆえ》に以《もっ》て反《かえ》すべからずして、卒《つい》に此《これ》を以《もっ》て懐王《かいおう》の終《つい》に悟《さと》らざるを見《み》るなり。）

しかし「一篇《いっぺん》の中《なか》に三《み》たび志《こころざし》を致《いた》す」などとあることからもわかるように、これは司馬遷が「離騒」から「読み取った」屈原の心情だと言える。

この後、懐王の不明を批判する司馬遷の言葉を挟み、子蘭の策略によって屈原が頃襄王に疎まれて左遷されたことが述べられる。

令尹子蘭聞之大怒、卒使上官大夫短屈原於頃襄王。頃襄王怒而遷之。（令尹子蘭《れいいんしらん》之《こ》れを聞《き》きて大《おお》いに怒《いか》り、卒《つい》に上官大夫《じょうかんたいふ》をして屈原《くつげん》を頃襄王《けいじょうおう》に短《そし》らしむ。頃襄王《けいじょうおう》怒《いか》りて之《こ》れを遷《うつ》す。）

そして楚辞の「漁父」と「懐沙」の本文が引用され、最後に「是《こ》こに於《お》いて石《いし》を懐《いだ》きて遂《つい》に自《みずか》ら汨羅《べきら》に投《とう》じて以《もっ》て死《し》す」と、屈原の自死が記される。

以上のように『史記』屈原伝は、全体に比して屈原の事跡を記した文章の割合が少なく、屈原本人の政治的活躍や言動がほとんど記されていないのである。

このことについて小南一郎は「司馬遷が屈原伝を書くに際して独自の確かな資料はなにひとつ持っていなかったと考えても、あながち誤りではなかろう」とし、さらに次のように述べる。

屈原列伝は、屈原の伝記というよりも、秦の策謀術数の前に翻弄される楚の国のありさまを中心に描いているとも言えそうである。秦が繰り出してくる虚々実々の罠を見破って、それにかからぬように王を諫め宮廷に警告を発した人々が、昭睢をはじめとしてそれぞれの場合にいたであろう。楚の滅亡が確実になったとき、あるいは楚の滅亡ののち、楚の国の人々が過去の歴史に悔恨をよせ、国の進路を正すべく主君に忠告をした人として屈原という一人の人物像を生み出したと考えることができる。[*9]

「楚国の滅亡」という歴史上の出来事が、「暗愚な王とそれを諫めようとする忠臣の物語」として脚色される際に、「屈原」という人物像が生み出された、と考えれば、屈原の名が『史記』より古い文献に一切見られないことにも納得がいく。そして当然のことながら、そのようにして生み出された人物に関する確かな史料は存在しない。それゆえ司馬遷は屈原伝を書く際、彼自身が楚の地で耳にした屈原の「伝説」以外には、[*10]「離騒」「懐沙」といった、屈原作と「見なされる」楚辞作品、あるいは「漁父」のように屈原が登場人物となった楚辞作品を利用するしかなかったのであろう。換言すれば、『史記』屈原伝は「離騒」を屈原の自叙的作品として読み、「漁父」を王に疎外された屈原のエピソードの一つとして読み、そして「懐沙」を屈原の絶筆として読むことによって成り立っているのである。[*11]

したがって『史記』屈原伝に描かれた屈原像に沿って「離騒」を解釈する従来の方法は、循環論証的であると言わざるを得ない。こうした循環論証的な解釈から脱却するためには、屈原伝という付帯的な情報を捨象した上で、『楚辞』の諸作品そのものと向き合う姿勢が必要であろう。

ところが現在、屈原伝からの脱却を図ろうとする楚辞研究が盛んにおこなわれているかと言えば、そうではない。『楚辞』の研究が最も盛んな中国においては、いまだに屈原を楚辞作品の偉大な「作者」として英雄扱いし、その「作風」を称賛する研究が大多数であり、「屈原伝説」から脱却した解釈を試みようとする動きはほとんど見られない。こうした情況は、長い年月の間に『楚辞』と屈原伝説とがいかに強固に結びつき、複雑に絡みあってきたか、そして、それを解きほぐしていく作業がいかに困難であるかを物語っているだろう。

(2) 漢代の楚辞作品および王逸注と屈原像

『楚辞』と屈原伝説との強固な結びつきは、上述したように、屈原伝に沿った解釈の伝統から生まれているのであるが、それをさらに複雑なものにしているのが、収録作品と屈原との関係の多様性である。

まず、その内容から見て「九歌」「天問」「遠遊」「九弁」「招魂」「大招」「招隠士」は、明らかに、本来は屈原とは無関係であったが、後に屈原と結びつけて解釈されるようになった作品だと思われる。[*12] これらは単純に屈原伝説と切り離して解釈することが可能であり、実際に小南一郎はそれを試みている。[*13]

一方、『楚辞』には他にも「卜居」や「漁父」のように、屈原が登場人物になっている作品、「惜誓」「七諫」「哀時命」「九懐」「九歎」「九思」のように、屈原を叙述の主体として設定して詠んだと思われる漢代の楚辞作品が含まれている。これらは、いわば「屈原伝説から派生した作品」であるため、そもそも屈原と切り離して読むことは不可能である。したがって楚辞研究においては、屈原伝説との関係をふまえつつ、考察の対象とすべきである。

たとえば「卜居」と「漁父」は、いずれも屈原を登場人物とする対話形式の作品である。『卜居』は鄭詹尹《ていせんいん》という占い師と屈原との問答を、「漁父」は一人の漁師と屈原との問答を、いずれも第三者的な視点から語るという形式をとる。王逸『楚辞章句』は、これらをも屈原の作品としているのであるが、近年では、漢代の人々の手になるものだとする意見が大勢を占め、屈原の作品に較べて内容的に見るべきものがないとして、研究対象とされることは少ない。

しかし、これらを屈原の「作品」としてではなく、屈原という人物を描いた「物語」として読むならば、漢代に通行していた屈原像を写し取った「屈原伝説」の一つとして、楚辞研究における新たな資料的価値を見いだすことが可能である。そこには、屈原という人物に対して漢代の人々が抱いていたイメージが反映されていると考えられ、また、そのイメージの形成には、既存の楚辞作品が当時どのように解釈されていたかということが関係していると推測されるからである。

「惜誓」「七諫」「哀時命」「九懐」「九歎」「九思」もまた、漢人の作品として『楚辞章句』に収録されていること、加えて、「離騒」などの先行の楚辞作品を模倣した表現が多いことから、屈原の悲憤を真似た「無病《むびょう》の呻吟《しんぎん》」だとして軽視されている。

しかしながら視点を変えてみれば、これらにもまた、漢人が抱く屈原のイメージが表出されていることが予測される。

このように「屈原伝説」から派生した漢代の楚辞作品は、当時通行していた屈原像を内包していると考えられる。また、それらは『楚辞章句』に収録され、他の楚辞作品とともに読み継がれていくことで、屈原像を構成する新たな要素を創出し、後世の屈原像を固定化する役割をも果たしてきたのである。

同様の役割はまた、楚辞作品そのもののみならず、それらに付せられた王逸注によっても担われている。王逸注は、唯一残った漢代の『楚辞』注釈書として後世に強い影響力を持ち、読者に「悲劇の忠臣」という屈原のイメージを固定化していったと考えられるからである。したがって、『楚辞』と屈原との関係を理解するためには、王逸注の影響にも留意する必要がある。

3　本書の目的と構成

以上のように、『楚辞』の諸作品と屈原をめぐる問題は多層的かつ複雑である。したがって『楚辞』の全体像を理解するためには、この複雑に絡み合った糸を丹念に解きほぐしていかなくてはならない。それには、一部の作品について、屈原伝説を捨象した解釈を試みるだけでは不十分であり、屈原像が『楚辞』の諸作品や注釈と絡み合いながら形成され、変容していくさまを、時代の流れの中でとらえる視点が必要なのである。

そこで本書では、第1部と第2部に分け、二つの視点から『楚辞』と屈原の関係に対してアプローチを試みる。

第1部では、楚辞の代表的な作品である「離騒」を主として取り上げ、屈原伝に基づく伝統的な解釈から切り離した上で、特に天界遊行の場面に着目し、そこに含まれる様々な要素から、改めて主人公の性格を浮かび上がらせる。そしてそれらをふまえた上で、屈原伝説を通して見た「離騒」とは異なる、新たな解釈の可能性を見いだすことを目指す。

特に「離騒」を取り上げるのは、『史記』屈原伝に基づく伝統的な楚辞解釈が、とりわけ「離騒」と密接な関係にあることによる。先にも述べたように、『楚辞』の諸作品を屈原と結びつける伝統的な解釈は、『史記』屈原伝が「離騒」を屈原の自叙的作品見なしていることに端を発する。屈原伝には「漁父」「懐沙」が引用されており、また「太史公《たいしこう》曰く、余《わ》れ離騒《りそう》・天問《てんもん》・招魂《しょうこん》・哀郢《あいえい》を読《よ》みて、其《そ》の志《こころざし》を悲《かな》しみ…」とあることから、司馬遷には「離騒」以外の楚辞作品を目にする機会があったと想像される。それにも関わらず、特に「離騒」を屈原の自叙的作品として特別視しているのは、「余《われ》」という一人称を用いて自己の資質や能力を主張する「離騒」の主人公が、有能な忠臣とされる屈原のイメージに符合し易かったことに起因するのだろう。逆に言えば、『楚辞』諸作品の中で、屈原を主人公とする「漁父」や「卜居」、「惜誓」以下の、屈原を叙述の主体に設定したものを除けば、屈原伝に基づく伝統的な解釈から最も切り離しにくいのが「離騒」だということになる。

こうした理由から、第1部では特に「離騒」を取り上げ、そこに強く絡みついた屈原という鎖を解きほぐしていく。その際、手がかりとなり得るのが「離騒」の主人公によってなされる「天界遊行」の場面である。幻想的なその場面は、祖国を思う現実主義的な忠臣屈原のイメージと大きくかけ離れているため、伝統的解釈においても注釈者たちを常に悩ませてきた。そこで、この場面を突破口として、屈原伝に基づく伝統的な解釈から「離騒」を解き放つことを試みる。

第2部では、『史記』屈原伝が著されて以降、楚辞作品、特に「離騒」と強く結びつけられることで誕生した屈原像が、どのように変容していったのかを、漢代の楚辞作品および王逸注を通して論じる。

まず、『楚辞』の中から漢代以降に作られた作品を取り上げ、『史記』屈原伝では未だ不明瞭であった屈原像が、次第に「悲劇の忠臣」屈原という確固たる像を結んでいく過程について考察する。

そして次に、楚辞作品に付せられた王逸注に注目する。漢代の楚辞作品に加え、『楚辞章句』においてそれぞれの作品に付された王逸注もまた、屈原像を構成する一助を担っていると考えられるからである。そこで『楚辞章句』の王逸注を取り上げ、その中で具体的にどのような方法によって「悲劇の忠臣」屈原というイメージが強調され、その後の『楚辞』理解にどのような影響を及ぼしたのかという点について検討したい。

現在、『楚辞』研究には大きく分けて二つの方法論が見られる。屈原を『楚辞』の主要な作品の偉大な作者として英雄視するものと、屈原と『楚辞』の諸作品とを完全に切り離して理解しようとするものである。大野圭介の言葉を借りれば[*14]、「信屈」的な研究と「疑屈」的な研究ということになろう。現在のところ、中国大陸を中心として圧倒的に「信屈」的な研究が多く、「疑屈」的な研究は数が極めて少ないため、『楚辞』の研究は依然として「偉大な楚辞作家屈原」の作品研究という枠組みから脱却できていない。本書はこうした現状に一石を投じ、『楚辞』の諸作品と屈原との多層的かつ複雑な関係をとらえ直すことで、「信屈」「疑屈」といった立場に留まらない、より広い視野からの『楚辞』理解を目指す。これまでの「偉大な楚辞作家屈原」「悲劇の忠臣屈原」という先入観にとらわれた一面的な読み方ではなく、それぞれの作品に込められた意味を考えながらおこなう多面的な読み方によって、『楚辞』の隠された魅力を引き出し、その価値を再認識したい。

---

*1 「大招」については屈原または景差の作とする。

*2 「読楚辞」(『胡適文存』第二集、亜東図書館、一九二四年)。

＊3 屈原の実在をめぐる当時の議論については、稲畑耕一郎「屈原否定論の系譜」(『中国文学研究』第3期、一九七七年)が簡潔にまとめている。
＊4 「論〈離騒〉作者与敘述者的差異所引起的閲読問題」(『文与哲』二〇〇二年第1期)。
＊5 『楚辞とその注釈者たち』(朋友書店、二〇〇三年)、「序章 楚辞文藝の編年」10－13頁。
＊6 『史記』本文の引用には百衲本二十四史『史記』(台湾商務印書館、一九三七年)を用いた。
＊7 屈原伝に引用された「漁父」に見える屈原の台詞は、作品中の登場人物によるものと見なして除く。
＊8 楚世家には「昭睢曰、王毋行、而發兵自守耳。秦虎狼、不可信、有并諸侯之心。懐王子子蘭勸王行、曰、奈何絶秦之驩心。於是往會秦昭王」とあり、屈原賈生列伝には「屈平曰、秦虎狼之國、不可信。不如無行。懐王稚子子蘭勸王行。奈何絶秦歡。懐王卒行入武關」とある。このことについて『史記索隠』は「楚世家、昭睢有此言。蓋二人同諫王。故彼此各隨録之也」と述べ、両者がともに懐王に諫言したのだと説明する。
＊9 『楚辞』(筑摩書房、一九七三年)218頁。
＊10 『史記』屈原賈生列伝に「太史公曰、余讀離騒・天問・招魂・哀郢、悲其志。適長沙、觀屈原所自沈淵、未嘗不垂涕想見其為人」とあることから、司馬遷が楚の地で実際に汨羅を訪れたことがわかる。
＊11 この点については田宮昌子「屈原像の中国文化史上の役割：漢代における祖型の登場」(『宮崎公立大学人文学部紀要』第8巻1号、二〇〇一年)も、屈原伝が「屈原の事跡に関する具体的記述に乏しく、屈原作とされた楚辞を伝に取り込むことで成立している」ことを指摘し、「前半の「離騒」創作の経緯とその評価を述べる部分には「離騒」原文の直接の引用はないが、屈原が立たされる苦境は、伝中にはその記述を支える情報はなく、「離騒」の意境を念頭に置かなければ成り立たない。後半は、「漁父」「懐沙」の二篇が本文に引用されて、屈原の生涯を再構成する資料として、特に入水自殺の根拠として使われている」と述べる。
＊12 「九章」九篇には、「橘頌」のように明らかに屈原と無関係なものも含まれるが、「惜誦」「思美人」「惜往日」「悲回風」のように「離騒」の類似句が用いられているものもあり、これらは「離騒」が屈原伝説と結びついた後に派生したものである可能性がある。
＊13 注9前掲書では「九歌」「離騒」「九章」「九弁」について、屈原伝説から脱却した読みを試みている。
＊14 「序――「信屈」「疑屈」を超えて――」(大野圭介主編『『楚辞』と楚文化の総合的研究』、汲古書院、二〇一四年)。

第1部　楚辞「離騒」の天界遊行とその解釈をめぐって

第1部では、楚辞の代表的な作品である「離騒」を主な考察対象とし、特に天界遊行の場面に着目しつつ、屈原を主人公・作者とする伝統的な解釈とは異なる新たな解釈の可能性を探る。

第1章ではまず、伝統的な解釈において、「離騒」の天界遊行の場面がどのように読まれてきたのかを概観し、その問題点を抽出する。

第2章では、シャーマニズム論を適用した「離騒」解釈の妥当性について検討する。これは、伝統的解釈からの脱却を目指して近年登場したものであるが、やはりいくつかの問題点を含むと思われるからである。

続いて第3章から第5章では、「離騒」の後半部分に描かれる天界遊行の場面において、主人公に付帯されているイメージを読み解くことによって、屈原伝説に基づく伝統的解釈とも、近年のシャーマニズム論を適用した解釈とも異なる新たな解釈を試みる。

そして第6章および第7章では、その新たな解釈の妥当性について確認するため、前漢期の詩文の中で「離騒」の天界遊行モティーフを取り入れているものを取り上げ、当該モティーフがそこで何をどのように表現するために用いられているかを読み取り、当時における「離騒」解釈の様相を明らかにする。

第1章　「離騒」の天界遊行はどのように解釈されてきたか

はじめに

『楚辞』の諸作品を屈原と結びつける伝統的な解釈は、『史記』屈原伝が「離騒」を屈原の自叙的作品と見なしていることに端を発する。

その屈原伝の内容を簡単にまとめると、以下のようになる。

屈原は、本名を屈平《くっぺい》といい、戦国時代中期に楚の王族の一人として生まれた。懐王《かいおう》に仕えて内政・外交の両面で政治的手腕を発揮し、大いに信任を得ていたが、彼を嫉《ねた》む上官大夫《じょうかんたいふ》の讒言《ざんげん》により、王に疎《うと》んじられてしまう。そこで屈原は、讒言や諂《へつら》いが横行し、悪人が挙用され、正しい人物が疎外されるという風潮に発憤して「離騒」を著した。

当時、楚は斉と同盟関係を結んでいたが、秦は張儀《ちょうぎ》を楚に派遣してその同盟関係を断ち切らせ、秦と手を結ばせる。その後、秦は楚の王室との縁組みを口実に懐王を秦に招く。屈原の制止を無視し、末子の子蘭《しらん》の勧めにしたがって秦に赴いた懐王は、捕えられて秦の地で客死する。

懐王の死後、長男の頃襄王《けいじょうおう》が即位し、末子の子蘭が宰相となった。楚の人々は懐王の死を招いた子蘭を憎んだ。屈原もまた子蘭を憎んでおり、そのことを伝え聞いた子蘭の讒言によって流罪にされてしまう。

江南の湿地帯に流された屈原は、楚の行く末を悲観し、石を懐いて汨羅《べきら》の淵に身を投げて死ぬ。

屈原の死後、楚は秦によって領地を次々と削られ、数十年後、ついに滅ぼされた。

以上が『史記』屈原伝の概要であり、「離騒」の解釈は伝統的にこの伝に見える屈原像に基づいておこなわれてきたのである。

「離騒」は、374句におよぶ長編の作品である。次に示すように、「余《われ》」という一人称を用いて自己の資質や能力を主張する主人公の正則《せいそく》（字は霊均《れいきん》）が登場する。[*1]

1　帝高陽之苗裔兮　　帝高陽《ていこうよう》の苗裔《びょうえい》
2　朕皇考曰伯庸　　朕《わ》が皇考《こうこう》は伯庸《はくよう》と曰《い》う
3　攝提貞于孟陬兮　　攝提孟陬《せっていもうすう》に貞《ただ》しく
4　惟庚寅吾以降　　惟《こ》れ庚寅《こういん》に吾《わ》れ以《もっ》て降《くだ》れり
5　皇覽揆余初度兮　　皇《ちち》　覽《み》て余《われ》を初度《しょど》に揆《はか》り
6　肇錫余以嘉名　　肇《はじ》めて余《われ》に錫《たま》うに嘉名《かめい》を以《もっ》てす
7　名余曰正則兮　　余《われ》に名《な》づけて正則《せいそく》と曰《い》い
8　字余曰靈均　　余《われ》に字《あざな》して靈均《れいきん》と曰《い》う
9　紛吾既有此内美兮　　紛《ふん》として吾《わ》れ既《すで》に此《こ》の内美《ないび》有《あ》り
10　又重之以脩態[*2]　　又《ま》た之《こ》れに重《かさ》ぬるに脩態《しゅうたい》を以《もっ》てす

（帝顓頊《せんぎょく》の子孫にして、私の亡き父君は伯庸《はくよう》という。寅《とら》の年の寅の月、庚寅《こういん》の日に私はこの世に生まれてきた。父君は私が生まれた時の様子をよく見定めて、はじめに私にめでたい名をつけてくださった。私に正則《せいそく》という名をつけ、私に霊均《れいきん》という字をくださったのだ。私は生まれながらにして内面の美質を備えていたが、そのうえまた立ち居振る舞いといった外面的な美をも身につけた。）

前半部分では、この主人公霊均が、天賦の素質と優れた才覚を持ちながらも、人々から阻害され、讒言によって君主に疎んじられるさまが描かれるが、それは、強い自負心を持つ有能な忠臣屈原のイメージと重なり合う。

霊均はそうした周囲の状況を嘆き、自身の正しさを強調した後、重華《ちょうか》（伝説の帝王である舜《しゅん》帝）の元へ行き、暴君が滅び、有徳の聖人のみが地上を治めるという王朝盛衰の原則を再確認する。そして改めて自らの置かれた状況を嘆いてひとしきり涙を流した後、突如として天界遊行へと旅立って行くのである。

嘆きと怨みの言葉に満ちた前半部分とは対称的に、作品の後半部分には、霊均が神々や神獣をしたがえておこなう天界遊行の様子が、美しく描き出されている。

以下に引用した第183句から第206句は、その天界遊行に主人公が旅立って行く場面である。ここでは便宜上、部分的に二句ごとに(a)から(f)の記号を付して示す。

(a)　跪敷衽以陳辭兮　跪《ひざまず》きて衽《じん》を敷き以《もっ》て辭《じ》を陳《の》ぶれば
　　耿吾既得此中正　耿《あき》らかに吾《わ》れ既《すで》に此《こ》の中正《ちゅうせい》を得《え》たり

(b)　駟玉虬以揉鷖兮　玉虬《ぎょくきゅう》を駟《し》にして以《もっ》て鷖《えい》に揉《の》り
　　溘竢[*3]風余上征　溘《こう》として風《かぜ》を竢《ま》ちて余《わ》れ上《のぼ》り征《ゆ》く

(c)　發軔於蒼梧兮　朝《あした》に軔《じん》を蒼梧《そうご》に發《はっ》し
　　夕余至乎縣圃　夕《ゆうべ》に余《われ》　縣圃《けんぽ》に至《いた》る

(d) 欲少留此靈瑣兮　少《しばら》く此《こ》の靈瑣《れいさ》に留《とど》まらんと欲《ほっ》するも
日忽忽其將暮　日《ひ》は忽忽《こつこつ》として其《そ》れ將《まさ》に暮《く》れんとす

(e) 吾令羲和弭節兮　吾《わ》れ羲和《ぎか》をして節《せつ》を弭《ゆる》め
望崦嵫而勿迫　崦嵫《えんじ》を望《のぞ》みて迫《せま》ること勿《な》からしむ

(f) 路曼曼其脩遠兮　路《みち》は曼曼《まんまん》として其《そ》れ脩《なが》く遠《とお》し
吾將上下而求索　吾《わ》れ將《まさ》に上下《じょうげ》して求《もと》め索《もと》めんとす
飲余馬於咸池兮　余《わ》が馬《うま》を咸池《かんち》に飲《の》ませ
揔余轡乎扶桑　余《わ》が轡《たづな》を扶桑《ふそう》に揔《むす》ぶ
折若木以拂日兮　若木《じゃくぼく》を折《お》りて以《もっ》て日《ひ》を拂《はら》い
聊逍遥以相羊　聊《いささ》か逍遥《しょうよう》して以《もっ》て相羊《しょうよう》せん
前望舒使先驅兮　望舒《ぼうじょ》を前《さきだち》にして先驅《せんく》せしめ
後飛廉使奔屬　飛廉《ひれん》を後《しりえ》にして奔屬《ほんぞく》せしむ
鸞皇爲余先戒兮　鸞皇《らんこう》は余《わ》が爲《ため》に先戒《せんかい》し
雷師告余以未具　雷師《らいし》は余《われ》に告《つ》ぐるに未《いま》だ具《そな》わらざるを以《もっ》てす
吾令鳳鳥飛騰兮　吾《わ》れ鳳鳥《ほうちょう》をして飛騰《ひとう》し
繼之以日夜　之《こ》れを繼《つ》ぐに日夜《にちや》を以《もっ》てせしむ
飄風屯其相離兮　飄風《ひょうふう》は屯《あつ》まりて其《そ》れ相《あ》い離《つら》なり
帥雲霓而來御　雲霓《うんげい》を帥《ひき》いて來御《らいぎょ》す

（跪《ひざまず》いて衣の前裾《まえすそ》を敷き、（舜帝《しゅんてい》に）言葉を述べ終わると、私は心の中に明らかに確信を得た。四匹の白い虬《みずち》に牽《ひ》かせた鳳凰《ほうおう》の車に乗り、風が吹くのを待って私は空へ舞い上がって行った。朝に舜帝の墓のある東の蒼梧《そうご》を出発し、ずっと移動を続けて夕方には西にある崑崙山《こんろんざん》の縣圃《けんぽ》に到着した。暫《しばら》くこの神聖な場所に留まろうと思うが、日はどんどんと西に移り暮れゆこうとしている。私は太陽の御者である羲和《ぎか》に速度をゆるめさせ、日が没する崦嵫《えんじ》の山が見えても近づくなと命じた。行く道は長く遠く続いており、私は天に上《のぼ》り地に下《くだ》って探し求めることにした。私の馬に、太陽が沐浴するという咸池《かんち》の水を飲ませ、私の手綱を、太陽が宿るという扶桑《ふそう》の木に繋いだ。また、太陽が宿るという若木《じゃくぼく》の枝を折って、沐浴後の太陽についた水滴を払い、暫く天空を駆けめぐることにした。月の神である望舒《ぼうじょ》を先頭にして走らせ、風の神である飛廉《ひれん》を殿《しんがり》にしてしたがわせた。鸞皇《らんこう》は私のために露払いをし、雷の神である雷師《らいし》は、私に隊列の補うべき所を報告してきた。私は鳳鳥《ほうちょう》に高く飛ぶこと、そしてそれを昼も夜も続けることを命じた。つむじ風が集まり並んで、雲や虹を引き連れて私を迎えに来た。）

この後、霊均は神話伝説に登場する女性たちに求婚しようとするが、いずれも失敗に終わる。そして再び天界遊行へと旅立ち、鳳凰や龍に引かせた車に乗って天の高みへと昇って行く。ところがその途中、ふと懐かしい故郷を見下ろしたところ、隊列は先に進まなくなる、というところで作品は終わる。

367　陟陞皇之赫戲兮　　陟皇《ちょくこう》の赫戲《かくぎ》たるに陞《のぼ》り
368　忽臨睨夫舊郷　　忽《たちま》ち夫《か》の舊郷《きゅうきょう》を臨《のぞ》み睨《み》る
369　僕夫悲余馬懐兮　　僕夫《ぼくふ》は悲《かな》しみ余《わ》が馬《うま》は懐《おも》い
370　蜷局顧而不行　　蜷局《けんきょく》として顧《かえり》みて行《ゆ》かず

（昇り来る朝日の光り輝く天へと上り行く途中で、ふと故郷を見下ろした。すると従者たちは悲しみ、馬たちは故郷を懐かしがり、体をくねらせて後ろを振り返り、進もうとしないのであった。）

このように「離騒」の後半部分には、主人公霊均が天界を遊行する幻想的な場面が展開されている。ところがこうした天界遊行は、『史記』屈原伝に現実主義的な忠臣として描かれている屈原の行為としては、およそ似つかわしくない。そのため過去の注釈者たちは、後に紹介するように、その合理的な解釈に頭を悩ませてきた。

そして、作者と作品とは切り離して考えるべきだという、近代の文学理論の洗礼を受けた近年の研究者たちは、そうした無理のある従来の解釈に疑問を抱き、そもそも「離騒」を屈原の自叙的作品として読むことが不適当なのではないかと考えるに至り、新たな解釈の可能性を模索し始めた。つまり、天界遊行場面の存在が、「離騒」研究の新たな扉を開く鍵となったのである。

本書もまた、第1部において、この天界遊行の場面を突破口とし、屈原伝に基づく伝統的な「離騒」解釈からの脱却を試みる。本章ではそれに先立ち、伝統的な解釈において「離騒」の天界遊行がどのように理解されてきたのか、そしてそこにはどのような特徴や問題点が見られるのか、という点について確認しておきたい。

1　天界遊行を「仮託」とする解釈

序章で述べたように、近代以前の注釈者たちは、『史記』屈原伝の記述に基づいて、楚の忠臣屈原が「離騒」の作者であり、また主人公の霊均でもあるとする立場をとってきた。彼らにとって、主人公が自身の不遇や不屈の信念を述べる作品前半部分は、『史記』に記された屈原の事績と重なるため、その解釈に困難は伴わない。

ところが、後半の天界遊行の場面には、前半部分とは一転して非現実的な世界が繰り広げられている。そのため注釈者たちは、祖国の衰退を憂う現実主義的な人物であるはずの屈原が、なぜこのような場面を作品の中に詠み込んだのか、という点を合理的に説明できるような解釈を模索した。それらは大きく二種類に分けることができる。一つは、屈原が彼自身の行動や心情を天界遊行に「仮託」して述べたのだとする解釈であり、もう一つは、天界遊行を屈原の「幻想」や「幻夢」と見なす解釈である。以下、この二種類の解釈の妥当性について順に検討していくこととする。

現存する最古の楚辞注釈書『楚辞章句』において、後漢の王逸は、上に挙げた天界遊行の場面の(a)に対し、次のような注を施している。

言已上覲禹・湯・文王修徳以興、下見羿・澆・桀・紂行悪以亡、中知龍逢・比干執履忠直、身以菹醢。乃長跪而布衽、俛首省念、仰訴於天、則中心曉明、得此中正之道、精合真人、神與化游。故設乗雲駕龍、周歴天下、以慰己情、緩憂思也。[*4]（言《い》うこころは已《すで》に上《うえ》に禹《う》・湯《とう》・文王《ぶんおう》の徳《とく》を修《おさ》めて以《しっ》て興《おこ》るを覲《み》、下《した》に羿《げい》・澆《ぎょう》・桀《けつ》・紂《ちゅう》の悪《あく》を行《おこな》いて以《もっ》て亡《ほろ》ぶを見《み》、中《なか》に龍逢《りゅうほう》・比干《ひかん》の忠直《ちゅうちょく》を執履《しつり》して、身《み》以《もっ》て菹醢《そかい》にせらるるを知《し》る。乃《すなわ》ち長跪《ちょうき》して衽《じん》を布《し》き、首《こうべ》を俛《ふ》して省《かえり》み念《おも》い、仰《あお》ぎて天《てん》に訴《うった》うれば、則《すなわ》ち中心《ちゅうしん》は曉明《ぎょうめい》にして、此《こ》の中正《ちゅうせい》の道《みち》を得《え》、精《せい》は真人《しんじん》に合《がっ》し、神《しん》は化《か》と游《あそ》ぶ。故《ゆえ》に雲《くも》に乗《の》り龍《りゅう》に駕《が》して、天下《てんか》を周歴《しゅうれき》するに設《たと》え、以《もっ》て己《おのれ》の情《じょう》を慰《なぐさ》め、憂思《ゆうし》を緩《ゆる》くするなりと。）

古の賢君や暴君の成敗、殺された忠直の士のことを思い、天に訴えた結果、心に中正の道を得て、精神は何者にもとらわれることのない自由な状態になった。そこで天界遊行のことを述べて、自らを慰め、憂いを緩和しているのだ、というのが王逸の解釈である。この解釈に拠るならば、以下に続く天界遊行はすべて屈原の現実逃避的な空想ということになるだろう。

ところが王逸は、(e)については次のように述べ、屈原が賢君を探し求めるため、時の流れを押しとどめようとするさまを表しているとする。

言我恐日暮年老、道徳不施、欲令日御按節徐行、望日所入之山、且勿附近、冀及盛時遇賢君也。(言《い》うところは我《わ》れ日《ひ》暮《く》れ年《とし》老《お》いて、道徳《どうとく》の施《ほどこ》されざるを恐《おそ》れ、日御《にちぎょ》をして節《せつ》を按《おさ》えて徐《おもむ》ろに行《ゆ》き、日《ひ》の入《い》る所《ところ》の山《やま》を望《のぞ》むも、且《しばら》く附《つ》きて近《ちか》づくこと勿《な》からしめんと欲《ほっ》し、盛時《せいじ》に及《およ》びて賢君《けんくん》に遇《あ》わんことを冀《こいねが》うなりと。)

そして、これに続く(f)には次のように注し、今度は賢君ではなく、主人公自身と同じ志を持つ賢臣を探し求めて奔走するさまを表しているとする。

言天地廣大、其路曼曼、遠而且長、不可卒至、吾方上下左右、以求索賢人與己合志者也。(言《い》うところは天地《てんち》は廣大《こうだい》にして、其《そ》れ路《みち》は曼曼《まんまん》として、遠《とお》く且《か》つ長《なが》く、卒《にわ》かには至《いた》るべからざれば、吾《わ》れ方《まさ》に上下左《じょうげさ》右《ゆう》し、以《もっ》て賢人《けんじん》の己《おのれ》と志《こころざし》を合《がっ》する者《もの》を求《もと》め索《もと》めんとするなりと。)

このように、王逸注における天界遊行の解釈は、句によって「現実逃避的空想」、「求君」、「求賢」と変化しており、一貫性に欠ける。しかし、いずれにせよ、屈原自身の現実世界における行動や心情が、天界遊行の中に表現されていると見なしていることは確かである。

伝統的解釈をとる注釈者の多くは、この王逸注のように、天界遊行の場面を文字通りに受け取ることはせず、屈原が自身の行動や心情を天界遊行に仮託して述べたものであると見ている。たとえば南宋の朱熹《しゅき》『楚辞集注《そじしっちゅう》』は、まず(a)(b)について次のように注を施し、天界遊行の場面には「假託の詞」が多く、実際の物事について述べているのではないと説明する。

此言跪而敷衽、以陳如上之詞於舜。而耿然自覺、吾心已得此中正之道、上與天通、無所間隔。所以埃風忽起、而余遂乘龍跨鳳以上征也。然此以下多假託之詞、非實有是物與是事也。[*5]（此《こ》れ言《い》うこころは跪《ひざまず》きて衽《じん》を敷《し》き、以《もっ》て如上《じょじょう》の詞《ことば》を舜《しゅん》に陳《の》ぶ。而《しか》して耿然《こうぜん》として自《みずか》ら覺《さと》り、吾《わ》が心已《こころすで》に此《こ》の中正《ちゅうせい》の道《みち》を得《え》て、上《うえ》は天《てん》と通《つう》じ、間隔《かんかく》する所無《ところな》し。埃風忽《あいふうたちま》ち起《た》ちて、余遂《われつい》に龍《りゅう》に乘《の》り鳳《おおとり》に跨《またが》りて以《もっ》て上《のぼ》り征《ゆ》く所以《ゆえん》なりと。然《しか》らば此《こ》れ以下《いか》は假託《かたく》の詞多《ことばおお》くして、實《まこと》に是《こ》の物《もの》と是《こ》の事《こと》と有《あ》るに非《あら》ざるなり。）

そして朱熹が(e)(f)に付した注によれば、その「假託の詞」は、屈原が賢君を求める心情を表したものだという。

言欲羲和按節徐行、望日所入之山、且勿附近。冀及日之未莫而遇賢君也。（言《い》うこころは羲和《ぎか》をして節《せつ》を按《おさ》えて徐《おもむ》ろに行《ゆ》き、日《ひ》の入《い》る所《ところ》の山《やま》を望《のぞ》みて、且《しばら》く附《つ》きて近《ちか》づくこと勿《な》からしめんと欲《ほっ》すと。日《ひ》の未《いま》だ莫《く》れざるに及《およ》びて賢君《けんくん》に遇《あ》わんことを冀《こいねが》うなり。）

そして朱熹は次に示すように、天界遊行に仮託されたものを「求君」としたり「求賢」としたりする一貫性のない王逸注を批判し、天界遊行の場面はすべて「求君」の仮託であると述べる。

王逸説往觀四荒處、已云欲求賢君。蓋得屈原之意矣。至上下求索處、又謂欲求賢人與己同志。不知何所据而異其説也。（王逸《おういつ》「往觀四荒」の處《ところ》を説《と》きて、已《すで》に賢君《けんくん》を求《もと》めんと欲《ほっ》すと云《い》う。蓋《けだ》し屈原《くつげん》の意《い》を得《え》たり。「上下求索」の處《ところ》に至《いた》りて、又《ま》た賢人《けんじん》の己《おのれ》と志《こころざし》を同《おな》じくするものを求《もと》めんと欲《ほっ》すと謂《い》う。何《いず》れの所《ところ》に据《よ》りて其《そ》の説《せつ》を異《こと》にするかを知《し》らざるなり。）（『楚辞辯證』上　離騒経）

明《みん》の汪援《おうえん》『楚辞集解《そじしっかい》』もまた(f)について以下のように述べ、天界遊行は、屈原が賢君を求めて楚を離れようとするさまや、実際に楚を離れて遠行するさまを「設言《せつげん》」、すなわち仮託の言葉として述べたものだという。

今観下文引周文・呂望・湯・禹・摯・繇等語、皆君臣相合之事、直以求賢君解之可也。…駟玉虬至此、皆言欲去楚遠游之意、然尚未去也。至下飲馬咸池、則實行矣。雖皆設言、要之文意亦當有別、不可概視而漫解之也。[*6]（今《いま》　下文《かぶん》に周文《しゅうぶん》・呂望《りょぼう》・湯《とう》・禹《う》・摯《し》・繇《ようとう》等の語《ご》を引《ひ》くを観《み》るに、皆《み》な君臣相合《くんしんそうごう》の事《こと》なれば、直《た》だ賢君《けんくん》を求《もと》むるを以《もっ》て之《こ》れを解《かい》するのみ可《か》なり。…「駟玉虬」より此《こ》こに至《いた》るまで、皆《み》な楚《そ》を去《さ》りて遠《えん》游《ゆう》せんと欲《ほっ》するの意《い》を言《い》うも、然《しか》れども尚《な》お未《いま》だ去《さ》らざるなり。下《した》の「飲馬咸池」に至《いた》れば、則《すなわ》ち實《まこと》に行《ゆ》く。皆《み》な設言《せつげん》にして、之《こ》れを文意《ぶんい》に要《もと》むれば亦《ま》た當《まさ》に別有《べつあ》るべしと雖《いえど》も、概視《がいし》して漫《みだ》りに之《こ》れを解《かい》すべからざるなり。）

同様に、清《しん》の蒋驥《しょうき》『山帯閣註楚辞《さんたいかくちゅうそじ》』も、(a)以下に続く一連の天界遊行について「此《こ》れ以下《いか》は、鑿《のみ》を量《はか》りて枘《ほぞ》を正《ただ》すの説《せつ》を承《う》けて、四荒《しこう》を観《み》て以《もっ》て賢君《けんくん》を求《もと》む。此《こ》の節《せつ》は設言《せつげん》にして之《こ》れを天上《てんじょう》に観《み》るなり（此以下、承量鑿正枘之説、而観於四荒以求賢君。此節設言観之天上也）[*7]」とし、やはり賢君を求める心情を天界遊行に仮託したものであると解している。

以上に挙げた朱熹・汪瑗・蒋驥といった注釈者たちは、屈原が自身を理解し挙用してくれる理想的な君主を求めて旅立つ様子、すなわち「求君」を目的とする遠行が、一連の天界遊行に仮託されていると見ている。同じく天界遊行を仮託であるとしながらも、王逸が(f)について解したように、一連の天界遊行の目的を「求賢」であるとする意見も存在する。

たとえば清《しん》の王夫之《おうふうし》『楚辞通釈《そじつうしゃく》』は、(e)(f)について次のように述べている。

言己欲少俟、而國勢危蹙如日將暮乃抑、必得同志之賢、以匡君而贊大謀。故猶須之時日、上下求索、徧在廷在野而冀遇之。*8（言《い》うこころは己少《おのれしばら》く俟《ま》たんと欲《ほっ》するも、國勢《こくぜい》の危蹙《きしゅく》なること日《ひ》の將《まさ》に暮《く》れんとして乃《すなわ》ち抑《おさ》うるが如《ごと》ければ、必《かなら》ず同志《どうし》の賢《けん》を得《え》て、以《もっ》て君《きみ》を匡《ただ》して大謀《たいぼう》を贊《たす》けん。故《ゆえ》に猶《な》お之《こ》れが時日《じじつ》を須《ま》ちて、上下求索《じょうげきゅうさく》し、在廷在野《ざいていざいや》を徧《あま》ねくして之《こ》れに遇《あ》うを冀《こいねが》うと。）

滅亡の危機にある楚国を救うため、「同志の賢」を宮廷の内外に探し求めようとするさまが天界遊行として詠われているとするのである。

「求君」と見るか「求賢」と見るかの差こそあれ、上記の注釈者たちはいずれも、屈原が現実世界における彼自身の心情や行動を、天界を遊行する場面に託して詠っているのだととらえる。しかし、彼らの言う「屈原が天界遊行に託したこと」というのは、実は屈原が讒言に遭って「離騒」を作ったという『史記』屈原伝の記述に符合するように考え出された想像の産物に過ぎない。屈原が他国に賢君を求めたことも、また、宮廷の内外に自分と同じ考えを持つ賢臣を求めたことも、当の屈原伝には一言も記されてはいないからである。

そして、このように『史記』屈原伝という枠組みに合うように「離騒」の天界遊行を解釈しようとした場合、「玉虬《ぎょくきゅう》」に車を牽かせ、「鷖《えい》」に乗るといった神獣・神鳥を用いた表現や、太陽の御者である「羲和《ぎか》」に命じて速度を緩めさせたり、月の神の「望舒《ぼうじょ》」を先頭に、風の神の「飛廉《ひれん》」を殿《しんがり》にしてしたがわせたりといった、神話・伝説に彩られた幻想的な描写は、「求君」や「求賢」を詠うための単なる修辞として等閑視される。その結果、そこに表出しているはずの主人公の神聖性や優越感、高揚感といったものは、解釈に一切反映されず、取りこぼされてしまうのである。

2　天界遊行を幻想・幻夢とする解釈

「離騒」の天界遊行については、上に挙げたように、屈原が自身の心情や行動を仮託したものであるとする解釈が多数を占めているのであるが、それらとは異なる意見も少数ながら存在する。

たとえば清《しん》の朱冀《しゅき》『離騒辯《りそうべん》』は、(b)について「人《ひと》の情《じょう》　奈何《いかん》ともすべき無《な》く、極《きわ》めて聊頼《りょうらい》するもの無《な》きの時《とき》、往往《おうおう》にして此《こ》の奇思幻想《きしげんそう》有《あ》り（人情于無可奈何、極無聊頼之時、往往有此奇思幻想）[*9]」と述べ、天界遊行は、現実の世界でどうしようもなく行き詰まった屈原の心中に生じた「奇思幻想」であるとする。

また、同じく清《しん》の呉世尚《ごせいしょう》『楚辞疏《そじそ》』も(b)以下の天界遊行を「幻夢の事」であるとし、それゆえ神々や神獣など荒唐無稽な話が出てくるのだと述べる。

自此以下、至忍與此終古、皆屈原跪而陳詞、重華冥冥相告、而原遂若夢非夢、似醒不醒。此一刻之間之事也。故其詞忽朝忽暮、倏東倏西、如斷如續、無緒無蹤、惝怳迷離、不可方物。此正是白日夢境、塵世仙郷、片晷千年、尺宅萬里、實情虛景。意外心中無限憂悲、一時都盡、而遂成天地奇觀、古今絶調矣。須知此是幻夢事。故引用許多神怪不経之説。[*10]（此《こ》より以下《いか》、「忍與此終古」に至《いた》るまで、皆《み》な屈原跪《くつげんひざまず》きて詞《ことば》を陳《の》べ、重華冥冥《ちょうかめいめい》にして相《あ》い告《つ》げ、而《しか》して原《げん》は遂《つい》に夢《ゆめ》の若《ごと》くにして夢《ゆめ》に非《あら》ず、醒《さ》むるに似《に》て醒《さ》めず。此《こ》れ一刻《いっこく》の間《かん》の事《こと》なり。故《ゆえ》に其《そ》の詞《ことば》は忽《たちま》ち朝《あさ》にして忽《たちま》ち暮《く》れ、倏《たちま》ち東《ひがし》して倏《たちま》ち西《にし》し、斷《だん》ずるが如《ごと》く續《つづ》くが如《ごと》く、緒無《はじめな》く蹤無《あとな》く、惝恍迷離《しょうこうめいり》にして、方物《ほうぶつ》すべからず。此《こ》れ正《まさ》に是《こ》れ白日《はくじつ》にして夢境《むきょう》、塵世《しんせい》にして仙郷《せんきょう》、片晷《へんき》にして千年《せんねん》、尺宅《しゃくたく》にして萬里《ばんり》、實情《じつじょう》にして虚景《きょけい》なり。意外心中《いがいしんちゅう》の無限《むげん》の憂悲《ゆうひ》、一時《いちじ》に都《すべ》て盡《つ》きて、遂《つい》に天地《てんち》の奇觀《きかん》、古今《ここん》の絶調《ぜっちょう》と成《な》る。須《すべから》く此《こ》れは是《こ》れ幻夢《げんむ》の事《こと》なるを知《し》るべし。故《ゆえ》に許多《あまた》の神怪《しんかい》不経《ふけい》の説《せつ》を引用《いんよう》す。）

屈原が自らの心情を意識的に天界遊行という表現に託したのだとする先述の多くの意見に対し、これらの解釈では天界遊行を、悲しみのあまり無意識のうちに屈原の心中に生じた「奇思幻想」や「幻夢」であるとする。

これは一見したところ、前節で見た「仮託説」に異議を唱えた新しい意見であるように思われる。しかしながら、これらの注釈も天界遊行の場面全体を「幻想」や「幻夢」と見なしているわけではない。たとえば朱冀は、(e)(f)に関しては次のように言っている。

蓋求索云者、始終欲求折中耳。告重華而不我應。因而上大下地以求之。下文見帝是折中于皇天、求女是折中于當世賢人君子。霊氛之占、折中于卜筮也。巫咸之降、折中於鬼神也。後半洋洋大文、皆從此一語開出。（蓋《けだ》し求索云々《きゅうさくうんぬん》は、始終折中《しじゅうせっちゅう》を求《もと》めんと欲《ほっ》するのみ。重華《ちょうか》に告《つ》ぐるも我《われ》に應《こた》えず。因《よ》りて天《てん》に上《のぼ》り地《ち》に下《くだ》りて以《もっ》て之《こ》れを求《もと》む。下文《かぶん》に帝《てい》に見《まみ》ゆるは是《こ》れ皇大《こうてん》に折中《せっちゅう》し、求女《きゅうじょ》は是《こ》れ當世《とうせい》の賢人君子《けんじんくんし》に折中《せっちゅう》す。霊氛《れいふん》の占《うらな》いは、卜筮《ぼくぜい》に折中《せっちゅう》するなり。巫咸《ふかん》の降《くだ》るは、鬼神《きじん》に折中《せっちゅう》するなり。後半《こうはん》の洋洋《ようよう》たる大文《たいぶん》は、皆《み》な此《こ》の一語《いちご》より開出《かいしゅつ》す。）

天界遊行の場面のうち(e)(f)以下は、屈原が「皇天」や「賢人君子」、「卜筮」や「鬼神」にうかがいを立てて、己の正しさに対する判断を求めるさまを描いたものであるというのである。

また呉世尚は(c)(d)について次のように言う。

日之方升、遂従蒼梧之地発軔而行、計夕則必至乎縣圃矣。然余心則有不忍遽去者。故欲少留連於君門、以庶幾其一遇。而日則又忽其將暮而不我待也。(日《ひ》の方《まさ》に升《のぼ》らんとするや、遂《つい》に蒼梧《そうご》の地《ち》より軔《じん》を発《はっ》して行《ゆ》き、夕《ゆうべ》に則《すなわ》ち必《かな》らず縣圃《けんぼ》に至《いた》らんと計《はか》る。然《しか》るに余《わ》が心《こころ》は則《すなわ》ち遽《にわ》かに去《さ》るに忍《しの》びざる者《もの》有《あ》り。故《ゆえ》に少《しばら》く留《とど》まりて君門《くんもん》に連《つら》なり、以《もっ》て其《そ》の一遇《いちぐう》を庶幾《こいねが》わんと欲《ほっ》す。而《しか》れども日《ひ》は則《すなわ》ち又《ま》た忽《たちま》ち其《そ》れ將《まさ》に暮《く》れんとして我《われ》を待《ま》たざるなり。)

(d)の「少《しばら》く此《こ》の靈瑣《れいさ》に留《とど》まらんと欲《ほっ》す」を「少《しばら》く留《とど》まりて君門《くんもん》に連《つら》なり、以《もっ》て其《そ》の一遇《いちぐう》を庶幾《こいねが》わんと欲《ほっ》す」と解し、楚王にもう一度謁見したいという主人公屈原の思いを表しているとするのである。

つまり、朱冀や呉世尚の天界遊行に対する解釈も、結局は前節で見た仮託説と異なるところがないということになる。

では、彼らが一旦は天界遊行を「幻想」「幻夢」であるとしながら、結局このように仮託説に傾いてしまっているのはなぜだろうか。

序章にも述べたように、屈原を「離騒」の作者であり主人公であるとする伝統的な解釈の立場をとる注釈者たちは、楚国の行く末を憂慮する屈原がなぜ天界遊行のような非現実的な場面を「離騒」の中に詠み込んだのかという点に対する合理的な説明を求められる。

仮託説をとった場合、(d)(e)(f)などの、時間の流れに対する焦燥を詠う句は、楚の危急に際し、「賢君」や「賢臣」を求める旅に屈原が急いで出発しようとするさまを仮託していると見なすなど、当時の楚の情況に符合するような想定が比較的しやすいため、問題がない。しかし(b)(c)のように、神獣や神鳥に乗って神話伝説上の土地を訪れるといった表現を、『史記』屈原伝に沿うように解釈することには困難を伴う。そのため、そうした部分については「幻想」や「幻夢」から生じた非現実的な表現であると見なすことで、何とか天界遊行の場面を合理的に解釈しようと苦心したのであろう。

おわりに

本章では、屈原を作者・主人公とする伝統的解釈において、「離騒」の天界遊行の場面がどのように理解されてきたのかという点について検討し、注釈者たちの見解が、大きく二種類に分かれることを指摘した。一つは、屈原が自身の心情や、「求君」「求賢」といった行動を天界遊行に「仮託」して述べたものとする解釈、もう一つは、天界遊行の場面を屈原の「幻想」「幻夢」と見なす解釈である。

前者の「仮託説」をとる注釈者たちは、「離騒」の天界遊行の場面全体を一括りにし、屈原の賢君や賢臣を求める心情や、実際にそのために奔走するさまが仮託されていると見なす。したがって、神獣・神鳥に乗って神話伝説上の土地を訪れるといった場面や、神々をしたがえた幻想的な飛翔の表現の一つ一つについては、単なる修辞にすぎないとしているためか、解釈に意を用いていない。

後者の「幻想・幻夢説」をとる注釈者たちは、そうした幻想的な表現が用いられていることにも合理的な説明を施そうとして、それらを屈原の「幻想」「幻夢」であると見なすのであるが、屈原伝に沿った解釈が容易な(d)(e)(f)といった箇所に関しては、仮託説の注釈者たちと同じ意見をとっており、解釈の姿勢が一貫していない。

以上のことから、「離騒」の中でも特に天界遊行の場面を、『史記』屈原伝に見える屈原の事蹟に沿って解釈することがいかに難しいか、そして、過去の注釈者たちがそのためにいかに頭を悩ませてきたかがよくわかるだろう。

近年、「離騒」の伝統的な解釈から脱却して、新たな解釈の可能性を探るべきだという見解が現れた際に注目されたのもやはり、屈原伝との親和性が低いこの天界遊行の場面であった。何人かの研究者が、シャーマニズム論を用いて「離騒」を解釈しようとする立場をとったのであるが、それは、「離騒」の天界遊行表現と、シャーマニズムにおける呪的な魂の飛翔との共通点に着目したからであった。

次章では、そうしたシャーマニズム論を用いた近年の「離騒」解釈を取り上げ、その妥当性について考えたい。

＊1　以下、本書における楚辞本文の引用には基本的に『四部叢刊』所収の洪興祖『楚辞補注』を用いる。それ以外のものを用いる場合は、その都度、注記する。

＊2　底本は「脩能」に作る。聞一多『楚辞校補』（『聞一多全集』湖北人民出版社　一九九三年　第五集所収）の説にしたがい改めた。

＊3　底本は「埃風」に作る。王逸注は「埃、塵也」とするが、王夫之『楚辞通釈』（『船山全書』第14冊、嶽麓書社、一九九六年、228頁）は「當作埃。傳寫之誤也」とし、姜亮夫『屈原賦校註』（人民文学出版社、一九五七年、79頁）もそれにしたがい「埃風不可通也。埃・竢形近而譌也」と述べる。ここでは王夫之・姜亮夫の説にしたがい改めた。

＊4　以下、本書における王逸注の引用には馮紹祖観妙斎刊本『楚辞章句』（台湾藝文印書館景印本）を用いた。

＊5　朱熹『楚辞集注』、『楚辞辯證』の引用には宋端平乙未刊本『楚辞集注』（華正書局景印本）を用いた。

＊6　引用には京都大学漢籍善本叢書『楚辞集解』（同朋舎出版、一九八四年）を用いた。

＊7　引用には『四庫全書』本を用いた。
＊8　引用には同治四年湘郷曽氏重刊船山遺書本を用いた。
＊9　『離騒辯』の引用には康熙四十五年本衙刊本を用いた。
＊10　『楚辞疏』の引用には雍正五年序刊本による手鈔本（大阪大学図書館懐徳堂文庫所蔵）を用いた。

第2章　シャーマニズム論から見た「離騒」の天界遊行解釈

はじめに

前章では、『史記』屈原伝に基づく伝統的な解釈において、「離騒」の天界遊行の場面がどのように理解されてきたのかを概観し、その問題点について確認した。

伝統的な解釈では、屈原の心情や「求君」「求賢」などの行動が天界遊行に「仮託」されていると見なしたり、天界遊行の場面を屈原の「幻想」「幻夢」であると見なしたりしていた。前者の仮託説をとる注釈者たちは、神々をしたがえた幻想的な飛翔を単なる修辞として等閑視していた。一方、後者の幻想・幻夢説をとる注釈者たちは、そうした飛翔を「幻想」「幻夢」として合理的に説明しようとしていたが、他の箇所に関しては仮託説をとっており、解釈に一貫性がない。そしていずれの解釈にせよ、天界遊行の場面に表出しているはずの主人公の神聖性や優越感、高揚感といったものは、一切反映されていなかった。

近年になると、そうした旧来の解釈に疑問を呈し、「離騒」の天界遊行の場面に古代宗教、特に巫術《ふじゅつ》（シャーマニズム）の影響が見られるとする研究が多く現れた。それらの中には、作者である屈原が楚国固有の文化である巫術を巧みに取り入れて作品の芸術性を高めたのだとするものもあれば[*1]、屈原自身が巫《ふ》（シャーマン）で、楚辞は巫歌《ふか》（シャーマンによる歌）であるとするものもある。[*2] このように、作品に対する巫術の影響をどの程度と見るかという差異はあるものの、多くの研究者が巫術と楚辞作品との関係に言及している。

神々を招き下ろす表現の見える「九歌」や、魂に呼びかける「招魂」などに巫術の影響があることは確かであり、古代巫術の楚辞への影響自体は否定されるべきものではない。しかし、湯漳平《とうしょうへい》も指摘しているように[*3]、その影響の程度をはかる際には、できるだけ客観的な態度で臨まねばならない。具体的には、当時の巫術の実体を可能な限り把握した上で、楚辞作品の中のどの部分に、どのような巫術の影響があるか、ということについて慎重に判断を下すという過程が必要だろう。

ところが中国古代における巫術の実体を伝える資料は、それほど多く残されてはいない。そこで中国以外の地域におけるシャーマニズムの形態を世界中に普遍的なものと見なした上で、中国古代の巫術においても同様の傾向が見られたであろうと推測し、その推測に基づいて、巫術の楚辞作品への影響を指摘する見解が現れた。楚辞「離騒」の解釈におけるシャーマニズム論の適用がそれにあたる。

楚辞の代表的な作品である「離騒」の中で、最も印象的であるとされる後半部分、すなわち「玉虬《ぎょくきゅう》を駟《し》にして以《もっ》て鷖《えい》に揉《の》り　溘《こう》として風《かぜ》を竢《ま》ちて余《われ》上《のぼ》り征《ゆ》く（駟玉虬以揉鷖兮　溘竢風余上征）」という句以降に描かれる天界遊行の場面に、中国古代の巫術が色濃く反映されているとする見解は、今日ではほとんど定説化されていると言ってよい[*4]。中国古代の巫が天上の神々と地上の人間との意思疎通をはかる役割を担い、天と地との間を自由に往来する巫術を行っていたと考え、そうした巫術が「離騒」の天界遊行を生み出す母体となったと見なすのである。

しかしながら、中国古代の巫が天地の間を往来していたことを明確に示す資料が存在するのかと言えば、そうではない。中国の巫術に言及した研究を見てみると、巫が天地の間を行き来して、神と人との媒介役を果たしていたことを示す資料として取り上げられているのは、実は他でもないこの「離騒」に描かれる天界遊行なのである。[*5]

つまり、「離騒」に影響を及ぼしたとされる巫術の存在を証明するのは「離騒」である、という循環論法的論証がなされていることになる。したがって、こうした論証に拠って「離騒」への巫術の影響を指摘する見解に対しては、疑問を抱かざるを得ない。

そこで、本章ではこのような疑問をふまえ、シャーマニズム論を適用することで「離騒」の天界遊行を読み解こうとする近年の解釈が、果たして妥当性を有するものであるかどうか、改めて検討したい。

1　小南一郎の天界遊行解釈

日本における楚辞研究の中で、「離騒」の天界遊行に対する巫術の影響について最も明確に言及しているのは、小南一郎である。その著書の中で彼は「離騒」について次のように述べている。

巫覡《ふげき》たちの神々や祖先の霊との交渉の仕方には、大別して二つの形式がある。一つは神を招き降ろし、巫覡自身が神になりかわって聴衆たちの前で神語を述べるという形を取るもの。日本のいちこたちが死者の霊を呼びよせる口よせがその例である。もう一つの形式は、巫がエクスタシーの中でみずからの魂を飛ばせて神々の世界を歴訪するものである。巫覡が持つこの二つの方向の技術がどのように組合わさるのか、両者が別の来源を持つのか、それとも来源を一つにしながらそれぞれの社会の中で重点のおかれ方が異なるだけなのか、詳かにしない。ただシャマニズムの本拠とされるアジア大陸の北部では、後者の技術、言いかえれば巫覡の魂のほうが天界に向かって登ってゆく形式が優位を占めるようである。

シャマンは、死者の魂をあの世に送りこみ、あるいは魂が離散して病気になった者の魂を連れ戻すためにエクスタシーの中で天界に登る。聴衆たちを前にして、シャマンは自分は天界のしかじかの場所にあってこれこれの困難と戦っているのだと身振りを交えつつ述べたてる。…

「離騒」の後半部分の主題である英雄の天界彷徨は、このような巫覡たちの特殊な技術（体験）に出ることは確かであろう。しかしそのことだけを指摘してもこの作品の意味が十全に掬《すく》われるわけではない。ただ、ありえたであろう巫覡たちの純粋な宗教儀礼を想定し、その儀礼とこの作品の内容との偏差から、この作品を作り上げた人々が英雄の彷徨に託そうとしたものを間接的にうかがうことはできる。[*6]

このように小南は、巫（女性シャーマン）や覡《げき》（男性シャーマン）の魂が天界に昇って行く形式のシャーマニズムが中国古代にも存在したであろうと想定し、「離騒」の天界遊行にはそうした巫覡の技術が反映されていると判断しているのである。

著書末尾の参考文献欄に「宗教学的な議論についてはM. Eliade, Shamanism-Archaic Techniques of Ecstasyなど、エリアーデの説に依るところが多い」とあることから、「離騒」の天界遊行の解釈にも、小南は宗教学者M. エリアーデのシャーマニズム論を適用していると思われる。そこで、次にそのエリアーデのシャーマニズム論について検討を加えることとする。

2　エリアーデのシャーマニズム論と巫覡

(1)　エリアーデのシャーマニズム論

シャーマニズムについては、世界各地に様々な形態のものが過去に存在し、また、現在も存在していることが、先行研究によって確認されている。そして、小南も述べているように、シャーマンが超人間的存在と直接接触・交通する方法は大きく「憑依《ひょうい》（possession）」と「脱魂《だっこん》（ecstasy）」の二つに分類できると言われている。前者はシャーマンがその身に神霊を招き降ろす方法であり、後者はシャーマンの魂が身体を離れて神霊のもとを訪れる方法である。エリアーデはこの両者の関係について次のように述べている。

シャーマニズム特有の要素は、シャーマンによる「精霊」の具現ではなく、天への上昇や地下への下降によって引き起こされた「脱魂」なのである。精霊に肉体を与えたり精霊に「憑依」されたりすることは世界中に広く見られる現象ではあるが、これらは必ずしも厳密な意味のシャーマニズムには含まれないのである。[*7]

つまりエリアーデによれば、シャーマニズムの本質は天上への飛翔や地下への降下を伴う「脱魂」であり、「憑依」は世界中に広く見られる現象ではあるが、厳密な意味でのシャーマニズムではないという。したがって「脱魂」を伴わず、「憑依」のみによって行われる神降ろしなどは、厳密な意味でのシャーマニズムではないということになる。彼はまた、「憑依」はシャーマンの魂が「脱魂」して旅をしている間に精霊がその身体に依《よ》り憑《つ》く現象であり、「脱魂」体験から派生した副次的なものであるとして、以下のように述べている。

「憑依」は極めて古い宗教現象であるかもしれないが、その構造は厳密な意味におけるシャーマニズムの特徴である「脱魂」体験とは異なっている。そして実際、我々は「憑依」がどのようにして脱魂体験から展開し得たかを理解することができる。つまりシャーマンの魂（すなわち「主霊魂」）が、天上あるいは地下の世界を旅している間に、「精霊」は彼の身体に取り憑くことができるのである。しかし、この逆のプロセスを想像することは困難である。なぜなら、一旦精霊がシャーマンに「憑依」してしまうと、シャーマン個人の脱魂−すなわち天界への上昇もしくは地下界への下降−は停止してしまうからである。そうなると、「憑依」によって宗教的体験をおこし、具体化させるのは「精霊」自体であるということになる。また、「憑依」にはある種の「平易性」が伴い、危険で劇的なシャーマンのイニシエーションや訓練とは著しい相違を示しているのである。[*8]

このように、エリアーデが「脱魂」によるシャーマニズムを本質的なものとして重視するのは、彼がその宗教理論の中で、シャーマンの「脱魂」による天への飛翔を、天界の至高的存在に対する信仰を中心とする古代の宗教的観念体系の残滓《ざんし》であると考えているからである。

シャーマン（または呪医、呪術師など）の天界への上昇は、甚だしく変形し、時に退化してはいるが、明らかに天界の至高的存在や、天上界と地上界との間の具体的な往来に対する信仰を中心とした原初的な宗教的観念体系が今日まで残存したものである。[*9]

そしてエリアーデは、このような宗教的観念体系は人類に普遍的な現象であると述べる。彼の理論をまとめると以下のようになる。[*10]

多くの民族の神話に見られる原初的楽園においては、天と地とが接近しており、天上の神々と地上の人間との交流が容易に行われていたのであるが、ある破局をきっかけにこの楽園は失われ、人間と接していた天界の至高的存在は天空へ遠ざかってしまった。そしてそれ以後、人間は時間と歴史の恐怖に脅かされるようになったのである。

シャーマンの呪的飛翔による天への接近は、この失われた天と地の通行を一時的に回復するものであり、天界の至高的存在への信仰を中心とする、始源的な宗教体系の名残《なごり》なのである。

天界の至高的存在への信仰は、天の持つ実在性・無限性・永遠性に近づきたいという人間の心理を反映したものである。そしてこのような心理は、死の恐怖から逃れられない存在であるすべての人間に共通するものである。それゆえ、天界の至高的存在への信仰はかつて世界中に見られた普遍的・根元的なものであり、その名残である「脱魂」によるシャーマニズムもまた人類に普遍的・根元的な現象なのである。

エリアーデは古代の宗教的観念体系とシャーマニズムとの関係について、以上のような見解を示す。しかし「脱魂」ばかりを重視し、「憑依」とシャーマニズムとの間に楔《くさび》を打ち込もうとするエリアーデのこのような試みは、その後I．M．ルイスによって、根拠のない邪説であると糾弾されている。ルイスによれば、エリアーデが利用したものと同じアジア大陸北部の資料に照らして見る限り、「脱魂」と「憑依」とは通常同時に起こっており、両者を対立的・排他的現象ととらえることは不適切であるという。[*11]ルイスの分析によれば、北アメリカの多くのインディアン社会では、「憑依」より「脱魂」を重視するが、それ以外の大多数の地域では、「憑依」が中心であるか、またはどちらに重きが置かれているかという程度の差はあるものの、「憑依」と「脱魂」とが共存しているというのである。[*12]

確かに「脱魂」と「憑依」とを比較してみると、一方は人間から神々への働きかけであり、他方は神々から人間への働きかけであるというように、方向性は逆であるが、人間と神々との交流という点において両者は共通しており、一方が本質的で他方が副次的であると一概に言うことはできない。また先に見たように、「脱魂」が本質的で「憑依」が副次的であるというエリアーデの判断は、彼の宗教理論を説明するために導き出されたものであって、ルイスのように資料を客観的に分析することから得られた結果ではない。したがって「脱魂」と「憑依」とはどちらもシャーマニズム技術として平等にとらえられるべきであろう。

(2)『国語《こくご》』楚語《そご》に見える巫覡

では、楚辞に影響を与えた可能性があるとされる春秋・戦国時代以前の巫術は、「脱魂」と「憑依」のうちどちらの型に属するものであろうか。

中国古代における巫覡の活動に関する記述は、伝世文献の中に散見するが、巫覡の特徴については、春秋時代の諸国における事件を記した『国語』の楚語下に見られる以下の記述が詳しい。[*13]

昭王問於觀射父曰、周書所謂重黎實使天地不通者何也。若無然、民將能登天乎。對曰、非此之謂也。古者民神不雜、民之精爽不攜貳者、而又能齊肅衷正、其知能上下比義、其聖能光遠宣朗、其明能光照之、其聰能聽徹之。如是則明神降之、在男曰覡、在女曰巫。是使制神之處位次主、而爲之牲器時服。…於是乎、有天地神民類物之官、謂之五官、各司其序、不相亂也。民是以能有忠信、神是以能有明德、民神異業、敬而不瀆。故神降之嘉生、民以物享、禍災不至、求用不匱。及少皞之衰也、九黎亂德、民神雜糅、不可方物、夫人作享、家爲巫史、無有要質、民匱于祀、而不知其福、烝享無度、民神同位、民瀆齊盟、無有嚴威、神狎民則、不蠲其爲、嘉生不降、無物以享、禍災荐臻、莫盡其氣。顓頊受之、乃命南正重、司天以屬神、命火正黎、司地以屬民、使復舊常、無相侵瀆、是謂絶地天通。(昭王《しょうおう》　觀射父《かんしゃふ》に問《と》いて曰《いわ》く、周《しゅう》

書《しょ》に謂《い》う所《ところ》の重黎實《ちょうれいまこと》に天地《てんち》をして通《つう》ぜざらしむとは何《なん》ぞや。若《も》し然《しか》ること無《な》くんば、民《たみ》は將《まさ》に能《よ》く天《てん》に登《のぼ》らんとするかと。對《こた》えて曰《いわ》く、此《こ》の謂《い》いに非《あら》ざるなり。古《いにしえ》は民神雑《みんしんまじ》らず、民《たみ》の精爽《せいそう》にして攜貳《けいじ》せざる者《もの》にして、又《ま》た能《よ》く齊肅衷正《せいしゅくちゅうせい》にして、其《そ》の知《ち》は能《よ》く上下《じょうげ》に比義《ひぎ》し、其《そ》の聖《せい》は能《よ》く光遠《こうえん》に宣朗《せんろう》にして、其《そ》の明《めい》は能《よ》く之《こ》れを光照《こうしょう》し、其《そ》の聰《そう》は能《よ》く之《こ》れを聽徹《ちょうてつ》す。是《か》くの如《ごと》くんば則《すなわ》ち明神之《めいしんこ》れに降《くだ》り、男《おとこ》に在《あ》りては覡《げき》と曰《い》い、女《おんな》に在《あ》りては巫《ふ》と曰《い》う。是《こ》れ神《かみ》の處位次主《しょいじしゅ》を制《せい》せしめ、之《こ》れが牲器時服《せいきじふく》を爲《つく》らしむ。…是《こ》こに於《お》いてか、天地神民類物《てんちしんみんるいぶつ》の官有《かんあ》り、之《こ》れを五官《ごかん》と謂《い》いて、各《おの》おの其《そ》の序《じょ》を司《つかさど》りて、相《あい》亂《みだ》れざるなり。民《たみ》は是《こ》こを以《もっ》て能《よ》く忠信有《ちゅうしんあ》り、神《かみ》は是《こ》こを以《もっ》て能《よ》く明徳有《めいとくあ》り、民神《みんしん》は業《ぎょう》を異《こと》にし、敬《けい》して瀆《けが》さず。故《ゆえ》に神《かみ》は之《こ》れに嘉生《かせい》を降《くだ》し、民《たみ》は物《もの》を以《もっ》て享《きょう》し、禍災至《かさいいた》らず、求用匱《きゅうようとぼ》しからず。少皞《しょうこう》の衰《おとろ》うるに及《およ》ぶや、九《きゅう》黎《れい》は徳《とく》を亂《みだ》し、民神《みんしん》は雑糅《ざつじゅう》して、方物《ほうぶつ》すべからず、夫《そ》れ人《ひと》びとは享《きょう》を作《な》し、家《いえ》いえ巫史《ふし》を爲《な》し、要質有《ようしつあ》る無《な》く、民《たみ》は祀《し》に匱《とぼ》しくして、其《そ》の福《ふく》を知《し》らず、烝享《じょうきょう》に度無《どな》く、民神《みんしん》は位《くらい》を同《おな》じくして、民《たみ》は齊盟《せいめい》を瀆《けが》し、嚴威有《げんいあ》る無《な》く、神《かみ》は民則《みんそく》に狎《な》れ、其《そ》の爲《しわざ》を蠲《いさぎよ》くせず、嘉生降《かせいくだ》らず、物《もの》の以《もっ》て享《きょう》する無《な》く、禍災荐《かさいしき》りに臻《いた》りて、其《そ》の氣《き》を盡《つ》くすもの無《な》し。顓頊《せんぎょく》は之《こ》れを受《う》け、乃《すなわ》ち南正重《なんせいちょう》に命《めい》じ、天《てん》を司《つかさど》りて以《もっ》て神《かみ》を屬《あつ》めしめ、火正黎《かせいれい》に命《めい》じて、地《ち》を司《つかさど》りて以《もっ》て民《たみ》を屬《あつ》めしめ、舊常《きゅうじょう》に復《ふく》して、相《あい》侵瀆《しんとく》すること無《な》からしむ、是《こ》れを地天《ちてん》の通《つう》ずるを絶《た》つと謂《い》うと。）

楚の昭王が観射父に向かって、『書経《しょきょう》』の呂刑篇《りょけいへん》には「重黎が天地の通行を断った」と書かれているが、もしこうした出来事がなかったならば、人間は天に登ることができたのかと問う。観射父はその問いに対して次のように答える。「重黎が天地の通行を絶った」というのはそのような意味ではなく、人々が勝手に祭祀を行って神々と人間との間の秩序を乱し、厄災《やくさい》を招くことのないよう、帝顓頊《ていせんぎょく》が重《ちょう》・黎《れい》の二官に、天上に属する事柄と地上に属する事柄とをそれぞれ別に司らせたという意味だ、というのである。

これは、上帝が重黎に命じて天地の通行を絶たせたという『書経』呂刑篇の記述を、神と人との交渉である祭祀は王室の管理下に行われてこそ社会の秩序が保たれる、という内容に観射父が読み替えたものであると思われる。

この中で注目すべき箇所は、ある一定の条件を備えた人物に「明神」が「降」り、そうした人物が「巫」や「覡」と呼ばれたという記述である。つまり、その身に神を降ろすことができるかどうかが、巫覡とそうでない人間とを分ける指標となっていると考えられるのである。『国語』楚語下のこの記述から見る限り、中国古代の巫覡による巫術は、自らの身に神を呼び降ろす「憑依型」の範疇に属するものであると見なしてよいであろう。

ところで、エリアーデの広大な研究領域の中には、当然のことながら中国も含まれており、彼もまた中国古代のシャーマニズムに言及する際、『国語』楚語下のこの記述を引用している。

宇宙を駆ける呪的飛翔や幻想的な旅行が、中国人にとって、脱魂体験を表現する単なる決まり文句にすぎなかったことは、次のような記録からもうかがい知ることができる。『国語』には以下のように述べられている。「昭王がある日側近の大臣に言った、「周朝の記録には、重黎が使節として天界と冥界の、人が近づき難い場所に派遣されたとあるが、果たしてそんなことが可能だろうか。…人間が天に昇る何らかの可能性があるか否かを我に告げよ」と。大臣はこの伝承の真の意味は精神的なものだと説明した。高潔で集中力のある人間は、天に昇ったり、地下界に降りたりでき、そこでなすべき正しい事を識別することができる。…そのような条件を充たした人間には、聡明な神が彼らの中に降りて行く。神が男に降臨すればそれは覡（*hih*）と呼ばれ、女に降臨すればそれは巫（*wu*）と呼ばれた。彼らは役人として、神々の座する（供犠儀礼における）場所、主《かたしろ》の順序とともに、供犠用の犠牲と道具、その季節にかなった祭服などを定めていた。」このことは、脱魂（「呪的飛翔」、「昇天」、「神秘的な旅」などと表現される体験を引き起こした）は、神と一体となる原因であって、結果ではなかったということを意味するだろう。ある人間に「聡明な神が降臨した」のは、彼がすでに「上界に昇り、下界へ降ること」（即ち、天界への上昇や冥界への下降）ができたからこそなのである。[*14]

エリアーデは、脱魂現象が本質的で、憑霊現象は副次的であるという彼自身の見解が、中国においても当てはまることを証明するために、『国語』楚語下の記述を紹介している。注によれば、ここで彼が引用しているのは、J.J.M.デフロートによる『国語』楚語下の訳文である。デフロートは、その著書の中に中国の巫覡に関する章を設け、本論で問題としている『国語』楚語下の文章を引用、英訳しているのであるが[*15]、そこには明らかに誤訳と思われる箇所が存在する。そのため、デフロートの訳に依拠したエリアーデは、『国語』楚語下の文意を誤解し、最終的に間違った結論に達してしまったのだと考えられる。

デフロートの誤訳は二箇所ある。まず「重黎實《ちょうれいまこと》に天地《てんち》をして通《つう》ぜざらしむとは何《なん》ぞや（重黎實使天地不通者何也）」を「重黎が使節として天界と冥界の、人が近づき難い場所に派遣されたとあるが、果たしてそんなことが可能だろうか（Chung-li was actually sent as an envoy to the inaccessible parts of heaven and earth; how was such a thing possible ?）」と訳して、上帝が重黎に天地の通交を絶ち切らせたという『書経』呂刑篇の記述を、重黎が天界と冥界に遣わされたと解し、昭王の質問の意味を取り違えている。次に、巫覡となる者の条件を述べた「其《そ》の知《ち》は能《よ》く上下《じょうげ》に比義《ひぎ》し（其知能上下比義）」という部分を「高潔で集中力のある人間は、天に昇ったり、地下界に降りたりでき、そこでなすべき正しい事を識別することができる（those who were upright and could concentrate were able to rise to higher spheres and descend into the lower, and distinguish there the things which it would be proper to do)」と訳しているが、「其知能上下比義」と、それに続く「其聖能光遠宣朗」とは対句になっており、主語はそれぞれ「其知」と「其聖」であって、「能上下比義」と「能光遠宣朗」は、「其知」と「其聖」がどのようなものであるかを表す述語であると考えられる。したがってデフロートのように「其知能上下比義」の「上下」を、巫覡となる人物が「天に昇ったり地下界に降りたりする」行為と解するのは無理であろう。

　では、巫覡の条件の一つとされるこの「其知能上下比義」はどのように解釈するのが適当であろうか。まず「上下比義」の「比義」という語について考えてみると、『国語』には当該箇所を含めてこの語が三箇所に見える。

①　祁奚《きけい》が自分の子を軍尉に推薦する場面での祁奚の言葉（晋語《しんご》七）。
臣請、薦所能擇、而君比義焉。（臣請《しんこ》うらくは、能《よ》く擇《えら》ぶ所《ところ》を薦《すす》むるに、君《きみ》比義《ひぎ》せんことを。）

②　太子に対する教育について説く申叔時《しんしゅくじ》の言葉（楚語上）。
教之訓典、使知族類、行比義焉。（之《こ》れに訓典《くんてん》を教《おし》え、族類《ぞくるい》を知《し》りて、比義《ひぎ》を行《おこな》わしむ。）

③　巫覡となる人物に備わる能力について述べた言葉（楚語下）。
其知能上下比義、其聖能光遠宣朗、其明能光照之、其聰能聴徹之。（其《そ》の知《ち》は能《よ》く上下《じょうげ》に比義《ひぎ》し、其《そ》の聖《せい》は能《よ》く光遠《こうえん》に宣朗《せんろう》にして、其《そ》の明《めい》は能《よ》く之《こ》れを光照《こうしょう》し、其《そ》の聰《そう》は能《よ》く之《こ》れを聴徹《ちょうてつ》す。）

韋昭《いしょう》の注を見ると、①の「比義」については、「比《ひ》は、比方《ひほう》するなり。義《ぎ》は、宜《よろ》しきなり」とし、「宜《よろ》しきを比《くら》べる」という意味にとっている。②の「比義」については、『論語《ろんご》』里仁篇《りじんへん》の「子《し》曰《いわ》く、君子《くんし》の天下《てんか》に於《お》けるや、適《てき》無《な》く、莫《ばく》無《な》く、義《ぎ》に之《こ》れ與《とも》に比《した》しむ（君子之於天下也、無適也、無莫也、義之與比也）」を引き、「比義《ひぎ》とは、義《ぎ》に之《こ》れ與《とも》に比《した》しむなり（比義、義之與比也）」として、「義《ぎ》に比《した》しむ」という意味にとっている。問題の③の「比義」については、ただ「義《ぎ》は、宜《ぎ》なり」と注するのみで、「比」についての注がないため、ここでの「比義」を韋昭がどう理解していたのかは不明である。

清《しん》の王引之《おういんし》『経義述聞《けいぎじゅつぶん》』は、これら①から③の韋昭注に異を唱え、「比義」は「比《くら》べ度《はか》る」、すなわち「照らし合わせて考える」という意味であるとする。

引之謹案、以上三言比義、義字皆當讀爲儀。説文曰、儀、度也。比義者、比度之也。周語曰、儀之於民而度之于羣生。又曰、不度民神之義、不儀生物之則。儀與義古字通。云臣請薦所能擇而君比義焉者、言願君比度而行之也。云教之訓典使知族類行比義焉者、行、猶用也。言使知事之族類而用其比度。若學記言、比物醜類也。云其智能上下比義者、言巫之智能上下比度、以事神也。（引之《いんし》謹《つつし》んで案《あん》ずるに、以上三《いじょうさん》言《げん》の比義《ひぎ》は、義字《ぎじ》は皆《みな》當《まさ》に讀《よ》みて儀《ぎ》と爲《な》すべし。『説文《せつもん》』に曰《い》う、儀《ぎ》は、度《はか》るなりと。比義《ひぎ》は、比《くら》べて之《こ》れを度《はか》るなり。「周語《しゅうご》」に曰《い》う、「之《こ》れを民《たみ》に儀《はか》りて之《こ》れを羣生《ぐんせい》に度《はか》る」と。又《ま》た曰《いわ》く、「民神《みんしん》の義《ぎ》を度《はか》らず、生物《せいぶつ》の則《のり》を儀《はか》らず」と。儀《ぎ》と義《ぎ》と古《いにしえ》は字通《じつう》ず。「臣請《しんこ》うらくは、能《よ》く擇《えら》ぶ所《ところ》を薦《すす》むるに、君《きみ》　比義《ひぎ》せんことを」と云《い》うは、言《い》うこころは願《ねが》わくは君《きみ》　比《くら》べ度《はか》りて之《こ》れを行《おこな》わんことをと。「之《こ》れに訓典《くんてん》を教《おし》え、族類《ぞくるい》を知《し》りて、比義《ひぎ》を行《おこな》わしむ」と云《い》うは、「行《おこな》う」は、猶《な》お「用《もち》う」のごときなり。言《い》うこころは事《こと》の族類《ぞくるい》を知《し》りて用《もっ》て其《そ》れ比《くら》べ度《はか》らしむと。「學記《がくき》」に言《い》う、「物《もの》を比《くら》べ類《るい》を醜《くら》ぶ」の若《ごと》きなり。「其《そ》の智《ち》

> は能《よ》く上下《じょうげ》に比義《ひぎ》す」と云《い》うは、言《い》うこころは巫《ふ》の智《ち》は能《よ》く上下《じょうげ》に比《くら》べ度《はか》りて、以《もっ》て神《かみ》に事《つか》うなりと。[*16]）

王引之によれば、上掲①②③の文の意味はそれぞれ、①「どうか君におかれましては（私の薦める人物を）よく照らし合わせて考えてお決め下さい」、②「（太子に）物事の族類を教えて照らし合わせて考えるようにさせる」、③「巫は上下に照らし合わせて考えることができる智を持ち、その智で神に事える」であるという。

このうち③に関して言えば、人間は物事に博く通じていてはじめて様々な物事を「照らし合わせて考える」ことが可能である。したがって、「照らし合わせて考える」ことができる、というのは、「知（智）」を形容する表現である「比義」に相応しい解釈であると思われる。

実際、『国語』楚語下と『書経』呂刑篇の「絶地天通」をともに古代中国における天地分離の神話として論じているD.ボッドもまた、楚語下の「比義」をそのように解釈している。

> 昔は、民と神霊とが混在してはいなかった。当時、ある特定の人々がおり、彼らは明敏で二心無く、敬虔であったため、上方や下方にある物事を正しく照合できる知識と、遠く離れたものや深奥なものを照らし出せる洞察力を持つことができた。それゆえ、神霊はその人に降《くだ》った。そのような能力を持つ者のうち男性を覡（男性シャーマン）、女性を巫（女性シャーマン）と称した。[*17]

次に「上下比義」の「上下」という語について考えてみたい。

『周礼《しゅらい》』春官《しゅんかん》・家宗人《かそうじん》に見える「凡《およ》そ以《もっ》て神仕《しんし》する者《もの》は、三辰《さんしん》の灋《ほう》を掌《つかさど》り、以《もっ》て鬼神《きじん》に猶《はか》りて之《こ》れが居《きょ》を示《しめ》し、其《そ》の名物《めいぶつ》を辨《べん》ず（凡以神仕者、掌三辰之灋、以猶鬼神示之居、辨其名物）」という文に付された鄭玄《じょうげん》の注に、『国語』楚語下の巫覡に関するこの箇所が引かれており、唐《とう》の賈公彦《かこうげん》はそれを解説して以下のように言う。

国語曰以下者、欲見巫能制神之處位者心由精爽之意。云精爽不携貳者、言其専一也。云上下比義者、上謂天神、下謂地神、能比方尊卑大小之義。言聖能通知神意。云神明降之者、正謂神来降於其身。（『国《こく》語《ご》』に曰《い》う以下《いか》は、巫《ふ》の能《よ》く神《かみ》の處位《しょい》を制《せい》するは心精爽《こころせいそう》に由《よ》るの意《い》を見《あら》わさんと欲《ほっ》す。精爽《せいそう》にして携貳《けいじ》せずと云《い》うは、その専一《せんいつ》なるを言《い》うなり。上下《じょうげ》に比義《ひぎ》すと云《い》うは、上《うえ》は天神《てんじん》を謂《い》い、下《した》は地神《ちじん》を謂《い》い、能《よ》く尊卑大小《そんぴだいしょう》の義《ぎ》を比方《ひほう》す。聖《せい》にして能《よ》く通《つう》じて神意《しんい》を知《し》るを言《い》う。神明《しんめい》之《こ》れに降《くだ》るとは、正《まさ》に神《かみ》の其《そ》の身《み》に来降《らいこう》するを謂《い》う。）

これによれば、「上下比義」の「上下」は「天神・地神」を指すことになるが、『国語』に見られる「上下」の語について検討してみると、「上下」のみで「天神・地神」を指すものは見あたらない。天地の神々を指す場合には、斉語《せいご》の「諸侯《しょこう》と牲《せい》を飾《かざ》り載《さい》を為《つく》りて、以《もっ》て上下《じょうげ》の庶神《しょしん》に約誓《やくせい》す（與諸侯飾牲爲載、以約誓上下庶神）」や、晋語《しんご》八の「寡君《かくん》の疾《や》むこと久《ひさ》し。上下《じょうげ》の神祇《じんぎ》は、偏《あまね》く諭《つ》げざるは無《な》し。而《しか》れども除《のぞ》く無《な》し（寡君之疾久矣。上下神祇、無不偏諭。而無除）」のように、「上下の庶神」・「上下の神祇」と言っている。したがって、問題の「上下」は、単に天地を指すのではないかと推測される。

そこで、『国語』の中に「上下比義」と類似した表現を探してみると、以下のような例が得られた。

④　氾濫《はんらん》して王宮に迫った河川を堰《せ》き止《と》めようとする霊王《れいおう》に対する太子晋《たいししん》の諫言（周語《しゅうご》下）。

度之天神則非祥也。比之地物則非義也。類之民則則非仁也。方之時動則非順也。咨之前訓則非正也。觀之詩書與民之憲言皆亡王之爲也。上下儀之、無所比度。工其圖之。（之《こ》れを天神《てんじん》に度《はか》れば則《すなわ》ち祥《しょう》に非《あら》ず。之《こ》れを地物《ちぶつ》に比《くら》ぶれば則《すなわ》ち義《ぎ》に非《あら》ず。之《こ》れを民則《みんそく》に類《くら》ぶれば則《すなわ》ち仁《じん》に非《あら》ず。之《こ》れを時動《じどう》に方《くら》ぶれば則《すなわ》ち順《じゅん》に非《あら》ず。之《こ》れを前訓《ぜんくん》に咨《はか》れば則《すなわ》ち正《せい》に非《あら》ず。之《こ》れを詩書《ししょ》と民《たみ》の憲言《けんげん》とに観《み》れば皆《み》な亡王《ぼうおう》の為《わざ》なり。上《じょう》下《げ》に之《こ》れを儀《はか》るに、比《くら》べ度《はか》る所無《ところな》し。王《おう》其《そ》れ之《こ》れを圖《はか》れ。）

⑤　范宣子《はんせんし》に対し、境界争いの解決法を訾祏《しせき》に問うことを勧める叔向《しゅくきょう》の言葉（晋語《しんご》八）。

訾祏實直而博。直能端辯之、博能上下比之。（訾祏《しせき》は實《まこと》に直《なお》くして博《ひろ》し。直《なお》ければ能《よ》く端《ただ》しく之《こ》れを辯《べん》じ、博《ひろ》ければ能《よ》く上下《じょうげ》に之《こ》れを比《くら》ぶ。）

④で太子晋は、天神・地物・民則・時動・前訓など、為政者の則るべきものを「上下」という言葉で総括し、王者の行動は本来これらに照らし合わせ、すべてに適っているべきであるのに、霊王が行おうとしていることはこれらすべてに反するのだと述べる。

また⑤で叔向は、訾祏という人物は公平無私であるため、物事を正しく判断でき、また博識であるため、物事をよく上下に照らし合わせて考えることができるのだと言っている。これは、人物の知識が博いことを述べている点で、先述した③の「其知上下比義」と共通している。『経義述聞』も「義と比とは、意《い》 相《あ》い近《ちか》し。故《ゆえ》に比《ひ》と言《い》いて以《もっ》て義《ぎ》を兼《か》ぬべし。「晉語《しんご》」に、「能《よ》く上下《じょうげ》に之《こ》れを比《くら》ぶ」と云うは、是《こ》れなり（義與比、意相近。故言比可以兼義。晉語云能上下比之、是也）」として、⑤の「能上下比之」と③「能上下比義」との表現の共通性を指摘している。④の例に鑑みれば、⑤の「上下」もまた天地間に存在するあらゆる物事や法則を指しており、これらに照らし合わせて物事を判断することを「上下《じょうげ》に之《こ》れを比《くら》ぶ」と言っているのだと考えられる。

楚辞「九歌」とシャーマニズムとの関係を論じたA.ウェイリーも、著書の中で『国語』楚語下の当該箇所を引用しているが、「上下」に関してほぼ同様の解釈をしている。

この書（『国語』：矢田注）によれば、シャーマンとは明神がその身に降った人物であるが、彼は特に生命力に満ちあふれ、固く信条を守り、敬虔、公正であり、上方や下方にあるあらゆる物事の中から正しいものを区別できる知識を持ち、広く遠くまで達する光輝を発することのできる聖徳を持ち…だから明神は彼に引き寄せられるのである。[*18]

以上の考察をまとめると、『国語』楚語下に見える「其知能上下比義」という句は、「其《そ》の知《ち》は能《よ》く上下《じょうげ》に比義《ひぎ》す」、つまり「天地の間に存在するあらゆる物事に照らし合わせて考えることができるほどの広い知識を持つ」と解釈することができよう。そしてこれは、ある人物が博識であることを言う一般的な表現であって、特に巫覡と天神・地神との関係を言うものではないと判断される。したがって「其知能上下比義」だけでは、デフロートやエリアーデのように「天に昇ったり、地下界に降りたりでき、そこでなすべき正しい事を識別することができる」と解釈することは不可能であろう。

先に見たように、エリアーデは『国語』楚語下の当該箇所を、デフロートが誤訳したままの形で引用し、「ある人間に「聡明な神が降臨した」のは、彼がすでに「上界に昇り、下界へ降ること」(即ち、天界上昇や冥界下降)ができたからこそなのである」という結論を導き出している。そう結論づけることによって、「憑依」が「脱魂」から派生した二次的なものであるという彼自身の主張を裏付けようとしているのであるが、「上下」が「天界上昇や冥界下降」を指すのでない以上、この主張は成り立たない。

『国語』楚語下の問題の箇所は、「天地の間に存在するあらゆる物事に照らし合わせて考えることができる程の広い知識と、広く遠くまで物事をあまねく明らかにすることのできる聖徳、物事をはっきりと見極められる目の良さと、物事をよく聞き取ることのできる耳の良さを備えた者には明神が降り、そうした人物は巫覡と呼ばれる」と、「明神」の巫覡への「憑依」については述べているのであって、「脱魂」については一言も触れていないのである。

加えて、経書《けいしょ》や先秦諸子《せんしんしょし》の書を検する限り、それらに記された巫覡の活動には、「憑依」をはじめとして乞《きつ》雨《う》・祓禳《ふつじょう》・占夢《せんむ》・予言・祭祀・医術などが見られるが、「脱魂」による天界への飛翔を思わせるような記述は見出せない。[*19]

「脱魂」こそが普遍的、根源的なシャーマニズムの本質であるというエリアーデのシャーマニズム論は、以上のように、少なくとも中国においては、文献に確たる根拠を徴し得ないものであることが明らかになった。したがって、彼のシャーマニズム論を援用して、中国古代にも「脱魂」の巫術が存在したはずであると推測し、その推測の下に「離騒」の天界遊行表現はその影響を受けているとする見解は、妥当性に欠けると言わざるを得ない。

3　ホークスの天界遊行解釈

次に、やはり「離騒」の天界遊行にシャーマニズムの影響があるとするD. ホークスの見解について検討したい。

王逸『楚辞章句』に収録された楚辞の全作品を英訳したホークスは、その著書の総序において、シャーマニズムと「離騒」との関係について独自の見解を述べている。

中国の世俗詩人がシャーマンから効果的に借用している魂の旅、すなわち「飛翔」については、極めて不思議なことに、古代・近現代を問わず、中国のシャーマンに関する説明の中でほとんど耳にすることがない。しかし、世界の他地域のシャーマンについて我々がまず聞かされるのは、この「飛翔」であることが多いのである。[20]

ホークスはまず、シャーマニズムの例として、十七世紀の満州の女シャーマン（ニシャン・シャマン）の物語を挙げる。彼女は遺族から死者の魂を連れ戻すことを依頼されて、死者の国を訪ねる旅に出かけるのであるが、ホークスは中国の巫もこれと同様の活動をしていたとして、以下のような例を挙げる。ただし、注意しておかなければならないのは、そのいずれの例も、巫が自ら「脱魂」して旅に出かけて行く性質のものではないということを、彼が併せて指摘している点である。[21]

楚辞「招魂」・「大招」において巫は、霊魂に向かって呼びかけ、戻ってくるよう説得するが、巫のほうから霊魂を探し求めて出かけて行くという行動には出ていない。[22] また、漢《かん》の武帝《ぶてい》の時の巫も、霊魂を身に「憑依」させてはいるが、自ら「脱魂」して神霊を捕まえに行くということはない。[23] 白居易《はくきょい》の「長恨歌《ちょうごんか》」には、玄宗皇帝《げんそうこうてい》の命を受け、死んだ楊貴妃《ようきひ》の魂を探して大地の間をめぐる人物が登場するが、彼は巫ではなく道士《どうし》である。[24] 楚辞「九歌」でも、全体として巫は地に足をつけたまま、神に向かって呼びかけているようである。[25] さらに、『荘子《そうじ》』に描かれている飛翔は、巫ではなく、道家《どうか》の理想人によるものである。[26] そして伝説の中で、「離騒」の主人公のように龍の牽く車に乗り、神々や神鳥・神獣を従えて堂々と天空を行くのもまた巫ではなく、黄帝《こうてい》のような聖王である。[27]

このように、ホークスが中国におけるシャーマニズムの例として挙げたものはいずれも、シャーマンが「脱魂」して天界を「飛翔」するという他地域のシャーマニズムの典型にはあてはまらない。そこで彼は、改めて

「シャーマン」の一般的な特徴を以下のような5点にまとめ、中国の巫を「シャーマン」と見なすことが適切であるか否かという確認を行う。

(1) シャーマンは魂に関する専門家である。
(2) シャーマンはしばしば巫病に罹った結果、シャーマンとしての能力を得る。
(3) シャーマンは「脱魂」によって自らの魂を霊的世界へと旅立たせることができる。
(4) シャーマンはしばしばシャーマンの祖先や始祖から教えを受ける。
(5) 太鼓や舞踊はシャーマンが自ら「脱魂」の状態に入るために必要なものである。

ところがホークスは、これらの特徴が中国の巫に当てはまるかどうかという検証作業は行わないまま、いずれも中国の巫にも共通する特徴であると見なし、巫に「シャーマン」という訳語を当てることはやはり適切であるという結論を下す。[*28]

そして、文献に見える巫の活動として彼が先に挙げた例の中に「脱魂」による飛翔が見られない理由について、独自の仮説を立てる。すなわち、巫は元来、様々な技術や知識を独占していたが、その力が衰え、地位が低くなるとともに、かつて巫が果たしていた役割が、他者に取って代わられるという現象が起きた。そして、巫がおこなっていた天空への飛翔もまた、他者が代わりに行うようになった、というのである。

確かに中国古代のシャーマンは、多くの技術に精通した人物であり、様々な知識の宝庫であった。ところが、時代の移り変わりとともに巫の地位が下がり、かつて巫が有していた技能がどんどん他の専門家たちに取って代わられるにしたがい、「巫」という語が内包する意味はずっと限られたものになっていったのである。…天空へと飛翔したり、皇帝の死んだ愛妃の魂を探して天地を駆け巡ったりする『荘子』の仙人や理想人、方士たちは、昔の巫の十八番《おはこ》の一つであった行為を演じているのではないだろうか。時代が下り、だまされやすい村人の必要に応える無学のまじない師に落ちぶれてしまった巫と、かつて神々や神霊の隊列を従えて天空を旅していた存在とを結びつけて考えることはできなくなってしまった。その結果、このような超自然的能力は、伝説上の王や神話の中の英雄に帰せられるようになったのである。[*29]

以上のような仮説を提示した後、ホークスはさらに、中国の巫が本来「脱魂」によっておこなっていた天への飛翔は、乞雨を目的としたものであったと推測する。そして、神々を引き連れて天空を飛翔するという行為は、巫が自然神たちを自在に操って雨を降らせる力を得るための手段であった可能性を示唆する。

> 中国のシャーマンが「飛翔」をおこなう元来の目的は、乞雨だったのかもしれない。風や雨などの自然の力を操るためには、それらを統御する神々に対して支配力を持たなくてはならない。「離騒」やその他の作品に描かれているような、神々や神霊を従えて堂々と天界を遊行するという行為は、そうした支配力を獲得する手段であったのかもしれない。[*30]

そしてホークスによれば、巫による乞雨という天界遊行本来の目的は早くに失われ、「離騒」の作者の念頭からもそうした観念は全く消え失せていたが、無意識のうちに作品に反映されたのだという。

> 「離騒」では、魂の旅は象徴となっており、乞雨の観念は詩人の念頭から消え去ってしまっていたに違いない。それにもかかわらず、乞雨儀式の残滓は無意識的に作品の中に保存されているのである。詩人の率いる隊列には、雲や虹、雨や風や雷の神といった、乞雨を行うシャーマンが支配下に入れるべきものたちが含まれている。また彼の車は、空飛ぶ龍に牽かれているが、中国で龍は伝統的に雲や雨と常に関わりの深い動物である。[*31]

以上のようなホークスの見解は、一つの仮説として興味深いものではある。しかしながら、巫が天空へと飛翔し、自然界の神々を操って雨を降らせるといった乞雨祭祀の存在を裏付ける根拠は全く提示されていない。そこで伝世文献の中に、彼が言うような乞雨祭祀を指し示すものがあるかどうか、巫の乞雨に関する記述を探してみると、経書に以下のような例が見られた。[*32]

・司巫掌巫之政令。若國大旱則帥巫而舞雩。(司巫《しふ》は巫《ふ》の政令《せいれい》を掌《つかさど》る。若《も》し國大《くにおお》いに旱《ひでり》すれば則《すなわ》ち巫《ふ》を帥《ひき》いて舞雩《ぶう》す。)(『周礼』春官・司巫)

・女巫掌歳時祓徐、釁浴、旱暵則舞雩。(女巫《じょふ》は歳時《さいじ》の祓徐《ふつじょ》、釁浴《きんよく》を掌《つかさど》り、旱暵《かんかん》すれば則《すなわ》ち舞雩《ぶう》す。)(『周礼』春官・女巫)

・夏大旱。公欲焚巫尫。臧文仲曰、非旱備也。脩城郭、貶食省用、務穡勸分、此其務也。巫尫何爲。天欲殺之、則如勿生。若能爲旱、焚之滋甚。(夏《なつ》 大《おお》いに旱《ひでり》す。公《こう》 巫尫《ふおう》を焚《や》かんと欲《ほっ》す。臧文仲《そうぶんちゅう》曰《いわ》く、「旱《ひでり》の備《そな》えに非《あら》ざるなり。城郭《じょうかく》を脩《おさ》め、食《しょく》を貶《へ》らし用《よう》を省《はぶ》き、穡《しょく》に務《つと》め分《ぶん》に勤《つと》むは、此《こ》れ其《そ》の務《つと》めなり。巫《ふ》尫何《おうなに》をか爲《な》さん。天之《てんこ》れを殺《ころ》さんと欲《ほっ》すれば、則《すなわ》ち生《しょう》ずること勿《な》きに如《し》かん。若《も》し能《よ》く旱《ひでり》を爲《な》せば、之《こ》れを焚《や》けば滋《ます》ます甚《はなは》だしからん」と。)(『春秋左氏伝《しゅんじゅうさしでん》』僖公《きこう》二十一年)

・歳旱。穆公召縣子而問然。曰、天久不雨。吾欲暴尫而奚若。曰、天久不雨而暴人之疾子虐。毋乃不可與。然則吾欲暴巫而奚若。曰、天則不雨而望之愚婦人、於以求之、毋乃已疏乎。(歳旱《としひでり》す。穆公《ぼくこう》 縣子《けんし》を召《め》して然《これ》を問《と》う。曰《いわ》く、「天久《てんひさ》しく雨《あめ》ふらず。吾《われ》尫《おう》を暴《さら》さんと欲《ほっ》すれば奚若《いかん》」と。曰《いわ》く、「天久《てんひさ》しく雨《あめ》ふらずして人《ひと》の疾子《しっし》を暴《さら》すは虐《ぎゃく》なり。乃《すなわ》ち不可《ふか》なること毋《な》からんか」と。「然《しか》らば則《すなわ》ち吾《わ》れ巫《ふ》を暴《さら》さんと欲《ほっ》するに奚若《いかん》」と。曰《いわ》く、「天則《てんすなわ》ち雨《あめ》ふらずして愚婦人《ぐふじん》に之《こ》れを望《のぞ》むは、以《もっ》て之《こ》れを求《もと》むるに於《お》いて、乃《すなわ》ち已《はなは》

だ疏《そ》なること毋《な》からんか」と。）（『礼記《らいき》』檀弓《だんぐう》下）

ここに挙げた例から看取されるように、伝世文献の中には、ホークスの思い描くような、神々を行使して雨を降らせる勇ましい巫の姿は微塵も残されていない。『周礼』によれば、巫は旱魃の際、乞雨のための舞いを舞う役割を担っていた。また『春秋左氏伝』や『礼記』には、乞雨のために火炙《ひあぶ》りにされたり、太陽に曝《さら》されたりする哀れな巫の存在が記録されているのである。

たとえホークスの言うような巫術が、かつては存在していたと仮定するにしても、それは遙か昔に消滅し、伝世文献の中にその痕跡すらとどめていないほどである。それにもかかわらず、忘れ去られた太古における乞雨の巫術が「離騒」に大きな影響を与えているという想定は受け入れ難い。

おわりに

本章では、「離騒」に見える天界遊行の解釈にシャーマニズム論を適用する小南一郎、D. ホークスの見解について検討を加えた。その結果、彼らの説はいずれも、世界の他地域に存在する「脱魂」による飛翔のシャーマニズムが、中国古代においても巫覡による巫術として存在したであろうという推測に基づくものであることが確認できた。そして、こうした推測が少なくとも中国においては、伝世文献に確たる根拠を徴し得ないものであろうことも併せて確認した。

「離騒」の天界遊行を生み出す契機となったものが巫覡による巫術でないとすれば、それは一体何だったのだろうか。この点について考える際に手がかりとなるのが、中国古代における「天」と人との関係である。

先に紹介したエリアーデの見解において、シャーマンの呪的飛翔による天への接近は、天と地の間の失われた通行を一時的に回復するものであると見なされていた。エリアーデによればそれは、天の持つ実在性・無限性・永遠性に近づきたいという人間の心理を反映した、古代の天界至高的存在への信仰の名残であるという。

中国の場合においても「天」は、無限性や永遠性を持つ存在としてとらえられていたと考えられるが、中国古代の「天」は民にとっての信仰の対象というよりも、むしろ為政者にとっての信仰の対象であった。それは中国古代の「天」が為政者に対し、地上を統治するよう命じる「天命」を下す存在であり、ひいては為政者が則るべき政治の規範となる存在でもあったことに由来する。中国古代におけるこのような「天」の特殊性は、当然のことながら政治思想のみならず、文学にも強い影響を及ぼしていると想像される。したがって「離騒」の天界遊行の場面について考える際にも、「天」が為政者と密接な関係を持つ存在であったことを念頭に置く必要があるだろう。

実際、次に挙げるように、天への上昇と地への下降を繰り返す「離騒」の主人公は、作品の中で古の明君や暴君について何度も言及しており、為政者の善悪と王朝の盛衰との関係に深い関心を寄せていることが読み取れる。特に最初の天界遊行に出発する直前、霊均は舜帝の陵墓に向かって以下のように訴える。

夏桀之常違兮　　夏桀《かけつ》の常《つね》に違《たが》うや
乃遂焉而逢殃　　乃《すなわ》ち遂焉《すいえん》として殃《わざわい》に逢《あ》う
后辛之菹醢兮　　后辛《こうしん》の菹醢《そかい》するや
殷宗用而不長　　殷宗《いんそう》用《もっ》て長《なが》からず

湯禹儼而祇敬兮　　湯禹《とうう》は儼《げん》にして祇敬《しけい》し
周論道而莫差　　周《あま》ねく道《みち》を論《ろん》じて差《たが》うこと莫《な》し
擧賢而授能兮　　賢《けん》を擧《あ》げて能《のう》に授《さず》け
循縄墨而不頗　　縄墨《じょうぼく》に循《したが》いて頗《かたよ》らず

（夏王朝最後の王である桀王は間違ったおこないばかりして、最終的に禍《わざわい》に遭いました。辛（殷王朝最後の王である紂王）は臣下を殺して塩辛にしたので、殷王朝は長く続きませんでした。殷王朝初代の湯王と夏王朝初代の禹王は厳かに慎み深く、王道を徧《あまね》く天下に説き及ぼして間違いを起こすことがありませんでした。賢者を挙用して能力の有る者に権力を授け、墨縄《すみなわ》で引いたまっすぐな線にしたがうように、正しい道からはずれることがなかったのです。）

このことから「離騒」の主人公は、王朝の盛衰に対して関心を抱く人物であることが看取され、それは彼によって行われる天界遊行とも深く関係すると推測されるのである。

そこで次章では、「離騒」の天界遊行の背後にあると考えられる、中国古代における「天」と人との関係を念頭に置きつつ、主人公による天への上昇と地への下降という「上下」の動きについて論じたい。

＊1　李嘉言「屈原「離騒」的思想和芸術」（楊金鼎等選編『楚辞研究論文選』湖北人民出版社、一九八五年）、林祥征「説〝霊均〟」（中国屈原学会編『楚辞研究』斉魯書社出版、一九八八年）、黄崇浩「巫風対《離騒》構思之影響」（中国屈原学会編『楚辞研究』斉魯書社出版、一九八八年）等。

＊2　白川静『中国の神話』（中央公論社、一九七五年）、白川静『中国の古代文学（一）―神話から楚辞へ―』（中央公論社、一九七六年）。

＊3　湯漳平「評《楚辞》研究的〝巫化〟傾向」（楚辞研究与争鳴編委会編『楚辞研究与争鳴』、団結出版社、一九八九年）に、「它（＝巫風　※矢田注）在楚国的盛行、也必然给〝楚辞〟以一定的影响、这个问题似无不同意见。问题在于对这种影响程度的估计不一致。我们认为、应当比较客观地估计它的影响程度」とある（38頁）。

＊4　たとえば釜谷武志は「さまざまな天界遊行」（週刊朝日百科、世界の文学101『詩経、楚辞、山海経ほか―古代の歌と神話―』朝日新聞社、二〇〇一年）において、「当時の儀式においては、巫女が天界をめぐり行き、天のそれぞれの層で課せられた困難を一つずつ克服して、最後に天の最高神と交感したものと思われる。そうした儀式が、変形されたすがたで「離騒」に投影されている」と述べている。また、阿部正明「「離騒」に見える楽園」（『國學院中國學會報』第41輯、一九九五年）、王宗昱「評漢人辞賦中的神仙思想」（『天津社会科学』一九九五年第6期）、佐野正史「「離騒」における呪的飛翔について」（『学林』28・29号、一九九八年）、牧角悦子『中国古代の祭祀と文学』、第三章「霊魂再生の祈り―『楚辞』（創文社、二〇〇六年）も同様の見解を示す。

＊5　たとえば張光直『中国青銅時代』（生活・読書・新知三聯書店、一九九九年）には、「至于楚国本身的巫师驾车远游的行动、《楚辞》中到处都有。《离骚》这一段说得再清楚不过了」とあり、主人公霊均が天界遊行へと旅立つ箇所が引用されている（262－264頁）。

＊6　『楚辞』（中国詩文選六、筑摩書房、一九七三年）99－101頁。

＊7　We were able to find that the specific element of shamanism is not the embodiment of "spirits" by the shaman, but the ecstasy induced by his ascent to the sky or descent to the underworld; incarnating spirits and being "possessed" by spirits are universally disseminated phenomena, but they do not necessarily belong to shamanism in the strict sense. (M.Eliade, *Shamanism, Archaic Techniques of Ecstasy*, translated from the French by Willard R.Trask, Bollingen Series LXXVI, Published by Bollingen Foundation, New York, 1964, p. 499.)

＊8　It is possible that "possession" is an extremely archaic religious phenomenon. But its structure is different from the ecstatic experience characteristic of shamanism in the strict sense. And indeed, we can see how "possession" could develop from an ecstatic experience; while the shaman's soul (or "principal soul") was traveling in the upper or lower worlds, "spirits" could take possession of his body. But it is difficult to imagine the opposite process, for, once the spirits have taken "possession" of the shaman, his personal ecstasy - that is, his ascent to the sky or descent to the underworld - is halted. It is the "spirits" that, by their "possession", bring on and crystallize the religious experience. In addition, there is a certain "facility" about "possession" that contrasts with the dangerous and dramatic shamanic initiation and discipline.（注7前掲書 M.Eliade, *Shamanism, Archaic Techniques of Ecstasy*, p. 507.）

＊9　It is indubitable that the celestial ascent of the shaman (or the medicine man, the magician, etc.) is a survival, profoundly modified and sometimes degenerated, of this archaic religious ideology centered on faith in a celestial Supreme Being and belief in concrete communications between heaven and earth.（注7前掲書 M.Eliade, *Shamanism, Archaic Techriques of Ecstasy*, p.505.）

＊10 注7前掲書　M.Eliade, Shamanism, Archaic Techniques of Ecstasy およびその訳書M．エリアーデ著、堀一郎訳『シャーマニズム―古代的エクスタシー技術―』（冬樹社、1974年）、M．エリアーデ著、堀一郎訳『永遠回帰の神話―祖型と反復―』（未来社、一九六三年、原著はM.Eliade, *Myth of the Eternal Return*, trans. from the French by Willard R. Trask, Bollongen Series XLVI, panttheon Books Inc. New York, 1954.）、M．エリアーデ著、風間敏夫訳『聖と俗』（法政大学出版局、一九六九年、原著はM.Eliade, *Das Heilige und das Profane, Vom Wesen des Religiösen*, Rowohlt, Hamburg, 1957.）、M．エリアーデ著、岡三郎訳『神話と夢想と秘儀』（国文社、一九七二年、原著はM.Eliade, *Mithes, Rêves et Mystères*, Gallimard, 1957.）を参照した。

＊11 I．M．ルイス著、平沼孝之訳『エクスタシーの人類学―憑依とシャーマニズム―』（法政大学出版局、一九八五五年、原著はIoan M. Lewis, *Ecstatic Religion: An Anthropological Study of Spirit Possession and Shamanism*, Penguin Books, 1971.）48－59頁。

＊12 注11前掲書、48頁。

＊13 以下、『国語』の引用には『四部叢刊』所収のものを用いた。

＊14 That magical flight and fantastic journeys through the universe were, for the Chinese, only plastic formulas to describe the experience of ecstasy is shown by the following document, among others. The Kuo yu relates that King Chao (515-488 B.C.) one day said to his minister: "The writings of the Chen [sic] dynasty state that Chung-li was actually sent as an envoy to the inaccessible parts of heaven and earth; how was such a thing possible ? ... Tell me whether there be any possibility for people to ascend to Heaven ?" The minister explained that the true meaning of this tradition was spiritual; those who were upright and could concentrate were able to rise to higher spheres and descend into the lower, and distinguish there the things which it would be proper to do ... Being in this condition, intelligent shen descended into them; if a shen thus settled in a male person, this was called a hih, and if it settled in one of the other sex, this was called a wu. As functionaries, they regulated the places for the seats of the gods (at sacrifices) , the order of their tablets, as also their sacrificial victims and implements, and the ceremonial attires to be worn in connection with the season." This seems to indicate that ecstasy - which induced the experiences that were expressed as "magical flight", "ascend to heaven", "mystical journey", and so on - was the cause of the incarnation of the shen and not its result; it was because a man was already able to "rise to higher spheres and descend into the lower" (that is, ascend to heaven and descend to hell) that "intelligent shen descend into" him.（注7前掲書 M.Eliade, *Shamanism, Archaic Techniques of Ecstasy*, pp. 451-453.）

＊15 J.J.M.De Groot, *The Religious System of China : its ancient forms, evolution, history and present aspect, manners, customs and social institutions connected therewith*, 6vols, Leiden, 1892-1910, Vol. IV, pp. 1190-91.

＊16 引用は『経義述聞』（楊家駱編、読書箚記叢刊第2集第24冊、世界書局、一九六三年）による。

*17 Anciently, humans and spirits did not intermingle. At that time there were certain persons who were so perspicacious, single-minded, and reverential that their understanding enabled them to make meaningful collation of what lies above and below, and their insight to illumine what is distant and profound. Therefore the spirits would descend into them. The possessors of such powers were, if men, called xi 覡 (shamans), and, if women, wu 巫 (shamanesses). (Derk Bodde, 'Myth of ancient China', in S. N. Kramer(ed.), *Mythology of the Ancient World*, New York, 1961.)

*18 The shaman, according to this text, is a person upon whom a Bright Spirit has descended, attracted to him because he is particularly vigorous and lively, staunch in adherence to principle, reverent and just; so wise that in all matters high and low he always takes the right side, so saintly (*sheng*) that he spreads around him a radiance that reaches far and wide... (A. Waley, *The Nine Songs, A Study of Shamanism in Ancient China*, George Allen and Unwin ltd., 1955, pp. 9-10)

*19 中国古代の巫が天地の間を上下する能力を有した証拠として『山海経』の以下の記述を挙げる意見が、袁珂『山海経校注』（上海古籍出版社、一九七九年）をはじめとして多く見られる。

①巫咸國在女丑北。右手操青蛇、左手操赤蛇、在登葆山。羣巫所從上下也（海外西経）。

②大荒之中有山、名曰豐沮玉門。日月所入。有靈山、巫咸・巫即・巫朌・巫彭・巫姑・巫眞・巫禮・巫抵・巫謝・巫羅十巫從此升降。百藥爰在（大荒西経）。

しかしこれらの文には、「羣巫」や「十巫」が「天地の間」を「上下」「升降」したとは書かれていない。『山海経』の注釈者である晋の郭璞も、①の「羣巫所從上下也」には「採藥往來」と、②の「十巫從此升降、百藥爰在」には「羣巫上下此山、采之也」と注し、「羣巫」や「十巫」が「上下」、「升降」したのは「登葆山」や「靈山」で、その目的は薬を採るためだと解しているのである。

巫が薬を扱う存在であったことは、『山海経』の以下の記述からもうかがえる。

開明東有巫彭・巫抵・巫陽・巫履・巫凡・巫相、夾窫窳之尸、皆操不死之藥以距之（海内西経）。

郭璞は、古い伝承に関して広範な知識を持っていたことに加え、『山海経図賛』を著していることから、当時『山海経』に付されていた絵図をも目にしていたと考えられる。その彼が、①②の「上下」「升降」を天地の間の上下ではなく、採薬のための登山であると解釈しているのである。これは、郭璞の持つ古い伝承の知識や『山海経』の絵図から、『山海経』に見える巫が、薬を扱う存在ではあっても、天地の間を上下するような存在ではなかったことが明白だったためではないだろうか。

*20 Curiously enough, the Chinese secular poet's most fruitful borrowing from the shaman, the spirit journey or 'flight', is something we hear little about in accounts, whther ancient or modern, of Chinese shamans, though it is often the first thing we are told about shamans in other parts of the world. (David Hawkes, *Songs of The South*, Penguin Books, Middlesex, 1985, p. 42.)

＊21 注20前掲書 David Hawkes, *Songs of The South*, pp. 42-43.

＊22 帝告巫陽曰、有人在下、我欲輔之。魂魄離散、汝筮予之。巫陽對曰、掌帯、上帝其難從、若必筮予之、恐後之謝、不能復用巫陽焉。乃下招曰、魂兮歸來、夫君之恆幹、何爲四方些（楚辞「招魂」）。魂魄歸徠、無遠遥只。魂乎歸徠無東無西無南無北只（楚辞「大招」）。

＊23 文成死明年、天子病鼎湖甚、巫醫無所不致、不癒。游水發根言上郡有巫、病而鬼神下之。上召置祠之甘泉。及病、使人問神君。神君言曰、天子無憂病。病少癒、彊與我會甘泉。於是病癒、遂起、幸甘泉、病良已（『史記』封禅書）。

＊24 臨邛道士鴻都客、能以精誠致魂魄。爲感君王展轉思、遂教方士殷勤覓。排空馭氣奔如電、昇天入地求之徧（『全唐詩』巻四三五、中華書局、一九六〇年）。

＊25 ホークスは、「九歌」を楚や漢の宮廷で巫によって演じられた祭祀演劇の歌謡群であると考え（注20前掲書 pp. 95-101）、いずれも巫が神に向かって呼びかける形式を取ると見る。たとえば「湘君」の冒頭部分「君不行兮夷猶、蹇誰留兮中洲。美要眇兮宜脩、沛吾乗兮桂舟」は、舟に乗って湘君を待ちわびる巫の台詞であると解釈している。

＊26 夫列子御風而行、泠然善也。旬有五日而後反。彼於致福者、未數數然也。此雖免乎行、猶有所待者也。若夫乗天地之正、而御六氣之辯、以遊無窮者、彼且惡乎待哉（『荘子』逍遙遊篇）。藐姑射之山有神人居焉。肌膚若冰雪、淖約若處子。不食五穀、吸風飲露、乗雲氣、御飛龍、而遊乎四海之外。（『荘子』逍遥遊篇）王倪曰、至人神矣。大澤焚而不能熱、河漢沍而不能寒、疾雷破山風振海而不能驚。若然者、乗雲氣、騎日月、而遊乎四海之外（『荘子』斉物論篇）。以上、『荘子』の引用は『四部叢刊』本による。

＊27 昔者、黄帝合鬼神於泰山之上、駕象車而六蛟竜、畢方並鎋、蚩尤居前、風伯進掃、雨師洒道、虎狼在前、鬼神在後、騰蛇伏地、鳳皇覆上、大合鬼神、作爲清角（『韓非子』十過篇）。引用は『四部叢刊』本による。

＊28 Gilles Boileau, 'Wu and shaman', Bulletin of the School of Oriental and African Studies, Volume 65 Part 2, 2002. は、シャーマンの語源となったシベリアのシャーマンと中国古代の巫とでは、性格や社会的地位において相違が見られるとして、巫を「シャーマン」と訳す従来の見解に異を唱えている。

＊29 Evidently the ancient Chinese shaman was a master of many arts and a repository of many kinds of lore. In the course of centuries, however, as the *wu's* status sank and more and more of what had once been wu accomplishments were taken over by other specialists, the term '*wu*' came to have a far more limited connotation... The fairy men or Perfecti of Zhuang Zi and the *fang-shi* or wizards who flew through the air, scouring the universe in search of an emperor's lost favourite, were, we may be sure, performing what, in an earlier age, had been part of the stock-in-trade of the *wu*. A later age, unable to see any connection between the illiterate witch-doctors who ministered to the needs of credulous villagers and the majestic beings who in days gone by had charioted across the firmament attended by troops of subservient gods and spirits, attributed the exercise of such supernatural potency to legendary kings or mythological heroes.（注20前掲書 David Hawkes, *Songs of The South*, p. 44.）

*30 Rain-making may have been the original purpose of the Chinese shaman's 'flight'. In order to manipulate natural forces like wind and rain, it would have been necessary to win mastery over the nature gods who controlled them. The majestic aerial progress through the heavens with gods and spirits in attendance as described in Li sao and other poems may have been the way in which this mastery was obtained.（注20前掲書 David Hawkes, Songs of The South, pp. 46-47.）

*31 In *Li sao* the spirit journey is an allegory and the idea of rain-making must in any case have been far from the poet's mind; nevertheless, lingering traces of a rain-making ritual are unintentionally preserved in it. The poet's cortège includes clouds, rainbows and the gods of rain, wind and thunder, all of which a rain-making shaman would need to have at his command, and his chariot is drawn by flying dragons, which in Chinese tradition have always been associated with clouds and rain.（注20前掲書 David Hawkes, *Songs of The South*, p. 47.）

*32 以下、本書における経書の引用は『十三経注疏』本による。

第3章　楚辞「離騒」の天界遊行に見える「上下」について

はじめに

楚辞「離騒」の天界遊行表現には、巫覡が「脱魂」状態になって天界へ飛翔する中国古代の巫術の影響があるとする見解が近年多く見られる。そうした見解は、次のような考え方に基づいている。すなわち、シャーマンが「脱魂」によって飛翔するシャーマニズムは、世界各地に散見される根元的・普遍的なものであるため、中国古代においても、シャーマンに相当する巫覡《ふげき》によってそれがおこなわれていたに相違ないとする考え方である。これに基づいた上で、「離騒」の天界遊行は、古代の巫覡の「脱魂」による呪的飛翔から生み出されたのであろうと結論づけられているのである。

しかし、前章において検討したように、中国古代の巫覡と呼ばれる人々が、呪的飛翔を伴う「脱魂」の巫術をおこなっていたことを証明する資料は管見の限り見られない。また、「脱魂」のシャーマニズムが、必ずしも世界の全ての文化において根元的・普遍的なものであるとは言えないということも、ルイスらの研究によって明らかになっている。[*1] 加えて、中国古代の巫覡と呼ばれる人々は、その社会的地位や役割の違いから、シャーマンという言葉の語源となったシベリアのシャーマンとは性質を異にする存在だったのではないかという見解も提示されている。[*2]

「離騒」の天界遊行の起源を巫覡の呪的飛翔に求める上記の説は、中国古代の巫覡が、呪的飛翔を伴う「脱魂」の巫術をおこなったという証拠が得られない限り、確実なものにはなり得ない。したがって、「離騒」の天界遊行の場面がどのような文化的背景を持つかという点に関しては、今もなお検討の余地が残されていると言えよう。

そこで本章では、巫覡による呪的飛翔以外にも、「離騒」の天界遊行につながるような飛翔が中国古代に存在したのではないか、という視点から、改めて「離騒」の天界遊行表現のうち、主人公が天界に上ったり、地上に下ったりすることを指す「上下」という言葉に注目して考察したい。

1　他の楚辞作品に見える「上下」

「離騒」には以下のように、主人公が天界に上ったり、地上に下ったりするという表現がいくつか見られる。

193　路曼曼其脩遠兮　路曼曼《みちまんまん》として其《そ》れ脩《なが》く遠《とお》し
194　吾将上下而求索　吾《わ》れ将《まさ》に上下《じょうげ》して求《もと》め索《もと》めんとす
（行く道は長く遠く続いており、私は天に上り地に下って探し求めることにした。）

235　覧相観於四極兮　覧《み》て四極《しきょく》を相観《そうかん》し
236　周流乎天余乃下　天《てん》に周流《しゅうりゅう》して余乃《われすなわ》ち下《くだ》る
（世界の四隅を見て回り、天界を巡って私は地上に下った。）

287　曰勉陸降以上下兮　曰《いわ》く勉《つと》めて陸降《しょうこう》して以《もっ》て上下《じょうげ》し
288　求榘矱之所同　榘矱《くわく》の同《おな》じき所《ところ》を求《もと》めよ
（「懸命に天に昇り地に降りして上下し、おまえにぴたりと合う者を求めなさい」。）
＊神々からの主人公に対する託宣。

333　及余飾之方壮兮　余《わ》が飾《かざ》りの方《まさ》に壮《さか》んなるに及《およ》び
334　周流観乎上下　周流《しゅうりゅう》して上下《じょうげ》を観《み》ん
（私の佩《おびもの》の飾りがまだ美しく立派なうちに、あまねく天地を巡り見ることにしよう。）

これらの句によれば主人公は、ただ漫然と空中を浮遊するだけでなく、何かを「求め索め」、「榘矱の同じき所を求め」るために、或いは「四極」を「相観」し、「上下」を「観」るために、天地の間を意志的に上ったり下ったりしている。したがって、この上下方向の移動は、主人公の目的を達成するために必要な、特別な意味を持つものであると思われる。

試みに「離騒」以外の楚辞作品の中に、人が天地の間を上下するという意味を持つと思われる「上下」や、それに類する語が含まれるかどうかを見てみると、以下の三例が得られた。

①　漂翻翻其上下兮　漂《ただよ》いて翻翻《はんはん》として其《そ》れ上下《じょうげ》し
翼遥遥其左右　翼《かけ》りて遥遥《ようよう》として其《そ》れ左右《さゆう》す
（「九章」悲回風《ひかいふう》）

② 叛陸離其上下兮　叛《はん》として陸離《りくり》として其《そ》れ上下《じょうげ》し
遊驚霧之流波　驚霧《けいむ》の流波《りゅうは》に遊《あそ》ぶ　（「遠遊」）

③ 周流覽四海兮　周流《しゅうりゅう》して四海《しかい》を覽《み》るに
志升降以高馳　志《し》　升降《しょうこう》して以《もっ》て高《たか》く馳《は》す　（「九歎」遠遊）

これらの三例はいずれも「離騒」の表現に倣ったものであると思われる。

まず①と②は、「離騒」の第207・208句「紛《ふん》として總總《そうそう》として其《そ》れ離合《りごう》し　斑《はん》として陸離《りくり》として其《そ》れ上下《じょうげ》す（紛總總其離合兮　斑陸離其上下）」を下敷きとしている。しかし「離騒」のこの「上下」は、離れたり集まったりするという意味の「離合」と対をなしており、主人公の隊列がふわふわと空中を漂う様子を表しているのであって、ここで問題にしようとする「離騒」の主人公の意志的な「上下」とは一線を画すものである。

次に③では、主人公の「志」は「升降」するとは言いながらも、実際には「高く馳」せている。これは「離騒」の第363・364句「志《し》を抑《おさ》えて節《せつ》を弭《ゆる》め　神高《しんたか》く馳《は》せて之《こ》れ邈邈《ばくばく》たり（抑志弭節兮　神高馳之邈邈）」に倣ったものであると考えられ、やはり、今ここで取り上げようとしている「上下」とは性質が異なる。

したがって、以上の①②③から「離騒」に見える主人公の意志的な「上下」や「陞降《しょうこう》」を考える上での手がかりを得ることは困難である。

2　『詩経』に見える「上下」

そこで次に、楚辞に先行する中国古代の詩歌文学であり、楚辞に影響を与えた可能性のある『詩経』を参照したところ、[*3]大雅《たいが》「文王《ぶんのう》」に、「上下」と同様の意味を持つ「陟降《ちょくこう》」という言葉が見られた。

文王在上　　文王《ぶんのう》　上《かみ》に在《あ》り
於昭于天　　於《ああ》　天《てん》に昭《あら》わるなり
周雖舊邦　　周《しゅう》は舊邦《きゅうほう》と雖《いえど》も
其命維新　　其《そ》の命《めい》　維《こ》れ新《あら》たなり
有周不顯　　有周《ゆうしゅう》　不《おお》いに顯《あき》らかなり
帝命不時　　帝命《ていめい》　不《おお》いに時《ひさ》し
文王陟降　　文王《ぶんのう》　陟降《ちょくこう》して
在帝左右　　帝《てい》の左右《さゆう》に在《あ》り

ここに見える「文王陟降（して）」とは、どのような意味だろうか。『墨子《ぼくし》』明鬼篇《めいきへん》には、鬼神の存在を裏付ける証拠として、この詩句が引かれている。[*4]

子墨子曰、周書大雅有之。大雅曰、文王在上、於昭于天。周雖舊邦、其命維新。有周不顯、帝命不時。文王陟降、在帝左右。穆穆文王、令問不巳。若鬼神無有、則文王既死、彼豈能在帝之左右哉。（子墨子《しぼくし》曰《いわ》く、周書《しゅうしょ》の大雅《たいが》に之《こ》れ有《あ》り。大雅《たいが》に曰《いわ》く、「文王《ぶんのう》　上《かみ》に在《あ》り、於《ああ》　天《てん》に昭《あら》わる。周《しゅう》は舊邦《きゅうほう》と雖《いえど》も、其《そ》の命《めい》維《こ》れ新《あら》たなり。有周《ゆうしゅう》　不《おお》いに顯《あき》らかなり、帝命《ていめい》　不《おお》いに時《ひさ》し。文王《ぶんのう》　陟降《ちょくこう》して、帝《てい》の左右《さゆう》に在《あ》り。穆穆《ぼくぼく》たる文王《ぶんのう》、令問《れいもん》已《や》まず」と。若《も》し鬼神《きじん》有《あ》ること無《な》くんば、則《すなわ》ち文王《ぶんのう》既《すで》に死《し》するに、彼《かれ》豈《あ》に能《よ》く帝《てい》の左《さ》右《ゆう》に在《あ》らんやと。）

墨子は『詩経』の「帝の左右に在り」という句を、文王が死後に鬼神となって、上帝のもとにいることだと理解している。しかし説明の中では、「文王陟降」の具体的な解釈はなされていない。

朱熹《しゅき》は『詩集伝《ししゅうでん》』において、大雅「文王」のこの部分について、墨子と同様、文王没後のことを指すと解釈している。[*5]

此章言、文王既没而其神在上、昭明于天。是以周邦雖自后稷始封千有餘年、而其受天命則自今始也。夫文王在上而昭于天、則其徳顯矣。周邦雖舊邦、而命則新、則其命時矣。故又曰、有周豈不顯乎、帝命豈不時矣。蓋以文王之神在天、一升一降、無時不在上帝之左右、是以子孫蒙其福澤、而君有天下也。（此《こ》の章《しょう》の言《い》うこころは、文王《ぶんのう》既《すで》に没《ぼっ》して其《そ》の神《しん》は上《かみ》に在《あ》り、昭《あき》らかに天《てん》に明《あき》らかなり。是《こ》こを以《もっ》て周邦《しゅうほう》は后《こう》稷始《しょくはじ》めて封《ほう》ぜられしより千有餘年《せんゆうよねん》なりと雖《いえど》も、而《しか》れども其《そ》の天命《てんめい》を受《う》くるは則《すなわ》ち今《いま》より始《はじ》まるなり。夫《そ》れ文王《ぶんのう》は上《かみ》に在《あ》りて天《てん》に昭《あき》らかなれば、則《すなわ》ち其《そ》の徳顯《とくあき》らかなり。周邦《しゅうほう》は舊邦《きゅうほう》なりと雖《いえど》も、而《しか》れども命《めい》は則《すなわ》ち新《あら》たなれば、則《すなわ》ち其《そ》の命《めい》　時《とき》ありと。故《ゆえ》に又《ま》た曰《い》う、有周《ゆうしゅう》は豈《あ》に顯《あき》らかならざらんや、帝命《ていめい》は豈《あ》に時《とき》ならざらんやと。蓋《けだ》し以《おも》うに文王《ぶんのう》の神《しん》は天《てん》に在《あ》りて、一升一降《いちしょういちこう》し、時《とき》として上帝《じょうてい》の左右《さゆう》に在《あ》らざる無《な》し。是《こ》こを以《もっ》て子孫《しそん》は其《そ》の福澤《ふくたく》を蒙《こうむ》り、君《きみ》は天下《てんか》を有《たも》つなり。）

朱熹は、「文王陟降　在帝左右」を、文王が死後に霊となって天に存在し、「一升一降」して上帝の側にいることであると解している。そして、「陟降」について解釈したと思われるこの「一升一降」の具体的な意味は、同じ「陟降」という語を含む『詩経』周頌《しゅうしょう》「閔予小子《びんよしょうし》」に付せられた朱熹の注釈からうかがい知ることができる。

閔予小子　閔《あわ》れ予《わ》れ小子《しょうし》
遭家不造　家《いえ》の不造《ふぞう》に遭《あ》い
嬛嬛在疚　嬛嬛《けいけい》として疚《きゅう》に在《あ》り
於乎皇考　於乎《ああ》　皇考《こうこう》
永世克孝　永世《えいせい》　克《よ》く孝《こう》なり
念茲皇祖　茲《こ》の皇祖《こうそ》を念《おも》う
陟降庭止　陟降《ちょくこう》　庭《てい》なり
維予小子　維《こ》れ予《わ》れ小子《しょうし》
夙夜敬止　夙夜《しゅくや》　敬《つつ》しむ
於乎皇王　於乎《ああ》　皇王《こうおう》
繼序思不忘　序《じょ》を繼《つ》ぎ思《おも》いて忘《わす》れず

この中の「念茲皇祖　陟降庭止」について朱熹は以下のように説明する。

思念文王、常若見其陟降於庭、猶所謂見堯於牆、見堯於羹也。楚辭云、三公揖讓、登降堂只、與此文勢正相似。（文王《ぶんのう》を思念《しねん》すること、常《つね》にその庭《てい》に陟降《ちょくこう》するを見《み》るが若《ごと》し。猶《な》お所謂《いわゆ》る堯《ぎょう》を牆《しょう》に見《み》、堯《ぎょう》を羹《あつもの》に見《み》るがごときなり。楚辭《そじ》に云《い》う、三公揖讓《さんこうゆうじょう》して、堂《どう》に登降《とうこう》すと。此《こ》れと文勢《ぶんせい》　正《まさ》に相《あ》い似《に》る。）（『詩集伝』周頌「閔予小子」）

つまり朱熹は「陟降」を、楚辞「大招」に見える「三公穆穆《さんこうぼくぼく》として　堂《どう》に登降《とうこう》す（三公穆穆　登降堂只）[*6]」

の「登降」と同じく、王が政務のために堂を昇降することと見なしているのである。このことから推すと、朱熹が「文王」詩の「陟降」を解した「一升一降」は、文王が死後に霊となり、天にいる上帝に常に付き従い、天上の堂を共に昇降することを指すと思われる。

しかし、孫詒譲《そんいじょう》が『墨子閒詁《ぼくしかんこ》』に「案《あん》ずるに、墨子《ぼくし》の説《せつ》に依《よ》りて、文王既《ぶんのうすで》に死《し》し、神《しん》は帝《てい》の左右《さゆう》に在《あ》りと謂《い》えば、則《すなわ》ち毛《もう》・鄭《てい》と義《ぎ》　異《こと》なる（案、依墨子説、謂文王既死、神在帝之左右、則與毛・鄭義異）」と指摘しているように、『詩経』の毛伝《もうでん》・鄭箋《ていせん》は「文王陟降　在帝左右」を文王の没後のことと見る墨子や朱熹とは別の解釈をしている。

毛伝は「文王陟降」について、「文王升《ぶんのうのぼ》りて天《てん》に接《せっ》し、下《くだ》りて人《ひと》に接《せっ》するを言《い》うなり（言文王升接天、下接人也）」と言う。

鄭箋は大雅「文王」の「文王陟降」には付されていないが、周頌「閔余小子」の「念茲皇祖　陟降庭止」の「陟降《ちょくこう》」については、「陟降《ちょくこう》は、上下《じょうげ》するなり。…此《こ》の君祖文王《くんそぶんのう》の、上《のぼ》りて直道《ちょくどう》を以《もっ》て天《てん》に事《つか》え、下《くだ》りて直《ちょく》道《どう》を以《もっ》て民《たみ》を治《おさ》むるを念《おも》う。私枉無《しおうな》きを言《い》う（陟降、上下也。…念此君祖文王、上以直道事天、下以直道治民。言無私枉）」と言っている。「陟降」を、大雅「文王」の毛伝と同様、文王が上って天に事え、下って民を治めたことと解しているのである。このことから、鄭玄は大雅「文王」の「文王陟降」についても同様に解釈していると推測される。

つまり、大雅「文王」の「文王陟降」を文王の死後、その霊が天上の上帝のもとにいることと見なす墨子や朱熹とは異なり、毛伝・鄭箋はいずれも、文王が天界と地界との間を昇降することと解釈しているのである。大雅「文王」の経文が実際に何を意味しているのかということについては、ひとまず措くとして、ここで注目したいのは、最も古い注釈である毛伝が「文王陟降」を「文王升《ぶんのうのぼ》りて天《てん》に接《せっ》し、下《くだ》りて人《ひと》に接《せっ》するなり」と解釈している点である。「下《くだ》りて人《ひと》に接《せっ》す」というのは、文王が地上において民を統治することであろうと推察されるが、「升《のぼ》りて天に接す」というのは、一体どのような行為を指すのであろうか。

3　人が天に上る話

毛伝の言う、文王が「升《のぼ》りて天《てん》に接《せっ》す」ることの意味を探るため、同様の例を伝世文献の中に求めると、『史記《しき》』封禅書《ほうぜんしょ》に次のような一節が見える。

其後十四年、秦繆公立。病臥五日不寤。寤乃言、夢見上帝。上帝命繆公平晉亂。史書而記藏之府。而後世皆曰、秦繆公上天。（其《そ》の後十四年《ごじゅうよねん》、秦《しん》の繆公《ぼくこう》立《た》つ。病《や》み臥《ふ》して五日《いつか》寤《さ》めず。寤《さ》めて乃《すなわ》ち言《い》う、「夢《ゆめ》に上帝《じょうてい》に見《まみ》ゆ」と。上帝《じょうてい》　繆公《ぼくこう》に命《めい》じて晉《しん》の亂《らん》を平《たい》らげしむ。史《し》　書《しょ》して記《しる》し之《こ》れを府《ふ》に藏《おさ》む。而《しか》して後《こう》世《せい》皆《み》な曰《いわ》く、「秦《しん》の繆公天《ぼくこうてん》に上《のぼ》る」と。）

秦の繆公が、夢で上帝に謁見し、晋の乱を平定せよと命じられた、と語り、そのことを後世の人々は「繆公が天に上った」と評したという。繆公は死んで「昇天」したわけではない。病に臥している間に上帝と接し、じかに命令を受けたことを称して、人々は「繆公が天に上った」と言ったのである。なお、繆公のこの話は、「史《し》　書《しょ》して記《しる》し之《こ》れを府《ふ》に藏《おさ》む」とあるように、正式な記録として残されたという。

これと同様の話は『史記』趙世家《ちょうせいか》にも見える。

趙簡子疾、五日不知人。大夫皆懼。醫扁鵲視之、出。董安于問。扁鵲曰、血脉治也。而何怪。在昔、秦繆公嘗如此、七日而寤。寤之日、告公孫支與子輿曰、我之帝所、甚樂。吾所以久者、適有學也。帝告我、晉國將大亂、五世不安。其後將覇、未老而死。覇者之子、且令而國男女無別。公孫支書而藏之。秦讖於是出矣。獻公之亂、文公之覇、而襄公敗秦師於殽、而歸縦淫。此子之所聞。今主君之疾與之同。不出三日、疾必間。間必有言也。（趙簡子《ちょうかんし》疾《や》み、五日《いつか》人《ひと》を知《し》らず。大夫《たいふ》皆《み》な懼《おそ》る。醫扁鵲《いへんじゃく》之《こ》れを視《み》、出《い》づ。董安《とうあん》于《う》問《と》う。扁鵲《へんじゃく》曰《いわ》く、「血脉治《けつみゃくおさ》まるなり。而《しか》るに何《なん》ぞ怪《あや》しまん。在昔《むかし》、秦《しん》の繆公《ぼくこう》嘗《かつ》て此《か》くの如《ごと》きも、七日《なのか》にして寤《さ》む。寤《さ》むるの日《ひ》、公孫支《こうそんし》と子輿《しよ》とに告《つ》げて曰《いわ》く、「我《われ》　帝《てい》の所《ところ》に之《ゆ》き、甚《はなは》だ樂《たの》しめり。吾《わ》れの久《ひさ》しくする所以《ゆえん》の者《もの》は、適《まさ》に學《まな》ぶこと有《あ》ればなり。帝《てい》　我《われ》に告《つ》ぐるに、晉國將《しんこくまさ》に大《おお》いに亂《みだ》れんとし、五世安《ごせいやす》からざらん。其《そ》の後將《ごまさ》に覇《は》たらんとするも、未《いま》だ老《お》いずして死《し》せん。覇者《はしゃ》の子《し》は、且《まさ》に令《れい》して而《なんじ》の國《くに》の男《だん》女《じょ》をして別無《べつな》からしめんとす」と。公孫支《こうそんし》　書《しょ》して之《こ》れを藏《おさ》む。秦讖《しんしん》是《こ》こに於《お》いて出《い》づ。獻公《けんこう》の亂《らん》、文《ぶん》公《こう》の覇《は》あり、而《しか》して襄公《じょうこう》は秦師《しんし》を殽《こう》に敗《やぶ》り、而《しか》して歸《かえ》りて縦淫《ほしいまま》にす。此《こ》れ子《し》の聞《き》く所《ところ》なり。今《いま》　主君《しゅくん》の疾《やまい》は之《こ》れと同《おな》じ。三日《みっか》を出《い》でずして、疾《やまい》は必《かな》らず間《い》えん。間《い》ゆれば必《かな》らず言有《げんあ》らん」と。）

趙簡子が五日間も人事不省となった際、彼を診察した扁鵲は、秦の繆公もかつて同じような症状であったとして、そのいきさつを紹介する。秦の繆公は病が癒えて目覚めた後、臣下の公孫支と子輿に「我《われ》　帝《てい》の所《ところ》に之《ゆ》き、甚《はなは》だ樂《たの》しめり」と言い、また上帝から秦国に関する予言を受けたと告げた。そしてこの繆公の言葉は、「公孫支《こうそんし》　書《しょ》して之《こ》れを藏《おさ》む」とあるように、臣下の公孫支によって記録されたという。

その後、果たして扁鵲が言うように趙簡子は二日半後に目覚め、上帝から受けた予言について語る。

居二日半、簡子寤、語大夫曰、我之帝所、甚樂。與百神游於鈞天。廣樂九奏萬舞、不類三代之樂、其聲

動人心。有一熊欲來援我。帝命我射之。中熊、熊死。又有一羆來。我又射之、中羆、羆死。帝甚喜、賜我二笥。皆有副。吾見兒在帝側。帝屬我一翟犬曰、及而子之壯也、以賜之。帝告我、晉國且世衰、七世而亡。嬴姓將大敗周人於范魁之西。而亦不能有也。今余思虞舜之勳、適余將以其冑女孟姚配而七世之孫。董安于受言而書藏之。（居《お》ること二日半《ふつかはん》、簡子《かんし》寤《さ》め、大夫《たいふ》に語《かた》りて曰《いわ》く、「我《われ》 帝《てい》の所《ところ》へ之《ゆ》き、甚《はなは》だ樂《たの》しめり。百神《ひゃくしん》と鈞天《きんてん》に游《あそ》ぶ。廣樂《こうがく》の九奏《きゅうそう》・萬舞《まんぶ》は、三代《さんだい》の樂《がく》に類《に》ず、其《そ》の聲《せい》は人《ひと》の心《こころ》を動《うご》かす。一熊《いちゆう》有《あ》りて來《き》たりて我《われ》を援《ひ》かんと欲《ほっ》す。帝《てい》 我《われ》に命《めい》じて之《こ》れを射《い》しむ。熊《ゆう》に中《あた》りて、熊死《ゆうし》す。又《ま》た一羆《いちひ》有《あ》りて來《き》たる。我《われ》又《ま》た之《こ》れを射《い》るに、羆《ひ》に中《あた》りて、羆死《ひし》す。帝《てい》 甚《はなは》だ喜《よろこ》び、我《われ》に二笥《にし》を賜《たま》う。皆《みな》な副《ふく》有《あ》り。吾《わ》れ兒《じ》の帝《てい》の側《かたわら》に在《あ》るを見《み》る。帝《てい》 我《われ》に一翟犬《いちてきけん》を屬《しょく》して曰《いわ》く、「而《なんじ》が子《こ》の壯《そう》なるに及《およ》ぶや、以《もっ》て之《こ》れを賜《たま》え」と。帝《てい》 我《われ》に告ぐるに、晉國且《しんこくまさ》に世《よ》よ衰《おとろ》え、七世《しちせい》にして亡《ほろ》びんとす。嬴姓將《えいせいまさ》に大《おお》いに周人《しゅうひと》を范魁《はんかい》の西《にし》に敗《やぶ》らんとするも、而《しか》れども亦《ま》た有《たも》つこと能《あた》わざるなり。今《いま》 余《われ》虞舜《ぐしゅん》の勳《いさお》を思《おも》い、適《まさ》に余將《われまさ》に其《そ》の冑女孟姚《ちゅうじょもうよう》を以《もっ》て而《なんじ》が七世《しちせい》の孫《まご》に配《はい》せんとす」と。董安于《とうあんう》 言《げん》を受《う》けて書《しょ》して之《こ》れを藏《おさ》む。）

趙簡子もまた秦の繆公と同様に「我《われ》 帝《てい》の所《ところ》に之《ゆ》き、甚《はなは》だ樂《たの》しめり。百神《ひゃくしん》と鈞天《きんてん》に游《あそ》ぶ」と述へ、上帝に謁見した時の様子を語る。それによれば、趙簡子は上帝に命じられて熊と羆《ひぐま》を射殺し、上帝から二つの箱と、彼の子が成人したら与えるようにと一匹の翟犬を賜わり、また後の趙国に関する予言を上帝から授かった。そして、趙簡子の語った内容もまた、「董安于《とうあんう》 言《げん》を受《う》けて書《しょ》して之《こ》れを藏《おさ》む」とあるように、臣下の董安于によって書き記され、保存されたという。この話の中の熊・羆、二つの箱、翟犬が何を表すかは、後に上帝の使者による説明で明らかとなる。それによれば、熊と羆は後に彼が滅ぼすことになる范《はん》・中行《ちゅうこう》の二卿を、二つの箱は、彼の子が敗ることになる代《だい》と智氏《ちし》の二国を示し、翟犬は、後に彼の子が領有することになる代国を表しているのである。[*7]

　この話の中で、趙簡子が「我《われ》　帝《てい》の所《ところ》へ之《ゆ》き、甚《はなは》だ樂《たの》しめり。百神《ひゃくしん》と鈞天《きんてん》に游《あそ》ぶ」と語っていることに注目したい。この言葉によれば、「帝の所へ之く」とは、天に上ることを指すのであり、趙簡子は天に上って上帝と会い、彼自身とその子孫に関する予言を受けたのである。病気になった当時、既に趙簡子は晋の正卿の位にあり、六卿の一人として国の政権を左右していたが、後にその力は益々強大になり、晋の実権を握るようになる。[*8]そしてついには韓・魏とともに諸侯となり、晋を滅ぼす。したがって、この話の中で趙簡子は、将来の趙国の王の祖として、上帝から趙国の将来を暗示する言葉を授かっているのだと考えられる。

　ところで、ここに示した『史記』の二つの話のうち、秦の繆公が語った内容については、「史《し》　書《しょ》して記《しる》し之《こ》れを府《ふ》に藏《おさ》む」、「公孫支《こうそんし》　書《しょ》して之《こ》れを藏《おさ》む」とあり、趙簡子が語った内容については、「董安于《とうあんう》　言《げん》を受《う》け書《しょ》して之《こ》れを藏《おさ》む」とある。つまり、これらの話は秦や趙に記録として残されていたものであり、その記録が『史記』に利用されたのであろうと推察される。

　以上の考察から、王者が天に上って上帝と接し、国の統治に関する助言や予言を上帝から受けるという説話が、春秋戦国期から前漢にかけて存在したのではないかという推測が成り立つ。先述した『詩経』大雅「文王」の「文王陟降」を、毛伝が「文王升りて天に接し、下りて人に接するなり」と解しているのは、正にこうした説話に包含される話柄であり、文王が天に上って上帝から命を受け、地に下って統治をおこなうことを指していると考えられる。

　王の昇天と統治の成敗との間に繫がりがあったらしいことは、『史記』趙世家に見える孝成王の次のような話からもうかがうことができる。

四年、王夢衣偏裻之衣、乘飛龍上天、不至而墜、見金玉之積如山。明日、王召筮史敢占之。曰、夢衣偏裻之衣者、殘也。乘飛龍上天不至而墜者、有氣而無實也。見金玉之積如山者、憂也。（四年《よねん》、王夢《おうゆめ》に偏裻《へんとく》の衣《ころも》を衣《き》、飛龍《ひりゅう》に乘《の》りて天《てん》に上《のぼ》り、至《いた》らずして墜《お》ち、金玉《きんぎょく》の積《つ》まること山《やま》の如《ごと》きを見《み》る。明日《みょうじつ》、王筮《おうぜい》史敢《しかん》を召《め》して之《こ》れを占《うらな》わしむ。曰《いわ》く、「夢《ゆめ》に偏裻《へんとく》の衣《ころも》を衣《き》るは、殘《そこな》うなり。飛龍《ひりゅう》に乘《の》りて天《てん》に上《のぼ》り至《いた》らずして墜《お》つるは、氣《き》有《あ》るも實《じつ》無《な》きなり。金玉《きんぎょく》の積《つ》まること山《やま》の如《ごと》きを見《み》るは、憂《うれ》いなり」と。）

孝成王がこの夢を見た三日後、韓《かん》から使者がやって来て、上党《じょうとう》の地を趙に譲りたいと言う。欲に目がくらんだ孝成王は、大叔父に当たる趙豹《ちょうひょう》の忠告を無視してこの申し出を受ける。そして趙はそのために秦の侵攻を招き、四十万余の兵を失う。*9 孝成王の見た、天に上ろうとして墜落する夢は、こうした彼の後の失政を暗示しているのである。

夢で天に上る王の話としては、他にも漢の文帝に関する次のようなものがあるが、夢の中で王は単に天に上るだけで、その目的は欠落しており、昇天と王の統治との関わりについても記されていない。

孝文帝時中寵臣、士人則鄧通、宦者則趙同、北宮伯子。北宮伯子以愛人長者、而趙同以星氣幸、常爲文帝參乘、鄧通無伎能。鄧通、蜀郡南安人也。以濯舩爲黃頭郎。孝文帝夢欲上天、不能、有一黃頭郎從後推之上天、顧見其衣裻帶後穿。覺而之漸臺、以夢中陰自求推者郎、即見鄧通。其衣後穿、夢中所見也。（孝文帝《こうぶんてい》の時中《じちゅう》の寵臣《ちょうしん》、士人《しじん》は則《すなわ》ち鄧通《とうつう》、宦者《かんじゃ》は則《すなわ》ち趙同《ちょうどう》、北宮伯子《ほくぐうはくし》なり。北宮伯子《ほくぐうはくし》は人《ひと》を愛《あい》するを以《もっ》て長《まさ》り、而《しか》して趙同《ちょうどう》は星氣《せいき》を以《もっ》て幸《こう》せられ、常《つね》に文帝《ぶんてい》の參乘《さんじょう》と爲《な》るも、鄧通《とうつう》は伎能《ぎのう》無《な》し。鄧通《とうつう》は、蜀郡南安《しょくぐんなんあん》の人《ひと》なり。舩《ふね》に濯《さおさ》すを以《もっ》て黃頭郎《こうとうろう》と爲《な》る。孝文帝夢《こうぶんていゆめ》に天《てん》に上《のぼ》らんと欲《ほっ》するも、能《あた》わず、一黃頭郎《いちこうとうろう》有《あ》りて後《うし》ろより之《こ》れを推《お》して天《てん》に上《のぼ》らしむ、顧《かえり》みて其《そ》の衣裻《いとく》の帶《おび》の後《うし》ろ穿《うが》たるるを見《み》る。覺《さ》めて漸臺《ぜんだい》に之《ゆ》き、夢中《むちゅう》を以《もっ》て陰《ひそ》かに自《みずか》ら推《お》し者《もの》の郎《ろう》を求《もと》むるに、即《すなわ》ち鄧通《とうつう》を見《み》る。其《そ》の衣《ころも》は後《うし》ろ穿《うが》たれて、夢中《むちゅう》に見《み》る所《ところ》なり。）（『史記』佞幸列伝《ねいこうれつでん》）

この話には、秦の繆公や趙簡子の話とは異なり、上帝に見《まみ》えるという、天に上る本来の目的は欠落しているものの、王者の資格を有する者が天に上るという要素だけは残っている。このように、その目的が特に明示されず、ただ王者が天に上ったと語られる話は[*10]、先に見た、天に上って上帝から直接命を受け、地に降って地上を治めた古の王の話の残滓であると考えられるのではないだろうか。

以上の考察によれば、主人公が天地の間を「上下」「陞降」する「離騒」の天界遊行もまた、天に上り地に下る王者の伝説の影響を受けている可能性があると言えよう。

おわりに

本章では、「上下」や「陞降」といった、上下方向の移動を表す言葉を手がかりに、「離騒」の天界遊行の背景にあった飛翔について検討した。はじめに指摘したように、「離騒」の主人公は、天界遊行の中で「上下」や「陞降」といった上下の移動を意志的におこなっている。そこで、このように天に上り、地に降るといった行為が、中国古代においてどのような意味を有していたのかを、文献に残る記述の中に探ってみた。その結果、人が天地の間を上下するという表現を『詩経』の毛伝や『史記』に載録された伝説の中に見いだすことができた。そしてそれらの例は、古の王者が天に上って上帝と接し、国の統治に関する命令や予言を上帝から受け、地に降って地上を治めるという説話が、春秋戦国期から前漢にかけて存在した可能性を示すものであった。

こうした説話は、殷周革命以降、王の統治権を正当化する根拠として広く浸透した「受命」という概念に集約される。「天」と統治者との密接な関係を反映して生じたものであろう。王者が天から「命」を授かる「受命」を具体的な形で分かりやすく表したものが、王者が天に上って直接「命」を授かり、その「命」にしたがって地上において統治をおこなうという物語だったと考えられるのである。

この考察結果に鑑みれば、主人公が天地の間を「上下」「陞降」する「離騒」の天界遊行の背景にもやはり、天に上り地に下ることができると考えられていた古の王者の伝説が存在したのではないかと推測される。夢幻的できらびやかな「離騒」の天界遊行の中でおこなわれる、主人公の意志的な天への上昇や地への下降は、天地の間を往来することができた古の王者の伝説から派生したものだと考えられるのである。

しかしながら、「離騒」の天界遊行の背後に、古の王者の伝説があるからといって、すぐさま主人公霊均に王者のイメージを重ねて解釈するのは早計であろう。そこで次章以降において、天界遊行の場面に見えるその他の要素についても考察を加えた上で、主人公の有する性格をより細かく分析していきたいと思う。

＊1　I. M. ルイス著、平沼孝之訳『エクスタシーの人類学―憑依とシャーマニズム―』（法政大学出版局、一九八五年、原著は Ioan M. Lewis, *Ecstatic Religion: An Anthropological Study of Spirit Possession and Shamanism*, Penguin Books, 1971.）

＊2　Gilles Boileau, 'Wu and shaman', *Bulletin of the School of Oriental and African Studies*, Volume 65 Part 2, 2002.

＊3　楚辞作品について論ずる場合、楚という地域の特殊性を念頭に置く必要があるのは確かであろう。しかしながら春秋戦国期には、諸子百家の遊説に見られるように人の往来は頻繁であり、中原と楚との間でも、文化の融合はかなりの程度まで進展していたと

思われる。『春秋左氏伝』には、楚の王やその臣下が会話の中に『詩経』を引用した事例が散見される（例えば、楚の荘王が「周頌」の数首を引用した宣公一二年の記述、楚の令尹子重が「大雅」文王を引用した成公二年の記述など）。また、「離騒」や「天問」に見える歴史故事の多くは、楚特有のものではなく、中原のものである。それゆえ、楚辞を解釈するに際しては、『詩経』をはじめとする中原の文献をも利用し得るものと考える。

*4　引用は『諸子集成』所収の孫詒讓『墨子閒詁』による。

*5　以下、『詩集伝』の引用は『四部叢刊』本による。

*6　言、楚有三公、其位尊高、穆穆而美、上下玉堂、與君議政。宜急徠歸、處履之也（『楚辞章句』王逸注）。

*7　他日、簡子出、有人當道、辟之不去、從者怒、將刃之。當道者曰、吾欲有謁於主君。從者以聞。簡子召之、曰、譆、吾有所見子晰也。當道者曰、屏左右、願有謁。簡子屏人。當道者曰、主君之疾、臣在帝側。簡子曰、然、有之。子之見我、我何爲。當道者曰、帝令主君射熊與羆、皆死。簡子曰、是、且何也。當道者曰、晉國且有大難、主君首之。帝令主君滅二卿、夫熊與羆皆祖也。簡子曰、帝賜我二笥皆有副、何也。當道者曰、主君之子將克二國於翟、皆子姓也。簡子曰、吾見兒在帝側、帝屬我一翟犬、曰、及而子之長以賜之。夫兒何謂以賜翟犬。當道者曰、兒、主君之子也。翟犬者、代之先也。主君之子且必有代。及主君之後嗣、且有革政而胡服、并二國於翟。簡子問其姓而延之以官。當道者曰、臣野人、致帝命耳。遂不見。簡子書藏之於府（『史記』趙世家）。

*8　晉定公二十一年、…趙、名晉卿、實專晉權、奉邑侔於諸侯（『史記』趙世家）。

*9　後三日、韓氏上黨守馮亭使者至、曰、韓不能守上黨、入之於秦。其吏民皆安爲趙、不欲爲秦。有城市邑十七。願再拜入趙、聽王所以賜吏民。王大喜、召平陽君豹告之曰、馮亭入城市邑十七、受之何如。對曰、聖人甚禍無故之利。王曰、人懷吾德、何謂無故乎。對曰、…必勿受也。王曰、今發百萬之軍而攻、踰年歷歲、未得一城。今以城市邑十七幣吾國、此大利也。趙豹出。王召平原君與趙禹而告之。對曰、發百萬之軍而攻、踰歲未得一城。今坐受城市邑十七。此大利、不可失也。王曰、善。乃令趙勝受地。…趙遂發兵取上黨。廉頗將軍、軍長平。七年、廉頗免、而趙括代將。秦人圍趙括。趙括以軍降。卒四十餘萬皆阬之。王悔不聽趙豹之計、故有長平之禍焉（『史記』趙世家）。

*10　『史記』封禅書に見える有名な黄帝昇天伝説などもまたその一例であると考えられる。

第4章　楚辞「離騒」の天界遊行に見える「求索《きゅうさく》」について
―君臣遇合例《くんしんぐうごうれい》を中心に―

はじめに

前章では、「離騒」の天界遊行を生み出す母体となったものが何であったのかを明らかにするため、「離騒」本文に見える「上下」や「陞降《しょうこう》」といった語に注目し、天地の間を往き来する行為が中国古代においてどのような意味を持っていたのかということについて考察した。その結果、「離騒」の主人公による天への上昇、地への下降といった上下移動は、天地の間を往来する古の王者の伝説から派生したものではないかという結論に達した。

人が天地の間を行き来するという表現は、『詩経』の毛伝や、『史記』に載録された説話の中に見いだすことができるが、それらはいずれも、王者によってなされる行為であるという共通点を持つ。これには、地上を治めようという「天命」を「天」から受けた人物が王朝を創業し王者になるという、中国固有の「受命」の観念が影響を与えていると思われる。すなわち「受命」という観念から、王の資格を有する者が天に上って上帝から直接「命」を受け取り、地上に戻って統治をおこなうという伝説が生まれ、それが、天地の間を上下する王のイメージに繋がったと推測されるのである。この推測が的を射ているとするならば、天地の間を「上下」

「陸降」する「離騒」の主人公にもまた、そうした王のイメージが重ねられていると考えてよいのだろうか。

前章における如上の考察をふまえ、本章では引き続き「離騒」の天界遊行について、特にそこに含まれる要素の一つである「求索」という語に焦点を絞って論じたい。

「離騒」の主人公は第193・194句で「路《みち》は曼曼《まんまん》として其《そ》れ脩《なが》く遠《とお》し　吾《わ》れ将《まさ》に上下《じょうげ》して求《もと》め索《もと》めんとす（路曼曼其脩遠兮　吾将上下而求索）」と、天界遊行の目的として「求索」を挙げている。この「求索」の対象、すなわち主人公が「求め索める」対象の一つは、伝説上の女性たちであると考えられるが、これについては次章で取り上げる。もう一つの対象は、第287・288句、巫咸《ふかん》の「曰《いわ》く勉《つと》めて陸降《しょうこう》して以《もっ》て上下《じょうげ》し　榘矱《くわく》の同《おな》じき所《ところ》を求《もと》めよ（曰勉陸降以上下兮　求榘矱之所同）」という託宣にしたがって求める「榘矱の同じき所」、つまり主人公にぴたりと適合する人物である（本書では便宜的に、主人公が伝説上の女性たちを求める行為を「求女」、「榘矱の同じき所」を求める行為を「求索」と呼び、区別する）。

主人公が巫咸から「榘矱の同じき所」を求めよとの託宣を受け、「求索」をおこなうために遠逝《えんせい》する場面は、旧来の解釈において、屈原が理想の君主を求めて楚国を離れようとする心情を表したものであると見なされてきた。そのように解釈されてきた主な理由としては、後述するように、この場面の中に歴史上有名な君臣遇合《くんしんぐうごう》の例が複数詠み込まれていることが挙げられる。懐王に放逐された忠臣屈原を「離騒」の主人公であり作者でもあるとする伝統的な解釈においては、主人公霊均の旅立ちは、屈原が楚国を離れることを指すと見なされる。そして、そこに列挙された君臣遇合例は、旅立ちの目的が屈原による「求君」、つまり自分を用いてくれる賢君を探し求めることであるという証拠だと受け取られてきたのである。

では、「離騒」を屈原伝説から切り離し、こうした旧来の解釈から離れて見た場合、主人公の旅立ちの目的、すなわち「求索」の対象は一体何であると考えられるだろうか。本章ではこの点について、「求索」の場面に示された君臣遇合の例を手がかりとして論じてみたい。

1　巫咸の言葉に見える君臣遇合例

「離騒」の主人公霊均は、作品の中で二度に分けて天界遊行をおこなっている。伝説上の女性たちと婚姻関係を結ぼうとする一度目の遊行が失敗に終わった後、彼は霊氛《れいふん》という人物に占いを命じ、その結果、「遠逝」することを勧められる。しかし霊均はその言葉にしたがう前に、さらに巫咸という人物にも判断を求める。今、便宜的に引用文の一部に二句毎に①～⑥の番号を付して次に示す。

欲従靈氛之吉占兮　　靈氛《れいふん》の吉占《きっせん》に従《したが》わんと欲《ほっ》するも
心猶豫而狐疑　　心《こころ》は猶豫《ゆうよ》して狐疑《こぎ》す
巫咸将夕降兮　　巫咸《ふかん》　将《まさ》に夕《ゆうべ》に降《かみおろし》せんとすれば
懐椒糈而要之　　椒糈《しょうしょ》を懐《いだ》きて之《こ》れを要《もと》む
百神翳其備降兮　　百神《ひゃくしん》は翳《おお》いて其《そ》れ備《つぶ》さに降《くだ》り[*1]
九疑繽其並迎　　九疑《きゅうぎ》は繽《ひん》として其《そ》れ並《なら》び迎《むか》う
皇剡剡其揚靈兮　　皇《こう》として剡剡《えんえん》として其《そ》れ靈《れい》を揚《あ》げ
告余以吉故　　余《われ》に告《つ》ぐるに吉故《きっこ》を以《もっ》てす

①　曰勉陞降以上下兮　曰《いわ》く勉《つと》めて陞降《しょうこう》して以《もっ》て上下《じょうげ》し
　　求榘矱之所同　榘矱《くわく》の同《おな》じき所《ところ》を求《もと》めよ
②　湯禹嚴而求合兮　湯《とう》・禹《う》は嚴《げん》にして合《あ》うを求《もと》め
　　摯咎繇而能調　摯《し》・咎繇《こうよう》は而《すなわ》ち能《よ》く調《ととの》う
③　苟中情其好脩兮　苟《いやしく》も中情《ちゅうじょう》其《そ》れ脩《しゅう》を好《この》まば
　　又何必用夫行媒　又《ま》た何《なん》ぞ必《かな》らずしも夫《か》の行媒《こうばい》を用《もち》いんや
④　説操築於傅巖兮　説《えつ》は築《ちく》を傅巖《ふがん》に操《と》れども
　　武丁用而不疑　武丁《ぶてい》は用《もち》いて疑《うたが》わず
⑤　呂望之鼓刀兮　呂望《りょぼう》の刀《とう》を鼓《こ》するや
　　遭周文而得擧　周文《しゅうぶん》に遭《あ》いて擧《あ》げらるるを得《え》たり
⑥　甯戚之謳歌兮　甯戚《ねいせき》の謳歌《おうか》するや
　　齊桓聞以該輔　齊桓《せいかん》聞《き》きて以《もっ》て輔《ほ》に該《そな》う

（靈氛《れいふん》の「吉である」という占いの結果にしたがって出発しようと思うが、私の心はまだ疑いためらっていた。巫覡《ふげき》の巫咸《ふかん》が夕方に神降ろしをすると聞き、貢ぎ物とするため、香りの良い穀物を抱えて彼に答えを求めに行った。多くの神々が夜空を覆うようにして降り来て、九疑《きゅうぎ》の山々がそれを並んで迎えた。神々は盛んに霊気を揚げながら、巫咸の口を借りて、出発が吉であることを示す故事を挙げた。「懸命に天に上り地に降りして上下し、おまえにぴたりと合う者を求めなさい。殷《いん》の湯王《とうおう》・夏《か》の禹王《うおう》は敬意を払って自分に合う者を求めたので、摯《し》（伊尹《いいん》）・咎繇《こうよう》（皐陶《こうよう》）はそれに応えてよく（政治を）調え治めたのだ。

美しく優れた者を心から好むなら、どうして仲介役などを必要としようか。説《えつ》（傅説《ふえつ》）は傅巖《ふがん》で土盛りをする身分の低い人物であったが、殷《いん》の武丁《ぶてい》は彼を挙用して疑わなかった。呂望《りょぼう》は身分の卑しい屠殺人で、刀を打ち合わせていたが、周《しゅう》の文王《ぶんのう》に遭って挙用されたのだ。甯戚《ねいせき》は牛飼いの仕事をしながら歌を歌っていたが、齊《せい》の桓公《かんこう》はそれを耳にして彼を自分の補佐役にしたのだ。」）

「遠逝」を勧める霊氛の「吉占」を疑う霊均に対して巫咸から伝えられるお告げは、天地を昇降するとともに「榘矱の同じき」相手を求めることを勧めるものである（①）。そして「榘矱の同じき」相手を求め得た好例として、殷《いん》の湯王《とうおう》と伊尹《いいん》（②）、夏《か》の禹王《うおう》と皐陶《こうよう》（②）、殷王武丁《いんおうぶてい》と傅説《ふえつ》（④）、周《しゅう》の文王《ぶんおう》と太公望呂尚《たいこうぼうりょしょう》（⑤）、斉《せい》の桓公《かんこう》と甯戚《ねいせき》（⑥）といった伝説上の君臣遇合の例が挙げられている。

殷の湯王と夏の禹王は「合うを求め」て、それぞれ伊尹と皐陶とを得たという（②）。また、傅説・呂尚・甯戚の三人は、いずれも卑賤な身分にあったが、殷王武丁・周の文王・斉の桓公は、それぞれ彼らが賢者であることを見抜き、挙用したのだという（④⑤⑥）。

ここで注意しておかなければならないのは、②④⑤⑥に見えるこれらの君臣遇合例において、進んで相手を求める行動を起こしたとされているのはいずれも君主の側であって、君臣遇合がかなったのは、賢者が自ら積極的に仕官を求めた結果ではないということである。実際、特に伊尹・傅説・呂尚・甯戚は、賢君が賢者を見いだすことによって治世に成功したという君臣遇合の説話においてよく引き合いに出される人物なのである。

たとえば、伊尹と傅説については次のような説話が存在する。

伊摯、有莘氏之女之私臣、親為庖人。湯得之、擧以為己相、與接天下之政、治天下之民。傅説、被褐帶索、庸築乎傅巖。武丁得之、擧以為三公、與接天下之政、治天下之民。[*2]（伊摯《いし》は、有莘氏《ゆうしんし》の女《むすめ》の私臣《ししん》にし

て、親《みずか》ら庖人《ほうじん》と為《な》る。湯《とう》は之《こ》れを得《え》、擧《あ》げて以《もっ》て己《おのれ》が相《しょう》と為《な》し、與《とも》に天下《てんか》の政《せい》に接《せつ》し、天下《てんか》の民《たみ》を治《おさ》む。傅説《ふえつ》は、褐《かつ》を被《き》て索《さく》を帶《お》び、傅巖《ふがん》に庸築《ようちく》す。武丁《ぶてい》は之《こ》れを得《え》、擧《あ》げて以《もっ》て三公《さんこう》と為《な》し、與《とも》に天下《てんか》の政《せい》に接《せっ》し、天下《てんか》の民《たみ》を治《おさ》む。）（『墨子《ぼくし》』尚賢中《しょうけんちゅう》）

これは「離騒」の②と④に見える、伊尹と傅説がそれぞれ殷の湯王と殷王武丁によって見いだされた例と重なる。

また、『淮南子《えなんじ》』氾論篇《はんろんへん》に見える次の説話は、殷の湯王・周の文王・斉の桓公がそれぞれ、卑賤な身分にあった伊尹・呂尚・甯戚が賢人であることを見抜き、挙用したことを語るものである。

今志人之所短、而忘人之所脩、而求得其賢於天下則難矣。夫百里奚之飯牛、伊尹之負鼎、太公之鼓刀、甯戚之商歌、其美有存焉者矣。衆人見其位之卑賤、事之洿辱、而不知其大略、以爲不肖。及其爲天子三公、而立爲諸侯賢相、乃始信於異衆也。夫發于鼎俎之間、出于屠酤之肆、解于累紲之中、興于牛頷之下、洗之以湯沐、祓之以爟火、立之于本朝之上、倚之于三公之位、内不慙於國家、外不愧於諸侯、符勢有以内合。故未有功而知其賢者、堯之知舜。功成事立而知其賢者、市人之知舜也。[*3]（今《いま》人《ひと》の短《たん》なる所《ところ》を志《しる》して、人《ひと》の脩《しゅう》なる所《ところ》を忘《わす》れ、而《しか》して其《そ》の賢《けん》を天下《てんか》に得《え》んことを求《もと》むれば則《すなわ》ち難《かた》し。夫《そ》れ百里奚《ひゃくりけい》の牛《うし》を飯《か》い、伊尹《いいん》の鼎《かなえ》を負《お》い、太公《たいこう》の刀《とう》を鼓《こ》し、甯戚《ねいせき》の商歌《しょうか》するや、其《そ》の美《び》の焉《ここ》に存《そん》する者《もの》有《あ》り。衆人《しゅうじん》は其《そ》の位《くらい》の卑賤《ひせん》にして、事《こと》の洿辱《おじょく》なるを見《み》れども、其《そ》の大略《たいりゃく》を知《し》らず、以《もっ》て不肖《ふしょう》と爲《な》す。其《そ》の天子《てんし》の三公《さんこう》と爲《な》りて、立《た》ちて諸侯《しょこう》の賢相《けんしょう》と爲《な》るに及《およ》びて、乃《すなわ》ち始《はじ》めて衆《しゅう》に異《こと》なれるを信《しん》ずるなり。夫《そ》れ鼎俎《ていそ》の間《かん》より發《おこ》り、屠酤《とこ》の肆《し》より出《い》で、累紲《るいせつ》の中《なか》より解《と》かれ、牛頷《ぎゅうがん》の下《した》より興《おこ》り、之《こ》れを洗うに湯沐《とうもく》を以《もっ》てし、之《こ》れを祓《はら》うに爟火《かんか》を以《もっ》てし、之《こ》れを本朝《ほんちょう》の上《うえ》に立《た》て、之《こ》れを三公《さんこう》の位《くらい》に倚《よ》せ、内《うち》は國家《こっか》に慙《は》じず、外《そと》は諸侯《しょこう》に愧《は》じざるは、符勢《ふぜい》以《もっ》て内《うち》に合《あ》う有《あ》ればなり。故《ゆえ》に未《いま》だ功有《こうあ》らずして其《そ》の賢《けん》なるを知《し》るは、堯《ぎょう》の舜《しゅん》を知《し》るなり。功成《こうな》り事立《ことた》ちて其《そ》の賢《けん》なるを知《し》るは、市人《しじん》の舜《しゅん》を知《し》るなり。）

この説話においても、重視されているのは、賢人を見抜いて挙用する君主側の眼識であり、「離騒」の②⑤⑥の例に合致する。[*4]

ところで、楚辞作品の一つである「天問」には、過去の王朝の伝説に関する問いも含まれており、その中には「離騒」に見える伝説と内容や表現が類似する箇所がある。このことから、両作品は共通の歴史的知識を背景に作られたと考えられる。[*5]そして「天問」の中にも、君臣遇合に触れた次のような記述が見られる。

帝乃降觀　　帝《てい》　乃《すなわ》ち降《くだ》り観《み》て
下逢伊摯　　下《した》に伊摯《いし》に逢《あ》う
何條放致罰　　何《なん》ぞ條《じょう》に放《はな》ちて罰《ばつ》を致《いた》し
而黎服大説　　黎服《れいふく》して大《おお》いに説《よろこ》ぶや

これは殷の湯王が伊尹を挙用して、夏の桀王を倒した話に基づく問いである。湯王と伊尹との出会いについてはまた、次のような問いも見られる。

成湯東巡　　成湯《せいとう》は東巡《とうじゅん》して
有莘爰極　　有莘《ゆうしん》に爰《ここ》に極《いた》る
何乞彼小臣　　何《なん》ぞ彼《か》の小臣《しょうしん》を乞《こ》いて
而吉妃是得　　吉妃《きっぴ》を是《こ》れ得《え》たるや
水濱之木　　水濱《すいひん》の木《き》に

得彼小子　　彼《か》の小子《しょうし》を得《え》たり
夫何惡之　　夫《そ》れ何《なん》ぞ之《こ》れを悪《にく》みて
媵有莘之婦　有莘《ゆうしん》の婦《ふ》に媵《よう》せるや

これらは、湯王が東方に巡狩し、有莘氏《ゆうしんし》の国に伊尹を見いだしたという話に関する問いである。「天問」にはさらに周の文王と呂尚との出会いにまつわる問いも見える。

師望在肆　　師望《しぼう》は肆《し》に在《あ》るに
昌何識　　　昌《しょう》は何《なん》ぞ識《し》るや
鼓刀揚聲　　刀《とう》を鼓《こ》し聲《こえ》を揚《あ》ぐるに
后何喜　　　后《きみ》は何《なん》ぞ喜《よろこ》ぶや

これらは、市で刃物を打ち鳴らしていた呂尚を文王が見いだしたという、「離騒」の⑤に見えるものと同じ話についての問いである。

このように「天問」が基づく君臣遇合の説話は、「離騒」に見える君臣遇合の例と重なり合う。そして「天問」においても特に殷の湯王と伊尹の出会いは、「帝《てい》　乃《すなわ》ち降《くだ》り観《み》て　下《した》に伊摯《いし》に逢《あ》う」、「成湯《せいとう》は東巡《とうじゅん》して有莘《ゆうしん》に爰《ここ》に極《いた》る」とあるように、君主の方から出かけて行って賢臣を得たとされている。[*6]

「離騒」と「天問」とが同じ歴史的知識を持つ人々によって生みだされたのだとすれば、「離騒」に見える君臣遇合の例も、「天問」のものと同じように、王者の方から賢者を求めて見いだした話であるととらえるべきであろう。

2　君臣遇合例のもつ意味

主人公を忠臣屈原とし、「求索」の目的を「求君」とする従来の解釈に基づくのであれば、主人公の「求君」を促すために巫咸が挙げるべき君臣遇合例は、賢者の方から明君を求めて遠行するパターンである方が望ましいであろう。しかしながら前節で確認したように、「離騒」本文に列挙されているのはそれとは逆の、明君の方から賢者を求めて見いだすパターンの君臣遇合例なのである。この矛盾を過去の注釈者たちはどのように解決しているのだろうか。

前節に掲げた「離騒」原文①の部分について、後漢の王逸『楚辞章句』は、「言《い》うこころは當《まさ》に自《みずか》ら勉《つと》め強《つと》めて上《うえ》は明君《めいくん》を求《もと》め、下《した》は賢臣《けんしん》の己《おのれ》と法度《ほうど》を合《がっ》する者《もの》を索《もと》め、因《よ》りて與《とも》に志《こころざし》を同《おな》じくして共《とも》に治《ち》を為《な》すべきなりと（言當自勉強上求明君、下索賢臣與己合法度者、因與同志共爲治也）」とする。つまり、上は明君を求め、下は考え方の合う賢臣を求め、共に明君に仕えて治を為すべきであることを、巫咸が述べたものと見なすのである。そして②の部分については、「言《い》うこころは湯《とう》・禹《う》は至聖《しせい》なるも、猶《な》お敬《つつし》みて天道《てんどう》を承《う》け、其《そ》の匹《ひつ》合《ごう》を求《もと》め、伊尹《いいん》・咎繇《こうよう》を得《え》、乃《すなわ》ち能《よ》く陰陽《いんよう》を調和《ちょうわ》して、天下《てんか》を安《やす》んずと（言湯禹至聖、猶敬承天道、求其匹合、得伊尹咎繇、乃能調和陰陽、而安天下）」とする。湯王や禹のような聖人であってもなお慎んで天の道にしたがい、賢者を求めてそれぞれ伊尹と咎繇を得られた。だからこそ、彼らは陰陽を調和して天下を安定させることができたのだ、と解するのである。しかし、王逸注は①の託宣と②④⑤⑥の君臣遇合の例との関係については言及していない。

次に宋の洪興祖『楚辞補注』[*7]は、②以下を「此《こ》れより以下《いか》、皆《み》な屈原《くつげん》の語《ご》なり」として、①の巫咸のお告げに反論する主人公屈原の言葉であると見なす。この解釈ならば、遠くへ赴いて君主を求めよとする①の託宣を不服とする主人公が、臣の方から求めることなく君主に見いだされた好例として、②以下の君臣遇合例を挙げることになり、①の託宣と②以下の君臣遇合例との繋がりに関しては問題がないように思われる。しかし、「余《われ》に告《つ》ぐるに吉故《きっこ》を以《もっ》てす」とあるように、巫咸は最初に占いをした霊氛の出した「吉占」についての「吉故」、すなわち占いの結果が吉であることを裏付ける故事を述べているのである。[*8]①のみでは「吉故」とは言えないため、やはり②以下の君臣遇合の例をも含めて巫咸の言葉と解する方が自然であろう。

朱熹『楚辞集注』は、②の湯王と伊尹、禹と咎繇は、考え方のぴったりと合う「榘矱の同じき」相手を求めた好例として挙げられているに過ぎず、君臣のどちらが求めたのかという点は関係ないと考えているようである。

陸降上下而求賢君與我皆能合乎此法者、如湯之得伊尹、禹之得咎繇、始能調和而必合也。[*9]（陸降上下《しょうこうじょうげ》して賢君《けんくん》の我《われ》と皆《み》な能《よ》く此《こ》の法《ほう》に合《がっ》する者《もの》を求《もと》むること、湯《とう》の伊尹《いいん》を得《え》、禹《う》の咎繇《こうよう》を得《う》るが如《ごと》きなれば、始《はじ》めて能《よ》く調《ちょう》和《わ》して必《かな》らず合《あ》うなり。）

そして③の「苟《いやしく》も中情《ちゅうじょう》其《そ》れ脩《しゅう》を好《この》まば　又《ま》た何《なん》ぞ必《かな》らずしも夫《か》の行媒《こうばい》を用《もち》いんや」に関しては、真に善を好む気持ちを持っていれば、その心は神明に通じ、仲介者など通さなくても賢君に見いだされるはずだという意味に解し、④⑤⑥の君臣遇合は、賢者の心が神明に通じた結果、賢君に見いだされた例であるとする。

言誠心好善則精感神明、賢君自當擧而用之。不必須左右薦達也。（言《い》うこころは誠心善《せいしんぜん》を好《この》まば則《すなわ》ち精《せい》は神明《しんめい》を感《かん》ぜしめ、賢君《けんくん》自《みずか》ら當《まさ》に擧《あ》げて之《こ》れを用《もち》うべし。必《かな》らずしも左右《さゆう》の薦達《せんたつ》を須《もち》いずと。）

しかし、前節において確認したように、これらの君臣遇合例は、君主の側から賢者を求めることの重要性を説く言説に多く見られるものである。また「離騒」本文も、殷の湯王と夏の禹が「合うを求め」て、伊尹と皐陶を獲得し、殷王武丁・周の文王・斉の桓公が、卑賤な身分にある傅説・呂尚・甯戚が賢者であることを見抜いて挙用したというように、君主側の努力と洞察力を賞賛しているように読み取れる。

明《みん》の汪瑗《おうえん》『楚辞集解《そじしっかい》』もまた、①②を朱熹と同じようにとらえる。*10

瑗按、上二句言臣之擇君、下二句言君之擇臣、上下所擇亦惟於其道之同焉而已矣。（瑗按《えんあん》ずるに、上《うえ》の二句《く》は臣《しん》の君《くん》を擇《えら》ぶを言《い》い、下《した》の二《に》句《く》は君《くん》の臣《しん》を擇《えら》ぶを言《い》う、上下《じょうげ》擇《えら》ぶ所《ところ》も亦《ま》た惟《た》だ其《そ》の道《みち》の同《おな》じきに於《お》いてするのみ。）

上の二句（①）は臣下が君主を求めることを言い、下の二句（②）は君主が臣下を求めることを言っているが、双方の「道」が同じであって初めて君臣遇合がかなうことを述べている、と解釈するのである。

しかし、汪瑗が他の解釈者たちと異なるのは、②以下に見える君臣遇合の例が、君主の方から賢臣を探し求めた例であることを念頭に置き、他人の説をも検討しながら解釈を試みている点である。細かく見ていこう。汪瑗はまず③の意味に関して次のように述べる。

瑗按、何必用夫行媒、或者言、君子之于出處、但當脩道於己、不必往求於人之意、非謂不用行媒而自往求之、君子無求用之理。此説雖善、要非巫咸本意。屈子正憾其理弱媒拙、欲自適而不可、故占之以決疑。巫咸方且勸其上下以求索、而又言不必往求、是沮其遠逝而益滋其疑也。（瑗按《えんあん》ずるに、「何《なん》ぞ必《かな》らずしも夫《か》の行媒《こうばい》を用《もち》いん」とは、或《あ》る者《もの》言《い》う、「君子《くんし》の出處《しゅっしょ》に於《お》けるや、但《た》だ當《まさ》に道《みち》を己《おのれ》に修《おさ》むべきのみにして、必《かな》らずしも往《ゆ》きて人《ひと》に求《もと》めざるの意《い》なり、行媒《こうばい》を用《もち》いずして自《みずか》ら往《ゆ》きて之《こ》れを求《もと》めよと謂《い》うに非《あら》ず、君《くん》子《し》は用《もち》いらるるを求《もと》むるの理《り》無《な》し」と。此《こ》の説《せつ》善《よ》しと雖《いえど》も、要《かな》らず巫咸《ふかん》の本意《ほんい》に非《あら》ず。屈子《くっし》は正《まさ》に其《そ》の理《り》弱《よわ》く媒《ばい》拙《せつ》なるを憾《うら》み、自《みずか》ら適《ゆ》かんと欲《ほっ》するも不可《ふか》なり、故《ゆえ》に之《こ》れを占《うらな》いて以《もっ》て疑《うたが》いを決《けっ》す。巫咸《ふかん》方《まさ》に且《しばら》く其《そ》の上下《じょうげ》して以《もっ》て求索《きゅうさく》するを勧《すす》め、而《しか》して又《ま》た必《かな》らずしも往《ゆ》きて求《もと》めずと言《い》わば、是《こ》れ其《そ》の遠逝《えんせい》を沮《はば》みて益《ます》ます其《そ》の疑《うたが》いを滋《ま》すなり。）

汪瑗は③「苟《いやしく》も中情《ちゅうじょう》其《そ》れ脩《しゅう》を好《この》まば　又《ま》た何《なん》ぞ必《かな》らずしも夫《か》の行媒《こうばい》を用《もち》いんや」に関して、「ある人物」の意見を紹介している。その人物はこの句の意味を「君子は出処に関しては自らの行いを修めるだけでよく、仲介者を使って仕官を求める必要などないということであって、仲介者を通さずに自ら仕官を求めに行けと勧めているのではない」と解する。これは、先に見た朱熹による③の解釈と大筋において一致する。このような意見に対して汪瑗は、それでは巫咸は、①で「勉めて陞降して以て上下」せよと遠逝を勧めながら、③以下では主人公に「自ら仕官を求めに行くな」と言っていることになり、齟齬が生じるとして、次のように自らの意見を述べる。

巫咸但言不必借力於人以求之、苟吾道之同、雖自適又何不可乎。此何必用夫行媒之意也。雖然、巫咸之所謂不用行媒而自往求之者、亦曰中情好脩而已矣、榘矱之同而已矣之求之也。其諸異乎人之求之與。不然、何爲以摯陶傳説言之邪。三子者、聖人也。又豈眞嘗自求用於人也哉。古人之言、意各有在、不可拘一也。（巫咸《ふかん》は但《た》だ必《かな》らずしも力《ちから》を人《ひと》に借《か》りて以《もっ》て之《こ》れを求《もと》めざるも、苟《いやしく》も吾《わ》が道《みち》の同《おな》じければ、自《みずか》ら適《ゆ》くと雖《いえど》も又《ま》た何《なん》ぞ不可《ふか》ならんと言《い》うのみ。此《こ》れ「何《なん》ぞ必《かな》らずしも夫《か》の行媒《こうばい》を用《もち》いん」の意《い》なり。然《しか》りと雖《いえど》も、巫咸《ふかん》の謂《い》う所《ところ》の行媒《こうばい》を用《もち》いずして自《みずか》ら往《ゆ》きて之《こ》れを求《もと》めよとは、亦《また》た中情《ちゅうじょう》脩《しゅう》を好《この》むのみ、榘矱《くわく》の同《おな》じきのみ之《こ》れ之《こ》れを求《もと》めよと曰《い》うなり。其《そ》れ諸《こ》れ人《ひと》の之《こ》れを求《もと》むるに異《こと》ならんや。然《しか》らざれば、何爲《なんす》れぞ摯《し》・陶《よう》・傳説《ふえつ》を以《もっ》て之《こ》れを言《い》うや。三子《さんし》は、聖人《せいじん》なり。又《ま》た豈《あ》に眞《まこと》に嘗《かつ》て自《みずか》ら用《もち》いらるるを人《ひと》に求《もと》めんや。古人《こじん》の言《げん》は、意各《いおの》おの在《あ》る有《あ》り、一《いつ》に拘《とら》わるるべからざるなり。)

③で巫咸は、他人の力を借りず自ら仕官先を求めに行くことを勧めているのであるが、また同時に、「中情脩を好」む「榘矱の同じき」人物だけを求めよとも言っている。それほど主人公に適合した相手であるならば、当然相手の方でも主人公のような人物を求めるはずであるから、主人公の方から求めに行くと言っても、実際は相手の方から主人公を求めるのと変わりがない。そうでなければ、どうして伊尹・咎繇・傅説といった、自ら仕官先を求めたことがない聖人を例に挙げるのか。古人の言葉の真意がどこにあるかは場合により異なり、一定ではないのだ。汪瑗はこのように、巫咸が主人公に明君を捜し求めに行くよう勧める一方で、逆に明君の方から賢臣を求め挙用した例を列挙する理由を説明しようと苦心している。

次に、近人の游国恩《ゆうこくおん》の解釈を見てみよう。

「勉陞降以上下」者、猶云姑且俯仰浮沈、忍而暫留於此、不必皇皇焉遠逝以求合也。尤非勸其過都越國、上下求索之謂也。其意與靈氛絶不同…。[*11]（「勉《つと》めて陞降《しょうこう》して以《もっ》て上下《じょうげ》」せよとは、猶《な》お姑且《しばら》く俯仰《ふぎょう》して浮《ふ》沈《ちん》し、忍《しの》びて暫《しばら》く此《こ》こに留《とど》まり、必《かな》らずしも皇皇焉《こうこうえん》として遠逝《えんせい》して以《もっ》て合《あ》うを求《もと》めざれと云《い》うがごときなり。尤《もっと》も其《そ》の都《みやこ》を過《す》ぎて國《くに》を越《こ》え、上下《じょうげ》して求《もと》め索《もと》むるを勸《すす》むるの謂《い》いに非《あら》ざるなり。其《そ》の意《い》は靈氛《れいふん》と絶《た》えて同《おな》じからず…。)

游国恩が従来の解釈者たちと異なるのは、①を、賢者は動かずじっと挙用されるのを待つべきだという、主人公に対する巫咸の言葉であると見なす点である。つまり「勉めて陞降して以て上下」することを、「置かれた環境にしたがって浮沈しながら留まる」という意味に解し、巫咸は「遠逝」を勧めた霊氛とは逆に、留まるよう勧めているとするのである。

また、②以下の君臣遇合例に関しては、朱熹と同様に、自らの徳を修めた結果、求めずして明君に見いだされた賢者の例として挙げられたものと見なす。

咎繇之於禹、伊摯之於湯、皆不求而合者也。傅説・呂望・甯戚諸賢、亦不求而合者也。蓋賢者自修其徳、則積中發外、自不假於干要、必有一朝之遇。而明君在上、亦必不使有遺賢在下也。此其意、一則以尼其行、一則姑留以待時。雖託諸聰明正直之口、實爲屈子肺腑之言。（咎繇《こうよう》の禹《う》に於《お》ける、伊摯《いし》の湯《とう》に於《お》ける、皆《み》な求《もと》めずして合《あ》う者《もの》なり。傅説《ふえつ》・呂望《りょぼう》・甯戚《ねいせき》の諸賢《しょけん》も、亦《ま》た求《もと》めずして合《あ》う者《もの》なり。蓋《けだ》し賢者《けんじゃ》自《みずか》ら其《そ》の徳《とく》を修《おさ》むれば、則《すなわ》ち中《なか》に積《つ》もりて外《そと》に發《はっ》し、自《みずか》ら干要《もと》むるに假《いとま》あらざるも、必《かな》らず一朝《いっちょう》の遇《ぐう》有《あ》り。而《しか》して明君上《めいくんうえ》に在《あ》れば、亦《ま》た必《かな》らず遺賢《いけん》の下《した》に在《あ》るもの有《あ》らしめざるなり。此《こ》れ其《そ》の意《い》は、一《いっ》は則《すなわ》ち以《もっ》て其《そ》の行《ゆ》くを尼《とど》め、一《いっ》は則《すなわ》ち姑《しばら》く留《とど》まりて以《もっ》て時《とき》を待《ま》たしむ。諸《こ》れを聰明《そうめい》にして正直《せいちょく》なるものの口《くち》に託《たく》すと雖《いえど》も、實《まこと》は屈子《くっし》の肺腑《はいふ》の言爲《げんた》り。）

確かにこの解釈ならば、①と②以下の君臣遇合例とは問題なく接合するが、その場合、他の部分に齟齬が生じてしまう。

游国恩は①の「勉陞降以上下」と「求榘矱之所同」を、「置かれた環境にしたがって浮沈しながら留まれ」、「ぴたりと合う君主に挙用されるのを待て」という託宣であると解するため、ここの「上下」「求」の語は、「離騒」の他の箇所に見える「上下」「求」と意味が異なるのだとする。

自昔注家、見陞降上下之文、與前後周流上下之語相似、又以求榘矱之求、與前後求索、求美、求女之求相混、而其誤遂不可究詰矣。（昔《むかし》より注家《ちゅうか》、「陞降上下」の文《ぶん》、前後《ぜんご》の「周流」「上下」の語《ご》と相《あ》い似《に》るを見《み》、又《ま》た「求榘矱」の「求」を以《もっ》て、前後《ぜんご》の「求索」、「求美」、「求女」の「求」と相《あ》い混《こん》じ、而《しか》して其《そ》の誤《あやま》りは遂《つい》に究詰《きゅうきつ》すべからず。）

　しかし、この箇所の「上下」「求」だけが他の箇所の「上下」や「求」と全く異なる意味を持つとは考え難い。また游国恩は、霊氛と巫咸とが正反対の行動を主人公に勧めているとしているのであるが、先にも触れたように、巫咸は霊氛の出した「吉占」に対する「吉故」を「告」げるのであるから、その主旨は必然的に霊氛のものと合致するはずであり、この点から見ても彼の説は成り立ち難いと言わざるを得ない。

　游国恩がなぜこのように無理のある解釈をしているのかと言えば、やはり②以下の君臣遇合例と『史記』屈原伝に描かれた屈原の立場とを何とか整合させようとしたためであろう。

　以上に見た注釈者たちの意見はいずれも、「離騒」の作者・主人公を『史記』屈原伝に描かれた屈原だとする立場に立ち、「求索」の場面をその屈原像に沿うように解釈しようとするものである。そのため、明君を求めて遠逝しようとする主人公屈原に対し、巫咸が逆のパターン、すなわち明君の側から賢臣を求めた君臣遇合例を挙げて促しているという矛盾を解消しようと、様々に解釈を工夫しているのである。しかしながら、そうした解釈には自ずと無理があり、不自然さは払拭し切れていない。

　それでは「離騒」の作者・主人公を屈原とする立場から離れた上で、改めてこの箇所を見てみるとどうであろうか。

　巫咸は主人公に対して、①で「勉《つと》めて陞降《しょうこう》して以《もっ》て上下《じょうげ》し　榘矱《くわく》の同《おな》じき所《ところ》を求《もと》めよ」と遠逝を勧める。そして②④⑤⑥に、明君が賢者を見いだして挙用した君臣遇合例を列挙している。このことから巫咸の言葉は、主人公を殷の湯王・夏の禹王・殷王武丁・周の文王・斉の桓公といった明君と重ね合わせた上で、伊尹・

皐陶・傅説・呂尚・甯戚のような、主人公の良き補佐となる賢者を求めに行くよう勧めるものであると見なすことができる。つまり主人公の「求索」の目的は、歴史上の明君がそうしたように、彼自身の良き補佐者となる賢者を得ることであり、したがって主人公が求める「榘矱《くわく》の同《おな》じき所《ところ》」とは、彼を補佐し、明君たらしめるような賢臣であると解釈できるのである。

3　求索と四方への遠遊

君臣遇合説話において、王者が自らの目で賢者を見いだすという点が強調されれば、それは必然的に、王者が自ら遠遊して賢者を求める話へと発展するであろう。以下に挙げる説話は、そのようにして生まれたのではないかと考えられる。

たとえば『呂氏春秋《りょししゅんじゅう》』孝行覧《こうこうらん》「慎人《しんじん》」には「禹《う》は天下《てんか》を周《めぐ》り、以《もっ》て賢者《けんじゃ》を求《もと》め、事《つと》めて黔首《けんしゅ》を利《り》す。水潦《すいりょう》川澤《せんたく》の湛滞《たんたい》壅塞《ようそく》して通《つう》ずべき者《もの》、禹《う》　盡《ことごと》く之《こ》れを爲《な》す（禹周於天下、以求賢者、事利黔首。水潦川澤之湛滞壅塞可通者、禹盡爲之）」[*12]とあり、禹が賢者を求めて天下を周流したという説話の存在がうかがわれる。

また『呂氏春秋』には次のような話も見える。

先王之索賢人、無不以也、極卑極賤、極遠極勞。…堯傳天下於舜、禮之諸侯、妻以二女、臣以十子、身請北面朝之、至卑也。伊尹庖厨之臣也、傅説殷之胥靡也、皆上相天子、至賤也。禹東至榑木之地、日出九津、…。南至交阯・孫樸・續樠之國、…。西至三危之國、巫山之下、…。北至人正之國、夏海之窮、…。

不有懈墮、憂其黔首、顔色黎黒、竅藏不通、歩不相過、以求賢人、欲盡地利、至勞也。得陶・化益・眞窺・横革・之交、五人佐禹。故功績銘乎金石、著於盤盂。（先王《せんおう》の賢人《けんじん》を索《もと》むるや、以《もち》いざる無《な》く、卑《ひ》を極《きわ》め賤《せん》を極《きわ》め、遠《えん》を極《きわ》め勞《ろう》を極《きわ》む。…堯《ぎょう》は天下《てんか》を舜《しゅん》に傳《つた》え、之《こ》れに諸侯《しょこう》を禮《れい》せしめ、妻《めあ》わすに二女《にじょ》を以《もっ》てし、臣《しん》とするに十子《じっし》を以《もっ》てし、身《みずか》ら北面《ほくめん》して之《こ》れに朝《ちょう》するを請うは、至卑《しひ》なり。伊尹《いいん》は庖厨《ほうちゅう》の臣《しん》なり、傅説《ふえつ》は殷《いん》の胥靡《しょび》なり、皆《み》な上《のぼ》りて天子《てんし》に相《しょう》たるは、至賤《しせん》なり。禹《う》は東《ひがし》して榑木《ふぼく》の地《ち》、日出九津《じつしゅつきゅうしん》…に至《いた》る。南《みなみ》して交阯《こうし》・孫樸《そんぼく》・續樠《しょくばん》の國《くに》、…に至《いた》る。西《にし》して三危《さんき》の國《くに》、巫山《ふざん》の下《ふもと》、…に至《いた》る。北《きた》して人正《じんせい》の國《くに》、夏海《かかい》の窮《きゅう》、…に至《いた》る。懈墮《かいだ》すること有《あ》らず、其《そ》の黔首《けんしゅ》を憂《うれ》えて、顔色黎黒《がんしょくれいこく》にして、竅藏《きょうぞう》通《つう》ぜず、歩《あゆ》むに相《あ》い過《す》ぎず、以《もっ》て賢人《けんじん》を求《もと》め、地《ち》の利《り》を盡《つ》くさんと欲《ほっ》するは、至勞《しろう》なり。陶《とう》・化益《かえき》・眞窺《しんき》・横革《おうかく》・之交《しこう》を得《え》、五《ご》人《にん》は禹《う》を佐《たす》く。故《ゆえ》に功績《こうせき》は金石《きんせき》に銘《めい》せられ、盤盂《ばんう》に著《あらわ》さる。）（『呂氏春秋』慎行論《しんこうろん》　求人《きゅうじん》）

この説話は、天子は卑・賤・遠・労を厭わず賢人を求めて登用すべきであるということを説くものであり、「離騒」に見えていた伊尹と傅説もまた、天子が「賤を極め」て登用した人物として名を連ねている。さらにここには、天子が「遠を極め労を極め」て賢人を求めた好例として、禹が四方を巡り、五人の補佐者を得て、地上を治めたという話が記されている。禹による四方への巡狩と賢人を求めるための遠遊とが、一つの話に集約されているのである。両者はともに、理想的な統治に不可欠な、王者自身がおこなうべき遠行であるという共通点を持つがゆえに、結びつけられたのであろう。

「離騒」の主人公は「朝《あした》に軔《じん》を蒼梧《そうご》に發《はっ》し　夕《ゆうべ》に余《われ》　縣圃《けんぽ》に至《いた》る（朝發軔於蒼梧兮　夕余至乎縣圃）」、「朝《あした》に吾《わ》れ将《まさ》に白水《はくすい》を濟《わた》り　閬風《りょうふう》に登《のぼ》りて馬《うま》を緤《つな》がんとす（朝吾將濟於白水兮　登閬風而緤馬）」、「吾《わ》が道《みち》を夫《か》の崑崙《こんろん》にめぐ邅らすに　路《みち》は脩《なが》く遠《とお》く以《もっ》て周流《しゅうりゅう》せん（邅吾道夫崑崙兮　路脩遠以周流）」、「朝《あした》に軔《じん》を天津《てんしん》に發《はっ》し

　夕《ゆうべ》に余《われ》　西極《せいきょく》に至《いた》る（朝發軔於天津兮　夕余至乎西極）」、「忽《こつ》として吾《わ》れ此《こ》の流沙《りゅうさ》を行《ゆ》き　赤水《せきすい》に遵《したが》いて容與《ようよ》す（忽吾行此流沙兮　遵赤水而容與）」、「不周《ふしゅう》に路《みち》して以《もっ》て左轉《さてん》し　西海《せいかい》を指《さ》して以《もっ》て期《き》と爲《な》す（路不周以左轉兮　指西海以爲期）」などとあるように、伝説上の様々な土地を巡る。また「覽《み》て四極《しきょく》を相觀《そうかん》し　天《てん》に周流《しゅうりゅう》して余《われ》　乃《すなわ》ち下《くだ》る（覽相觀於四極兮　周流乎天余乃下）」のように、地の四隅を巡り見る。主人公によるこの四方への動きには、古の王者による四方への巡狩の描写が影響を与えているように思われる。

たとえば『大戴礼記《だたいらいき》』五帝徳《ごていとく》には、五帝の一人である顓頊《せんぎょく》の巡狩が次のように記されている。[*13]

　孔子曰、顓頊、黄帝之孫、昌意之子也、曰高陽。洪淵以有謀、疏通而知事、養材以任地、履時以象天、依鬼神以制義、治氣以教民、潔誠以祭祀。乗龍而至四海、北至于幽陵、南至于交趾、西濟于流沙、東至于蟠木。動静之物、大小之神、日月所照、莫不祇勵。（孔子《こうし》曰《いわ》く、顓頊《せんぎょく》は、黄帝《こうてい》の孫《まご》、昌意《しょうい》の子《こ》にして、高陽《こうよう》と曰《い》う。洪淵《こうえん》にして以《もっ》て謀《はかりごと》有《あ》り、疏通《そつう》にして事《こと》を知《し》り、材《ざい》を養《やしな》いて以《もっ》て地《ち》に任《にん》じ、時《とき》を履《ふ》みて以《もっ》て天《てん》に象《かたど》り、鬼神《きじん》に依《よ》りて以《もっ》て義《ぎ》を制《せい》し、氣《き》を治《おさ》めて以《もっ》て民《たみ》に教《おし》え、潔誠《けっせい》して以《もっ》て祭祀《さいし》す。龍《りゅう》に乗《の》りて四海《しかい》に至《いた》る、北《きた》のかた幽陵《ゆうりょう》に至《いた》り、南《みなみ》のかた交趾《こうし》に至《いた》り、西《にし》のかた流沙《りゅうさ》を濟《わた》り、東《ひがし》のかた蟠木《ばんぼく》に至《いた》る。動静《どうせい》の物《もの》、大小《だいしょう》の神《かみ》、日月《じつげつ》の照《て》らす所《ところ》、祇勵《しれい》せざる莫《な》し。）

龍に乗り、四海に至るこの顓頊の姿は、蛟《みずち》の牽《ひ》く車に乗り、天地の間を上下しながら四方を巡る「離騒」の主人公を彷彿させる。「離騒」の主人公は、天に上り地に下り、四方を遠遊しながら、自ら「榘矱《くわく》の同《おな》じき」者を探し求める。彼のこの行為の背後には、四方を巡って賢者を求めたという禹や、龍に乗って四海に至った顓頊のような王者の伝説が存在したと想定できるだろう。

おわりに

本章では「離騒」の天界遊行に含まれる要素の中から、遠遊して理想の人物を探し求める「求索」について取り上げ、そこに見える君臣遇合例を手がかりとして論じた。

「離騒」の主人公霊均は、巫咸から「榘矱《くわく》の同《おな》じき所《ところ》」を求めよとの託宣を受け、「求索」の旅へと出発しようとする。旧来の注釈者たちは、この場面を、屈原が理想の君主を求めて楚国を離れようとする様子を表したものであると解釈してきた。この解釈に拠れば、主人公による「求索」の対象は、屈原を理解し挙用する明君であるということになる。ところが、この場面で巫咸が主人公の旅立ちを促すために挙げている歴史上の君臣遇合の例を見てみると、いずれも君主の方から賢者を求めた結果、遇合がかなった例、すなわち君主側からの求賢説話に基づくものであることがわかる。したがって主人公屈原の求君を促すものとして巫咸の言葉を読んだ場合、矛盾が生じることは避けられない。実際、過去の注釈者たちの多くは、その矛盾を解消すべく、何とか合理的な解釈ができないかと苦心しているのである。

しかし、屈原を作者・主人公とする立場から離れた上で、改めてこの部分を見てみると、矛盾は簡単に解消される。巫咸は主人公の「求索」への出発を促すために君臣遇合例を挙げているのであるから、巫咸の意図は、その遇合例に倣って、主人公を補佐し、明君たらしめるような賢臣を探し求めに行くよう説くことにあると考えられる。

そして、このように「離騒」の天界遊行における「求索」を、賢臣を得るための遠遊であると解釈するならば、「求索」をおこなう主人公には、賢臣を求める明君のイメージが重ね合わされていると見ることができよう。

また、伝世文献に数多く見られる君臣遇合説話の中には、『呂氏春秋』慎行論にあるような、王者の巡狩の伝説と結びついたものも存在する。四方への巡狩と賢人を求めるための遠遊とが、王者の取るべき行動として一つの話に集約されているのである。「離騒」の主人公霊均は、四方を遠遊しながら、「榘矱《くわく》の同《おな》じき」者を探し求める。そうした「求索」の場面が誕生した背景には、賢臣を求めて四方を巡った王者の伝説の存在を想定することができるだろう。

前章の考察では、主人公が天地の間を「上下」する「離騒」の天界遊行に、天地の間を往来する古の王者の伝説が影響を与えているのではないかという結論を導きだした。そして本章の考察では、それに加え、「離騒」の天界遊行における「求索」の背後に、賢臣を求めて四方を巡る王者の伝説があった可能性を指摘した。

次章では、「離騒」の天界遊行に見られるもう一つの要素である「求女」について考察する。そしてその結果をふまえた上で、天界遊行の場面に見られる「上下」「求索」「求女」といった要素によって主人公霊均に付加されるイメージについて論じたい。

*1　この部分の巫咸と百神との関係については、「巫咸」を天上の神と見るか、巫覡と見るかで、解釈が分かれ、従来の説は大きく次の三つに分けられる。すなわち、(a)神的存在である巫咸が、百神を引き連れて天から降り、お告げを述べるとするもの（王逸『楚辞章句』、朱熹『楚辞集注』、姜亮夫『屈原賦校注』人民文学出版社、一九五七年）、(b)巫覡である巫咸が、百神を天から招き降ろしてその身に憑依させ、お告げを伝えるとするもの（王夫之『楚辞通釈』岳麓書社、二〇一一年、戴震『屈原賦注初稿』芸文印書館、一九五六年）、(c)天から降った神である巫咸が、さらに百神を天から招き降ろしてその身に憑依させ、お告げを伝えるとするもの（汪瑗『楚辞集解』）の三つである。ここでは(b)の説にしたがった。

＊2　『墨子』の引用は『四部叢刊』本による。

＊3　『淮南子』の引用は『四部叢刊』本による。

＊4　伊尹・傅説・呂尚・甯戚らが賢君に見いだされる君臣遇合説話は他にも、『墨子』尚賢上、尚賢下、『呂氏春秋』審分覧 知度、離俗覧 挙難、孝行覧 本味、『戦国策』秦策、『尚書』説命上、『論語』顔淵、『孟子』萬章上、『史記』齊太公世家、殷本紀、『淮南子』道応篇など、多くの書に見える。

＊5　この点については、小南一郎『楚辞とその注釈者たち』（朋友書店、二〇〇三年）、「第二章　天問篇の整理」（初出は『東方学報』（京都）第71冊、一九九九年）239頁にも指摘がある。

＊6　「君主が賢者を見いだして挙用する」という形の君臣遇合説話が文献中に多く見られるのは、こうした話柄が本来、賢者の登用を君主に要請する際の常套句として、諸子百家の論法の中で多く用いられるものであったことに関係しているだろう。

＊7　以下、洪興祖『楚辞補注』の引用は『四部叢刊』本による。

＊8　湯炳正「従包山楚簡看「離騒」的芸術構思与意象表現」（『文学遺産』九九二年第2期）は、包山楚簡に見える卜筮祭祷の記録と「離騒」の占いに関する記述とを比較し、両者は共通の占卜法に基づくとする。そして、「離騒」の「吉故」の「故」は、楚簡に見える「以其古敓之」の「古」に当たり、故事・旧典を指すと述べる。

＊9　以下、本書における朱熹『楚辞集注』の引用は、宋端平乙未刊本『楚辞集注』（華正書局景印本）による。

＊10　以下、汪瑗『楚辞集解』の引用は、京都大学漢籍善本叢書『楚辞集解』（同朋舎出版、一九八四年）による。

＊11　游国恩主編『離騒纂義』（中華書局、一九八〇年）387－388頁。

＊12　以下、『呂氏春秋』の引用は『四部叢刊』本による。

＊13　引用は『四部叢刊』本による。なお、この「五帝徳」の記述は、以下の太史公の言葉から、『史記』五帝本紀が書かれる際に資料として用いられたものであると考えられる。

太史公曰、學者多稱五帝尚矣。然尚書獨載堯以來、而百家言黄帝、其文不雅馴、薦紳先生難言之。孔子所傳宰予問五帝德及帝繫姓、儒者或不傳。予嘗西至空桐、北過涿鹿、東漸於海、南浮江淮矣。至長老皆各往往稱黄帝、堯、舜之處、風教固殊焉。總之不離古文者近是。予觀春秋、國語、其發明五帝德、帝繫姓章矣。顧弟弗深考、其所表見皆不虛。書缺有間矣、其軼乃時時見於他説、非好學深思心知其意、固難爲淺見寡聞道也。余幷論次、擇其言尤雅者、故著爲本紀書首。

第5章　楚辞「離騒」の「求女」をめぐる一考察

はじめに

本書第3章では、「離騒」の天界遊行の中に、主人公が天地の間を「上下」「陞降」するという表現が見られることに注目し、『詩経』の毛伝や『史記』の記述をもとに、この表現が、天に上って上帝から命を受けて地上を治めたという王者の伝説に由来するのではないかと推定した。

続いて第4章では、天界遊行に見られるもう一つの要素である「求索」について考察し、その背景に、賢臣を求めて四方を巡る王者の伝説があった可能性を指摘した。

以上の考察は、「離騒」を屈原伝説から切り離した上で、天界遊行の場面において主人公に付帯されているイメージを読み解くことによって、その人物像を新たにとらえ直そうという試みの一環である。

本章では、「離騒」の天界遊行を構成するもう一つの主要な要素である「求女」について、従来の解釈を分類・検討した後、新たな視点からの解釈を試みたい。

１「求女」の解釈をめぐる諸説

ここで取り上げようとする「求女」とは、「離騒」の主人公霊均が次々と伝説上の女性に求婚しようとしては失敗することを繰り返す、第217句から第254句までの場面を指す。

忽反顧以流涕兮　忽《たちま》ち反顧《はんこ》して以《もっ》て涕《なみだ》を流《なが》し
哀高丘之無女　高丘《こうきゅう》の女《じょ》無《な》きを哀《かな》しむ
溘吾遊此春宮兮　溘《こう》として吾《わ》れ此《こ》の春宮《しゅんぐう》に遊《あそ》び
折瓊枝以繼佩　瓊枝《けいし》を折《お》りて以《もっ》て佩《おびもの》に繼《つ》ぐ
及榮華之未落兮　榮華《えいか》の未《いま》だ落《お》ちざるに及《およ》び
相下女之可詒　下女《かじょ》の詒《おく》るべきを相《み》ん
吾令豐隆乗雲兮　吾《わ》れ豐隆《ほうりゅう》をして雲《くも》に乗《の》り
求宓妃之所在　宓妃《ふくひ》の所在《しょざい》を求《もと》めしむ
解佩纕以結言兮　佩纕《はいじょう》を解《と》きて以《もっ》て言《げん》を結《むす》び
吾令蹇修以爲理　吾《わ》れ蹇修《けんしゅう》をして以《もっ》て理《り》を爲《な》さしむ
紛總總其離合兮　紛《ふん》として總總《そうそう》として其《そ》れ離合《りごう》するも
忽緯繣其難遷　忽《たちま》ち緯繣《いかく》して其《そ》れ遷《うつ》り難《がた》し
夕歸次於窮石兮　夕《ゆう》べに歸《かえ》りて窮石《きゅうせき》に次《やど》り
朝濯髪乎洧盤　朝《あした》に髪《かみ》を洧盤《いばん》に濯《あら》う

保厥美而以驕傲兮
日康娛以淫遊
雖信美而無禮兮
來違棄而改求
覽相觀於四極兮
周流乎天余乃下
望瑶臺之偃蹇兮
見有娀之佚女
吾令鴆爲媒兮
鴆告余以不好
雄鳩之鳴逝兮
余猶悪其佻巧
心猶豫而狐疑兮
欲自適而不可
鳳皇既受詒兮
恐高辛之先我
欲遠集而無所止兮
聊浮游以逍遥

厥《そ》の美《び》を保《たの》みて以《もっ》て驕傲《きょうごう》し
日《ひ》び康娛《こうご》して以《もっ》て淫遊《いんゆう》す
信《まこと》に美《び》なりと雖《いえど》も禮無《れいな》し
來《き》たれ違棄《いき》して改《あらた》め求《もと》めん
覽《み》て四極《しきょく》を相觀《そうかん》し
天《てん》に周流《しゅうりゅう》して余《われ》　乃《すなわ》ち下《くだ》る
瑶臺《ようだい》の偃蹇《えんけん》たるを望《のぞ》み
有娀《ゆうじゅう》の佚女《いつじょ》を見《み》る
吾《わ》れ鴆《ちん》をして媒《なかだち》を爲《な》さしむるに
鴆《ちん》は余《われ》に告《つ》ぐるに好《よ》からざるを以《もっ》てす
雄鳩《ゆうきゅう》の鳴《な》き逝《ゆ》く
余《われ》　猶《な》お其《そ》の佻巧《ちょうこう》を悪《にく》む
心《こころ》は猶豫《ゆうよ》して狐疑《こぎ》し
自《みずか》ら適《ゆ》かんと欲《ほっ》するも不可《ふか》なり
鳳皇《ほうおう》は既《すで》に詒《おくりもの》を受《う》け
高辛《こうしん》の我《われ》に先《さき》んずるを恐《おそ》る
遠集《えんしゅう》せんと欲《ほっ》するも止《とど》まる所無《ところな》く
聊《いささ》か浮游《ふゆう》して以《もっ》て逍遥《しょうよう》す

及少康之未家兮　　少康《しょうこう》の未《いま》だ家《いえ》せざるに及《およ》び
留有虞之二姚　　有虞《ゆうぐ》の二姚《にょう》を留《とど》めん
理弱而媒拙兮　　理《り》　弱《よわ》くして　媒《なかだち》　拙《せつ》なれば
恐導言之不固　　導言《どうげん》の固《かた》からざるを恐《おそ》る
世溷濁而嫉賢兮　　世《よ》　溷濁《こんだく》して賢《けん》を嫉《ねた》み
好蔽美而稱悪　　好《この》みて美《び》を蔽《おお》いて悪《あく》を稱《あ》ぐ

（ふと振り返って涙を流し、高い丘の上に女性がいないことを悲しんだ。そこで私は春宮を訪れ、そこの玉の木の枝を手折って佩《お》び飾りに付け足した。美しい花が落ちてしまわないうちに、これを贈るべき下界の女性を探すことにしよう。私は雲の神である豊隆《ほうりゅう》に命じて雲に乗り、宓妃《ふくひ》の居場所を突き止めさせた。佩び飾りを解いてそれに言葉を託し、私は蹇脩《けんしゅう》に仲介を命じた。供《とも》の者たちが大勢集まって並んだが、突然、その隊列は糸が絡《から》まるように乱れて身動きがとれなくなってしまった。宓妃は夕方には窮石《きゅうせき》に帰って休み、朝には洧盤《いばん》で髪を洗うという。自分の美しさに驕《おご》り高ぶり、毎日楽しみに耽《ふけ》って遊び歩いているのだ。彼女は本当に美しいけれども礼を備えていない、さあ、彼女はやめにして他を当たるとしよう。世界の四隅《よすみ》を見て回り、天界を巡って私は地上に降《くだ》った。きらきらと美しい玉の台《うてな》を見て、そこに有娀氏《ゆうじゅうし》の優れた娘を見つけた。私は毒鳥である鴆《ちん》に仲介を命じたが、鴆は彼女のことを悪く言って私にあきらめさせようとした。そこで鴆の代わりに雄の鳩が鳴きながら飛んで行こうとするが、私はその軽々しく口が達者である点が気に入らない。私の心はためらい疑い、いっそのこと自ら赴《おもむ》こうかと思うがそれは無理というもの。鳳凰《ほうおう》が（先方に届けるための）贈り物を持ったものの、（帝嚳《ていこく》）高辛《こうしん》が私より先に有娀の娘と結ばれてしまったことだろう。集まって休もうとしても留まる場所がなく、しばらく浮遊しながら天地の間をさまよった。（そして今度は）夏《か》の少康《しょうこう》がまだ娶《めと》らないうちに、有虞《ゆうぐ》の二姚《にょう》を引き留めることにした。しかし仲介人たちが力不足なので、結婚の申し込みの言葉は確実には伝わらないであろう。世の中は濁っていて人々は賢者を妬《ねた》み、好んで人の美点を隠して欠点をあげつらうのだ。）

作者を楚の忠臣屈原と見なす伝統的な解釈では、屈原自身が現実の政治の世界において志を得られないさまを、比喩を用いて表現したのが「求女」である、という説明がなされる。ところがそうした立場をとる注釈者たちの間においても、「求女」をどのような事柄の喩えと見なすかという点をめぐっては、複数の意見が存在する。以下ではその中から主なものを挙げて分類し、その内容を確認しておきたい。

作者を屈原と見なす立場からの「求女」解釈は、「求女」の比喩構造のとらえかたによって大きく二種類に分けられる。一つは、「求女」の主体である主人公を屈原と見なし、客体である「女」を彼が求める人物の喩えと見なす解釈である。もう一つは、「求女」の主体である主人公と、客体である「女」の双方をともに喩えと見なし、作者屈原は「求女」全体を比喩として用いることで己の心情を表したのだとする解釈である。このうち前者は、「女」をどのような人物の喩えと見なすかによって、さらに以下のように分類できる。

（a）「女」を賢臣の比喩とする解釈[*1]
楚王に放逐された主人公屈原は、王に良き輔佐の臣がいないことを憂え、賢者を見いだして推挙しようと考えた。それを「求女」という形で表現したのだとする。

（b）「女」を屈原と同じ志を持つ者の比喩とする解釈[*2]
楚王に疎んぜられた主人公屈原が、己を理解してくれる人物を求めようと考え、それを「求女」として表したと見なす。

(c)「女」を楚王の比喩とする解釈[*3]

作者屈原が楚王を「女」に喩え、「女」を「求」めるという表現方法を用いて、楚王の側に再び戻りたいという切なる願いを表していると見なす。

(d)「女」を他国の賢君の比喩とする解釈[*4]

主人公屈原が楚王に見切りを付け、国外に理想の君主を求めようとするさまを「求女」として表現したとする。

(e)「女」を后妃の比喩とする解釈[*5]

主人公屈原が、楚王のために賢后を求めようとするさまを「求女」として表現したものだと解する。「求女」の主体と客体の双方を比喩と見なす解釈としては、游国恩《ゆうこくおん》の次のようなものがある。

(f) 游国恩の解釈[*6]

作者屈原は、楚辞作品全体を通じて自らを女性に喩えており、「離騒」の「求女」においても、楚王と彼自身との君臣関係を男女関係に置き換えて、自らを夫に捨てられた棄婦《きふ》に、楚王を夫に喩えているのだとする。そして、夫との復縁を望む棄婦が、夫側に話を通してくれるような侍女を求めるさまを表したのが「求女」であり、屈原はこの「求女」の比喩を用いて、楚王の元に戻りたいという願望を表現しているのだと解する。

以上に見た「求女」の解釈はいずれも、「離騒」の作者を楚の忠臣屈原と見なす伝統的解釈に属するものである。

次に、屈原伝説から脱却した新たな観点から楚辞諸作品を読み直した小南一郎の解釈を取り上げたい。小南は「離騒」という作品を、「主人公の孤独な彷徨」を「一人語りによる物語り」形式によって記述した英雄叙事詩としてとらえ、「求女」の部分を次のように解釈している。

> 天門に入り、天帝に会うことを断念した主人公は、引きつづいて、宓妃（洛水《らくすい》の女神）、有娀の佚女（帝嚳の妃の簡狄《かんてき》）、有虞の二女（夏帝少康《かていしょうこう》の二妃）の三組四人の女神と婚姻関係を結ぼうと試みる。特に簡狄と少康の二妃とには、神話伝承の中で、はっきりと決まった配偶者がいるのであるが、主人公は、大胆不敵にも、その神話的な時間の中に介入し、女神たちをみずからの妻にしようとする。…こうした女神たちを娶るという幻想は、九歌諸篇の背後にあったと想定した、男巫が女神を招き、女巫が男神を招いて、両者の間に男女の恋愛関係が結ばれるとする祭祀儀礼の様式と関連するに違いない。[*7]

小南が「九歌諸篇の背後にあったと想定」する祭祀儀礼とは、次のようなものである。

> …ここで、九歌の基盤となった祭祀儀礼のおおよそを記せば、その基本的な構造を、次のように想定できるだろう。…よりまし（巫覡がそれの役をつとめたのであろう）が神に扮して登場し、神として祭祀を享ける。…すでに朱熹《しゅき》の「楚辞集注《そじしっちゅう》」なども示唆しているように、そうしたよりましには、神と性を異にする者（男神には女巫が、女神には男巫）があたったと推測される。さればこそ、祭祀者の神への思いが恋愛感情として、九歌の中に表明されているのである。[*8]

作者を忠臣屈原と見なす伝統的解釈の中にも、人と神との恋愛関係によって表現される祭祀儀礼が、屈原によって楚辞作品に取り入れられ、「求女」という表現方法として完成されたとする意見はしばしば見られる。[*9]

小南もまた「求女」の背景に、朱熹が想像したような、[10]女巫と男神、男巫と女神の恋愛感情によって表現される祭祀儀礼の存在を想定しているのである。

以上のように、「求女」については様々な解釈が存在することが確認されたわけであるが、「求女」を解釈するに当たって第一に留意すべきことは、「離騒」本文に即するならば、主人公は明らかに男性の立場から、「女」たちを彼自身の伴侶として娶《めと》ろうとしているということであろう。次に留意すべきことは、主人公が「求女」をおこなう理由であるが、それを明らかにするためには、「求」の対象となっている「女」たちがどのような存在であるか、つまり神話伝説上どのような性格を有する存在であるかを確認する必要があるだろう。ところが、作者を屈原と見なす伝統的解釈においては、「求女」を比喩的表現としてとらえる視点が支配的であるため、「求」の対象である「女」たちが神話伝説上どのような性格を有するかということには関心が向けられてこなかった嫌いがある。[11]

一方、人と神との恋愛によって表現される祭祀儀礼の存在を「求女」の背後に想定する解釈においても、「女」は単に女神として一括りに扱われており、やはり「女」たちの性格には十分な注意が払われてきていない。

しかし、神話伝説に登場する多くの女性たちの中から、「宓妃」「有娀の佚女」「有虞の二姚」という三組四人の女性が特に選ばれていることには、何か意味があるのではないかと考えられる。そこで次節では、「求女」におけるこの三組四人の「女」がそれぞれ神話伝説上どのような性格を有するのかを確認してみたい。

2　「求女」における女性たちについて

(1)「宓妃《ふくひ》」

宓妃に関して最もよく知られているのは、洛水の女神としての性格であろう。しかし「離騒」の本文からは、宓妃と洛水の関連性を読み取ることはできない。宓妃と洛水とをはっきりと結びつける記述は、漢代以降の詩文に見られる。たとえば、劉向《りゅうきょう》の作とされる楚辞「九歎《きゅうたん》」の「愍命《びんめい》」には次のような表現がある。

逐下袟於後堂兮　下袟《かちつ》を後堂《こうどう》に逐《お》い
迎宓妃於伊雒　宓妃《ふくひ》を伊雒《いらく》より迎《むか》えん
剬讒賊於中趨兮　讒賊《ざんぞく》を中趨《ちゅうすう》に剬《き》り
選呂管於榛薄　呂《りょ》・管《かん》を榛薄《しんはく》より選《えら》ばん

王逸注もここの宓妃を伊水・洛水の精と見なし、以下のように述べている。

宓妃、神女。蓋伊雒水之精也。言己願令君推逐妾御出之、勿令亂政、迎宓妃賢女於伊雒之水、以配於君、則化行也。（宓妃《ふくひ》は、神女《しんじょ》なり。蓋《けだ》し伊雒水《いらくすい》の精《せい》なり。言《い》うこころは己願《おのれねが》わくは君《きみ》をして妾御《しょうぎょ》を推逐《すいちく》して之《こ》れを出《いだ》さしめ、政《せい》を亂《みだ》さしむること勿《な》く、宓妃賢女《ふくひけんじょ》を伊雒《いらく》の水《みず》より迎《むか》えて、以《もっ》て君《きみ》に配《はい》せば、則《すなわ》ち化《か》の行《おこな》われんことをと。）

また、揚雄《ようゆう》の「羽猟賦《うりょうふ》」にも「洛水《らくすい》の宓妃《ふくひ》を鞭《むちう》ち　屈原《くつげん》と彭胥《ほうしょ》とに餉《おく》る（鞭洛水之宓妃　餉屈原與彭胥）」[*12]とあり、宓妃は洛水と結びつけられている。

宓妃が洛水の女神であるとすると、彼女の神話伝説上の性格としてもう一つ考慮すべきは、楚辞「天問」に見える、「夷羿《いげい》」との関係であろう。

帝降夷羿　帝夷羿《ていいげい》を降《くだ》し
革孽夏民　孽《わざわい》を夏《か》の民《たみ》に革《あらた》む
胡䠶燭夫河伯　胡《なん》ぞ夫《か》の河伯《かはく》を䠶《い》て
而妻彼雒嬪　彼《か》の雒嬪《らくひん》を妻《つま》とせるや

天帝が「夷羿」を地上に降したのは、夏王朝の禍《わざわい》を取り除くためであったのに、なぜ彼は弓で河伯を射たり、「雒嬪」を妻としたりしたのか、というのがこの箇所の内容であり、したがって「夷羿」とは、夏王朝を一時簒奪したとされる有窮《ゆうきゅう》の后羿《こうげい》のことだと考えられる。

ここの「雒嬪」について王逸注は「雒嬪《らくひん》は、水神《すいじん》なり、宓妃《ふくひ》を謂《い》うなり。…羿《げい》又《ま》た夢《ゆめ》に雒水《らくすい》の神宓妃《かみふくひ》と交《こう》接《せつ》するなり（雒嬪、水神、謂宓妃也。…羿又夢與雒水神宓妃交接也）」と述べ、有窮の后羿が妻にしたという「雒嬪」とは宓妃のことであるとする。また、有窮の后羿に関しては、『春秋左氏伝《しゅんじゅうさしでん》』襄公《じょうこう》四年の伝に「昔《むかし》有夏《ゆうか》の方《まさ》に衰《おとろ》えんとするや、后羿《こうげい》鉏《そ》より窮石《きゅうせき》に遷《うつ》り、夏《か》の民《たみ》に因《よ》りて以《もっ》て夏《か》の政《せい》に代《か》わる（昔有夏之方衰也、后羿自鉏遷于窮石、因夏民以代夏政）」とあり、彼が窮石という土地に遷り来て夏王朝を簒奪したことを述べる。この窮石という土地は、「離騒」本文の宓妃について述べた箇所に「夕《ゆうべ》に歸《かえ》りて窮石《きゅうせき》に次《やど》り　朝《あした》に髪《かみ》を洧盤《いばん》に濯《あら》う」とあることから、宓妃にも関係のある土地であると思われる。

以上のことから考えると、宓妃は洛水の女神としての性格を有すると同時に、夏王朝を簒奪した有窮の后羿の妻としての性格をも有すると推測される。

（2）「有娀《ゆうじゅう》の佚女《いつじょ》」

有娀の佚女に関する記述は、『呂氏春秋《りょししゅんじゅう》』季夏紀《きかき》の「音初《おんしょ》」に見える。

有娀氏有二佚女。爲之九成之臺、飲食必以鼓。帝令燕往視之。鳴若謚隘。二女愛而争搏之、覆以玉筐。少選、發而視之、燕遺二卵、北飛遂不反。二女作歌一終曰、燕燕往飛。實始作爲北音。（有娀氏《ゆうじゅうし》に二佚女《にいつじょ》有《あ》り。之《こ》れが九成《きゅうせい》の臺《うてな》を爲《つく》り、飲食《いんしょく》するに必《かな》らず鼓《こ》を以《もっ》てす。帝《てい》　燕《つばめ》をして往《ゆ》きて之《こ》れを視《み》しむ。鳴《な》くこと謚隘《しあい》の若《ごと》し。二女愛《にじょあい》して争《あらそ》いて之《こ》れを搏《と》らえ、覆《おお》うに玉筐《ぎょくきょう》を以《もっ》てす。少選《しょうせん》ありて、發《ひら》きて之《こ》れを視《み》るに、燕《つばめ》は二卵《にらん》を遺《のこ》し、北《きた》に飛《と》びて遂《つい》に反《かえ》らず。二女《にじょ》　歌一終《うたいちしゅう》を作《つく》りて曰《いわ》く、「燕燕往《えんえんゆ》き飛《と》ぶ」と。實《まこと》に始《はじ》めて北音《ほくおん》を作爲《つく》る。）

この記述は、『詩経《しきょう》』邶風《はいふう》の「燕燕《えんえん》」の起源を説くものである。『詩経』商頌《しょうしょう》の「玄鳥《げんちょう》」に、玄鳥（燕）と有娀の女とが歌われていることから、「燕燕」も有娀の女と結びつけられたのであろう。その商頌「玄鳥」の毛伝には、有娀氏の女《むすめ》である簡狄《かんてき》が高辛氏《こうしんし》に嫁ぎ、玄鳥がやってくる季節に、殷《いん》の祖である契《せつ》を生んだとある。

玄鳥、鳦也。春分玄鳥降。湯之先祖、有娀氏女簡狄配高辛氏帝。帝率與之祈于郊禖而生契。故本其爲天所命、以玄鳥至而生焉。（玄鳥《げんちょう》は、鳦《いつ》なり。春分《しゅんぶん》に玄鳥降《げんちょうくだ》る。湯《とう》の先祖《せんぞ》、有娀氏《ゆうじゅうし》の女簡狄《むすめかんてき》は高辛氏《こうしんし》の帝《てい》に配《はい》せらる。帝《てい》　率《ひき》いて之《こ》れと郊禖《こうばい》に祈《いの》りて契《せつ》を生《う》む。故《もと》より其《そ》の天《てん》の命《めい》ずる所《ところ》と爲《な》るに本《もと》づきて、玄鳥《げんちょう》至《いた》るを以《もっ》て生《う》まる。）

また『史記《しき》』殷本紀《いんほんぎ》の記述では、有娀の女である簡狄が、玄鳥の卵を呑《の》んで契《せつ》を身籠もったという感生帝説話になっているが、簡狄が帝嚳高辛《ていこくこうしん》の妃とされていることには変わりがない。

殷契、母曰簡狄、有娀氏之女、爲帝嚳次妃。三人行浴、見玄鳥墮其卵。簡狄取呑之、因孕生契。（殷契《いんせつ》、母《はは》は簡狄《かんてき》と曰《い》い、有娀氏《ゆうじゅうし》の女《むすめ》、帝嚳《ていこく》の次妃《じひ》たり。三人行《さんにんゆ》きて浴《よく》するに、玄鳥《げんちょう》其《そ》の卵《たまご》を墮《お》とすを見《み》る。簡《かん》狄取《てきと》りて之《こ》れを呑《の》み、因《よ》りて孕《はら》みて契《せつ》を生《う》む。）

これらの記述から、「求女」における「有娀の佚女」が、帝嚳高辛の妃であり、殷の開国の祖である契を生んだ女性であるという伝説上の性格を有することが確認できる。

(3)「有虞《ゆうぐ》の二姚《にょう》」

有虞の二姚に関する伝説は、『春秋左氏伝《しゅんじゅうさしでん》』哀公《あいこう》元年の伝に見える。

昔有過澆殺斟灌、以伐斟鄩、滅夏后相。后緡方娠、逃出自竇、歸于有仍、生少康焉。爲仍牧正、惎澆能戒之。澆使椒求之、逃奔有虞、爲之庖正、以除其害。虞思於是妻之以二姚、而邑諸綸、有田一成、有衆一旅。能布其徳、而兆其謀、以收夏衆、撫其官職、使女艾諜澆、使季杼誘豷、遂滅過戈、復禹之績。祀夏配天、不失舊物。（昔《むかし》 有過《ゆうか》の澆《ぎょう》は斟灌《しんかん》を殺《ころ》し、以《もっ》て斟鄩《しんじん》を伐《う》ち、夏后相《かこうしょう》を滅《ほろ》ぼす。后緡《こうびん》は方《まさ》に娠《しん》あり、逃《のが》れて竇《あな》より出《い》で、有仍《ゆうじょう》に歸《き》して、少康《しょうこう》を生《う》む。仍《じょう》の牧正《ぼくせい》と爲《な》り、澆《ぎょう》を惎《にく》みて能《よ》く之《こ》れに戒《そな》う。澆《ぎょう》 椒《しょう》をして之《こ》れを求《もと》めしむれば、逃《のが》れて有虞《ゆうぐ》に奔《はし》り、之《こ》れが庖正《ほうせい》と爲《な》り、以《もっ》て其《そ》の害《がい》を除《のぞ》く。虞思《ぐし》 是《こ》こに於《お》いて之《こ》れに妻《めあ》わすに二姚《にょう》を以《もっ》てし、諸《こ》れを綸《りん》に邑《ゆう》せしむ、田一成有《でんいっせいあ》り、衆一旅有《しゅういちりょあ》り。能《よ》く其《そ》の徳《とく》を布《し》きて、其《そ》の謀《はかりごと》を兆《はじ》め、以《もっ》て夏《か》の衆《しゅう》を収《おさ》めて、其《そ》の官職《かんしょく》を撫《ぶ》し、女艾《じょがい》をして澆《ぎょう》を諜《うかが》わしめ、季杼《きちょ》をして豷《き》を誘《いざな》わしめ、遂《つい》に過《か》・戈《か》を滅《ほろ》ぼし、禹《う》の績《せき》を復《ふく》す。夏《か》を祀《まつ》りて天《てん》に配《はい》し、舊物《きゅうぶつ》を失《うしな》わず。）

この記述によるならば、少康が、簒奪者たちによって一時失われた夏王朝の伝統を回復して王位に即くことができたのは、二姚を妻とし、有虞の後ろ盾を得たためである、ということになる。二姚は、少康による夏の復興の伝説に不可欠な存在なのである。

以上に見た伝説が示すのは、「求女」における「女」たちがいずれも王者の妃という性格を元来有しているということである。そして、こうした「女」たちの性格は、「離騒」においてもはっきり意識されていると考えられる。というのも、「離騒」本文には「鳳皇《ほうこう》は既《すで》に詒《おくりもの》を受《う》け　高辛《こうしん》の我《われ》に先《さき》んずるを恐《おそ》る」、「少康《しょうこう》の未《いま》だ家《いえ》せざるに及《およ》び　有虞《ゆうぐ》の二姚《によう》を留《とど》めん」とあるように、「有娀の佚女」と「有虞の二姚」の配偶者として、殷を開国した「高辛」と、夏を復興に導いた「少康」とが明記されているからである。したがって、有窮の后羿、帝嚳高辛、夏の少康といった王者たちと競い合って「宓妃」「有娀の佚女」「有虞の二姚」を娶ろうとする主人公は、これら伝説の王者に成り代わって「女」たちを迎えようとする人物として描かれていると解釈できる。

このことをふまえた上で、次節では、同じ楚辞作品である「天問」を手がかりに、「求女」の解釈についてより詳しく検討してみたい。

3　「天問」と「離騒」に見える二つの対関係

小南一郎は、「天問」と「離騒」が同じ「歴史知識」を思想背景に成り立っていると分析しているが、[*13] 確かに両者に含まれる歴史故事には共通するものが多い。[*14]

第4章において確認したように、「天問」に見える君臣遇合説話は、殷の湯王が伊尹を挙用した話や、周の文王が呂尚を見いだした話など、いずれも明君が賢臣を求めたという「求賢」の説話である。そして「離騒」の「求索」に見える君臣遇合例もまた、先秦や漢代の文献に散見される、明君が賢臣を見いだす「求賢」説話に多く見られるものである。したがって「天問」と「離騒」は、王者による「求賢」という共通の要素を内在させていると見なすことができる。

これをふまえるならば、「求女」もまた「天問」と「離騒」の両作品に共通する要素であると見なすことが可能なのではないか。

「天問」に見える女性についての記述の中には、以下に挙げるような王者の婚姻の伝説が複数存在する。

禹之力獻功　禹《う》の力《つと》めて功《こう》を獻《けん》じ
降省下土四方　降《くだ》りて下土四方《かどしほう》を省《み》る
焉得彼嵞山女　焉《いずく》んぞ彼《か》の嵞山《とざん》の女《じょ》を得《え》て
而通之於台桑　之《こ》れに台桑《だいそう》に通《つう》ずるや

これは、夏の禹が嵞山の女と台桑で通じたのはなぜかという、禹と嵞山の女との婚姻に関する記述である。また次に挙げるのは、帝嚳《ていこく》が有娀《ゆうじゅう》の女《むすめ》である簡狄《かんてき》を娶る経緯についての問いであるが、これは「離騒」の「求女」に含まれるものと共通の伝説を背景に持つと思われる。

簡狄在臺　簡狄《かんてき》　臺《うてな》に在《あ》り
嚳何宜　嚳《こく》　何《なん》ぞ宜《よ》しとするや
玄鳥致貽　玄鳥《げんちょう》　貽《おくりもの》を致《いた》す

女何喜
女《じょ》　何《なん》ぞ喜《よろこ》ぶや

「天問」にはこれら以外にも、前節で触れた、有窮《ゆうじゅう》の后羿《こうげい》が洛水《らくすい》の女神を娶ったという伝説や、舜《しゅん》と堯《ぎょう》の二女との婚姻、湯王《とうおう》と有莘《ゆうしん》の女《むすめ》との婚姻の伝説に関する問いも見え、王者と女性との婚姻の伝説が多く含まれていると言える。つまり「天問」には、「王者と賢臣」、「王者と女性」という二組の対関係が、主要なモティーフとして内在すると考えられるのである。

この点に関してはすでに小南一郎も、「天問」が「深い興味を持って問いかけ」ている「英雄と女性（女神）、主君と補佐の臣という二組の対関係」が、「離騒」において主人公が追求しているものでもあることを指摘している。*15 そして、この二組の対関係がいずれも、「巫（人間）が神を慕う心情」という一つの源から派生した表現であると推測する。小南によれば、より人間的な関係に支えられていた古代の君臣関係において、臣下が君主を慕う心情は、一種の恋情とも言えるほど強いものであったため、巫（人間）が神を慕う恋愛関係的な表現は、臣下が君主を慕う表現に容易に転化することができたのだという。そして「君主が神の代理人《みこともち》であると同時に神自身であると観念するのが古代的な心性であるとすれば、君臣関係を恋愛関係で表現するというのは、神と巫との関係からの転化というよりも、一つの発展の相であったとも言えるであろう」と述べる。*16「離騒」において主人公が君主を求める「求君」と、主人公が女神を求める「求女」は、どちらも巫（人間）が神を慕い求める心情から発展した表現であると見なしているのである。

しかし前章において確認したように、「離騒」の天界遊行における「求索」は、「求君」ではなく、主人公を補佐する賢臣を求める「求臣」を描いたものとして解釈することが可能である。また「求女」については上述のように、主人公が自ら王者に代わって女性（王者の妃）を娶ろうとする行為として読むことができる。したがって、小南が「天問」と「離騒」の両作品に見られるとする「英雄と女性」「主君と補佐の臣」という二つの対関係は、「巫（人間）が神を慕う心情」という一つの源から派生した表現というより、単純に、王者に関する伝説から派生したと考えて良いのではないか。

なお、「英雄と女性」「主君と補佐の臣」という二つの対関係については、「天問」や「離騒」において初めて現れたというわけではなく、原型となる伝説がそれ以前に存在していたと思われる。なぜなら、王者が輔佐の臣を求める「求賢」について述べる君臣遇合説話は、先述のように先秦の文献にも多く存在しており、それが「天問」や「離騒」のモティーフの形成につながったと考えられるからである。

また、「英雄と女性」について述べたものは、以下に挙げるように『詩経』大雅《たいが》の諸篇において既に見いだすことができる。

周の建国を詠った『詩経』大雅「大明《たいめい》」の第二章には、文王の父である王季《おうき》に大任《たいじん》が嫁いだという伝説が見られる。

摯仲氏任　　摯《し》仲《ちゅう》氏《し》任《じん》
自彼殷商　　彼《か》の殷商《いんしょう》よりす
來嫁于周　　來《きた》りて周《しゅう》に嫁《とつ》ぎ
曰嬪于京　　曰《ここ》に京《けい》に嬪《ひん》す
乃及王季　　乃《すなわ》ち王季《おうき》と
維德之行　　維《こ》れ德《とく》之《こ》れ行《ひと》し

また第四、五章には、文王が大姒を妃に迎える伝説が述べられる。

天監在下　天監《てんかん》　下《した》に在《あ》り
有命既集　命《めい》有《あ》り既《すで》に集《な》る
文王初載　文王《ぶんのう》の初載《しょさい》
天作之合　天《てん》　之《こ》れが合《ごう》を作《な》す[*17]
在洽之陽　洽《こう》の陽《よう》に在《あ》り
在渭之涘　渭《い》の涘《し》に在《あ》り
文王嘉止　文王《ぶんのう》　嘉《よみ》す
大邦有子　大邦《たいほう》に子《し》有《あ》り

大邦有子　大邦《たいほう》に子《し》有《あ》り
俔天之妹　天《てん》の妹《まい》に俔《たと》う
文定厥祥　文《ぶん》　厥《そ》の祥《しょう》を定《さだ》め
親迎于渭　親《みずか》ら渭《い》に迎《むか》う
造舟爲梁　舟《ふね》を造《なら》べて梁《はし》と爲《な》す
不顯其光　其《そ》の光《ひかり》を顕《あら》わさざらんや

同じく周の開国を詠う大雅の「緜《めん》」には、文王の祖父の古公亶父《ここうたんぽ》と姜女太姜《きょうじょたいきょう》との婚姻に関する記述がある。

古公亶父　古公亶父《ここうたんぽ》
來朝走馬　來《きた》りて朝《あした》に馬《うま》を走《はし》らせ

率西水滸　西水《せいすい》の滸《ほとり》に率《ひき》い
至于岐下　岐《き》の下《ふもと》に至《いた》りて
爰及姜女　爰《ここ》に姜女《きょうじょ》と
聿來胥宇　聿《みずか》ら來《きた》りて宇《う》を胥《み》る

これらの例から看取されるのは、開国・興国の王者の偉業を讃える詩においては、その偉業達成の一翼を担った妃をも合わせて賞賛し、王者の婚姻を寿ぐという様式がとられていることである。王者のみならず、その妃もまた開国・興国の伝説を構成する重要な要素と見なされているのである。『史記』外戚世家《がいせきせいか》の冒頭においても、夏・殷・周の開国の賢女と、亡国の悪女とがそれぞれ王者と対を成して挙げられ、后妃の存在が王朝の興亡に深く関わることが強調されている。

自古受命帝王及繼體守文之君、非獨内德茂也、蓋亦有外戚之助焉。夏之興也以塗山、而桀之放也用末喜、殷之興也以有娀、紂之殺也嬖妲己、周之興也以姜原及大任、而幽王之禽也淫於褒姒。（古《いにしえ》より受命《じゅめい》の帝王《ていおう》及《およ》び繼體守文《けいたいしゅぶん》の君《きみ》は、獨《ひと》り内德茂《ないとくさか》んなるのみに非《あら》ざるなり、蓋《けだ》し亦《ま》た外戚《がいせき》の助《じょ》有《あ》り。夏《か》の興《おこ》るや塗山《とざん》を以《もっ》てし、而《しか》して桀《けつ》の放《はな》たるるや末喜《ばっき》を用《もっ》てす。殷《いん》の興《おこ》るや有娀《ゆうじゅう》を以《もっ》てし、紂《ちゅう》の殺《ころ》さるるや妲己《だっき》を嬖《へい》にす。周《しゅう》の興《おこ》るや姜原《きょうげん》及《およ》び大任《たいじん》を以《もっ》てし、而《しか》して幽王《ゆうおう》の禽《とら》わるるや褒姒《ほうじ》に淫《みだ》る。）

「末喜（妹嬉）」「妲己」「褒姒」が亡国の悪女として伝説化していたのと同じように、「塗山」の女・「有娀」の女・「大任」といった賢女たちも、開国の王を輔佐した賢妃として伝説化していた。亡国の暗君の伝説が悪女の存在によって彩られるように、開国の明君の伝説は賢妃の存在によって彩られていたのである。

前節で確認したのは、「離騒」の「求女」における女性たちが、いずれも、伝説の王者の妃という性格を持つという点であった。「宓妃」は夏王朝を簒奪した[*18]有窮の后羿の妻である可能性があり、「有娀の佚女」は殷の開国に、「有虞の二姚」は夏の復興にそれぞれ関わりを持つ賢妃である。彼女たちもまた開国・興国の王者の伝説を彩る賢妃であることを考慮するならば、「離騒」の「求女」は、開国・興国の明君とその妃の伝説から派生したものと位置づけることができるだろう。

おわりに

　本章の考察を通じて、「求女」は「離騒」の天界遊行を構成する「上下」、「求索」といった他の要素と同様、古の王者の伝説を背景に持つ可能性があることを示した。主人公が天に上ったり地に下ったりする「上下」には、天地の間を往来することができた古の王者の伝説が、「榘矱《くわく》の同じき所を求め」る「求索」には、賢臣を求めて四方を巡る王者の伝説が、そして、伝説上の女性たちに求婚しようとする「求女」には、開国・興国の王とその妃の伝説が、それぞれ背景として存在したと考えられるのである。

　これらの伝説をふまえた上で「離騒」の天界遊行の場面に接した場合、読者の念頭に浮かぶのは、伝説の王者のイメージをまとった主人公の姿であろう。では、伝統的な屈原伝説を払拭し、新たにそうした人物を主人公に持つ物語として改めてとらえた場合、「離騒」はどのような作品であると解し得るだろうか。

「離騒」のはじめの部分において、主人公の霊均が天賦の素質と後天的才覚を自負する箇所があるが、そこには香草を身にまとうさまが次のように詠われている。

紛吾既有此内美兮　紛《ふん》として吾《わ》れ既《すで》に此《こ》の内美《ないび》有《あ》り

又重之以脩態　　又《ま》た之《こ》れに重《かさ》ぬるに脩態《しゅうたい》を以《もっ》てす
扈江離與辟芷兮　　江離《こうり》と辟芷《へきし》とを扈《こうむ》り
[*19]紉秋蘭以爲佩　　秋蘭《しゅうらん》を紉《つな》ぎて以《もっ》て佩《おびもの》と爲《な》す

（私は生まれながらにして内面の美質を多く備えていたが、その上また立ち居振る舞いといった外面的な美しさをも身につけた。そして江離《こうり》や辟芷《へきし》などの香草を身にまとい、香り高い秋蘭《しゅうらん》を繋いで佩《おびもの》にした。）

また、霊均が香草を自ら植えて育て、収穫を心待ちにするが、それら多くの香草が雑草と化してしまうという表現も見える。

余既滋蘭之九畹兮　　余既《われすで》に蘭《らん》を滋《う》うること之《こ》れ九畹《きゅうえん》
又樹蕙之百畝　　又《ま》た蕙《けい》を樹《う》うること之《こ》れ百畝《ひゃっぽ》なり
畦留夷與掲車兮　　留夷《りゅうい》と掲車《けっしゃ》とを畦《うね》にし
雜杜衡與芳芷　　杜衡《とこう》と芳芷《ほうし》とを雜《まじ》う
冀枝葉之峻茂兮　　枝葉《しよう》の峻茂《しゅんも》するを冀《こいねが》い
願竢時乎吾將刈　　時《とき》を竢《ま》ちて吾《わ》れ將《まさ》に刈《か》らんとするを願《ねが》う
雖萎絶其亦何傷兮　　萎絶《いぜつ》すると雖《いえど》も其《そ》れ亦《ま》た何《なん》ぞ傷《いた》まん
哀衆芳之蕪穢　　衆芳《しゅうほう》の蕪穢《ぶあい》するを哀《かな》しむ

（私は既に香り高い蘭《らん》を九畹《えん》もの地に植えて殖やし、蕙《けい》を百畝《ひゃっぽ》もの地に植えた。また、香草の留夷《りゅうい》と薬草の掲車《けっしゃ》をうねに分けて植え、芳しい杜衡《とこう》と芳芷《ほうし》を混ぜて植えた。それら香草の枝葉が伸びて茂ることを待ち望み、時期を待って刈り入れることを願った。萎《しお》れて枯れてしまっても悲しむことはないが、香草たちが雑草と化してしまうことが悲しい。）

これらの例をはじめとして「離騒」の前半部分には香草の名が多く見えるが、次の例では、香草が賢臣・賢人の比喩として用いられている。

昔三后之純粋兮　　昔三后《むかしさんこう》の純粋《じゅんすい》なる
固衆芳之所在　　固《まこと》に衆芳《しゅうほう》の在《あ》る所《ところ》
雑申椒與菌桂兮　　申椒《しんしょう》と菌桂《きんけい》とを雑《まじ》え
豈維紉夫蕙茝　　豈《あ》に維《た》だ夫《か》の蕙茝《けいし》を紉《つな》ぐのみならんや

（古《いにしえ》の三人の聖王である夏《か》の禹王《うおう》・殷《いん》の湯王《とうおう》・周《しゅう》の文王《ぶんのう》の汚れなき政治の陰には、多くの香草の如き賢臣たちの存在があった。香木の申椒《しんしょう》と菌桂《きんけい》を混ぜたように芳しく、どうして香草の蕙茝《けいし》を繋いだだけということがあろうか。それほど多くの優れた賢臣たちがいたのだ。）

つまり主人公の霊均が多くの香草を身にまとったり、植え育てたりするという表現は、聖王たちに倣って優秀な人物を賢臣として自身の周囲に集めたり、育成しようとしたりすることを意味すると解することが可能なのである。

しかし、そうした霊均の行動は謀反の疑いを招いて阻害されることとなり、それが霊脩《れいしゅう》（君主）の無理解や、嫉妬深い人々からの讒言として次のように詠われる。

怨靈脩之浩蕩兮　　靈脩《れいしゅう》の浩蕩《こうとう》として
終不察夫民心　　終《つい》に夫《か》の民心《みんしん》を察《さっ》せざるを怨《うら》む
衆女嫉余之蛾眉兮　　衆女《しゅうじょ》　余《われ》の蛾眉《がび》を嫉《ねた》み

謡諑謂余以善淫

謡諑《ようたく》して余《われ》を謂《い》うに善《よ》く淫《いん》するを以《もっ》てす

（霊脩に思慮分別がなく、人の心を理解しようとしないのが恨まれる。まるで女たちが美女に嫉妬して「あの人は淫乱だ」などと悪口を言うように、私の才能を嫉む人々がいる。）

そうした状況に一度は心をくじかれる霊均であるが、重華（帝舜）の元へ行き、過去の王朝の盛衰に関する事柄を列挙しながら、暴君は滅び、良き輔佐者を得た有徳の聖人のみが地上を治めることができるという王朝盛衰の原則を再確認する。そのことで自らの行動の正しさに確信を持った主人公は、改めて自ら王者となることを志し旅立っていくのである。

「離騒」という作品をこのようにとらえるならば、主人公の遊行が古の王者の伝説に基づく「上下（天への飛翔）」、「求索」、「求女」というモティーフによって構成されていることにも説明がつく。斉国《せいこく》において田氏《でんし》が台頭し、晋国《しんこく》が韓《かん》・魏《ぎ》・趙《ちょう》の三氏によって分割されたことに顕著なように、有力氏族が諸侯の地位を脅かすほどの勢力をふるった戦国時代を成立年代として想定するならば、臣下としての立場を脱却して自ら王者たらんとする人物を主人公とする作品が誕生したとしても不思議はない。そして「離騒」は、本来そのような英雄叙事詩的な性格を有する作品であったと考えられるのである。

しかし、自ら王者たらんとする人物を主人公とする作品は、強力な君主権を確立しようとする漢王朝においては受け入れ難いものであったと推測される。そこで、広く受け入れられるようになったのが、主人公を「悲劇の忠臣」屈原としてとらえる解釈だったのではないか。

ただし、そうした解釈においては、悲劇の忠臣屈原と「離騒」の王者然とした主人公との間で整合性をはかる必要があったはずである。その結果として付随的に生じてきたのが、天界遊行の場面における主人公の天への飛翔を、「求君」を目的とする遠行であるとしたり、君臣遇合の例を、本来の説話の内容とは逆に、賢臣が明君を求めて奔走するものと解したり、「求女」を「求君」や「求臣」の比喩であると見なしたりする解釈だったのだろう。

以上のような推測が成り立つとすると、「離騒」には、主人公を王者たらんとする人物としてとらえる読みと、憂国の忠臣としてとらえる読みとの、少なくとも二通りが存在しており、前者は後者によって次第に駆逐されていったことになるだろう。そこで次章では、その前者、すなわち主人公を王者たらんとする人物としてとらえる読みの存在について検討したい。具体的には、前漢期の楚辞や賦、文章の中で、「離騒」の天界遊行モティーフを取り入れているものを取り上げ、当該モティーフがどのように使われ、何を表しているのかという点に注目する。それらを手がかりとして、前漢当時における「離騒」解釈の様相を明らかにするためである。

---

*1　王逸『楚辞章句』、銭杲之『離騒集傳』（『楚辞文献集成』第四冊、広陵書社、二〇〇八年）、劉夢鵬『屈子章句』（『楚辞文献集成』第二十七冊、広陵書社、二〇〇八年）、戴震『屈原賦戴氏注』（『楚辞文献集成』第十四冊、広陵書社、二〇〇八年）、王夫之『楚辞通釋』（『楚辞文献集成』第十冊、広陵書社、二〇〇八年）、王邦采『離騒彙訂』（『楚辞文献集成』第十二冊、広陵書社、二〇〇八年）、胡文英『屈騒指掌』（『楚辞文献集成』第十五冊、広陵書社、二〇〇八年）、王闓運『楚詞釋』（『楚辞文献集成』第十七冊、広陵書社、二〇〇八年）、王泗原『楚辞校釋』（人民教育出版社、一九九〇年）がこの立場をとる。

*2　金開誠「〈離騒〉的整体結構和求女、問卜、降神解」（『文学遺産』一九八五年第4期）、趙逵夫「〈離騒〉的比喩和叙情主人公的形貌問題」（『中国社会科学』一九九二年第4期）がこの立場をとる。このうち趙逵夫は、『史記』の記述などに基づき、当時の楚の朝廷内に合従抗秦の外交政策を支持する人物が屈原以外にも存在したことを挙げ、屈原が「求女」を用いて表そうとしたのは、そうした賛同者を求める心情だったとする。

*3　汪瑗『楚辞集解』（『楚辞文献集成』第四冊、広陵書社、二〇〇八年）、李陳玉『楚詞箋注』（『楚辞文献集成』第八冊、広陵書社、二〇〇八年）、陸時雍『楚辞』（『楚辞文献集成』第六冊、広陵書社、二〇〇八年）、潘嘯龍「論〈離騒〉的〝男女君臣之喩〟」（『文

学遺産』一九八七年第2期）、「屈賦研究三辨」（『雲夢学刊』一九九六年第1期）、林明華「論〈離騒〉的対照芸術」（『文学遺産』一九九一年第2期）がこの立場をとる。

*4 朱熹『楚辞集注』、蒋驥『山帯閣注楚辞』（『楚辞文献集成』第九冊、広陵書社、二〇〇八年）、楊成孚「〈離騒〉〝求女〟解新論」（『南開学報』一九九五年第5期）がこの立場をとる。

*5 林雲銘『楚辞燈』（『楚辞文献集成』第十一冊、広陵書社、二〇〇八年）、夏大霖『屈騒心印』（『楚辞文献集成』第十一冊、広陵書社、二〇〇八年）、屈復『楚辞新注』（『楚辞文献集成』第十三冊、広陵書社、二〇〇八年）、陸侃如・高亨・黄孝紓選註『楚辞選』（中華書局、一九六二年）、姜亮夫『楚辞今繹講録』（北京出版社、一九八一年）、陳子展『楚辞直解』（江蘇古籍出版社、一九八八年）、羅漫「〈離騒〉〝求女〟与懐王喪后」（『社会科学輯刊』一九九三年第3期）、劉士林「離騒『求女』意象勾沈」（『江漢論壇』一九九七年第9期）がこの立場をとる。

*6 游國恩「楚辞女性中心説」（『楚辞論文集』上海文藝聯合出版社、一九五五年）。

*7 小南一郎『楚辞とその注釈者たち』（朋友書店、二〇〇三年）、「第一章　楚辞の時間意識—九歌から離騒へ」（初出は『東方学報』（京都）第58冊、一九八六年）147—148頁。

*8 注7前掲書「第一章　楚辞の時間意識—九歌から離騒へ」88頁。

*9 竹治貞夫『楚辞研究』（風間書房、一八七八年）、「第五章　楚辞の方言性と象徴性」、「第二節　楚辞の象徴性」630頁、何丹尼「従《九歌》看民間文学対《離騒》的影響」（『上海師範学院学報』一九八四年第1期）、過常宝「〝上下求索〟：一個祭祀的模式」（『文学遺産』一九九六年第6期）等。

*10 楚俗祠祭之歌、今不可得而聞矣。然計其間、或以陰巫下陽神、或以陽主接陰鬼、則其辭之褻慢淫荒、當有不可道者（朱熹『楚辞辯證』）。

*11 夏大霖の『屈騒心印』は、「女」を賢后の喩えと見なす伝統的解釈に属するが、「女」の個々の性格を伝説から抽出し、解釈に取り入れている点で例外と言える。たとえば、有娀の佚女簡狄を殷の開国を導いた聖女と見なし、主人公屈原が有娀の佚女を求めるのは、楚王のために開国の聖女を求めようとしているのだと解する。

　有娀氏之女簡狄、爲殷之祖。商頌、天命玄鳥、降而生商。又、濬哲維商、長發其祥。本文正取發祥之意而及之。言、古來啟疆發祥、莫不賴有聖女以爲之助。乃一求而失於嫎妃者、蓋余求之太易而擇德未審。今則必盡周天下而審之、必有簡狄其人者而可也。

　また、有虞の二姚を夏の復興を助けた賢妻ととらえ、主人公屈原が二姚を求めるのは、少康のような、国を復興させる王が楚国に現れることを期待してのことだとする。

言、佚女不得求、則國事終不可爲、有見其覆亡耳。…古來亡國之餘、苟自振拔、亦固有克復舊業者、少康是也。然其妻二姚皆賢助也。我國庶幾有如少康者乎。是未可知也、則又當早爲之計。及少康未家之先、留二姚以待他日之配可也。

*12 胡克家本『李善注文選』巻八（上海古籍出版社、一九八六年）。

*13 注7前掲書「第二章、天問篇の整理」（初出は『東方学報』（京都）第71冊、一九九九年）239頁。

*14 たとえば、有窮の后羿、寒浞とその息子澆といった簒奪者たちによって、夏王朝が乱された経緯や、市場で刃物を打ち鳴らしていた呂尚を周の文王が見いだしたという君臣遇合説話の細部、殷の紂王が臣を醢にしたという殷周革命の契機などについて、「離騒」と「天問」はよく似た表現方法を用いている。

*15 注7前掲書「第二章　天問篇の整理」235頁。

*16 小南一郎『楚辞』（筑摩書房、一九七三年）71―72頁。

*17 「天之れが合を作す」について、毛伝は「合は、配なり」とする。鄭箋は第四章全体を次のように解釈する。

天監視善悪於下、其命將有所依就、則豫福助之。於文王生適有所識、則爲之生配於氣勢之處、使必有賢才。謂生大姒。

朱熹『詩集伝』も「天之れが合を作す」に関しては、ほぼ同様に解釈する。

將言武王伐商之事故此又推其本而言。天之監照實在於下。其命既集於周矣。故於文王之初年而默定其配。

*18 「天問」に「帝　夷羿を降し　孽を夏の民に革む」とあることからも推測されるように、有窮の后羿には、夏の民の害を除いたという英雄としての性格も認められる。しかし彼はやはり夏王朝にとっての簒奪者であって、開国・興国の明君とはなり得なかった。このことは、「求女」の中で宓妃だけが「信に美なりと雖も禮無し　來たれ違棄して改め求めん」と、主人公に見限られていることと関連を持つのではないだろうか。自らを偉大な王者に比した主人公にとって、簒奪者の妻は相応しくないと判断されたとも考えられるのである。

*19 底本は「紛」に作る。四部備要本『楚辞補注』にしたがい改めた。

第6章　楚辞「遠遊《えんゆう》」と「大人賦《たいじんふ》」の天界遊行

はじめに

本章では、前漢期の辞賦作品の中で「離騒」の天界遊行モティーフを取り入れているものを取り上げ、当該モティーフがどのように使われ、何を表しているのかという点に注目しながら、当時における「離騒」解釈の様相について論じたい。

楚辞「離騒」の天界遊行モティーフは、漢代に作られた楚辞作品や賦に踏襲されており、漢代の文学に大きな影響を与えたと言える。ところが、「離騒」の天界遊行モティーフを取り入れたこれらの作品を見てみると、そのモティーフが現れる文脈は一様ではない。中でも特に顕著な相違として挙げられるのは、漢代の楚辞作品とされる「遠遊」において、主人公が現実世界での不遇から逃避する手段として現れる天界遊行モティーフが、漢賦の代表的作家である司馬相如《しばしょうじょ》の「大人賦」においては、大人（帝王）の超越性を示すモティーフとして現れているという点である。従来、この点については、楚辞の表現方法を司馬相如が帝王賛美の作品に取り入れたのだ、と極めて単純に説明されるのみであった。しかし、不遇の士の現実逃避を描く表現として楚辞作品の中で定着していた天界遊行モティーフが、司馬相如の作品の中では一転して帝王を賛美する手段として用いられているという事実に改めて向き合うとき、そもそもなぜそのような大幅なイメージの転換が起こったのか、という疑問が生じてくる。

本書では前章までの考察を通して、「離騒」の天界遊行モティーフが元来、主人公に王者のイメージを付帯する役割を持っていたのではないかとの推論を導き出した。その推論が正しいとすれば、「大人賦」は、王者を描く手段として「離騒」からそのまま天界遊行モティーフを借りたことになり、上記の疑問は解消する。しかしそうなると今度は、「離騒」から「遠遊」に継承される際に、天界遊行モティーフの持つイメージに変化が起きていることになり、その理由がやはり疑問として残る。

ところで、この「遠遊」と「大人賦」については、その成立の先後関係が古くから議論の対象となってきた。そしてそれは、両作品における天界遊行モティーフの「離騒」からの継承と、その変容の過程を考える上でも、避けて通ることができない重要な問題であると思われる。

そこで本章では、まず両作品の先後関係をめぐってこれまでになされてきた議論を概観することから始めたい。そしてその後、特に両作品の天界遊行モティーフに焦点を絞り、「離騒」のそれとの比較を通してそれぞれの特徴を明らかにしていく。その結果をふまえ、「遠遊」と「大人賦」の先後関係について改めて考察するとともに、前漢期における「離騒」解釈の様相、天界遊行モティーフの持つイメージが変化した理由とその時期について、一つの仮説を提示したい。

1　両作品の先後関係をめぐる諸説

楚辞「遠遊」は、苦しみの多い世俗を離れたいと願う主人公が、仙人の王子喬《おうしきょう》から教えを受け、自由自在に天界を遊行し、登仙するという内容の作品である。

一方「大人賦」は、主人公の「大人」が狭苦しい現実世界を離れて天界を遊行し、幻想的世界を巡るというものである。『史記』司馬相如伝によれば、これは司馬相如が漢の武帝のために作ったものであり、『史記索隠《しさくいん》』に「張揖《ちょうゆう》云《い》う、天子《てんし》を喩《たと》うと」、「向秀《きょうしゅう》云《い》う、聖人《せいじん》の位《くらい》に在《あ》るものは、之《こ》れを大人《たいじん》と謂《い》うと」[*1]とあるように、主人公の「大人」は武帝を表していると考えられる。

このように異なる内容を持ちながらも、両作品には類似句や共通する表現などが数多く見られる。たとえば「遠遊」の初句は「時俗《じぞく》の迫阨《はくあい》なるを悲《かな》しみ　輕擧《けいきょ》して遠遊《えんゆう》せんことを願《ねが》う（悲時俗之迫阨兮　願輕擧而遠遊）」であり、「大人賦」冒頭部分に含まれる「世俗《せぞく》の迫隘《はくあい》なるを悲《かな》しみ　朅《さ》りて輕擧《けいきょ》して遠遊《えんゆう》す（悲世俗之迫隘兮　朅輕擧而遠遊）」という句に酷似している。また、表現や語彙のレベルでの共通点・類似点も多いが、特に顕著なのは、両作品の末尾に以下のようなほぼ共通する句が使われていることであろう。

下崢嶸而無地兮　下《した》は崢嶸《そうこう》として地《ち》無《な》く
上寥廓而無天　上《うえ》は寥廓《りょうかく》として天《てん》無《な》し
視儵忽而無見兮　視《し》は儵忽《しゅくこつ》として見《み》る無《な》く
聽惝怳而無聞　聽《ちょう》は惝怳《しょうきょう》として聞《き》く無《な》し
超無爲以至清兮　超《ちょう》として無爲《むい》にして以《もっ》て至清《ししん》に

與泰初而爲鄰　　泰初《たいしょ》と鄰《となり》と爲《な》る

（楚辞「遠遊」）

（下は奥深く落ち込んでいて地面がなく、上はからりと広がっていて天がない。真っ暗で目には何も見えず、ぼんやりとして耳には何も聞こえない。超然として、無為で清らかな状態になり、万物の根源である「泰初」と並ぶ存在となる。）

下崢嶸而無地兮　　下《した》は崢嶸《そうこう》として地《ち》無《な》く
上寥廓而無天　　上《うえ》は寥廓《りょうかく》として天《てん》無《な》し
視眩眠而無見兮　　視《し》は眩眠《げんめい》として見《み》る無《な》く
聽惝怳而無聞　　聽《ちょう》は惝怳《しょうこう》として聞《き》く無《な》し
乘虚無而上假兮　　虚無《きょむ》に乗《の》りて上《のぼ》りて假《とお》ざかり
超無友而獨存　　超《ちょう》として友《とも》無《な》くして獨《ひと》り存《そん》す

（「大人賦」[*2]）

（下は奥深く落ち込んでいて地面がなく、上はからりと広がっていて天がない。真っ暗で目には何も見えず、ぼんやりとして耳には何も聞こえない。虚無に乗って高く遠ざかり、超然として、友もなく独りきりの存在となる。）

このように類似表現が多く見られることから、両作品の成立の先後関係をめぐっては、古くから議論がなされてきた。ここでは、両作品の天界遊行モティーフを取り上げるに先立ち、そうした議論について概観しておきたい。

①「遠遊」を屈原の作品とし、「大人賦」をその模倣作と見なす意見

「大人賦」と「遠遊」に類似表現が多く見られることは、古くから指摘されている。たとえば『史記索隠』は晋《しん》の張華《ちょうか》の説を引き、「張華云《ちょうかい》う、相如《しょうじょ》は遠游《えんゆう》の體《たい》を作《つく》りて、大人《たいじん》を以《もっ》て之《こ》れを賦《ふ》すと（張華云、相如作遠游之體、以大人賦之）」と述べる。また朱熹《しゅき》も『楚辞集注《そじしっちゅう》』の「遠遊」において、「司馬相如《しばしょうじょ》は大人賦《たいじんふ》を作《つく》るに、多《おお》く其《そ》の語《ご》を襲《おそ》う。然《しか》れども屈子《くっし》の到《いた》る所《ところ》は、相如《しょうじょ》の能《よ》く其《そ》の萬一《まんいち》を窺《うかが》う所《ところ》に非《あら》ざるなり（司馬相如作大人賦、多襲其語。然屈子所到、非相如所能窺其萬一也）」と述べ、「大人賦」は「遠遊」の語を模倣しているものの、内容は遠く及ばないと断じている。

後漢の王逸が『楚辞章句』の中で「遠遊は、屈原の作る所なり」と述べて以来、両作品の間に類似句が多いことに関しては、このように、司馬相如が屈原の作品である「遠遊」を模倣して「大人賦」を作ったのだという説明がなされ、それが無批判に信じられていたのである。

②「大人賦」が「遠遊」に先行すると見なす意見

ところが清末《しんまつ》以後、疑古派《ぎこは》が王逸のこの言説に疑いを持つようになると、「遠遊」を屈原の作品とする前提は揺らぎ始めた。そしてそれと同時に、「遠遊」と「大人賦」の成立の先後関係をめぐる議論が盛んに行われるようになった。というのも、「遠遊」を屈原の作品ではなく、漢代の偽作であると見なす人々が、「大人賦」との類似を根拠の一つとして、「遠遊」は「大人賦」を模倣したものだと主張したためである。たとえば、姚《よう》鼐《だい》が『古文辞類纂《こぶんじるいさん》』で「大人賦」について「此《こ》の賦《ふ》は多《おお》く遠游《えんゆう》より取《と》る」[*3]と述べていることに反論し、呉汝綸《ごじょりん》は「遠遊」の方が「大人賦」を模倣したのであって、「遠遊」は屈原の作品ではないと述べている。[*4]

近人の游国恩《ゆうこくおん》もまた「遠遊」が屈原の作品ではないことを示す証拠の一つとして「大人賦」との類似を挙げ、「遠遊」が「大人賦」を模倣したのであって、その逆ではないと述べる。その証拠として彼は、司馬相如のような天才的な辞賦作家に模倣などあり得ないこと、楚辞文学に精通した武帝の前で、相如が先行の楚辞作品を模倣したものを披露するはずがないこと、『史記』司馬相如列伝の記述から「大人賦」の制作には長い時間を要したと推測できること、の三点を挙げる。[*5] これらの証拠のうち、三つ目の制作時間の長さが何の指標にもならないことは言うまでもないが、他の二つに関しても疑問の余地は残る。司馬相如が天才的な辞賦作家であり、また、武帝が楚辞文学に通暁していたからといって、相如が先行作品である「遠遊」を模倣して「大人賦」を作り、それを武帝の前で披露するはずがないとは、必ずしも断言できない。先行作品の踏襲は、辞賦のみならず、古代文学作品においては頻繁に見られる行為であり、「大人賦」が「遠遊」の模倣ではないとしても、後述するように、表現の多くを「離騒」から借りていることは否定できないからである。

このように、「大人賦」が「遠遊」に先行すると見なす意見の多くは、「遠遊」を「屈原に仮託された漢代の偽作」とする説を裏付けるために引き出されたものである。しかし、その証拠が確実なものではなかったため、「遠遊」を「大人賦」に先行する屈原の作品であるとする意見はなおも根強く残った。[*6]

③「遠遊」が「大人賦」に先行すると見なす意見

一方、「遠遊」が屈原に仮託された漢代の作品であることは認めながら、やはり「遠遊」の方が「大人賦」に先行するという意見もある。[*7]

たとえば福永光司は次のように述べている。

『楚辞』の離騒篇と遠遊篇と、これに司馬相如の『大人賦』を加えた三つの文學作品を思想として系譜づけるとき、離騒篇の「遠逝」が神僊化されて遠遊篇の「遠遊」となり、遠遊篇の神僊がさらに帝王化されて『大人賦』となつたと考えるのが最も自然であろう。…司馬相如の『大人賦』は、この賦に先だつ遠遊篇や盧敖説話などをふまえて帝王の僊意を明らかにしたものである。いうなれば神僊の帝王化であり、帝王化されぬ遠遊篇の神僊が帝王化された『大人賦』の神僊に先行する。[*8]

帝王化されない、一般の個人の神仙に関する伝説が、帝王化された神仙のそれに先行するというこの見解もまた、確実であるとの保証はない。先に帝王の神仙に関する伝説があり、後にそれが一般の個人の神仙に関する伝説に変化した可能性も十分に考え得るからである。

以上に見てきたように、「遠遊」と「大人賦」の成立の先後関係をめぐっては、長い年月の議論を経ながら、未だに確証を伴う結論が出されていない。

その中で、小南一郎は近年、先行の諸説とは異なる新たな視点から独自の見解を提示している。楚辞作品の天界遊行表現に反映された道家思想の様相から、「遠遊」の成立年代を明らかにしようと試み、その作業の一環として「大人賦」との比較をおこなっているのである。[*9] 両作品の天界遊行表現を「離騒」のそれと対比させながら比較する小南の手法は、天界遊行モティーフについて考察しようとする本章にとっても有効な手段であると思われる。そこで次節では、彼の見解について詳しく見ていきたい。

2　「遠遊」と「大人賦」の相違（小南説）

小南は「離騒」を基準として「遠遊」と「大人賦」の内容を比較した結果、用いられている語彙には共通点があるものの、両作品の背後にある思想構造は大きく異なると分析している。

小南が第一に挙げるのは、両作品の背後にある「神話的地理観念」の相違である。すなわち、「遠遊」の背後にある「神話的地理観念」は「離騒」のそれを直接継承したものであるが、「大人賦」は異域の地名に伴う神仙的雰囲気を利用したに過ぎないため、背後に「厳密な神話的地理観念」が感じられないとするのである。

第二に挙げられているのは、肉体と精神とを分離してとらえる観念が表れているか否かという相違である。「離騒」と「大人賦」には、肉体と精神とを分離させる観念が表れていないが、「遠遊」ではそうした観念が表れているというのである。しかし彼の分析によれば、それは「大人賦」が「離騒」を直接継承していることを意味するのではないという。そうではなく、「大人賦」には、肉体を伴ったままおこなう天界遊行が帝王にのみ可能であるとする秦漢時代の君主権の絶対性が反映されているのだと、小南は解釈する。

第三に小南は、主人公に対して教示をおこなう者の有無を挙げる。主人公が天界遊行に出発する際、「離騒」と「遠遊」では、神々や過去の賢者、神仙たちの教えを受けるという定まった手続きを踏んでいるが、「大人賦」ではそうした教示者は登場しない。この点において「離騒」「遠遊」の二作品と「大人賦」との間には相違が見られるという。

以上のように小南は「離騒」との比較を通して「大人賦」の特殊性を指摘した上で、「大人賦」と「遠遊」との関係について次のような独自の見解を提示している。

「大人賦」が、直接に遠遊篇を参照していたか、少なくとも楚辞文藝の中での遠遊の伝承のことをよく知った上で作られた作品であることは確かである。しかしそこに記述される遠遊の性格には大きな違いがあった。遠遊篇で守られていた、楚辞文藝における遠遊記述の基本的な約束ごとが、「大人賦」では無視されている。そうした、両作品の間の基本的な性格の差は、遠遊篇と「大人賦」との間の年代的な隔たりを反映したものなのであろうか。わたしは、そうではなく、両者の基本的な性格の違いは、文藝伝統の地域的な差異に由来するところが大きかったのではないかと推測する。

司馬相如は、蜀の地の出身で、梁孝王が集めた文人集団に加わり、のちには武帝のもとにあって、賦の制作でその名を知られた、宮廷文学者であった。かれの社会的な立場は、支配者たちの消閑のために、娯楽を目的とする文藝作品を作る文人なのであった。そうした立場にある司馬相如が、南方の楚辞の伝統と接触し、それを北方の宮廷文藝の中に導入しようとした時、南方の作品の上に、必然的に加えなければならなかった補訂が、上に見た、遠遊篇と「大人賦」との間の差異として表れているのだと理解できるであろう。南方の遠遊文藝には、その基礎にあった宗教的実修に由来する、守るべきかたちや規範があった。その文藝が宮廷に取り込まれる時、元来は厳守すべきものであった規範が、いとも簡単に無視されて、ひとびとの耳目を悦ばせるための文藝へと変質したのであった。もしこうした推定に間違いがないとすれば、遠遊篇と「大人賦」との間に性格の違いがあることは、必ずしも年代的な隔たりの存在を意味するのではなく、それぞれの作品の背後にあった文藝伝統の違いに由来するということになるだろう。

このように小南は、「遠遊」と「大人賦」の関係を成立年代の差異ではなく、文藝としての性格の違いからとらえようとしているのである。

彼のこうした分析は、これまで両作品の成立の先後関係をめぐって行われてきた議論とは全く異なる視点からなされた画期的なものであるが、果たして「遠遊」と「大人賦」の違いは、彼の言うような点に集約されるのであろうか。それを確認するため、以下では実際に「離騒」「遠遊」「大人賦」の天界遊行モティーフを比較しながら、小南の挙げる「大人賦」の三つの特殊性について検討したい。

3　「離騒」「遠遊」「大人賦」の比較

(1)　遊行の経路について

小南によれば、三作品の中で「大人賦」だけが、背後に「厳密な神話的地理観念」を持たないというが、果たしてそうだろうか。三作品における天界遊行の経路を順に確認してみよう。

(1)—a　「離騒」の天界遊行経路

「離騒」の主人公は、二度に分けて天界遊行に出かけており、それぞれの遊行に現れる地名は以下のように示される。なお、傍線を付したものは、経路に現れる帝や神の名を表す。

【一度目】蒼梧《そうご》→縣圃《けんぽ》→咸池《かんち》・扶桑《ふそう》→若木《じゃくぼく》→閶闔《しょうこう》→白水《はくすい》・閬風《ろうふう》→春宮《しゅんぐう》

【二度目】天津《てんしん》→西極《せいきょく》→流沙《りゅうさ》・赤水《せきすい》・西皇《せいこう》→不周《ふしゅう》・西海《せいかい》

一度目の遊行は第187句以降に「朝《あした》に軔《じん》を蒼梧《そうご》に發《はっ》し　夕《ゆうべ》に余《われ》縣圃《けんぽ》に至《いた》る（朝發軔於蒼梧兮　夕余至乎縣圃）」と、楚の南方にある帝舜《ていしゅん》の葬地「蒼梧《そうご》」[*10]から始まり、その日の内に西の崑崙山《こんろんさん》にある「縣圃《けんぽ》」[*11]に至る。

そして「余《わ》が馬《うま》を咸池《かんち》に飲《の》ませ　余《わ》が轡《くつわ》を扶桑《ふそう》に揔《むす》ぶ（飲余馬於咸池兮　揔余轡乎扶桑）」と、太陽が水浴びをするという東の「咸池《かんち》」や、東方の神樹「扶桑《ふそう》」[*12]に馬を繋ぐ。また「若木《じゃくぼく》を折《お》りて以《もっ》て日《ひ》を拂《はら》い（折若木以拂日兮）」とあるように、崑崙《こんろん》の西極に生える神樹「若木《じゃくぼく》」[*13]の枝を折る。次に主人公は「吾《わ》れ帝閽《ていこん》をして關《かん》を開《ひら》かしむるに　閶闔《しょうこう》に倚《よ》りて予《われ》を望《のぞ》む（吾令帝閽開關兮　倚閶闔而望予）」と、天門の「閶闔《しょうこう》」[*14]へ向かった後、「朝《あした》に吾《わ》れ將《まさ》に白水《はくすい》を濟《わた》り　閬風《ろうふう》に登《のぼ》りて馬《うま》を緤《つな》がんとす（朝吾將濟於白水兮　登閬風而緤馬）」と、崑崙を水源とする「白水《はくすい》」[*15]を渡り、崑崙の上にある「閬風《ろうふう》」[*16]に登る。そして最後に、宓妃《ふくひ》・有娀《ゆうじゅう》の佚女《いつじょ》・有虞《ゆうぐ》の二姚《にょう》といった伝説上の女性たちに求婚すべく、「溘《こう》として吾《わ》れ此《こ》の春宮《しゅんぐう》に遊《あそ》び（溘吾遊此春宮兮）」と、東方の帝の宮殿である「春宮《しゅんぐう》」[*17]に至るのである。

二度目の遊行は、第347句から「朝《あした》に軔《じん》を天津《てんしん》に發《はっ》し　夕《ゆうべ》に余《われ》西極《せいきょく》に至《いた》る（朝發軔於天津兮　夕余至乎西極）」と、天の東にある天河の渡し場「天津《てんしん》」[*18]を出発し、崑崙を目指して「西極《せいきょく》」へ向かう。そして「忽《たちま》ち吾《わ》れ此《こ》の流沙《りゅうさ》を行《い》き　赤水《せきすい》に遵《したが》いて容與《ようよ》す（忽吾行此流沙兮　遵赤水而容與）」と、砂漠の「流沙《りゅうさ》」を通り、崑崙を水源とする「赤水《せきすい》」[*19]に沿って進む。途中、「西皇《せいこう》に詔《みことのり》して予《われ》を渉《わた》さしむ（詔西皇使渉予）」とあるように、西方の帝である「西皇《せいこう》」[*20]の名も見える。さらに主人公は「不周《ふしゅう》に路《みち》して以《もっ》て左轉《さてん》し　西海《せいかい》を指《さ》して以《もっ》て期《き》と爲《な》す（路不周以左轉兮　指西海以爲期）」と、隊列を二手に分けて自らは崑崙の西北にある「不周《ふしゅう》」[*21]の道を行き、もう一方の隊列と「西海《せいかい》」で再会することを約束した後、「皇《こう》の赫戲《かくぎ》たるに陟陞《ちょくしょう》し（陟陞皇之赫戲兮）」と、輝く天の高みへと上って行くのである。

以上が「離騒」における二度の天界遊行の経路である。一度目の遊行では、東西の地名が交互に現れており、経路を把握し難いが、二度目の遊行では、東の「天津」を出発した後、ひたすら西の方角を目指す経路を辿っていることが看取されよう。

(1)―b 「大人賦」の天界遊行経路

「大人賦」の遊行経路は次のように示すことができる。なお、括弧内のものは、主人公が目指した方角や、遠くから目にした地名・場所である。

中州《ちゅうしゅう》↓少陽《しょうよう》↓太陰《たいいん》↓飛泉《ひせん》↓（東）↓崇山《すうざん》・堯《ぎょう》・九疑《きゅうぎ》・舜《しゅん》↓炎火《えんか》・弱水《じゃくすい》・流沙《りゅうさ》↓總極《そうきょく》↓（崑崙《こんろん》）・三危《さんき》↓閶《しょう》闔《りょ》・帝宮《ていきゅう》↓閬風《ろうふう》↓陰山《いんざん》・西王母《せいおうぼ》↓不周《ふしゅう》・幽都《ゆうと》↓（北垠《ほくぎん》）・玄闕《げんけつ》・寒門《かんもん》

主人公は「中州《ちゅうしゅう》」を出て上昇した後、「邪《なな》めに少陽《しょうよう》を絶《よぎ》りて太陰《たいいん》に登《のぼ》り（邪絶少陽而登太陰兮）」とあるように、東極の「少陽《しょうよう》」をよぎって北極の「太陰《たいいん》」に登る。[22] そして「横《よこ》ざまに飛泉《ひせん》を厲《わた》りて以《もっ》て正《まさ》に東《ひがし》す（横厲飛泉以正東）」と、崑崙の西南にある「飛泉《ひせん》」[23]の谷を越えて東に向かい、「唐堯《とうぎょう》を崇山《すうざん》に歴《れき》し　虞舜《ぐしゅん》を九疑《くぎ》に過《す》ぐ（歴唐堯於崇山兮　過虞舜於九疑）」と、堯帝の眠る「崇山《すうざん》」と舜帝の眠る「九疑《きゅうぎ》」[24]を訪れる。この後、主人公の隊列はひたすら西を目指す。まず「炎火《えんか》を經營《けいえい》して弱水《じゃくすい》に浮《う》かび　杭《ふね》もて浮渚《ふと》を絶《よぎ》りて流沙《りゅうさ》を渉《わた》る（經營炎火而浮弱水兮　杭絶浮渚而渉流沙）」とあるように、崑崙の外にあるという西域の「炎火《えんか》」の山をめぐって、崑崙を源とする「弱水《じゃくすい》」[25]や砂漠の「流沙《りゅうさ》」を渡る。そして「總極《そうきょく》に奄息《えんそく》して氾濫《はんらん》の水《みず》に嬉《たの》しみ（奄息總極氾濫水嬉兮）」と、西域にある「總極《そうきょく》（葱領《そうりょう》）」[26]の山や水の流れに身体を休めた後、「西《にし》に崑崙《こんろん》の軋沕洸忽《あつぶつこうこつ》たるを望《のぞ》み　直《ただ》ちに徑《ただ》ちに三危《さんき》に馳《は》す（西望崑崙之軋沕洸忽兮　直徑馳乎三危）」と、遙か西方に「崑崙《こんろん》」の山を確認するやいなや、まっすぐ「三危《さんき》」[27]の山に向かう。そして「閶闔《しょうこう》を押《お》し開《ひら》いて帝宮《ていきゅう》に入《い》り　玉女《ぎょくじょ》を乗《の》せて之《こ》れと帰《かえ》る（排閶闔而入帝宮兮　載玉女而與之歸）」と、天門の「閶闔《しょうこう》」を開いて上帝の宮殿に入り、神女の「玉女《ぎょくじょ》」を連れて帰る。また、「閬《ろう》風《ふう》に舒《じょ》して揺《はる》かに集《あつ》まり（舒閬風而揺集兮）」と、崑崙の上にある「閬《ろう》風《ふう》」に登った後、「低《ひく》く陰山《いんざん》を回《めぐ》りて翔《かけ》りて以《もっ》て紆曲《うきょく》す　吾《わ》れ乃《すなわ》ち今《いま》　西王母《せいおうぼ》の矐然《かくぜん》たる白首《はくしゅ》を目睹《もくし》す（低回陰山翔以紆曲兮　吾乃今目睹西王母矐然白首）」と、崑崙の西にある「陰山《いんざん》」[28]をめぐって「西王母《せいおうぼ》」の姿を目にする。しかし西王母の姿に幻滅した主人公は「車《くるま》を回《めぐ》らせて朅《さ》り來《き》たり　絶《よぎ》りて不周《ふしゅう》に道《みち》し幽都《ゆうと》に會食《かいしょく》す（回車朅來兮　絶道不周會食幽都）」と、車の向きを変えて崑崙の西北にある「不周《ふしゅう》」へと向かい、「幽都《ゆうと》」で会食をする。そして「區中《くちゅう》の隘陝《あいきょう》なるに迫《くる》しみ　節《せつ》を舒《ゆる》めて北垠《ほくぎん》より出《い》づ（迫區中之隘陝兮　舒節出乎北垠）」とあるように、この世の狭苦しさを厭って北の果てから出ようとする。最後には「屯騎《とんき》を玄闕《げんけつ》に遺《のこ》し先驅《せんく》を寒門《かんもん》に軼《す》ぐ（遺屯騎於玄闕兮　軼先驅於寒門）」と、駐屯の騎を北極の山「玄闕《げんけつ》」に残し、先駆けの騎を天の北門である「寒門《かんもん》」[29]で追い越して、この世の外へと去って行く。

以上に示した「大人賦」の遊行経路を見てみると、序盤は各方角の地名が錯綜しているが、中盤以降はひたすら西へと向かい、西方の地を続けてめぐった後、最後に北の果てに向かっていることがわかる。したがって、中盤以降の経路は把握しやすいものであり、これを見る限りにおいては、必ずしも「大人賦」に「厳密な神話的地理観念」が欠如しているとは感じられない。

(1)—c　「遠遊」の天界遊行経路

「遠遊」は、世を厭う主人公の憂苦と登仙への憧れが述べられる前半部分と、「重ねて曰く」という言葉から始まる後半部分とに分けることができ、主人公が実際に天界遊行をおこなう様子は、後半部分に描写されている。したがって以下に示した遊行の経路は、作品の後半部分に見えるものである。

南巣《なんそう》・王子喬《おうしきょう》→丹丘《たんきゅう》・羽人《うじん》・不死《ふし》の舊郷《きゅうきょう》→湯谷《とうこく》・九陽《きゅうよう》→飛泉《ひせん》→南州《なんしゅう》→閶闔《しょうこう》・帝宮《ていきゅう》・太儀《たいぎ》→於微閭《おびりょ》→句芒《こうぼう》・太皓《たいこう》→蓐收《じょくしゅう》・西皇《せいこう》→炎神《えんしん》・南疑《なんぎ》・祝融《しゅくゆう》→寒門《かんもん》・顓頊《せんぎょく》・玄冥《げんめい》

主人公は「南巣《なんそう》」で王子喬から教示を受けた後、遊行に出発する。はじめに「羽人《うじん》に丹丘《たんきゅう》に仍《したが》い　不死《ふし》の舊郷《きゅうきょう》に留《とど》まる（仍羽人於丹丘兮　留不死之舊郷）」とあるように、昼夜を問わず常に明るい「丹丘《たんきゅう》」[30]の「羽《う》人《じん》」のもとを訪れて「不死《ふし》の舊郷《きゅうきょう》」に留まる。そして「朝《あした》に髪《かみ》を湯谷《とうこく》に濯《あら》い　夕《ゆうべ》に余《わ》が身《み》を九陽《きゅうよう》に晞《かわ》かす（朝濯髪於湯谷兮　夕晞余身兮九陽）」と、東の「湯谷《とうこく》」[31]で髪を洗い、天地の果てで九つの太陽[32]に身を晒し、「飛泉《ひせん》の微液《びえき》を吸《す》い（吸飛泉之微液兮）」と、崑崙山の西南にあるという「飛泉《ひせん》」[33]の谷で喉を潤す。さらに「南州《なんしゅう》の炎徳《えんとく》を嘉《よみ》し　桂樹《けいじゅ》の冬榮《とうえい》を麗《うるわ》しとす（嘉南州之炎徳兮　麗桂樹之冬榮）」と、南国の火徳や、桂の冬に咲く花を愛でた後、主人公は上昇し、「天閽《てんこん》に命《めい》じて其《そ》れ關《かん》を開《ひら》かしむれば　閶闔《しょうこう》を排《はい》して予《われ》を望《のぞ》む（命天閽其開關兮　排閶闔而望予）」と、天の門を開けさせて天帝の宮殿に入る。そして「朝《あした》に軔《じん》を太儀《たいぎ》に發《はっ》し　夕《ゆうべ》に始《はじ》めて於微閭《おびりょ》に臨《のぞ》む（朝發軔於太儀兮　夕始臨乎於微閭）」と、天帝の庭「太儀《たいぎ》」[34]を出発し、東方の神山「於微閭《おびりょ》」[35]を臨む。

この後、主人公は「吾《わ》れ將《まさ》に句芒《こうぼう》に過《よぎ》らんとす（吾將過乎句芒）」と、東方の神「句芒《こうぼう》」のいる所を過ぎ、「太皓《たいこう》を歴《へ》て以《もっ》て右《みぎ》に轉《てん》じ（歴太皓以右轉兮）」と、東方の帝「太皓《たいこう》」[36]のいる所を経て右に進路を転じる。続いて「蓐收《じょくしゅう》に西皇《せいこう》に遇《あ》う（遇蓐收乎西皇）」とあるように、「西皇《せいこう》」すなわち西方の帝である少皞《しょうこう》のもとで、西方の神「蓐收《じょくしゅう》」[37]に遇う。さらに「炎神《えんしん》を指《さ》して直《ただ》ちに馳《は》せ　吾《わ》れ將《まさ》に南疑《なんぎ》に往《ゆ》かんとす（指炎神而直馳兮　吾將往乎南疑）」と、「炎神《えんしん》」すなわち南方の帝である炎帝のもとを目指してまっすぐに進み、南方の九疑山「南疑《なんぎ》」へ行こうとする。また「祝融《しゅくゆう》　戒《いまし》めて衡《よこぎ》を還《めぐ》らせ（祝融戒而還衡兮）」と、南方の神「祝融《しゅくゆう》」[38]が、お供の者を戒めて車の向きを変えさせる。その後、主人公は「節《せつ》を舒并《じょへい》して以《もっ》て馳騖《ちぶ》し　絶垠《ぜつぎん》に寒門《かんもん》に逴《とお》ざかる（舒并節以馳騖兮　逴絶垠乎寒門）」と、車の速度を速めて地の果て北極の「寒門《かんもん》」まで行き、「顓頊《せんぎょく》に増《ぞう》冰《ひょう》に従《したが》う（従顓頊乎増冰）」と、重なる氷の上で北方の帝「顓頊《せんぎょく》」に会う。そして「玄冥《げんめい》を歴《へ》て以《もっ》て邪徑《じゃけい》し（歴玄冥以邪徑兮）」と、北方の神である「玄冥《げんめい》」[*39]のいる所を過ぎて横道に入り、最後には「大人賦」の場合と同じく、この世の外へと去って行く。

　このように「遠遊」の遊行経路もまた、序盤は各方角の地名が錯綜して現れるため進路を把握しにくい。しかし途中からは、東・西・南・北の順に四方を移動し、最後に北から超俗的境地へと向かっていることがわかる。

　以上のように三者の遊行経路を検討した結果、「離騒」の一度目の遊行と「大人賦」「遠遊」の序盤の遊行経路がともに、各方角の地名が錯綜した、把握しにくいものであることが明らかとなった。そうした意味では、三者ともにこの部分においては「厳密な神話的地理観念」が欠如しているといえよう。

　しかしながら、「離騒」の二度目の遊行と、「大人賦」「遠遊」の中盤以降の遊行は、いずれも把握し易い経路を辿っていた。そこで、この部分について三者を比較してみると、「離騒」と「大人賦」の遊行は、いずれもひたすら西の方角を目指しており、西方の地名が連続して現れる点において共通している。一方「遠遊」の遊行では、特に西方の地名が連続して現れるということはない。「遠遊」の主人公は遊行の中盤から終盤にかけて、四方を東・西・南・北の順に訪れているため、四つの方角が均等に現れているのである。そしてその四つの方角は、具体的な地名ではなく、その方角の神や帝の名で表されている。すなわち、東方の神である「句芒《こうぼう》」と東方の帝である「太皓《たいこう》」、西方の帝である「西皇《せいこう》（少皞《しょうこう》）」と西方の神である「蓐收《じょくしゅう》」、南方の帝である

「炎神《えんしん》（炎帝《えんてい》）」と南方の神である「祝融《しゅくゆう》」、北方の帝である「顓頊《せんぎょく》」と北方の神である「玄冥《げんめい》」というように、四方の帝と神の名を用いて経路の方角が示されているのである。これは「遠遊」が「離騒」「大人賦」の二作品と表現の上で異なる特徴を持つことを示している。「遠遊」の遊行経路には、他の二作品のものに比べて明らかに規則性を備えた面があり、意識して整えられているという印象を受けるのである。

以上の結果に鑑みる限り、小南説のように「大人賦」だけが他の二作品に比べて「厳密な神話的地理観念」を欠いているとは言えないのではないだろうか。遊行の経路に関してはむしろ「離騒」と「大人賦」との間に共通点が見られ、「遠遊」が他の二作品にはない特殊性を有すると考えられるのである。

（2）肉体と精神を分離させる観念について

次に、肉体と精神を分離させる観念の有無についてはどうであろうか。「離騒」と「大人賦」に、主人公が天界遊行の際に肉体と精神とを分離させていると考えられるような表現が見られないのは、小南の指摘する通りである。一方「遠遊」ではどうか。小南は「遠遊」の遊行の基本的な性格を表すものとして次の四句を挙げる。

意荒忽而流蕩兮　　意《い》は荒忽《こうこつ》として流蕩《りゅうとう》し
心愁悽而増悲　　心《こころ》は愁悽《しゅうせい》として増《ます》ます悲《かな》しむ
神儵忽而不反兮　　神《しん》は儵忽《しゅくこつ》として反《かえ》らず
形枯槁而獨留　　形《かたち》は枯槁《ここう》して獨《ひと》り留《とど》まる

小南によれば、ここでは主人公の「神」、つまり魂が遠遊に出発し、抜け殻になった「形」すなわち肉体だけが現世に取り残されると表現されており、「遠遊」の遊行が肉体を現世に遺したままにおこなう「魂の旅」であるということを端的に示しているという。

ところで、先にも触れたように「遠遊」の構造は大きく二つに分かれている。主人公が現世における憂苦と登仙への憧れを述べる前半部分と、主人公が実際に遊行に出発する様子が具体的に描写される後半部分である。そして小南の挙げるこの四句は、主人公が己の苦しみを吐露する前半部分に属しているため、魂が肉体から離れてしまうほどに主人公の憂苦が甚だしいことを述べているだけであって、後半部分に描かれる天界遊行とは直接関係がないように思われる。

司馬相如の作品とされる「長門賦《ちょうもんふ》」には、「遠遊」の「神《しん》は儵忽《しゅくこつ》として反《かえ》らず　形《かたち》は枯槁《ここう》して獨《ひと》り留《とど》まる」によく似た「魂《こん》は踰佚《ゆいつ》して反《かえ》らず　形《かたち》は枯槁《ここう》して獨《ひと》り居《お》る（魂踰佚而不反兮　形枯槁而獨居）」という句が見えるが、これも、憂苦のあまり主人公の魂が離れて肉体だけが残されるという文脈で用いられている。[*40]「魂」が離れて「枯槁」した「形」だけが残される、と述べることによって、武帝の寵愛を失った陳皇后《ちんこうごう》の悲哀を強調しているのであろう。[*41]

「遠遊」における遊行の基本的な性格は、主人公が現世における憂苦や登仙への憧憬を述べる前半部分よりもむしろ、実際に遊行をおこなう後半部分にこそ表れているのではないだろうか。そして実際、後半部分の遊行の場面には、精神と肉体の関係を示す次のような表現が見られるのである。

玉色頩以脕顔兮　玉色《ぎょくしょく》は頩《へい》として以《もっ》て脕顔《ばんがん》なり
精醇粋而始壮　精《せい》は醇粋《じゅんすい》にして始《はじ》めて壮《そう》なり
質銷鑠以汋約兮　質《しつ》は銷鑠《しょうしゃく》して以《もっ》て汋約《しゃくやく》たり

神要眇以淫放　神《しん》は要眇《ようびょう》として以《もっ》て淫放《いんぼう》なり

ここでは肉体を表す「玉色《ぎょくしょく》」（顔色）と「質《しつ》」、精神を表す「精《せい》」と「神《しん》」がそれぞれ別に描かれており、やはり両者を分けてとらえる観念が存在することが見て取れる。しかしまた同時に「頩《へい》として以て晩顔《ばんがん》」なる「玉色《ぎょくしょく》」と、「醇粋《じゅんすい》にして始《はじ》めて壮《そう》」なる「精《せい》」、「銷鑠《しょうしゃく》して以《もっ》て汋約《しゃくやく》」たる「質《しつ》」と、「要眇《ようびょう》として以《もっ》て淫放《いんぼう》」なる「神《しん》」は、密接な関係を持つものとして描かれている。つまり、「艶のある美しい顔色を備えた肉体」と「混じりけのない精神」、「こわばりが解けてしなやかな肉体」と「精微で自由な精神」とが、それぞれ密接な一対として描写されており、肉体と精神がともに理想的な状態にある様子が表現されていると解することができるのである。したがってこの部分から、肉体を現世に残し、精神のみが遊行する様子を読み取ることは難しい。

加えて「遠遊」の後半部分には「營魄《えいはく》に載《の》りて登霞《とうか》し　浮雲《ふうん》を掩《とど》めて上《のぼ》り征《ゆ》く（載營魄而登霞兮　掩浮雲而上征）」という表現も見える。この「載營魄」について朱熹は、次のような解釈を試みている。

載、猶加也。營、猶熒熒也。…此言熒魄者、陰靈之聚、若有光景也。霞、與遐通。謂遠也。蓋魄不受魂、魂不載魄、則魂遊魄降而人死矣。故脩鍊之士、必使魂常附魄、如日光之載月質。魄常檢魂、如月質之受日光。則神不馳而魄不死、遂能登仙遠去而上征也。（載《さい》は、猶《な》お加《くわ》うるのごときなり。營《えい》は、猶《な》お熒熒《けいけい》のごときなり。…此《こ》こに熒魄《けいはく》と言《い》うは、陰靈《いんれい》の聚《あつ》まること、光景《こうけい》有《あ》るが若《ごと》ければなり。霞《か》は、遐《か》と通《つう》ず。遠《とお》きを謂《い》うなり。蓋《けだ》し魄《はく》　魂《こん》を受《う》けず、魂《こん》　魄《はく》に載《の》らざれば、則《すなわ》ち魂《こん》は遊《あそ》び魄《はく》は降《くだ》りて人《ひと》は死《し》す。故《ゆえ》に脩《しゅう》鍊《れん》の士《し》は、必《かな》らず魂《こん》をして常《つね》に魄《はく》に附《つ》け、日光《にっこう》の月質《げっしつ》に載《の》るが如《ごと》からしめ、魄《はく》をして常《つね》に魂《こん》を檢《はか》り、月《げつ》質《しつ》の日光《にっこう》を受《う》くるが如《ごと》からしむれば、則《すなわ》ち神《しん》は馳《は》せずして魄《はく》は死《し》せず、遂《つい》に能《よ》く登仙遠去《とうせんえんきょ》して上《のぼ》り征《ゆ》くなり。）（『楚辞集註』巻五「遠遊」）

朱熹の解釈によれば、「營魄《えいはく》」は「熒魄《けいはく》」、つまり「魂とともにあって輝く魄」であり、「載營魄」とは、魂がその輝く魄と緊密な状態にあることだという。魂と魄がばらばらになると人は死んでしまう。したがって、日光と月面の関係のように、常に魂と魄とを緊密な状態に保てば、登仙できるというのである。

ところで、この「載營魄」は『老子』第十章でも「營魄《えいはく》に載《の》りて一《いつ》を抱《いだ》き、能《よ》く離《はな》るること無《な》からんか（載營魄抱一、能無離乎）」のように使われている。この「載營魄」について王弼注《おうひつちゅう》は「載《さい》は、猶《な》お處《しょ》のごときなり。營魄《えいはく》は、人《ひと》の常《つね》に居《お》る處《ところ》なり（載、猶處也。營魄、人之常居處也）」と述べ、「營魄」を人の肉体と見ているようである。

また、河上公注《かじょうこうちゅう》は「營魄《えいはく》は、魂魄《こんぱく》なり。人《ひと》は魂魄《こんぱく》の上《うえ》に載《の》り、以《もっ》て生《い》くるを得《う》。當《まさ》に愛《あい》して之《こ》れを養《やしな》うべし（營魄、魂魄也。人載魂魄之上、得以生。當愛養之）」として、「營魄」を「魂魄」と見なし、「載營魄」は人が魂魄に載って生きることだと解する。

このように「營魄」を文字通り魄と見なすか、魂と魄の両方を指すと見なすかで、古来『老子』のこの箇所の解釈は分かれるようである。

木村英一は諸説を検討した上で、「營魄」の「營」を文字通り「めぐる」「とりまく」或いは引伸義の「いとなむ」であるとして、「營魄」は「(自己を)とりまいてゐる肉體」もしくは「(生活機能を)いとなんでゐる肉體」のことであり、「載營魄」は、そうした「生きて動いてゐる肉體に乗」ることだと解釈している。[*42]

また福永光司は「營魄」を朱熹のように「熒魄」と見なし、「熒」は栄、営と同義で、明るく煇いているさま、もしくは生き生きとして血色のいいこと。したがって「熒魄」もしくは「営魄」は、活溌な生命活動を営んでいる人間の肉体、生きている体をいう。…「載」は乗ると訓む（『説文解字』）。…要するに「営魄に載る」とは、生きている体をふまえる、肉体の生理に忠実に従うの意であろう」と述べる。[*43]

結局、「魂」と「魄」の両者が緊密な状態にあることと解するにせよ、文字通り「魄」のみを指すとして「生きた肉体」と解するにせよ、「營魄」に「魄」の肉体的要素が含まれることに変わりはない。したがって「遠遊」の「營魄《えいはく》に載《の》りて登霞《とうか》し　浮雲《ふうん》を掩《とど》めて上《のぼ》り征《ゆ》く」もまた、肉体を伴う遊行を描いていると考えられる。

以上に見てきたように、確かに「遠遊」には、精神と肉体を分けてとらえる観念が表れている。そしてそれは、「離騒」や「大人賦」には見られない「遠遊」の特徴であるといえよう。しかしながら「遠遊」の天界遊行が、小南の言うような、肉体を現世に残したままにおこなう「魂の旅」であるとは断言できない。精神と肉体が別物であることを認識した上で、両者をともに自由で理想的な状態に保ったまま登仙する様子が、「遠遊」の中で天界遊行として描かれているように読めるからである。それゆえ、肉体を伴う天界遊行を描いているという点において「離騒」「大人賦」「遠遊」の三作品は共通しているが、精神と肉体を分離してとらえる観念が表れているという点において、「遠遊」は他の二作品と異なっていると見なすべきであろう。

(3)　教示者の有無について

最後に、三作品における教示者の有無について検討しよう。小南によれば、主人公が天界遊行に出発する際、「離騒」と「遠遊」では、神々や過去の賢者、神仙たちの教えを受けるという定まった手続きを踏んでいるが、「大人賦」ではそうした教示者が登場せず、この点で「大人賦」は楚辞文芸と一線を画すという。

「遠遊」の主人公は、確かに以下のように王子喬から教えを受けた後、遊行へと旅立っている。

見王子而宿之兮　王子《おうし》に見《まみ》えて之《こ》れに宿《やど》り
審壹氣之和徳　壹氣《いっき》の和徳《わとく》を審《つまび》らかにす
曰道可受兮　曰《いわ》く「道《みち》は受《う》くべくして
不可傳　傳《つた》うべからず
其小無内兮　其《そ》の小《しょう》なること内《い》るる無《な》く
其大無垠　其《そ》の大《だい》なること垠《かぎ》り無《な》し
無滑而魂兮　而《なんじ》の魂《こん》を滑《みだ》すこと無《な》くんば
彼將自然　彼《か》れ將《まさ》に自《おの》ずから然《しか》らんとす
壹氣孔神兮　壹氣《いっき》の孔《はなは》だ神《しん》なる
於中夜存　中夜《ちゅうや》に於《お》いて存《そん》す
虚以待之兮　虚《きょ》以《もっ》て之《こ》れを待《ま》つは
無爲之先　無爲《むい》の先《せん》なり
庶類以成兮　庶類《しょるい》以《もっ》て成《な》る
此徳之門　此《こ》れ徳《とく》の門《もん》なり」と
聞至貴而遂徂兮　至貴《しき》を聞《き》きて遂《つい》に徂《ゆ》き
忽乎吾將行　忽乎《こつこ》として吾《わ》れ將《まさ》に行《ゆ》かんとす

（仙人の王子喬に面会してそこに留まり、万物を生成する純一な気の調和した性格について詳しく尋ねた。

王子喬は言う、「道というものは、心で悟ることはできるが、人に言葉で教え伝えることはできない。何も中に容れることができないほど小さいものでもあり、限りなく大きいものでもある。おまえが魂を乱すことがなければ、道は自然に会得できる。純一なる気は大変不思議なもので、真夜中に存在する。己を空っぽにしてそれを待つことが、無為の第一歩である。そこからあらゆるものが生成する。これが道を会得するための入り口である」と。この上ない貴重な教えを聞いてそのまま行き、私はすぐに出発しようと思った。）

一方、「離騒」の主人公は、一度目の遊行に際して「沅湘《げんしょう》を濟《わた》りて以《もっ》て南征《なんせい》し　重華《ちょうか》に就《つ》きて詞《ことば》を嗽《の》べん（濟沅湘以南征兮　就重華而嗽詞）」とあるように、「重華《ちょうか》」（帝舜《ていしゅん》）のもとを訪れ、一方的に過去の王朝の盛衰について己の考えを述べ終えるや否や遊行へと旅立つ。

跪敷衽以陳辭兮　跪《ひざまず》きて衽《おくみ》を敷き以《もっ》て辭《じ》を陳《の》ぶれば
耿吾既得此中正　耿《あき》らかに吾《わ》れ既《すで》に此《こ》の中正《ちゅうせい》を得《え》たり
駟玉虬以乘鷖兮　玉虬《ぎょくきゅう》を駟《し》にして以《もっ》て鷖《えい》に乘《の》り
溘竢風余上征　溘《こう》として風《かぜ》を竢《ま》ちて余《われ》　上《のぼ》り征《ゆ》く

このように「離騒」の主人公は、重華から一言も教示や助言を受けることなく、唐突に自ら天上界へと上って行くのである。

しかし二度目の遊行の前には「藑茅《けいぼう》を索《と》りて以《もっ》て筳篿《ていせん》し　靈氛《れいふん》に命《めい》じて余《わ》が爲《た》めに之《こ》れを占《うらな》わしむ（索藑茅以筳篿兮　命靈氛爲余占之）」と、霊氛《れいふん》という人物に遊行の吉凶を占わせる。そして霊氛は、「曰《いわ》く　勉《つと》めて遠逝《えんせい》して狐疑《こぎ》する無《な》かれ　孰《た》れか美《び》を求《もと》めて女《なんじ》を釋《す》てん（曰勉遠逝而無狐疑兮　孰求美而釋女）」、すなわち「遠くへ出かけることを疑い迷ってはいけない、美しいものを求めながらおまえに見向きもしない者などいるものか」と、出発を後押しするのであるが、主人公の迷いは払拭されない。そこで主人公は、さらに巫咸《ふかん》という巫覡《ふげき》に伺いを立てる。

欲従霊氛之吉占兮　霊氛《れいふん》の吉占《きっせん》に従《したが》わんと欲《ほっ》すれども
心猶豫而狐疑　心《こころ》　猶豫《ゆうよ》して狐疑《こぎ》す
巫咸将夕降兮　巫咸《ふかん》将《まさ》に夕《ゆうべ》に降《かみおろし》せんとすれば
懐椒糈而要之　椒糈《しょうしょ》を懐《いだ》きて之《こ》れを要《もと》む
百神翳其備降兮　百神《ひゃくしん》は翳《おお》いて其《そ》れ備《つぶ》さに降《くだ》り
九疑繽其並迎　九疑《きゅうぎ》は繽《ひん》として其《そ》れ並《なら》び迎《むか》う
皇剡剡其揚靈兮　皇《こう》として剡剡《えんえん》として其《そ》れ靈《れい》を揚《あ》げ
告余以吉故　余《われ》に告《つ》ぐるに吉故《きっこ》を以《もっ》てす

巫咸はこの後、遠逝して探し求めれば、主人公にも必ず良い補佐者が見つかるという意味を込めて、伝説の王者と補佐者との出会いの例を列挙し、霊氛と同じように主人公の出発を促す。そして彼らの言葉に漸く意を決した主人公は、遂に二度目の遊行に出発するのである。

和調度以自娯兮　調度《ちょうど》を和《わ》して以《もっ》て自《みずか》ら娯《たの》しみ
聊浮游而求女　聊《いささ》か浮游《ふゆう》して女《じょ》を求《もと》めん
及余飾之方壮兮　余《わ》が飾《かざり》の方《まさ》に壮《さか》んなるに及《およ》び
周流觀乎上下　周流《しゅうりゅう》して上下《じょうげ》を觀《み》ん
靈氛既告余以吉占兮　靈氛《れいふん》　既《すで》に余《われ》に告《つ》ぐるに吉占《きっせん》を以《もっ》てすれば

歴吉日乎吾將行　　吉日《きちじつ》を歴《えら》びて吾《わ》れ將《まさ》に行《ゆ》かんとす
折瓊枝以爲羞兮　　瓊枝《けいし》を折《お》りて以《もっ》て羞《しゅう》と爲《な》し
精瓊爢以爲粻　　　瓊爢《けいび》を精《しら》げて以《もっ》て粻《ちょう》と爲《な》す

（そこで態度を和らげて楽しむ気持ちを持ち、暫く天地の間を浮遊して女性を求めることにした。私の佩《おびもの》の飾りがまだ美しく立派なうちに、あまねく天地を巡り見ることにしよう。霊氛は既に私に占いの結果が吉であると告げたのだから、吉日を選んで出かけることにしよう。玉の木の枝を折って供え物とし、玉の屑《くず》を搗《つ》いて食料にした。）

霊氛や巫咸といった、主人公に助言を与える者が現れるという点では、確かに小南の言うように「離騒」と「遠遊」は共通しているようである。しかしながら、主人公に対する教示者をめぐっては、より重要な視点が存在すると思われる。すなわち、「離騒」の主人公は、重華や巫咸から教示を受けることによって天界遊行ができるようになるわけではなく、元来自らの力で遊行する能力を有しているという点である。霊氛や巫咸の助言は、単に出発への迷いを払拭するためのものであって、最終的に主人公は自らの意思と能力で遊行へと出発するのである。一度目の出発の際の「耿《あき》らかに吾《わ》れ既《すで》に此《こ》の中正《ちゅうせい》を得《え》たり」という言葉や、二度目の出発の際の「余《わ》が飾《かざり》の方《まさ》に壮《さか》んなるに及《およ》び　周流《しゅうりゅう》して上下《じょうげ》を觀《み》ん」という口吻《こうふん》からも、主人公の意思や己の資質に対する絶対的自信がうかがえよう。

そして、天界遊行をおこなう能力を元来持ち合わせているという点は、「大人賦」の主人公も同様であって、彼もまた誰の教示も受けげず、次のように作品冒頭から己の力だけで遊行に出発しているのである。

悲世俗之迫隘兮　　世俗《せぞく》の迫隘《はくあい》なるを悲《かな》しみ

竭輕擧而遠遊　　竭《さ》りて輕擧《けいきょ》して遠遊《えんゆう》す
垂絳幡之素蜺兮　　絳幡《こうはん》の素蜺《そげい》を垂《た》れ
載雲氣而上浮　　雲氣《うんき》に載《の》りて上浮《じょうふ》す
（この世の狭苦しさを悲しみ、軽く上がって遠く旅立つ。赤い旗に白い虹の旗飾りを垂らし、雲気に乗って上って行く。）

一方、「遠遊」の主人公は作品冒頭部分において、何者かに頼らなければ遊行をおこなうことができない自らの非才を嘆いている。

悲時俗之迫阨兮　　時俗《じぞく》の迫阨《はくあい》なるを悲《かな》しみ
願輕擧而遠遊　　輕擧《けいきょ》して遠遊《えんゆう》せんと願《ねが》うも
質菲薄而無因兮　　質《しつ》菲薄《ひはく》にして因《よ》る無《な》ければ
焉託乘而上浮　　焉《いず》くにか託乘《たくじょう》して上浮《じょうふ》せんや
（俗世間の窮屈さを悲しみ、軽く上がって遠く旅立ちたいと願うが、生まれつき才能に乏しくてそのすべがないため、何に頼って上り浮かんだらよいかわからない。）

古の登仙者に憧れる「遠遊」の主人公は、登仙の方法を伝授してくれる師として上述の王子喬のもとを訪れるのであるが、その際「軒轅《けんえん》は攀援《はんえん》すべからず　吾《わ》れ將《まさ》に王喬《おうきょう》に從《したが》いて娯戲《ごぎ》せんとす（軒轅不可攀援兮　吾將從王喬而娯戲）」と述べる。「軒轅《けんえん》」とは黄帝《こうてい》のことであり、この句は『史記《しき》』封禅書《ほうぜんしょ》に見える黄帝昇天の伝説[*44]を典拠としていると思われる。「軒轅」すなわち黄帝を乗せた龍にしがみついた群臣たちのように、黄帝にすがって天に上ることはできないのだ、という主人公の言葉からは、彼が「離騒」や「大人賦」の主人公と異なり、資質や社会的地位に恵まれない人物であることが読み取れよう。*45

最終的に「遠遊」の主人公は「至貴《しき》を聞《き》きて遂《つい》に徂《ゆ》き　忽乎《こつこ》として吾《わ》れ将《まさ》に行《ゆ》かんとす」とあるように、王子喬の貴い教えを受けた結果、はじめて天界遊行をおこなうことが可能となる。これらの点からは、主人公の資質や社会的地位に関して、「離騒」「大人賦」の二作品と「遠遊」との間に重大な相違があることがうかがわれるのである。

4　比較のまとめ

以上、「離騒」を基準として小南が提示した、「遠遊」と「大人賦」の間にある三つの相違点について検討を加えつつ、三作品の天界遊行を比較した。その結果は以下のようにまとめられるだろう。

第一に、「遠遊」の天界遊行は、西方に偏ることなく東西南北の方角すべてをほぼ均等にめぐっている点、それぞれの方角が四方の帝と神の名で表されている点で、他の二作品と異なる。そしてこのことから、「遠遊」の経路は「離騒」と「大人賦」のそれを参考にしつつも、意識的に整えられたものだと推測される。

第二に、精神と肉体とを分離してとらえる観念は、「離騒」と「大人賦」の天界遊行には表れていないが、「遠遊」には顕著に表れている。ただし、これは「遠遊」の主人公が肉体を置き去りにして、精神のみの遊行をおこなっていることを意味するわけではない。精神と肉体が別物であることを明確に意識した上で、両者を理想的な状態で緊密に保ったまま遊行し、登仙することが重要視されているのである。

第三に、主人公の資質という点に関して「遠遊」は他の二作品と大きく異なる。「離騒」と「大人賦」の主人公は、独力で天界遊行をおこなうことのできる資質を有しているのであるが、「遠遊」の主人公はそのような資質に恵まれず、王子喬から教示を受けることで初めて天界を遊行する力を獲得する。また、自らの非才を嘆いている点や、社会的地位が低い人物であることを思わせる表現がある点も、「離騒」や「大人賦」の主人公には見られない特徴である。

このように、検討の結果、いずれの点においても「遠遊」が「離騒」「大人賦」の二作品と大きく異なる特徴を持つことが明らかになった。つまり「大人賦」の天界遊行と「遠遊」のそれとの間に差異が存在するのは確かであるが、それは小南の指摘するように「離騒」「遠遊」と「大人賦」との間にあるのではなく、むしろ「離騒」「大人賦」と「遠遊」との間に存在すると判断されるのである。

小南は「離騒」と「遠遊」とを宗教的実修を基礎に持つ南方の遠遊文藝として一括りにし、「大人賦」を、そうした宗教的実修を基礎に持たない「北方の宮廷文藝」として区別する。しかしながら、「離騒」「大人賦」と「遠遊」との間に差異が存在するという、如上の検討結果に鑑みるならば、これらの三作品の関係は、再度とらえ直す必要があろう。

おわりに

小南説の検討を通して見えてきたのは、「離騒」「大人賦」の天界遊行に対する「遠遊」のそれの特異性であった。では「遠遊」と、「離騒」「大人賦」との間に存在するこうした差異は、果たして何に由来しているのだろうか。

ここで、それぞれの作品において天界遊行モティーフが何を描いているのかということに改めて注目してみよう。すると「離騒」では王者たらんとする主人公を、「大人賦」では「帝王の僊意」を、そして「遠遊」では神仙修行者の登仙を、それぞれ描写するために天界遊行モティーフが用いられていることがわかる。これを前章までの考察の結果と合わせて考えると、次のような仮説を導き出すことができよう。

天地の間を行き来する王者の伝説を背景として生まれ、かつては王者にのみ可能とされた天への飛翔は、やがて王者をイメージさせる天界遊行モティーフとなって文学作品に取り入れられた。そして、自ら王者たらんとする「離騒」の主人公や、「大人賦」の主人公である帝王を華麗に演出する手段として用いられるようになったと推測される。ところが「遠遊」は、それまで王者だけに独占されていた天界遊行モティーフを、一般の個人の登仙を描く手段として用いたのである。

「大人賦」が作られた武帝期は、漢の成立以来、長らく政治思想の中心にあった黄老道をはじめとする道家思想が、儒教の隆盛によってその座を追われた時期でもある。道家思想はその後、支配者の統治術を説くという本来の役割を失って下野し、個人の処世術や養生術を説くものとして生き延びる一方、神仙思想と結びつき、次第に宗教的様相を帯びていったという。[*46]

「大人賦」と「遠遊」の天界遊行の間に存在するイメージの差異、すなわち、帝王の超越性を表す天界遊行と、不遇の士の登仙を描く天界遊行の違いは、漢初道家思想の役割が、王者の統治術を説くことから、個人の処世術や養生術、ひいては登仙を説くことへと変化していくその過程を反映しているのではないだろうか。そして、もしそうであるとするならば、両作品の天界遊行の間にある差異は、やはり年代的な隔たりから生じたものだと言えよう。

以上のような仮説を裏付けるためには、前漢当時の道家思想の様相や、道家思想と天界遊行モティーフとの関係について考える必要があるが、そこで重要な手がかりを提供してくれるのが『淮南子《えなんじ》』である。なぜなら『淮南子』は前漢武帝期に、道家思想を中心とした政治理念を提示する目的で編纂された書であるばかりでなく、その文中に「離騒」から継承した天界遊行モティーフを多用しているからである。加えて『淮南子』の編纂を命じた淮南王劉安《わいなんおうりゅうあん》は、『漢書』淮南王伝に「離騒伝《りそうでん》」を書いたとあることから明らかなように「離騒」に通暁した人物であった。したがって『淮南子』からは、当時の道家思想と「離騒」の天界遊行モティーフとの結びつきを読み取ることができるのである。

そこで次章では『淮南子』に見える、天界遊行モティーフを使用した文章について考察し、上記の仮説の妥当性について論じることとしたい。

---

*1　以下、『史記集解』『史記索隠』『史記正義』の引用は中華書局標点本『史記』による。

*2　「大人賦」の引用は百衲本二十四史『史記』司馬相如列伝による。

*3　呉縣朱氏行素草堂刊本『古文辞類纂』巻六六。

*4　此篇殆後人仿大人賦而託爲之。其文體格平緩、不類屈子。世乃謂相如襲此爲之、非也。辭賦家展轉沿襲、蓋始于子雲・孟堅。若太史公所錄相如數篇皆其所創爲。武帝讀大人賦、飄飄有凌雲之意。若屈子已有其詞、則武帝聞之熟矣。此篇多取老・莊・呂覽以爲材、而詞亦涉於離騷・九章者。屈子所見書博矣。天問・九歌所稱神怪、雖閎識、不能究知。若夫神仙修鍊之説、服丹度世之恉、起于燕齊方士而盛於漢武之代。屈子何由預聞之。（『古文辞類纂評点』「遠遊」京師国群鋳一社、一九一四年）。

*5　游国恩『楚辞概論』（商務印書館、一九三三年）211—213頁。「遠遊」を「大人賦」より後出の作品とする意見としては他に、津田左右吉「日本文藝の研究」第十一、神僊思想の研究（『津田左右吉全集』第十巻、岩波書店、一九六四年）186—187頁、陸侃如・馮沅君『中国詩史』（上）「古代詩史篇三　楚辞」（作家出版社、一九五六年）129—130頁、藤野岩友『増補巫系文学論』（大学書房、

一九六九年）113―116頁、胡小石「〈遠遊〉疏証」（『胡小石論文集』上海古籍出版社、一九八二年）93頁などがある。

*6 張宗銘「試論《遠遊》仍当為屈原所作」（『文学遺産増刊』八輯、一九六一年）、郝志達「《遠遊》与《大人賦》之比較」（中国屈原学会編『楚辞研究』斉魯書社、一九八八年）など。

*7 郭沫若は「屈原研究」（『沫若文集』第十二巻、人民文学出版社、一九五九年）360頁で独自の意見を述べている。すなわち、『史記』司馬相如列伝の「臣嘗爲大人賦、未就。請具而奏之」という文章を根拠として、「遠遊」は「大人賦」の初稿であり、どちらも司馬相如の作品であるとするのである。しかし両作品は内容を全く異にしているため、初稿とその完成作品と見なすことは難しいだろう。

*8 福永光司「『大人賦』の思想的系譜―辭賦の文學と老荘の哲學―」（『東方学報』（京都）第41冊、一九七〇年）109―110頁。福永以外にも、白川静「楚辞叢説　下」（『立命館文学』121号、一九五五年）、竹治貞夫『楚辞研究』「楚辞の文学―その詩的形態の考察　下篇　楚辞の構想と主題」第六章「遠遊の成立」（風間書房、一九七八年）などが「大人賦」を「遠遊」の翻案と見なしている。

*9 『楚辞とその注釈者たち』（朋友書店、二〇〇三年）「第三章　楚辞後期の諸作品」285―288頁。なお、この第三章は小南『楚辞の思想史的研究』（科学研究費補助金成果報告書、一九九四年）を増補したものである。

*10 『史記』五帝本紀に「踐帝位三十九年、南巡狩、崩於蒼梧之野、葬於江南九疑、是為零陵」とある。

*11 『淮南子』墜形訓に「縣圃・涼風・樊桐、在崑崙閶闔之中」、「崑崙之丘、或上倍之、是謂涼風之山。登之而不死。或上倍之、是謂懸圃。登之乃靈、能使風雨。或上倍之、乃維上天。登之乃神、是謂太帝之居」とある。以下、『淮南子』の引用は『四部叢刊』本による。

*12 『淮南子』天文訓に「日出于暘谷、浴于咸池、拂于扶桑、是謂晨明。登于扶桑、爰始將行、是謂朏明」とある。

*13 王逸注に「若木在崑崙西極、其華照下地」とある。また『淮南子』墜形訓に「建木在都廣、衆帝所自上下、日中無景、呼而無響。蓋天地之中也。若木在建木西、末有十日、其華照下地」とある。

*14 『淮南子』原道訓に「昔者、馮夷・大丙之御也、…經紀山川、蹈騰崑崙、排閶闔、淪天門」と、墜形訓に「西方曰西極之山、曰閶闔之門」とある。

*15 王逸注に「淮南子言、白水出崑崙之山。飲之則不死」とあるが、現行の『淮南子』にこの文は見えない。

*16 王逸注に「閬風、山名也。在崑崙之上」とある。

*17 王逸注に「春宮、東方青帝舎」とある。

*18 王逸注に「天津、東極箕・斗之間、漢津也」とある。

*19 王逸注に「赤水、出崑崙山」とある。

*20 王逸注に「西皇、帝少皞也」とある。

*21 『淮南子』墬形訓に「西北方曰不周之山、曰幽都之門」と、王逸注に「不周、山名。在崑崙山西北」とある。

*22 『史記集解』に「漢書音義曰、少陽、東極。太陰、北極。邪、度東極而升北極者也」とある。

*23 『史記正義』に「張云、飛泉、谷也。在崑崙山西南」とある。

*24 『史記正義』に「張云、崇山、狄山也。海外經云、狄山、帝堯葬其陽。九疑山、零陵營道縣、舜所葬處」とある。

*25 『史記正義』に「姚丞云、大荒西經云、崑崙之丘、其外有炎火之山、投物輒然。括地志云、弱水有二原、倶出女國北阿傉達山、南流會于國北、又南歴國北、東去一里、深丈餘、闊六十歩、非乘舟不可濟、流入海。阿傉達山、一名崑崙山。其山爲天柱」とある。

*26 『史記集解』に「漢書音義曰、總極、葱領山也。在西域中也」とある。

*27 『史記集解』に「三危、山名也」と、『史記正義』に「括地志云、三危山在沙州東南三十里」とある。

*28 『史記正義』に「張云、陰山在大崑崙西二千七百里」とある。

*29 『史記集解』に「漢書音義曰、玄闕、北極之山。寒門、天北門」とある。

*30 王逸注に「丹丘、晝夜常明也」とある。

*31 王逸注に「湯谷、在東方少陽之位。淮南言、日出湯谷、入虞淵也」とあり、現行の『淮南子』説林訓には「日出湯谷、入于虞淵」とある。

*32 王逸注に「九陽、謂天地之涯」とある。

*33 洪興祖注に「六氣、日入爲飛泉。又張揖云、飛泉、飛谷也。在崑崙西南」とある。

*34 王逸注に「太儀、天之帝庭、習威儀之所處也」とある。

*35 王逸注に「暮至東方之玉山也。爾雅曰、東方之美者、有醫無閭之珣玗琪焉」とあり、「於微閭」はこの「醫無閭」のことであるとする。

*36 『礼記』月令に「孟春之月、…其日甲乙、其帝太皞、其神句芒」とある。

*37 『礼記』月令に「孟秋之月、…其日庚辛、其帝少皞、其神蓐收」とある。

*38 『礼記』月令に「孟夏之月、…其日丙丁、其帝炎帝、其神祝融」とある。

*39 『礼記』月令に「孟冬之月、…其日壬癸、其帝顓頊、其神玄冥」とある。

*40 「長門賦」の当該箇所及び前後の句の原文は以下の通り。

夫何一佳人兮　歩逍遙以自虞
魂踰佚而不反兮　形枯槁而獨居

言我朝往而暮來兮　　飲食樂而忘人
心慊移而不省故兮　　交得意而相親
（胡克家本『李善注文選』巻十六）

*41 李善注にも「言精魂踰佚、形體枯槁、悲悴之甚也」とある。
*42 『老子の新研究』（創文社、一九五九年）307―310頁。
*43 『老子』（朝日選書中国古典選、朝日新聞社、一九九七年）89―90頁。
*44 黄帝采首山銅、鑄鼎於荊山下。鼎既成、有龍垂胡髯下迎黄帝。黄帝上騎、羣臣後宮從上者七十餘人、龍乃上去。餘小臣不得上、乃悉持龍髯、龍髯抜、墮、墮黄帝之弓。百姓仰望黄帝既上天、乃抱其弓與胡髯號。
*45 この点については、注8前掲福永論文「『大人賦』の思想的系譜―辭賦の文學と老荘の哲學―」106―107頁にも指摘がある。
*46 内山俊彦「漢初黄老思想の考察（二）」（『山口大学文学会誌』14巻第1号、一九六三年）45―48頁、淺野裕一『黄老道の成立と展開』（創文社、一九九二年）第三部第十一章「武帝の統治と黄老道の衰退」701頁など。

第7章　『淮南子《えなんじ》』に見える天界遊行表現について

はじめに

前章において、「離騒」の天界遊行モティーフが漢代の辞賦作品である「遠遊」や「大人賦」に取り入れられていることを確認したが、当該モティーフの影響は、辞賦作品のみならず、前漢初期の道家の書である『淮南子』の文章にも及んでいる。我々は「離騒」のものによく似た天界遊行モティーフを『淮南子』の中にも見いだすことができるのである。『漢書』淮南王伝《わいなんおうでん》には、淮南王劉安《りゅうあん》が武帝に命じられて「離騒伝《りそうでん》」を作るほど「離騒」に通暁していたことが記されている。[*1] それが事実を反映しているとすれば、彼が賓客たちに作らせた『淮南子』に「離騒」の表現が取り入れられるのは自然なことであろう。実際、『淮南子』と「離騒」の間に天界遊行モティーフが共通して見られることを指摘する意見の多くは、それを淮南国における楚辞文芸隆盛の証拠として挙げる。[*2] ところが、両者の結びつきに関しては従来、『淮南子』が楚辞の表現を取り入れたという指摘がなされるのみであり、それがどのような文脈で用いられているのか、また、それを用いることにどのような意味があったのか、という点については看過されてきた。

　そこで本章では、まず『淮南子』の中で天界遊行モティーフが、いかなる文脈・背景のもとに現れているのかを見ていく。そして、その結果をふまえ、前漢初期における道家思想と楚辞文芸の天界遊行表現とが『淮南子』の中でどのように融合されているのか、その様相を明らかにしたい。[*3]

1　原道篇の天界遊行モティーフ

「離騒」の天界遊行場面には、以下のように、主人公が神々を使役し、隊列を組んで遊行をおこなう様子が描かれている。

駟玉虬以椉鷖兮　玉虬《ぎょくきゅう》を駟《し》にして以《もっ》て鷖《えい》に椉《の》り
溘埃[*4]風余上征　溘《こう》として風《かぜ》を埃《ま》ちて余上《われのぼ》り征《ゆ》く
　…　…
前望舒使先驅兮　望舒《ぼうじょ》を前《さきだち》にして先驅《せんく》せしめ
後飛廉使奔屬　飛廉《ひれん》を後《しりえ》にして奔屬《ほんぞく》せしむ
鸞皇爲余先戒兮　鸞皇《らんこう》は余《わ》が爲《た》めに先戒《せんかい》し
雷師告余以未具　雷師《らいし》は余《われ》に告《つ》ぐるに未《いま》だ具《そな》わらざるを以《もっ》てす
吾令鳳鳥飛騰兮　吾《わ》れ鳳鳥《ほうちょう》をして飛騰《ひとう》し
繼之以日夜　之《こ》れを繼《つ》ぐに日夜《にちや》を以《もっ》てせしむ

そして『淮南子』の原道篇《げんどうへん》・俶真篇《しゅくしんへん》・覧冥篇《らんめいへん》に見える文章にもこれと同様の天界遊行モティーフが使われているのである。本節ではこのうち、原道篇の天界遊行モティーフについて見ていくこととする。

『淮南子』巻頭の原道篇は、「夫《そ》れ道《みち》は、天《てん》を覆《おお》い地《ち》を載《の》せ、四方《しほう》に廓《ひろ》がり、八極《はちきょく》に柝《ひら》け、高《たか》きこと際《きわ》むべからず、深《ふか》きこと測《はか》るべからず（夫道者、覆天載地、廓四方、柝八極、高不可際、深不可測）」という文で始まる。そしてこのように「道」とはどのようなものであるかを説明する長い文章の後、「馮夷《ふうい》・大丙《たいへい》の御《ぎょ》（馬車の運転）」について述べた以下の文章が続く。

①昔者馮夷・大丙之御也、乗雷車、六雲蜺[*5]、游微霧、鶩怳忽、歴遠彌高、以極往。經霜雪而無迹、照日光而無景。抮扶搖、抱羊角而上[*6]、經紀山川、蹈騰崑崙、排閶闔、淪天門。末世之御、雖有輕車良馬、勁策利錣[*7]、不能與之争先。（昔《むかし》　馮夷《ふうい》・大丙《たいへい》の御《ぎょ》するや、雷車《らいしゃ》に乗《の》り、雲蜺《うんげい》を六《りく》とし、微霧《びむ》に游《あそ》び、怳忽《こうこつ》に鶩《は》せ、遠《とお》きを歴《へ》て高《たか》きに彌《わた》り、以《もっ》て往《ゆ》くを極《きわ》む。霜雪《そうせつ》を經《ふ》れども迹無《あとな》く、日光《にっこう》に照《て》らさるれども景無《かげな》し。扶搖《ふよう》に抮《さん》し、羊角《ようかく》を抱《いだ》きて上《のぼ》り、山川《さんせん》を經紀《けいき》し、崑崙《こんろん》を蹈騰《とうとう》し、閶闔《しょうこう》を排《おしひら》き、天門《てんもん》に淪《い》る。末世《まっせ》の御《ぎょ》は、輕車《けいしゃ》・良馬《りょうば》、勁策《けいさく》・利錣《りてつ》有《あ》りと雖《いえど》も、之《こ》れと先《さき》を争《あらそ》うこと能《あた》わず。）

（昔、馮夷《ふうい》・大丙《たいへい》が車を御するときには、雷の車に乗り、雲を六頭の馬とし、微霧の中を走り、無の境地を馳せて、あるいは高く、あるいは遠く、行き先を極め尽くした。霜雪の地を走っても跡を残さず、日光に照らされても影をとどめない。つむじ風に乗じてぐるぐると高く上り、山川を渡り、崑崙山を踏破して、天の門を押し開いて中に入った。末世の御者がいくら軽い車や良い馬、強い鞭や鋭い針のついた鞭を使っても、彼らを追い抜くことはできないのである。）

この文章の趣旨を理解するため、はじめに「馮夷《ふうい》・大丙《たいへい》」がどのような存在であるのかを確認しておきたい。後漢の高誘《こうゆう》による注《ちゅう》は「「夷《い》」或《ある》いは「遲《ち》」に作《つく》り、「丙《へい》」或《ある》いは「白《はく》」に作《つく》る。昔古《いにしえ》の道《みち》を得《え》て能《よ》く陰陽《いんよう》を御《ぎょ》する者《もの》なり（夷或作遲也、丙或作白。昔古之得道能御陰陽者也）」と述べるが、これだけでは詳しいことは分からない。そこで『淮南子』の他の箇所を探すと、斉俗篇《せいぞくへん》にも「馮夷《ふうい》」について述べた次のような文章が見える。

昔者馮夷得道以潛大川、鉗且得道以處崑崙、扁鵲以治病、造父以御馬、羿以之射、倕以之斲。（昔《むかし》　馮夷《ふうい》は道《みち》を得《え》て以《もっ》て大川《たいせん》に潜《ひそ》み、鉗且《けんしょ》は道《みち》を得《え》て以《もっ》て崑崙《こんろん》に處《お》り、扁鵲《へんじゃく》は以《もっ》て病《やまい》を治《おさ》め、造父《ぞうほ》は以《もっ》て馬《うま》を御《ぎょ》し、羿《げい》は之《こ》れを以《もっ》て射《い》、倕《すい》は之《こ》れを以《もっ》て斲《き》る。）

（昔、馮夷《ふうい》は「道」を体得して大川の中に潜み、仙人の鉗且《けんしょ》は「道」を体得して崑崙山に住み、名医の扁鵲《へんじゃく》は同じく人びとの病を治し、名御者の造父《ぞうほ》は同じく馬を御し、弓の名人の羿《げい》は同じく弓矢を射て、名工の倕《すい》は同じく木を切り削った。）

「大川《たいせん》に潜《ひそ》み」とあることから、馮夷には水神的性格があることが看取される。*8 司馬相如の「大人賦」には「總極《そうきょく》に奄息《えんそく》して氾濫《はんらん》の水《みず》に嬉《した》しみ　靈媧《れいか》をして瑟《しつ》を鼓《こ》し馮夷《ふうい》を舞《ま》わしむ（奄息總極氾濫水嬉兮　使靈媧鼓瑟而舞馮夷）」*9 すなわち、「葱嶺山《そうれいざん》で休んでそこにある揺《ゆ》らめく水に憩《いこ》い、霊媧《れいか》に瑟《しつ》を演奏させて馮夷に舞いを舞わせる」という意味の句があり、やはり馮夷に水神的性格があることを示唆している。

加えて枚乗《ばいじょう》「七発《しちはつ》」の中に見える、広陵《こうりょう》の曲江《きょくこう》における波濤《はとう》を描写した箇所には、「蛟龍《こうりゅう》を六駕《りくが》とし、太白《たいはく》を附従《ふじゅう》せしむ（六駕蛟龍、附従太白）」*10 という文があるが、この「太白《たいはく》」について李善注《りぜんちゅう》は「淮南子《えなんじ》に、昔馮《むかしふう》遲《ち》・太白《たいはく》の御《ぎょ》するや、雲霓《うんげい》を六《りく》として、微霧《びむ》に游《あそ》び、忽荒《こつこう》に駕《が》すと。許慎曰《きょしんいわ》く、馮遲《ふうち》・太白《たいはく》は、河伯《かはく》なりと（淮南子、昔馮遲・太白之御、六雲霓、游微霧、駕忽荒。許慎曰、馮遲・太白、河伯也）」とする。

李善が引くこの『淮南子』の文章は、先に引いた原道篇のものとほぼ一致し、現行の『淮南子』高誘注本の「馮夷《ふうい》・大丙《たいへい》」を、許慎《きょしん》注本では「馮遲《ふうち》・太白《たいはく》」に作っていたことがわかる。つまり「馮夷《ふうい》・大丙《たいへい》」は「馮《ふう》遲《ち》・太白《たいはく》」に等しく、ともに「河伯《かはく》」、すなわち河の神だと考えられるのである。

このことをふまえた上で、改めて先の文章①を見てみよう。河の神である「馮夷《ふうい》・大丙《たいへい》」は「雷車《らいしゃ》に乗《の》り、雲蜺《うんげい》を六《りく》とし」て、どこまでも遠く高く駆け回ることができた。そして当然のことながらそれは、末世の人間の御者が、いくら上等な車馬や道具を駆使しても敵わないような、優れた御であったという。ここではそうした馮夷・大丙の超人的な御の様子が、天界遊行表現によって描かれているのである。

このように古の河の神による御と末世の人間による御を比較した後、原道篇の文章は次に「大丈夫《だいじょうふ》」の境地について述べる。

②是故大丈夫、恬然無思、澹然無慮、以天爲蓋、以地爲輿、四時爲馬、陰陽爲御、乗雲陵霄、與造化者倶。縦志舒節、以馳大區、可以歩而歩、可以驟而驟。令雨師灑道、使風伯掃塵、電以爲鞭策、雷以爲車輪、上游于霄雿之野、下出于無垠之門。劉覽偏照、復守以全、經營四隅、還反於樞。故以天爲蓋、則無不覆也。以地爲輿、則無不載也。四時爲馬、則無不使也。陰陽爲御、則無不備也。是故疾而不搖、遠而不勞。

（是《こ》の故《ゆえ》に大丈夫《だいじょうふ》は、恬然《てんぜん》として思《し》無《な》く、澹然《たんぜん》として慮《りょ》無《な》く、天《てん》を以《もっ》て蓋《がい》と爲《な》し、地《ち》を以《もっ》て輿《よ》と爲《な》し、四時《しじ》を馬《うま》と爲《な》し、陰陽《いんよう》を御《ぎょ》と爲《な》し、雲《くも》に乗《の》りて霄《そら》を陵《しの》ぎ、造化者《ぞうかしゃ》と倶《とも》にす。志《し》を縦《ほしいまま》にして節《せつ》を舒《ゆる》やかにし、以《もっ》て大區《たいく》に馳《は》せ、以《もっ》て歩《あゆ》むべくして歩《あゆ》み、以《もっ》て驟《は》すべくして驟《は》す。雨師《うし》をして道《みち》に灑《そそ》がしめ、風伯《ふうはく》をして塵《ちり》を掃《はら》わしめ、電《いなずま》をば以《もっ》て鞭策《べんさく》と爲《な》し、雷《いかずち》をば以《もっ》て車輪《しゃりん》と爲《な》し、上《うえ》は霄雿《しょうちょう》の野《の》に游《あそ》び、下《した》は無垠《むぎん》の門《もん》に出《い》づ。劉覽偏照《りょうらんへんしょう》して、復《ま》た守《まも》りて以《もっ》て全《まった》く、四隅《しぐう》を經營《けいえい》して、還《かえ》りて樞《もと》に反《かえ》る。故《ゆえ》に天《てん》を以《もっ》て蓋《がい》と爲《な》せば、則《すなわ》ち覆《おお》わざること無《な》きなり。地《ち》を以《もっ》て輿《よ》と爲《な》せば、則《すなわ》ち載《の》せざること無《な》きなり。四時《しいじ》を馬《うま》と爲《な》せば、則《すなわ》ち使《つか》わざること無《な》きなり。陰陽《いんよう》を御《ぎょ》と爲《な》せば、則《すなわ》ち備《そな》わらざること無《な》きなり。是《こ》の故《ゆえ》に疾《はや》けれども搖《ゆる》がず、遠《とお》けれども勞《つか》れず。）

（それゆえ大丈夫は、恬然として思慮を滅し、天を車の天蓋として、地を輿とし、四季を馬として、陰陽を御者とし、雲に乗って空をわたり、造化者である「道」と一緒になる。心のままにのびのびと天を馳せめぐるその様子は、ゆっくりと進んだり速度を上げたりと、自由自在である。雨の神である雨師に命じて道を清めさせ、風の神である風伯に命じて塵を払わせ、稲妻を鞭に、雷を車輪として、上は限りなく高い野に遊び、下は無限の門に出入りする。あまねくこの世を見て回っても己自身は失わず、四隅を治めてまた根本に立ち戻る。このため天を車蓋とすればすべてを覆うことができる。地を輿とすればすべてを載せることができる。四季を馬とすればすべてを操ることができる。陰陽を御者とすればすべてに対応することができる。そういうわけで速く走らせても揺らぐことがなく、遠く走らせても疲れることがないのである。）

神々を使役し、雷電を鞭や車として遊行し、自由に上下・四方を極め尽くすことができるという天界遊行を描いた文が続くが、中でも雨師《うし》・風伯《ふうはく》などの神々を使役するという表現は、「離騒」の天界遊行モティーフの影響を受けたものであると考えられる。

そして上掲の文章の終盤には「故に天を以て蓋と為せば…」と、天地を天蓋と輿に、四時を馬に、陰陽を御者にすれば万能であるという冒頭と同様の文が繰り返されている。したがって、間に挟まれた天界遊行表現は、天地・四時・陰陽に拠った「大丈夫」の境地を表す比喩であると思われる。

このように「大丈夫」の境地について説明した後、次のような文によって論は締めくくられる。

③四支不勤[*11]、聡明不損、而知八紘九野之形埒者、何也。執道要之柄、而游於無窮之地。是故天下之事、不可爲也。因其自然而推之。萬物之變、不可究也。秉其要趣而歸之。[*12]（四支《しし》勤《つと》めず、聡明《そうめい》損《そこな》わずして、

八紘九野《はっこうきゅうや》の形埒《けいらつ》を知《し》るは、何《なん》ぞや。道要《どうよう》の柄《へい》を執《と》りて、無窮《むきゅう》の地《ち》に游《あそ》べばなり。是《こ》の故《ゆえ》に天下《てんか》の事《こと》は、爲《な》すべからざるなり。其《そ》の自然《しぜん》に因《よ》りて之《こ》れを推《お》す。萬物《ばんぶつ》の變《へん》は、究《きわ》むべからざるなり。其《そ》の要趣《ようしゅ》を秉《と》りて之《こ》れに歸《き》す。）

（四肢を動かさず、耳目を労することなく、この世界の有様を知ることができるのはなぜか。それは道の枢要を把握して、無窮万能の境地にあるからである。それゆえ、天下のことには、ことさらな仕業を用いることなく、なりゆきに任せておくのが良い。万物の変化は、それを考究することなく、その大本をおさえてそれに任せるのが良い。）

②で見たように「大丈夫」が心身を労することなく、この世のあらゆる場所について把握できるのはなぜか。それは彼が「道要の柄」を執り、万能の境地にあるからである。それゆえ天下の事柄については、ことさらな仕業をせずに自然に任せるべきであり、万物の変化については、その一つ一つを究明しようとせず、大本をおさえてそれに任せるべきである、というのが結論である。「天下の事は、爲すべからざるなり」という言葉に明白に表れているように、これは道家のいわゆる「無為の治」について述べたものであると考えられる。

『淮南子』という書物は、百年ほど後の『漢書』芸文志においては「儒《じゅ》・墨《ぼく》を兼《か》ね、名《めい》・法《ほう》を合《あ》わせ、國體《こくたい》の此《こ》れ有《あ》るを知《し》り、王治《おうち》の貫《つらぬ》かざる無《な》きを見《み》る（兼儒墨、合名法、知國體之有此、見王治之無不貫）」と定義される「雑家《ざっか》」に分類されている。しかし、『淮南子』とほぼ同時期に書かれたと思われる『史記』太史公自序の中のいわゆる「六家要旨《りくかのようし》」は、このように儒・墨・名・法の諸家を取り入れた思想を「道家」と称する。

道家使人精神專一、動合無形、贍足萬物。其爲術也、因陰陽之大順、采儒墨之善、撮名法之要、與時遷移、應物變化、立俗施事、無所不宜。…道家無爲、又曰無不爲。其實易行、其辭難知。其術以虚無爲本、

以因循爲用。（道家《どうか》は人《ひと》の精神《せいしん》をして専一《せんいつ》ならしめ、動《うご》きを無形《むけい》に合《がっ》さしめ、萬物《ばんぶつ》を贍足《せんぞく》せしむ。其《そ》の術《じゅつ》爲《た》るや、陰陽《いんよう》の大順《たいじゅん》に因《よ》り、儒墨《じゅぼく》の善《ぜん》を采《と》り、名法《めいほう》の要《よう》を撮《と》り、時《とき》とともに遷移《せんい》し、物《もの》に應《おう》じて變化《へんか》し、俗《ぞく》を立《た》て事《こと》を施《ほどこ》し、宜《よろ》しからざる所《ところ》無《な》し。…道家《どうか》は無爲《むい》、又《ま》た曰《いわ》く爲《な》さざる無《な》しと。其《そ》の實《じつ》は行《おこな》い易《やす》く、其《そ》の辭《じ》は知《し》り難《がた》し。其《そ》の術《じゅつ》は虚無《きょむ》を以《もっ》て本《もと》と爲《な》し、因循《いんじゅん》を以《もっ》て用《よう》と爲《な》す。）

これによれば当時の「道家」とは、「無為《むい》にして為《な》さざる無《な》し」という『老子』の「無為の治」を中心に据えながら、戦国の陰陽・儒・墨・名・法家といった諸家の思想をも取り入れた、漢代初期の新しい道家のことであって、戦国期の老子や荘子の思想そのものを指す先秦の道家とは異なるものだと考えられる。そして先学の研究によれば、『淮南子』の内容は、この「六家要旨」のいう「道家」に当てはまり、したがって「雑家の書」と言うよりは、むしろ「道家の書と」いうべきものであるという[*13]。

先に挙げた原道篇の①から③の一連の文章は、『淮南子』の中心的理念であるその「無為の治」がいかに優れた統治方法であるかを説くことを目的としている。

河の神である馮夷・大丙は、「輕車《けいしゃ》・良馬《りょうば》、勁策《けいさく》・利錣《りてつ》」といった人為的なものに頼ることなく、雷や雲などの自然物に因って、天界を遊行することができた。彼らのそうした御は、人為的な仕業を排除するという点において「無為の治」と重なる。「大丈夫」もまた、天地・四時・陰陽に因り、人為的な仕業を排除することで、神々を使役しながら天界を自由に遊行するがごとき万能の力を得て、「無為の治」を実現することができる。これがこの一連の文章の趣旨であろう。

したがって原道篇に見える天界遊行モティーフは、『淮南子』が中心的理念とする「無為の治」について説明するために用いられていると判断される。つまり、「無為の治」を実現する「大丈夫」、すなわち理想の統治者が万能の力を有することを表すための比喩として使われているのである。

2　覧冥篇の天界遊行モティーフ

次に覧冥篇の天界遊行表現について見ていきたい。覧冥篇にも原道篇の場合と同様に、「御」と「治」について述べた一連の文章があり[*14]、やはりその一部に天界遊行モティーフが使われている。そこではまず、古の名御者として有名な「王良《おうりょう》・造父《ぞうほ》」の御に関する説明がなされる。

①昔者、王良・造父之御也、上車攝轡、馬爲整齊而斂諧、投足調均、勞逸若一、心怡氣和、體便輕畢、安勞樂進、馳鶩若滅、左右若鞭、周旋若環。世皆以爲巧。然未見其貴者。（昔者《むかし》、王良《おうりょう》・造父《ぞうほ》の御《ぎょ》するや、車《くるま》に上《のぼ》りて轡《たずな》を攝《と》れば、馬《うま》は爲《た》めに整齊《せいせい》して斂諧《れんかい》し、足《あし》を投《な》げて調均《ちょうきん》し、勞逸《ろういつ》は一《いつ》なるが若《ごと》く、心《こころ》は怡《よろこ》び氣《き》は和《やわ》らぎ、體《からだ》は便《べん》にして輕《かる》く畢《はや》く、勞《ろう》に安《やす》んじて進《すす》むを樂《たの》しみ、馳鶩《ちぶ》すること滅《めっ》するが若《ごと》く、左右《さゆう》すること鞭《むち》の若《ごと》く、周旋《しゅうせん》すること環《わ》の若《ごと》し。世《よ》は皆《み》な以《もっ》て巧《たくみ》と爲《な》す。然《しか》れども未《いま》だ其《そ》の貴《とうと》き者《もの》を見《み》ざるなり。）

（昔、王良や造父が御するときは、車に上がって手綱を手にすれば、馬は整列して気を集中させ、足並みをそろえて走り、働くのも休むのも同じように感じ、心は喜び気持ちは和らぎ、体は健やかで軽く速く、働いて走ることを楽しんでいるため、視界から消えるように速く疾走し、鞭をふるった通りに右左折し、環を描くように正確に旋回する。世の人はそれを巧みだと賞賛するが、それは彼らを上回る者の存在を知らないからだ。）

このように王良・造父の御が非常に優れたものであったことを紹介した上で、しかし人々が挙《こぞ》って彼らの御を称えるのは、それを上回る御の存在、すなわち「其《そ》の貴《とうと》き者《もの》」の存在を知らないからであると述べる。そして次に王良・造父の御を遥かに凌ぐという「鉗且《けんしょ》・大丙《たいへい》」の御についての説明が続く。

②若夫鉗且・大丙之御、除轡銜、去鞭棄策、車莫動而自舉、馬莫使而自走也。日行月動、星燿而玄運、電奔而鬼騰、進退屈伸、不見朕垠。故不招指、不咄叱、過歸鴈於碣石、軼鶤雞於姑餘、騁若飛、鶩若絶、縦矢躡風、追猋歸忽。朝發榑桑、日入落棠。[*15] 此假弗用而能以成其用者也。非慮思之察、手爪之巧也。嗜欲形於胸中、而精神踰於六馬。此以弗御御之者也。（夫《か》の鉗且《けんしょ》・大丙《たいへい》の御《ぎょ》するが若《ごと》きは、轡銜《ひかん》を除《さ》り、鞭《むち》を去《さ》りて策《さく》を棄《す》て、車《くるま》は動《うご》かすこと莫《な》くして自《みずか》ら擧《あ》がり、馬《うま》は使《つか》うこと莫《な》くして自《みずか》ら走《はし》るなり。日のごとく行《ゆ》きて月《つき》のごとく動《うご》き、星《ほし》のごとく燿《かがや》きて玄《げん》のごとく運《めぐ》り、電《いなずま》のごとく奔《はし》りて鬼《き》のごとく騰《あ》がり、進《しん》退屈伸《たいくつしん》するも、朕垠《ちんぎん》を見《あら》わさず。故《ゆえ》に招指《しょうし》せず、咄叱《とっしつ》せずして、歸鴈《きがん》を碣石《けっせき》に過《す》ぎ、鶤雞《ぐんけい》を姑餘《こよ》に軼《す》ぎ、騁《は》すること飛《と》ぶが若《ごと》く、鶩《は》すること絶《た》つが若《ごと》く、矢《や》を縦《ふ》み風《かぜ》を躡《ふ》み、猋《ひょう》を追《お》いて歸《かえ》ること忽《こつ》たり。朝《あした》に榑桑《ふそう》を發《た》ち、日《ひ》に落棠《らくどう》に入《い》る。此《こ》れ用《もち》いざるを假《か》りて能《よ》く以《もっ》て其《そ》の用《よう》を成《な》す者《もの》なり。慮思《りょし》の察《さつ》、手爪《しゅそう》の巧《こう》にあらざるなり。嗜欲胸中《しよくきょうちゅう》に形《あら》われて、精神六馬《せいしんりくば》を踰《こ》ゆ。此《こ》れ御《ぎょ》せざるを以《もっ》て之《こ》れを御《ぎょ》する者《もの》なり。）

（鉗且《けんしょ》と大丙《たいへい》が御するときには、手綱やくつわを取り去って鞭も捨ててしまう。車は動かそうとしなくても自然に動き出し、馬も走らせようとしないのに自然に走り出す。太陽や月が運行するように進み、星のように輝いて、天のようにめぐり、稲妻のように走り、鬼神のように空中に昇るが、どのような動きも前触れなくおこなわれる。それゆえ、指示することも叱ることもせずに、北に帰る雁を碣石《けっせき》で追い抜き、鳳凰を姑餘《こよ》で追い越し、飛ぶように駆け、姿を消すように駆け、飛ぶ矢や風を踏み、つむじ風を追い立てたかと思うと、たちまちのうちに帰ってくる。朝に太陽とともに東の榑桑《ふそう》を出発し、夕方には太陽とともに西の落棠《らくどう》の山に入る。これこそ何も為すことなくすべてを成し遂げるということであり、思慮の深さや手先の器用さによるものではない。御そうという思いが心に起こっただけで、精神が六頭立ての馬車をも超越するのである。これが御さないでいながら御するということである。）

原道篇における「馮夷《ふうい》・大丙《たいへい》」のときと同様に、ここでもまず「鉗且《けんしょ》・大丙《たいへい》」について確認しておきたい。高誘注には「此《こ》の二人《ふたり》は、太乙《たいいつ》の御《ぎょ》なり。一説《いっせつ》に、古《いにしえ》の得道《とくどう》の人《ひと》にして、神氣《しんき》を以《もっ》て陰陽《いんよう》を御《ぎょ》するなりと（此二人、太乙之御也。一説、古得道之人、以神氣御陰陽也）」とあるが、「大丙《たいへい》」の方は、同じく御を論じた文章の中に現れていることから、原道篇の大丙と同一と見てよいであろう。

一方、「鉗且《けんしょ》」の方は、先にも見た斉俗篇の文に「昔《むかし》　馮夷《ふうい》は道《みち》を得《え》て以《もっ》て大川《たいせん》に潜《ひそ》み、鉗且《けんしょ》は道《みち》を得《え》て以《もっ》て崑崙《こんろん》に處《お》り…」とあることから、崑崙山と関係のある存在であると考えられる。[*16]

ところで、この斉俗篇の文章は『荘子《そうじ》』大宗師篇《だいそうしへん》の、「道」について述べた文章の中の「堪坏《かんぱい》は之《こ》れを得《え》て、以《もっ》て崐崘《こんろん》に襲《い》り、馮夷《ふうい》は之《こ》れを得《え》て、以《もっ》て大川《だいせん》に遊《あそ》び、肩吾《けんご》は之《こ》れを得《え》て、以《もっ》て大山《たいざん》に處《お》る（堪坏得之、以襲崐崘、馮夷得之、以遊大川、肩吾得之、以處大山）」に基づくと思われる。[*17] この大宗師篇の「堪坏《かんぱい》」について、『経典釈文《けいてんしゃくもん》』は「司馬《しば》云《い》う、堪坏《かんぱい》は、神名《しんめい》、人面獣形《じんめんじゅうけい》なり。淮南《わいなん》は欽負《きんぶ》に作《つく》る（司馬云、堪坏、神名、人面獣形。淮南作欽負）」と述べる。そして、『経典釈文』のこの記述に基づいて清の荘逵吉《そうききつ》は、『淮南子』斉俗篇の「鉗且《けんしょ》」は「欽負《きんぶ》」の誤りであるとする。[*18] つまり『淮南子』の「鉗且《けんしょ》」は、正しくは「欽負《きんぶ》」であり、『荘子』大宗師篇の崐崘の神「堪坏《かんぱい》」に等しいというのである。

「大川《たいせん》に潜《ひそ》」む河の神である「馮夷《ふうい》」と一対になっていることから、「崑崙《こんろん》に處《お》」るという「鉗且《けんしょ》」が山の神である可能性は高い。

上掲の覧冥篇②には、山の神である「鉗且《けんしょ》」と河の神である「大丙《たいへい》」の御が、日月・星辰や雷・鬼神などの動きに喩えられる神秘的なものであると述べられていた。また「轡銜《ひかん》を除《さ》り、鞭《むち》を去《さ》りて策《さく》を棄《す》て」るというように、人為的な仕業を排除したものであるともされており、この点において原道篇の「馮夷《ふうい》・大丙《たいへい》」の御に等しい。

覧冥篇では「王良《おうりょう》・造父《ぞうほ》」の御と「鉗且《けんしょ》・大丙《たいへい》」の御を比較し、人為的な仕業を排除した後者の方をより優れた御として紹介した後、[*19]話題を「御」から「治」へと転じる。

③昔者黄帝治天下、而力牧・太山稽輔之、以治日月之行律、治陰陽之氣、節四時之度、正律歴之數、別男女、異雌雄、明上下、等貴賤、使強不掩弱、衆不暴寡。…然猶未及虙戲氏之道也。（昔《むかし》黄帝《こうてい》の天下《てんか》を治《おさ》むるや、力牧《りょくぼく》・太山稽《たいさんけい》之《こ》れを輔《たす》け、以《もっ》て日月《じつげつ》の行律《こうりつ》を治《おさ》め、陰陽《いんよう》の氣《き》を治《おさ》め、四時《しいじ》の度《ど》を節《せっ》し、律歴《りつれき》の數《すう》を正《ただ》し、男女《だんじょ》を別《わか》ち、雌雄《しゆう》を異《こと》にし、上下《じょうげ》を明《あきら》かにし、貴賤《きせん》を等《わか》ち、強《きょう》をして弱《じゃく》を掩《おお》わず、衆《しゅう》をして寡《か》を暴《しいた》げざらしむ。…然《しか》れども猶《な》お未《いま》だ虙戲氏《ふくぎし》の道《みち》に及《およ》ばざるなり。）

（昔、黄帝が天下を治めたとき、力牧《りょくぼく》と太山稽《たいさんけい》が補佐をして、日月の運行、陰陽の気、四季の推移を治め、律暦を正しくし、男女や雌雄の別を明らかにし、上下や卑賤の序列を明確にして、強者が弱者を圧倒したり、多勢が無勢を虐げたりしないようにした。…しかしそれでもなお虙戲氏《ふくぎし》のやり方には及ばなかった。）

黄帝は万物の秩序を正す優れた統治を行った。しかし王良・造父の御が鉗且・大丙の御に及ばなかったのと同様に、黄帝の治も虙戲氏には及ばないのだという。そして次にその虙戲氏の治に関する説明がなされる。

④往古之時、四極廢、九州裂、天不兼覆、墜不周載、火爁炎而不滅、水浩洋而不息、猛獸食顓民、鷙鳥攫老弱。於是女媧錬五色石以補蒼天、斷鼇足以立四極、殺黒龍以濟冀州、積蘆灰以止淫水。蒼天補、四極正、淫水涸、冀州平、狡蟲死、顓民生。…考其功烈、上際九天、下契黄壚、名聲被後世、光暉熏萬物[*20]。乗雷車、服應龍[*21]、驂青虬、援絶應[*22]、席蘿圖、絡黄雲[*23]、前白螭、後奔蛇、浮游消揺、道鬼神、登九天、朝帝於靈門、宓穆休于太祖之下。然而不彰其功、不揚其聲、隠眞人之道、以從天墜之固然。何則道德上通、而智故消滅也。(往古《おうこ》の時《とき》、四極《しきょく》廢《すた》れ、九州《きゅうしゅう》裂《さ》け、天《てん》は兼《か》ね覆《おお》わず、墜《ち》は周《あまね》く載《の》せず、火《ひ》は爁炎《らんえん》として滅《めっ》せず、水《みず》は浩洋《こうよう》として息《や》まず、猛獣《もうじゅう》は顓民《せんみん》を食《く》らい、鷙鳥《しちょう》は老弱《ろうじゃく》を攫《つか》む。是《こ》こに於《お》いて女媧《じょか》は五色《ごしき》の石《いし》を錬《ね》りて以《もっ》て蒼天《そうてん》を補《おぎな》い、鼇《おおがめ》の足《あし》を斷《た》ちて以《もっ》て四極《しきょく》を立《た》て、黒龍《こくりゅう》を殺《ころ》して以《もっ》て冀州《きしゅう》を濟《すく》い、蘆《あし》の灰《はい》を積《つ》みて以《もっ》て淫水《いんすい》を止《とど》む。蒼天《そうてん》は補《おぎな》われ、四極《しきょく》は正《ただ》され、淫水《いんすい》は涸《か》れ、冀州《きしゅう》は平《たい》らぎ、狡蟲《こうちゅう》は死《し》し、顓民《せんみん》は生《い》く。…其《そ》の功烈《こうれつ》を考《かんが》うるに、上《うえ》は九天《きゅうてん》を際《きわ》め、下《した》は黄壚《こうろ》に契《かな》い、名聲《めいせい》は後世《こうせい》を被《おお》い、光暉《こうき》は萬物《ばんぶつ》を熏《や》く。雷車《らいしゃ》に乗り、應龍《おうりゅう》を服《ふく》し、青虬《せいきゅう》を驂《さん》とし、絶應《ぜつおう》を援《と》り、蘿圖《らと》を席《し》き、黄雲《こううん》を絡《らく》とし、白螭《はくち》を前《さきだち》にし、奔蛇《ほんだ》を後《しりえ》にし、浮游消揺《ふゆうしょうよう》して、鬼神《きじん》を道《みちび》き、九天《きゅうてん》に登《のぼ》り、帝《てい》に靈門《れいもん》に朝《ちょう》し、宓穆《ひつぼく》として太祖《たいそ》の下《した》に休《いこ》う。然《しか》れども其《そ》の功《こう》を彰《あらわ》さず、其《そ》の聲《せい》を揚《あ》げず、眞人《しんじん》の道《みち》を隠《かく》して、以《もっ》て天墜《てんち》の固然《こぜん》に従《したが》う。何《なん》となれば則《すなわ》ち道徳上《どうとくかみ》に通《つう》じて、智故消滅《ちこしょうめつ》すればなり。)

(遠い昔、天を支える四方の柱が崩れ、九州の地は裂けて、天は地上を覆わず、地は万物を載せず、火は燃えさかり、水は広がってやまず、猛獣が良民を食い殺し、猛禽が老人や子供を襲った。そこで女媧は五色の石を錬って蒼天を補修し、大亀の足を切って四柱を立て、黒竜を殺して冀州の地を救い、蘆の灰を積み上げて洪水を止めた。そうして蒼天は補修され、四柱は立て直され、洪水は干上がり、冀州の地は平和になり、悪賢い鳥獣は死に、良民は生き延びた。…その功績を考えるに、上は九重の天に至り、下は黄泉の世界に及び、名声は後世に残り、輝く光は万物を照らす。雷車に乗り、応竜に車を引かせ、青虬を左右に走らせ、手に祥瑞を持ち、符瑞を記した図を敷物とし、黄雲をおもがいとし、白螭を先駆けとし、奔蛇を殿《しんがり》とし、天空を浮遊しながら鬼神をしたがえ、九重の天に登り、霊門で天帝に拝謁し、ひっそりと太祖のもとで休息する。しかしその功績をひけらかしたり、名声を立てたりはせず、真人の道を保持して天地のあるがままにしたがった。なぜならその道徳が天に通じ、小賢しい仕業が消えてなくなったからである。）

虙戲氏《ふくぎし》の治とは言っても、ここで実際に語られているのは、有名な「女媧補天《じょかほてん》」の話である。しかし、この後の文で「伏《ふく》（虙）戲《ぎ》・女媧《じょか》」というように二人一組で取り上げられていることに鑑みれば、ここで述べられる女媧の功績は、虙戲氏の治の中に含まれると考えられているようである。

ここで虙戲（女媧）氏は「雷車《らいしゃ》に乗り、應龍《おうりゅう》を服《ふく》し、青虬《せいきゅう》を驂《さん》とし、絶應《ぜつおう》を援《と》り、蘿圖《らと》を席《し》き、黄雲《こううん》を絡《らく》とし、白螭《はくち》を前《さきだち》にし、奔蛇《ほんだ》を後《しりえ》にし、浮游消揺《ふゆうしょうよう》して、鬼神《きじん》を道《みちび》き、九天《きゅうてん》に登《のぼ》り、帝《てい》に靈門《れいもん》に朝《ちょう》し、宓穆《ひつぼく》として太祖《たいそ》の下《した》に休《いこ》う」と、天界遊行モティーフによって幻想的に描かれている。

このような虙戲氏による至徳の世に続き、夏《か》の桀王《けつおう》の世、戦国の世という衰退期を経て、漢代を迎えて再び五帝の治世のような賞賛すべき世が訪れるまでの経緯が縷々述べられた後、論は以下のように総括される。

⑤夫鉗且・大丙、不施轡銜而以善御聞於天下、伏戲・女媧、不設法度而以至徳遺於後世。何則至虚無純一、而不唼喋苛事也。（夫《そ》れ鉗且《けんしょ》・大丙《たいへい》は、轡銜《ひかん》を施《ほどこ》さずして善御《ぜんぎょ》を以《もっ》て天下《てんか》に聞《き》こえ、伏戲《ふくぎ》・女媧《じょか》は、法度《ほうど》を設《もう》けずして至徳《しとく》を以《もっ》て後世《こうせい》に遺《のこ》す。何《なん》となれば則《すなわ》ち虚無純一《きょむじゅんいつ》に至《いた》りて、苛事《かじ》を唼喋《しょうちょう》せざればなり。）

（鉗且と大丙は、手綱やくつわを馬に着けることなく名御者として天下に名をとどろかせ、伏戲・女媧は、法律や制度を定めることなく至徳の帝王として後世に名を遺した。なぜならば、虚無純一の境地に至り、些細な事柄に心を悩ませたりしなかったからだ。）

ここに至って、②で見た鉗且・大丙の「轡銜《ひかん》を施さない御」が再び話題に上り、それが伏戲・女媧の「法度を設けない治」を引き出すための比喩であったことが明らかとなる。つまり、まず「御」を話題として①の名御者として有名な王良・造父の御を引き合いに出しながら、②でそれを上回る山川の神である鉗且・大丙の「轡銜を施さない御」のすばらしさを説く。次に③で話題を「御」から「治」に転じて黄帝の治について述べ、④でそれを引き合いにしながら、伏戲・女媧の「法度を設けない治」がいかに優れているかを説く。そして⑤で最終的に、鉗且・大丙の「轡銜を施さない御」を喩えとして用いながら、伏戲・女媧の「法度を設けない治」を賞賛しているのである。

「轡銜を施さない御」、つまり人為的な仕業を施さない御を、「法度を設けない治」すなわち「虚無純一」に至った「無為の治」の喩えとして用いる手法自体は、先に見た原道篇の場合と同じである。ただ覧冥篇では、②鉗且・大丙の「轡銜を施さない御」に対して①王良・造父の「轡銜を施した御」を、④伏戲・女媧の「無為の治」に対して③黄帝の「法度を設けた治」をそれぞれ比較対象として設定している。このことによって、②の「轡銜を施さない御」と④の「無為の治」の超越性がより強調される効果が生まれているのである。

以上の①から⑤に至る文章の中で、特に「離騒」のものによく似た天界遊行表現が見られるのは、④の文章である。神々を使役しながらおこなう幻想的な天界遊行が、「無為の治」の主体である伏戲・女媧の超越性を表現する手段として用いられているのである。したがって、覧冥篇の場合も原道篇と同様、天界遊行モティーフは、「無為の治」をおこなう統治者を描写する目的で使われているものと考えられる。

3　俶眞篇の天界遊行モティーフ

(1) 天界遊行モティーフと聖人・真人

ここでは『淮南子』俶真篇に見える、天界遊行モティーフを含む一連の文章を取り上げ、そこに現れる「聖《せい》人《じん》」「真人《しんじん》」の説明について順に検討し、その中でも特に「真人」と関連する文脈に天界遊行モティーフが現れていることを示したい。

当該箇所ではじめに、内にあるべき精神が外にひかれてしまうことが原因で安定を得られない俗人の状態について述べている。

①夫趨舎行偽者、為精求于外也。精有湫盡、而行無窮極、則滑心濁神、而惑亂其本矣。其所守者不定、於外淫於世俗之風、所断者差跌[*24]、而内以濁其清明。是故躊躇以終、而不得須臾恬淡矣。（夫《そ》れ趨舎《すうしゃ》の行《おこな》い偽《いつわ》るは、精《せい》外《そと》に求《もと》むるを為《な》せばなり。精《せい》湫盡《しゅうじん》すること有《あ》りて、行《おこな》い窮極《きゅうきょく》無《な》くんば、則《すなわ》ち心《しん》を滑《みだ》し神《しん》を濁《にご》して、其《そ》の本《もと》を惑亂《わくらん》す。其《そ》の守《まも》る所《ところ》の者《もの》定《さだ》まらずして、外《そと》に世俗《せぞく》の風《かぜ》に淫《いん》し、断《だん》ずる所《ところ》の者《もの》差跌《さてつ》して、内《うち》に以《もっ》て其《そ》の清明《せいめい》を濁《にご》す。是《こ》の故《ゆえ》に躊躇《ちゅうちょ》して以《もっ》て終《お》わりて、須臾《しゅゆ》も恬淡《てんたん》たるを得《え》ず。）

（出処進退などの行動に実がないのは、精神が外にひかれているからだ。精神が尽き果ててしまい、行動に限度がなくなると、心が乱れ神が濁って、根が混乱する。内に守るべき精神が安定せず、外の世俗の風に乱され、断ち切るべきことがうまく断ち切れないため、内の清明さが濁る。そのためくよくよと思い悩んで一生を過ごし、少しの間も安らぐことができないのだ。）

そして次に、この俗人と比較して、「聖人」がいかに優れた存在であるかを説く。

②是故聖人内修道術、而不外飾仁義、不知耳目之宜、[25]而游于精神之和。若然者、下揆三泉、上尋九天、横廓六合、揲貫万物。此聖人之游也。（是《こ》の故《ゆえ》に聖人《せいじん》は内《うち》に道術《どうじゅつ》を修《おさ》めて、外《そと》に仁義《じんぎ》を飾《かざ》らず、耳目《じもく》の宜《ぎ》を知《し》らずして、精神《せいしん》の和《わ》に游《あそ》ぶ。然《しか》るが若《ごと》き者《もの》は、下《した》は三泉《さんせん》を揆《はか》り、上《うえ》は九天《きゅうてん》を尋《たず》ね、六合《りくごう》に横廓《おうかく》して、万物《ばんぶつ》を揲貫《せっかん》す。此《こ》れ聖人《せいじん》の游《ゆう》なり。）

（それゆえ、聖人は内に道術を修得し、外を仁義で飾ることなく、耳目による情報の便宜を知らず、精神が調和した境地に至る。このような人物は、下は地下の三泉までをも察し、上は九重の天までをも尋ね、世界中に広がり、万物一つ一つに通暁する。これが聖人の遊である。）

①の文章において俗人が「外《そと》に世俗《せぞく》の風《かぜ》に淫《いん》し」、「内《うち》に以《もっ》て其《そ》の清明《せいめい》を濁《にご》す」人物であったのに対し、「聖人」は「内《うち》に道術《どうじゅつ》を修《おさ》めて、外《そと》に仁義《じんぎ》を飾《かざ》らず、耳目《じもく》の宜《ぎ》を知《し》らずして、精神《せいしん》の和《わ》に游《あそ》ぶ」、つまり、内を「道」によって整えて、外を仁義などで飾らず、耳目の欲にひかれることもなく、精神の調和に身を委ねる人物であると説明されている。このような人物である「聖人」は、下は地の底を探り、上は天の果てを尋ね、この世の上下四方を我がものとし、万物に通暁できるという。

こうした「聖人」に関する説明の後に、「真人」に関する説明が続く。

③若夫眞人、則動溶于至虚、而游于滅亡之野、騎蜚廉而従敦圄、馳於方外、休乎宇内、燭十日而使風雨、臣雷公、役夸父、妾宓妃、妻織女。天地之間、何足以留其志。是故虚無者道之舎、平易者道之素。（夫《か》の眞人《しんじん》の若《ごと》きは、則《すなわ》ち至虚《しきょ》に動溶《どうよう》して、滅亡《めつぼう》の野《や》に游《あそ》び、蜚廉《ひれん》に騎《の》りて敦圄《とんぎょ》を従《したが》え、方外《ほうがい》に馳《は》せて、宇内《うだい》

に休《いこ》い、十日《じゅうじつ》を燭《しょく》として風雨《ふうう》を使《つかい》とし、雷公《らいこう》を臣《しん》として、夸父《こほ》を役《えき》とし、宓妃《ふくひ》を妾《しょう》として、織女《しょくじょ》を妻《つま》とす。天地《てんち》の間《かん》、何《なん》ぞ以《もっ》て其《そ》の志《こころざし》を留《とど》むるに足《た》らんや。是《こ》の故《ゆえ》に虚無《きょむ》は道《みち》の舎《しゃ》、平易《へいい》は道《みち》の素《そ》なり。）

（真人に至っては、至虚の世界、虚無の境地を歩き回り、神獣の蜚廉《ひれん》に乗り、敦圄《とんぎょ》を従えて、世界の外を駆け回り、またこの世界の中にもどって休む。十個の太陽を灯火とし、風雨を使者とし、雷の神である雷公を臣下とし、仙人の夸父《こほ》を使役し、宓妃《ふくひ》を侍女とし、織女を妻とする。天地の間にある何者も、その意志を遮《さえぎ》ることはできない。それゆえ、虚無は道の居場所であり、平易は道のもとなのだ。）

ここでの「真人」の描写には、風雨や雷公、夸父といった神々を使役しながらおこなう遊行の様子が使われているが、これは「離騒」の天界遊行モティーフを継承したものであると考えられる。

また、宓妃や織女を妾や妻にするといった表現には、第5章で見た、「離騒」の主人公が宓妃・有娀の佚女・有虞の二姚といった伝説上の女性たちに求婚しようとする「求女」の場面の影響があると考えられる。

②の「下《した》は三泉《さんせん》を揆り、上《うえ》は九天《きゅうてん》を尋《たず》ね、六合《りくごう》に横廓《おうかく》して、万物《ばんぶつ》を揲貫《せっかん》す」る聖人の游も天界遊行の一形態であると見なすことができるであろうが、この③の記述は「離騒」に似た、より具体性を伴った表現によって幻想的に描かれており、何者もその意志を阻むことができないという「真人」の超越性がよりわかりやすく、強調されて述べられていると言えよう。

(2)『淮南子』における聖人と真人

以上のように俶真篇の文章では、「聖人」と「真人」はいずれも俗人と対照的な理想人として描かれていた。では、「聖人」と「真人」の間にはいかなる差異が存在するのだろうか。③の「真人」との関連において現れる天界遊行モティーフの性格をより明確にするためにも、この点は重要であると思われるため、ここで確認しておきたい。

『淮南子』における「真人」と「聖人」について、金谷治は次のように述べる。

　真人は最高の理想人には相違ないが、ほとんど精神の高みの象徴ともいえるような、あまり現実性のない観念的空想的な存在であった。…この人々（矢田注：『淮南子』の作者たち）にとっては、恐らく、真人は実践上の実際的な目標ではなかったであろう。それは、精神の高みの象徴、道そのものの擬人化であったとみられる。…聖人、これもまた道や天の立場を中心とする。けれども、真人が道の世界に入りきっているのに対して、聖人は道を守りながら現実の人事を忘れない。聖人自身が、現実世界のなかで俗人たちとたちまじって生活する肉身の人間であるからには、いかに道を体得したところで、しょせんは事の立場を離れられない道理であった。[*26]

　本性があるがままに道と完全に一致しているのが真人であった（精神篇）。聖人もまたこれに準ずる。そして、聖人が実践性を帯びた現実的な目標であるのに対して、真人は精神の高みの象徴として、しばしば仙人に近い風貌で描かれている。それは「未だ始めよりその宗を出でず」（覧冥篇）という境地に沈潜して、そのことによって天界を駆けめぐる精神の自由を得たものであった。[*27]

金谷によれば、『淮南子』において「聖人」は実践上の現実的な目標であるが、「真人」は観念的な理想像であって実際的な目標ではないという。しかしながら、先に見た俶真篇の文章②に「下《した》は三泉《さんせん》を揆《はか》り、上《うえ》は九《きゅう》天《てん》を尋《たず》ね、六合《りくごう》に横廓《おうかく》して、万物《ばんぶつ》を揲貫《せっかん》す」とあることからもわかるように、「聖人」が常に現実的な存在として描写されているわけではない。「聖人」が「真人」と同じく観念的な言葉で表現されている箇所も存在する。たとえば原道篇では、「道」と一体化することを表す「造化者《ぞうかしゃ》と人《ともがら》と爲《な》る（與造化者爲人）[28]」という言葉が「聖人」に対して用いられている。

故聖人不以人滑天、不以欲乱情、不謀而當、不言而信、不慮而得、不為而成。精通于霊府、與造化者為人。（故《ゆえ》に聖人《せいじん》は人《ひと》を以《もっ》て天《てん》を滑《みだ》さず、欲《よく》を以《もっ》て情《じょう》を乱《みだ》さず、謀《はか》らずして當《あ》たり、言《い》わずして信《しん》ぜられ、慮《おも》わずして得《え》、為《な》さずして成《な》る。精《せい》は霊府《れいふ》に通《つう》じ、造化者《ぞうかしゃ》と人《ともがら》と為《な》る。）

そして、これと同じ言葉が俶真篇では「真人」に対して使われている。

若夫神無所掩、心無所載、通洞條達、恬漠無事、無所凝滞、虚寂以待、勢利不能誘也、辯者不能説、聲色不能淫也[29]、美者不能濫也、知者不能動也、勇者不能恐也。此眞人之道也。若然者、陶冶萬物、與造化者為人。天地之間、宇宙之内、莫能夭遏。（若《も》し夫《そ》れ神《しん》は掩《おお》わるる所《ところ》無《な》く、心《しん》は載《の》する所《ところ》無《な》く、通洞條達《つうどうじょうたつ》し、恬漠無事《てんばくぶじ》にして、凝滞《ぎょうたい》する所《ところ》無《な》く、虚寂《きょせき》にして以《もっ》て待《ま》てば、勢利《せいり》も誘《さそ》うこと能《あた》わず、辯者《べんしゃ》も説《と》くこと能《あた》わず、聲色《せいしょく》も淫《みだ》すこと能《あた》わず、美者《びしゃ》も濫《みだ》すこと能《あた》わず、知者《ちしゃ》も動《うご》かすこと能《あた》わず、勇者《ゆうしゃ》も恐《おそ》れしむること能《あた》わざるなり。此《こ》れ眞人《しんじん》の道《みち》なり。然《しか》るが若《ごと》き者《もの》は、萬物《ばんぶつ》を陶冶《とうや》し、造化者《ぞうかしゃ》と人《ともがら》と為《な》る）

また俶務篇では、世俗に煩わされることのない「聖人」の自由な境地が「塵埃《じんあい》の外《そと》に彷徉《ほうよう》（彷徉於塵埃之外）」するという言葉で表される。

君子有能精搖摩監、砥礪其才、自試神明、覽物之博、通物之壅、觀始卒之端、見無外之境、以逍遙・佯於塵埃之外、超然獨立、卓然離世。此聖人之所以游心[30]如此。（君子《くんし》は能《よ》く精搖摩監《せいようまかん》し、其《そ》の才《さい》を砥礪《とれい》し、自《みずか》ら神明《しんめい》を試《こころ》み、物《もの》の博《ひろ》きを覽《み》、物《もの》の壅《ふさ》がるるに通《つう》じ、始卒《しそつ》の端《たん》を觀《み》、無外《むがい》の境《きょう》を見《み》て、以《もっ》て逍遙《しょうよう》して塵埃《じんあい》の外《そと》に仿佯《ほうよう》し、超然《ちょうぜん》として獨《ひと》り立《た》ち、卓然《たくぜん》として世《よ》を離《はな》るる有《あ》り。此《こ》れ聖人《せいじん》の心《しん》を游《あそ》ばしむる所以《ゆえん》は此《か》くの如《ごと》し。）

そして、これとほぼ同じ表現が精神篇においては「真人」の境地を表す言葉として使われているのである。

所謂眞人者、性合于道也。故有而若無、實而若虚、処其　、不知其二、治其内、不識其外。明白太素、無為復樸、體本抱神、以游于天地之樊。芒然仿佯于塵垢之外、而消搖于無事之業。（所謂《いわゆ》る眞人《しんじん》とは、性《せい》道《みち》に合《がっ》するなり。故《ゆえ》に有《あ》るも無《な》きが若《ごと》く、實《み》つるも虚《むな》しきが若《ごと》く、其《そ》の一《いち》に処《お》りて、其《そ》の二《に》を知《し》らず、其《そ》の内《うち》を治《おさ》めて、其《そ》の外《そと》を識《し》らず。明白《めいはく》にして太素《たいそ》、無為《むい》にして樸《ぼく》に復《かえ》り、本《もと》を體《たい》して神《しん》を抱《いだ》き、以《もっ》て天地《てんち》の樊《はて》に游《あそ》ぶ。芒然《ぼうぜん》として塵垢《じんこう》の外《そと》に仿佯《ほうよう》して、無事《ぶじ》の業《ぎょう》に消搖《しょうよう》す。）

こうした例を見る限り、『淮南子』において「真人」と「聖人」の間で明確な使い分けはされていないように思われる。

ただし、金谷も触れていることであるが、上掲した俶眞篇の③の後には、以下に挙げる④と⑤の文章が続いており、⑤の中には、「真人」を「聖人」と区別し、より上位に位置づける表現が含まれている。

④夫人之事其神、而嬈其精、營慧然而有求於外、此皆失其神明、而離其宅也。是故凍者假兼衣丁春、而暍者望冷風于秋。夫有病於内者、必有色於外矣。夫梣木已青翳[*31]、而贏蠡瘉燭睆[*32]、此者治目之藥也。人無故求此物者、必有蔽其明者。（夫《そ》れ人《ひと》の其《そ》の神《しん》を事《つと》めて、其《そ》の精《せい》を嬈《みだ》し、營慧然《えいけいぜん》として外《そと》に求《もと》むること有るは、此《こ》れ皆《みな》其《そ》の神明《しんめい》を失《うしな》いて、其《そ》の宅《たく》を離《はな》るるなり。是《こ》の故《ゆえ》に凍者《とうしゃ》は兼衣《けんい》を春《はる》に假《か》り、暍者《えつしゃ》は冷風《れいふう》を秋《あき》に望《のぞ》む。夫《そ》れ内《うち》に病《やまい》有《あ》る者《もの》は、必《かな》らず外《そと》に色《いろ》有《あ》り。夫《そ》れ梣木《しんぼく》は青翳《せいえい》を已《い》やし、贏蠡《られい》は燭睆《しょっかん》を瘉《い》やす、此《こ》の者《もの》は目《め》を治《なお》すの藥《くすり》なり。人《ひと》故《ゆえ》無《な》くして此《こ》の物《もの》を求《もと》むれば、必《かな》らず其《そ》の明《めい》を蔽《おお》う者《もの》有《あ》り。）

（そもそも人が心を砕いて精神を乱し、あくせくと外の世界に働きかけるのは、すべて神明を失ってその根本から離れてしまっているからである。それゆえ、凍える人は春になっても重ね着をしたいと思い、暑気あたりになった人は秋になっても涼しい風が吹くことを願う。内に病があれば必ず外に表れる。梣木《しんぼく》は緑内障を治し、蠃蠡《られい》は白内障を治す。これらは眼病を治す薬である。しかし、人が病もないのにこれらを求めて使えば、必ず失明する者が出るのである。）

⑤聖人之所以駭天下者、眞人未嘗過焉。賢人之所以矯世俗者、聖人未嘗觀焉。夫牛蹏之涔、無尺之鯉、塊阜之山、無丈之材。所以然者何也。皆其營宇狹小、而不能容巨大也。又況乎以無裏之者邪。此其爲山淵之勢亦遠矣。（聖人《せいじん》の天下《てんか》を駭《おどろ》かす所以《ゆえん》の者《もの》、眞人《しんじん》は未《いま》だ嘗《かつ》て過《よ》ぎらず。賢人《けんじん》の世俗《せぞく》を矯《た》むる所以《ゆえん》の者《もの》、聖人《せいじん》は未《いま》だ嘗《かつ》て觀《み》ず。夫《そ》れ牛蹏《ぎゅうてい》の涔《しん》に、尺《せき》の鯉《り》無《な》く、塊阜《かいふ》の山《やま》に、丈《じょう》の材《ざい》無《な》し。然《しか》るが所以《ゆえん》の者《もの》は何《なん》ぞや。皆《みな》其《そ》の營宇狹小《えいうきょうしょう》にして、巨大《きょだい》を容《い》るること能《あた》わざればなり。又《ま》た況《いわ》んや裏《つつ》むこと無《な》きの者《もの》を以《もっ》てするをや。此《こ》れ其《そ》の山淵《さんえん》の勢爲《せいた》るも亦《ま》た遠《とお》し。）

（聖人が天下を揺り動かす方法に、真人は興味を持たない。賢人が世俗を矯正する方法に、聖人は目もくれない。そもそも牛の蹄の跡にできる水たまりには、一尺ほどもある鯉は住めず、塊阜《かいふ》山のような小山には、一丈ほどもある樹木は生えない。それはなぜか。すみかとなる場所が狭小で、巨大なものを容れる余地がないからである。ましてや、包み込むことができないほど大きなものはなおさらで、山や淵がどれほど大きく深くても足りないのである。）

確かに⑤では、「聖人」が天下を揺り動かす方法に「真人」は興味を持たない、と言っているように、「真人」と「聖人」がはっきりと区別され、「真人」の方が「聖人」よりも貴ばれている。

しかし詳細に見てみると、この⑤は、前後の文章と趣旨を異にしている。先に見たように、①から③の文章は、俗人と「聖人」、「真人」の描写を通して、内なる精神を安定させる「養性」の重要性を説くものであり、それに続く④も同じ趣旨の下に展開されている。精神が内に安定せず外にひかれてしまうと、凍えた人が春になっても暖かい衣服を欲しがり、暑気あたりの人が秋になっても冷風を求めるように、外界の事物を過度に求めるようになる。すると、病でもない人が眼病の薬を用いると失明してしまうように、本来有していた能力までも損なわれてしまうのだという。このように④は、具体的な喩えを用いて「養性」の重要性を説く。ところが⑤では話題が一転している。「賢人」が世俗を矯正する手段に「聖人」は関心が無く、「聖人」が天下を揺り動かす手段に「真人」は関心がないとして、「真人」「聖人」「賢人」のスケールの違いについて述べているのである。そして⑤の後には次のような文章が続く。

⑥夫人之拘於世也、必形繫而神泄。故不免於虛。使我可係羈者、必其命有在於外也。[*33]（夫《そ》れ人《ひと》の世《よ》に拘《かか》わるや、必《かな》らず形《かたち》は繫《つな》がれて神《しん》は泄《も》る。故《ゆえ》に虛《きょ》に免《まぬが》れず。我《われ》をして係羈《けいき》すべからしむるは、必《かな》らず其《そ》の命《めい》外《そと》に在《あ》る有《あ》ればなり。）

（人が世の中に関わっていると、必ず身体は繫がれて精神は散逸してしまう。それゆえ虚脱の病になってしまうのだ。自分自身が束縛されるのは、その命が外界に引かれてしまっているからだ。）

つまり⑥では、①から④で展開されていた、外物にとらわれて心身が損なわれることに対する戒め、すなわち「養性」の重要性へと話題が引き戻されているのである。したがって「養性」を説く①から⑥の一連の文章の中で、⑤だけが趣旨を異にしているように思われる。それはなぜだろうか。

実は⑤については、これとよく似た文章が『荘子』外物篇に見える。

聖人之所以駴天下、神人未嘗過而問焉。賢人所以駴世、聖人未嘗過而問焉。君子所以駴國、賢人未嘗過而問焉。小人所以合時、君子未嘗過而問焉。（聖人《せいじん》の天下《てんか》を駴《いまし》む所以《ゆえん》は、神人未《しんじんいま》だ嘗《かつ》て過《よ》ぎりて問《と》わず。君子《くんし》の國《くに》を駴《いまし》む所以《ゆえん》は、賢人未《けんじんいま》だ嘗《かつ》て過《よ》ぎりて問《と》わず。賢人《けんじん》の世《よ》を駴《いまし》む所以《ゆえん》は、聖人未《せいじんいま》だ嘗《かつ》て過《よ》ぎりて問《と》わず。小人《しょうじん》の時《とき》に合《がっ》する所以《ゆえん》は、君子未《くんしいま》だ嘗《かつ》て過《よ》ぎりて問《と》わず。）

俶真篇では「真人」「聖人」「賢人」となっていた序列が、『荘子』外物篇では「神人」「聖人」「賢人」「君子」「小人」となっているものの、表現の類似は一見して明らかであり、『淮南子』が『荘子』の文章を取り入れたのではないかと思われる。[*34]

加えて『淮南子』各篇に、論旨や用語の点から、混乱や錯簡の疑われる箇所が多く含まれることは、金谷治をはじめ先学の指摘するところである。[*35]

思うに⑤は、②③に「聖人」と「真人」という語が続けて現れていることに影響され、論旨に関係なく『荘子』外物篇の文章に拠って挟み込まれたものなのではないだろうか。試みに⑤を取り去ってみると、俶真篇の一連の文章は、「養性」の重要性を説くものとして無理なく解することができるのである。

以上のことから考えるに、『淮南子』においては、理想人を描く際に、「聖人」と「真人」の明確な使い分けがなされていないと言えよう。したがってここでは、『淮南子』俶真篇における「聖人」と「真人」の間に本質的な区別はなく、どちらも究極の理想的人物像を示すものであるという前提に立って考察を進めたい。

（3）俶真篇の理想人像

俗人、「聖人」、「真人」の三者について前掲①②③のように対比的に説明する方法は、俶真篇の中で次のように繰り返されている。

①'精神以越於外、而事復返之、是失之於本、而求之於末也。外内无府、而欲與物接、弊其玄光、而求知之于耳目、是釋其炤炤、而道其冥冥也。是之謂失道。（精神以《せいしんすで》に外《そと》に越《ち》りて、事《おさ》めて復《ま》た之《こ》れを返《かえ》さんとするは、是《こ》れ之《こ》れを本《もと》に失《うしな》いて、之《こ》れを末《すえ》に求《もと》むるなり。外内《がいない》に府《ふ》无《な》くして、欲《よく》　物《もの》と接《せっ》し、其《そ》の玄光《げんこう》を弊《やぶ》りて、之《こ》れを知《し》るを耳目《じもく》に求《もと》むるは、是《こ》れ其《そ》の炤炤《しょうしょう》たるを釋《す》てて、其《そ》の冥冥《めいめい》たるを道《みち》とするなり。是《こ》れを之《こ》れ道《みち》を失《うしな》うと謂《い》う。）

（精神が外に散ってしまっていながら、またそれを内に返そうとするのは、根本で失ったものを末端で取り戻そうとするようなものである。外にも内にも精神の宿る宅がなく、欲が赴くままに物と接し、心の内にある光を損なって、耳目によって物事を知ろうとするのは、光を捨てて闇に従うようなものである。これが道を失うということである。）

精神が外物にひかれて散ってしまっている俗人は、「道を失」った状態であるから、いくら聴覚や視覚を駆使しても無駄だと述べている。そしてこの後、「聖人」の優れたさまが列挙される。

②'心有所至、而神喟然在之、反之於虛、則消鑠滅息。此聖人之游也。故古之治天下也、必達乎性命之情。其擧錯未必同也、其合於道一也。…夫聖人量腹而食、度形而衣、節於己而已。貪汚之心、奚由生哉。故能有天下者、必無以天下為也。能有名譽者、必無以趨行求者也。聖人有所于達、達則嗜慾之心外矣。（心《こころ》至《いた》らんとする所《ところ》有《あ》るも、神《しん》　喟然《きぜん》として之《こ》れに在《あ》り、之《こ》れを虛《きょ》に反《かえ》せば、則《すなわ》ち消鑠滅息《しょうしゃくめっそく》す。此《こ》れ聖人《せいじん》の游《ゆう》なり。故《ゆえ》に古《いにしえ》の天下《てんか》を治《おさ》むるや、必《かな》らず性命《せいめい》の情《じょう》に達《たっ》す。其《そ》の擧錯《きょそ》は未《いま》だ必《かな》らずしも同《おな》じからざれども、其《そ》の道《みち》に合《がっ》するは一《いっ》なり。…夫《そ》れ聖人《せいじん》は腹《はら》を量《はか》りて食《く》らい、形《かたち》を度《はか》りて衣《き》、己《おのれ》に節《せっ》するのみ。貪汚《たんお》の

心《こころ》、奚《なに》に由《よ》りてか生《しょう》ぜん。故《ゆえ》に能《よ》く天下《てんか》を有《たも》つ者《もの》は、必《かな》らず天下《てんか》を以《もっ》て為《な》すこと無《な》きなり。能《よ》く名譽《めいよ》を有《たも》つ者《もの》は、必《かな》らず趨行《すうこう》を以《もっ》て求《もと》むること無《な》き者《もの》なり。聖人《せいじん》は達《たっ》するに所有《ところあ》り、達《たっ》すれば則《すなわ》ち嗜欲《しよく》の心《こころ》は外《そと》なり。）

（心が外物に向かおうとしても、精神が嘆息して内に留まり、心を虚無に引き戻せば、心に生じた欲は消滅する。これが聖人の游である。それゆえ、昔、聖人が天下を治めたときには、必ず生まれつきのあり方にしたがったのである。その立ち居振る舞いは必ずしもみな同じではなかったが、道に合しているという点では一致していた。…聖人は、腹の状態をはかって食事をし、身体の状態をはかって衣服を身に着けるなど、自分自身の状態をわきまえている。欲深くいやしい気持ちなどどうして生じようか。それゆえ、天下を保つことができる者は、決して天下に対して何か特別な事をしようとはしない。名誉を保つことができるものは、決して何かせせこましいことをして名誉を求めようとはしない。聖人はしかるべき境地に達しているのであり、そこに達すれば欲の心を外に閉め出すことができるのである。）

「聖人」は俗人と異なり、精神が外にひかれて散ることはない。だから天下を治めた古の聖人たちは皆、そうした「性命の情（生まれつきの自然なあり方）」に通暁していたのであり、挙措はそれぞれ異なっていても、道に合するという点では一致していたのだという。

注意しておきたいのは、ここでは「聖人」の姿がそのまま古の統治者に重ね合わされているということである。「聖人」は、腹の状態に合わせて食べ、身体の状態に合わせて衣服をまとう。このように生まれつきの自然なあり方を保てば、欲深くいやしい心が生じることもない。それゆえ天下を治める者は、天下に対して何事かを為そうという欲望を持たず、名誉を保つ者は、せせこましい行動によって名誉を得ようとはしないという。

つまり、「聖人」は内なる精神を安定させる「養性」を遂げた理想的な人物であると同時に、天下を治める理想の統治者として説明されているのである。

この後、儒家や墨家の門人たちが仁義の術によって世の中を導こうとしたものの、「性命の情」に達していなかったためにそれが叶わなかったことを挙げ、論は「真人」の説明に移る。

③若夫神無所掩、心無所載、通洞條達、恬漠無事、無所凝滞、虚寂以待、勢利不能誘也、辯者不能説、聲色不能淫也、美者不能濫也、智者不能動也、勇者不能恐也。此眞人之道也。若然者、陶冶萬物、與造化者爲人。天地之間、宇宙之内、莫能夭遏。夫生生者[36]不死、而化物者不化。神經於驪山・太行、而不能難、入於四海・九江、而不能濡、處小隘而不塞、横扃天地之間而不窕。不通此者、雖目數千羊之群、耳分八風之調、足蹀陽阿之舞、而手會緑水之趨、智絡天地[37]、明照日月、辯解連環、辭潤玉石[38]、猶無益於治天下也。（若《も》し夫《そ》れ神《しん》は掩《おお》わるる所無《ところな》く、心《しん》は載《こと》とする所無《ところな》く、通洞條達《つうどうじょうたつ》し、恬漠無事《てんばくぶじ》にして、凝滞《ぎょうたい》する所無《ところな》く、虚寂《きょせき》にして以《もっ》て待《ま》たば、勢利《せいり》も誘《いざな》うこと能《あた》わず、辯者《べんしゃ》も説《と》くこと能《あた》わず、聲色《せいしょく》も淫《みだ》すこと能《あた》わず、美者《びしゃ》も濫《みだ》すこと能《あた》わず、智者《ちしゃ》も動《うご》かすこと能《あた》わず、勇者《ゆうしゃ》も恐《おそ》れしむること能《あた》わざるなり。此《こ》れ眞人《しんじん》の道《みち》なり。然《しか》るが若《ごと》き者《しゃ》は、萬物《ばんぶつ》を陶冶《とうや》し、造化者《ぞうかしゃ》と人《ともがら》と爲《な》る。天地《てんち》の間《かん》、宇宙《うちゅう》の内《うち》、能《よ》く大遏《ようあつ》するもの莫《な》し。夫《そ》れ生《せい》を生《しょう》ずる者《もの》は死《し》せず、物《もの》を化《か》す者《もの》は化《か》せず。神《しん》は驪山《りざん》・太行《たいこう》を經《ふ》れども、難《なや》ますこと能《あた》わず、四海《しかい》・九江《きゅうこう》に入《い》れども、濡《ぬ》らすこと能《あた》わず、小隘《しょうあい》に處《お》れども塞《ふさ》がらず、天地《てんち》の間《かん》に横扃《おうけい》すれども窕《くつ》ろがず。此《こ》こに通《つう》ぜざる者《もの》は、目《め》は千羊《せんよう》の群《む》れを數《かぞ》え、耳《みみ》は八風《はちふう》の調《しら》べを分《わ》かち、足《あし》は陽阿《ようあ》の舞《まい》を蹀《ふ》みて、手《て》は緑水《りょくすい》の趨《すう》に會《あ》い、智《ち》は天地《てんち》を絡《つつ》み、明《めい》は日月《じつげつ》を照《て》らし、辯《べん》は連環《れんかん》を解《と》き、辭《じ》は玉石《ぎょくせき》よりも潤《うるお》おうと雖《いえど》も、猶《な》お天下《てんか》を治《おさ》むるに益無《えきな》きなり。）

（精神が覆われることなく、心が何かを為そうとせず、奥深く隅々までに通暁し、落ち着き安らかで無為で、何にもとらわれることなく、からっぽの状態でいるならば、権勢や利益に誘惑されることなく、巧みな弁舌に説得されることなく、音楽や女色に誘惑されることなく、美人に心乱されることなく、智者に唆《そそのか》されることなく、勇者に脅《おど》かされることもない。これが真人の道である。このような者は、万物を陶《とう》冶《や》し、造化者である道の仲間となる。天地の間、宇宙の内で彼の邪魔をすることができるものは何もない。生を生ずる者は死ぬことがなく、物を変化させる者は変化することがない。その精神は驪《り》山《ざん》や太行山《たいこうざん》の険しい道を行くとしても困難を感じず、四海九江に入ったとしても濡れることがなく、小さな隙間に入ったとしてもいっぱいになることがなく、天地の間に横たわったとしてもくつろぐことがない。この境地に達しない者は、たとえ千匹の羊の群れを数えられるほどよく目が見え、八風の音楽の調べを聞き分けるほど耳がよく、古の有名な舞者である陽阿《ようあ》の舞いを舞い、緑水の曲に合わせて舞うことができるほどの手足を持ち、天地のような無限の知識を持ち、日月のような明察さを持ち、知恵の輪を解くような明快な弁舌を持ち、磨いた宝石のような言葉を発するとしても、天下を治めるには役に立たないのである。）

「真人」は「道」と一体化した人物とされ、その性格は「道」のそれに重なる。したがって、勢利にも巧みな言葉にも心を動かされず、美しい音楽にも美女にも惑わされず、知恵者にも唆されず勇者にも脅かされない存在であり、彼を阻むものはこの世に何一つ存在しない。そして、このように「真人」の特長を並べ立てた後、この「真人」の域に達しない者は、いくら優れた能力を有しているとしても、天下を治めるのには無益であるという。

つまり②で見た「聖人」の場合と同様、「真人」もまた統治者の目指すべき窮極の理想像とされているのである。

以上のことから、俶真篇において「聖人」と「真人」はどちらも「養性」を完成した統治者の理想像とされているのであり、その点では両者の間に差異がないことが分かる。では、そうであるにもかかわらず、両者を分けて説明しているのはなぜだろうか。

内なる精神を安定させた人物は、「道」の働きを体得している。だからこそ道が万物を統治するように、天下を治めることができる、というのが俶真篇の一連の文章における主張であり、②と②'の「聖人」の境地はそれを説明するものである。これだけでは「道」の働きを体得した人物の超越性を表現しきれていないと考えたのではないか。しかし俶真篇の作者は、『淮南子』の中で何度も繰り返し様々な方法で説明しようと試みられていることからも分かるように、簡単な言葉では表しきれないのが「道」の働きだからである。そこで俶真篇の作者は、③や③'のように様々な喩えを用いて「道」を体得した人物の説明を試みたのであり、その一つが③に見える天界遊行モティーフの使用であったと思われる。風雨や神々を使役しながら遊行し、伝説の神女を妾や妻に迎えるといった幻想的な表現は、時間や空間の枠を超えた「道」の無限性を体得する人物を描写するために用いられていると考えられるのである。

4　『淮南子』の天界遊行モティーフ

ここまで、『淮南子』の諸篇に見える天界遊行モティーフがどのような文脈の中に現れているのかということについて検討してきた。その結果をまとめると次のようになるだろう。

『淮南子』原道篇・覧冥篇には、馬車の運転を統治の喩えとして用いながら『老子』の思想に基づく「無為の治」を説く文章が含まれている。そして天界遊行モティーフは、その「無為の治」を実現する理想的な統治者の超越性を表すために取り入れられたものであった。

俶真篇は、本性を守る「養性」の重要性を繰り返し説き、「養性」によって本性が「道」と一致した人物こそ、「道」が万物を統べるが如く天下を治めることができるのだと述べる。そして天界遊行モティーフは、「養性」によって「道」と一体化した理想的統治者の無限性を表現するために用いられていた。

これら三篇に見える天界遊行モティーフに共通しているのは、いずれも理想的な統治者について説明する文脈の中に現れているという点である。それでは『淮南子』が理想的な統治者を描写するに当たって、このモティーフを繰り返し使用していることには、何か必然性があるのだろうか。

『韓非子《かんぴし》』十過篇《じっかへん》には、音楽が統治者を誤らせた例として、濮上《ぼくじょう》の音の物語を載せるが、その中に、清角《せいかく》の音楽を聴きたがる晋《しん》の平公《へいこう》を師曠《しこう》が次のように制する場面がある。

師曠曰、不可。昔者黄帝合鬼神於泰山之上、駕象車而六蛟龍、畢方並鎋、蚩尤居前、風伯進掃、雨師洒道、虎狼在前、鬼神在後、騰蛇伏地、鳳皇覆上。大合鬼神、作爲清角。今主君徳薄、不足聽之。聽之將恐有敗。[39]（師曠曰《しこういわ》く、不可《ふか》なり。昔《むかし》 黄帝《こうてい》は鬼神《きじん》を泰山《たいざん》の上《うえ》に合《あつ》め、象車《ぞうしゃ》に駕《が》して蛟龍《こうりゅう》を六《りく》とし、畢方《ひっぽう》 鎋《かつ》に並《なら》び、蚩尤《しゆう》 前《まえ》に居《お》り、風伯《ふうはく》 進《すす》みて掃《はら》い、雨師《うし》 道《みち》に洒《そそ》ぎ、虎狼《ころう》 前《まえ》に在《あ》り、鬼神《きじん》 後《うしろ》に在《あ》り、騰蛇《とうだ》 地《ち》に伏《ふ》し、鳳皇《ほうおう》 上《うえ》に覆《おお》う。大《おお》いに鬼神《きじん》を合《あつ》めて、清角《せいかく》を作爲《つく》る。今《いま》 主君《しゅくん》は徳薄《とくうす》く、之《こ》れを聴《き》くに足《た》らず。之《こ》れを聴《き》かば将《は》た恐《おそ》らくは敗有《はいあ》らんと。）

（師曠《しこう》は次のように言った。「なりません。昔、黄帝は泰山の上に鬼神を集め、象牙でできた車に乗って六匹の蛟竜に引かせ、火炎の神である畢方《ひっぽう》が車の横木に並び、戦いの神である蚩尤《しゆう》が隊列の前におり、風の神である風伯《ふうはく》が進み出て道を清め、雨の神である雨師《うし》が道に水をまき、虎狼が前に、鬼神が後ろにおり、神蛇が地に伏せ、鳳凰が上を飛ぶという状態でした。黄帝はそのように多くの鬼神を集めて、清角を作りました。今、主君は徳が薄いため、清角を聴く資格がありません。聴けばきっと災いが起こるでしょう。」）

ここでは、黄帝が鬼神を泰山に集める様子が、「離騒」のものによく似た天界遊行モティーフによって表されている。

また、淮南王劉安とほぼ同時代に生きた司馬相如の「大人賦」は、『淮南子』と同じく武帝に奉られたものとされているが、そこにも同様の天界遊行モティーフが使われている。

使五帝先導兮　　五帝《ごてい》をして先導《せんどう》せしめ
反太一而從陵陽　　太一《たいいつ》を反《かえ》して陵陽《りょうよう》を従《したが》う
左玄冥而右含靁兮　　玄冥《げんめい》を左《ひだり》にして含靁《がんらい》を右《みぎ》にし
前陸離而後潏湟　　陸離《りくり》を前《まえ》にして潏湟《いっこう》を後《うしろ》にす
廝征伯僑而役羨門兮　　征伯僑《せいはくきょう》を廝《めしつかい》として羨門《せんもん》を役《えき》し
屬岐伯使尚方　　岐伯《きはく》に屬《しょく》して方《ほう》を尚《つかさど》らしむ
祝融驚而蹕御兮　　祝融《しゅくゆう》は驚《けい》して蹕御《ひつぎょ》し
清雰氣而後行　　雰氣《ふんき》を清《きよ》めて而《しか》る後《のち》に行《ゆ》く

（五帝に命じて隊列を先導させ、太一神を帰して仙人の陵陽《りょうよう》をしたがえる。水の神である玄冥《げんめい》を左《ひだり》に、同じく水の神である含霊《がんらい》を右《みぎ》にし、陸離神《りくり》を前《まえ》に濔湟神《いっこう》を後《うしろ》にしたがえる。仙人の征伯僑《せいはくきょう》や羨門《せんもん》を召使いとして使役し、医術の神である岐伯《きはく》に命じて薬の処方を担当させる。祝融《しゅくゆう》は先払いをし、大気を清めてから進んでいく。）

そして前章で見たように、ここで天界遊行をおこなう主人公「大人」は、天子を喩えた人物であると思われ、したがって「大人賦」において天界遊行モティーフは、皇帝の超越性を表すために使われていると考えられるのである。

こうした『韓非子』十過篇や「大人賦」の例に鑑みるに、神々を使役しながらおこなう天界遊行のモティーフは、王者の超越性を描写する有効な表現方法として、戦国末頃から前漢にかけて多用されていたのではないかと推測される。

『淮南子』原道篇・覧冥篇の天界遊行モティーフは、「無為の治」を実現する理想の統治者を描写するために用いられていた。また俶真篇の天界遊行モティーフは、「道」と一体化した理想的統治者を表現していた。『淮南子』においてもまた、天界遊行モティーフは統治者すなわち王者を描き出す手段として使われていると考えられるのである。

5　天界遊行モティーフと道家思想の融合

ところで、理想的な人物の描写に天界遊行を用いる手法は『荘子《そうじ》』内篇《ないへん》にも見られる。たとえば逍遥遊篇《しょうようゆうへん》では、何者にも頼らず、それゆえ何者にも束縛されない理想的な存在について、風に頼らなければならない列《れっ》子《し》の遊行と比較しつつ、天界遊行表現を用いて述べている。

夫列子御風而行、冷然善也。旬有五日而後反。彼於致福者、未數數然也。此雖免乎行、猶有所待者也。若夫乗天地之正、而御六氣之辯、以遊無窮者、彼且惡乎待哉。(夫《そ》れ列子《れっし》は風《かぜ》に御《ぎょ》して行《ゆ》き、冷然《れいぜん》として善《よ》きなり。旬有五日《じゅんゆうごじつ》にして而《しか》る後《のち》に反《かえ》る。彼《か》れ福《ふく》を致《いた》す者《もの》に於《お》いて、未《いま》だ數數然《そくそくぜん》たらざるなり。此《こ》れ行《こう》に免《まぬが》ると雖《いえど》も、猶《な》お待《ま》つ所有《ところあ》る者《もの》なり。若《も》し夫《そ》れ天地《てんち》の正《せい》に乗《の》りて、六氣《りくき》の辯《べん》に御《ぎょ》し、以《もっ》て無窮《むきゅう》に遊《あそ》ぶ者《もの》は、彼《か》れ且《ま》た惡《なに》をか待《ま》たんや。)

(逍遙遊篇)

逍遙遊篇にはまた、藐姑射《はこや》の神人について述べた次のような文章も見えている。

藐姑射之山、有神人居焉。肌膚若冰雪、淖約若處子。不食五穀、吸風飲露、乗雲氣、御飛龍、而遊乎四海之外。(藐姑射《はこや》の山《やま》に、神人《しんじん》の居《お》る有《あ》り。肌膚《きふ》は冰雪《ひょうせつ》の若《ごと》く、淖約《しゃくやく》たること處子《しょし》の若《ごと》し。五穀《ごこく》を食《く》らわず、風《かぜ》を吸《す》い露《つゆ》を飲《の》み、雲氣《うんき》に乗《の》り、飛龍《ひりゅう》に御《ぎょ》して、四海《しかい》の外《そと》に遊《あそ》ぶ。)

(逍遙遊篇)

これは、狭隘な世俗的知識によっては計り知ることができない神人の存在を、天界遊行によって表現したものであると判断されよう。

人間世界の相対的価値判断を否定する斉物論篇にも、天界遊行表現を使った文章が次のように見える。

至人神矣。大澤焚、而不能熱、河漢沍而不能寒、疾雷破山、風振海、而不能驚。若然者、乗雲氣、騎日月、而遊乎四海之外。死生無變於己。而況利害之端乎。(至人《しじん》は神《しん》なり。大澤焚《だいたくや》くとも熱《あつ》からしむること能《あた》わず、河漢沍《かかんこお》るとも寒《さむ》からしむること能《あた》わず、疾雷《しつらい》山《やま》を破《やぶ》り、風《かぜ》海《うみ》を振《うご》かすとも、驚《おどろ》かしむること能《あた》わず。然《しか》るが若《ごと》き者《もの》は、雲氣《うんき》に乗《の》り、日月《じつげつ》に騎《の》りて、四海《しかい》の外《そと》に遊《あそ》ぶ。死生《しせい》も己《おのれ》を變《か》うること無《な》し。而《しか》るを況《いわ》んや利害《りがい》の端《たん》をや。)

(斉物論篇)

これは、相対的価値判断とは無縁な「至人」が、いかに自由な存在であるかを、天界遊行を用いて表したものであろう。

以上に挙げた「六氣《りくき》の辯《べん》に御《ぎょ》し」て「無窮《むきゅう》に遊《あそ》ぶ」、「雲氣《うんき》に乗《の》り」て「四海《しかい》の外《そと》に遊《あそ》ぶ」といった天界遊行表現はいずれも、個人的処世術を説く『荘子』内篇において、世俗的な価値判断を脱却した人間の理想的な状態を描写するために用いられたものであると判断される。つまり人間個々に対して、世俗的価値観を離れた処世術を勧めるものであって、そこには、『淮南子』のように統治論に関わるような政治的要素は見られない。これらも天界遊行の一形態であるには違いないが、神々や神獣を従える「離騒」の天界遊行のようなきらびやかさは見られず、その点において『淮南子』の天界遊行との差は歴然としている。

『淮南子』が『荘子』内篇から天界遊行表現を用いて道家的理想人を表す手法を継承しているのは確かであろう。しかし『淮南子』の描こうとする理想人は、『荘子』内篇の理想人とは異なっていた。本章で見てきたように、『淮南子』が理想とするのは「無為の治」や「養性」によって統治をおこなう道家的統治者であった。

そしてそうした思考は、個人的処世術を説く『荘子』内篇ではなく、荘子後学の手になる『荘子』外・雑篇と共通するものである。[*40]『文選』李善注の引用によれば、『淮南子荘子后解』や『淮南王荘子略要』といった書物が存在したことが確認でき、[*41]淮南国において荘子学派の活動が盛んにおこなわれていたことがうかがえる。[*42]『淮南子』が『荘子』外・雑篇に通ずる思想内容を持つのは、そうした事情を反映してのことであろう。『淮南子』は『荘子』内篇から、天界遊行を用いて理想人を描く手法を継承するとともに、そこに王者をイメージさせる、神々を従えた豪奢な天界遊行モティーフを取り入れて融合させることで、『荘子』外・雑篇に見えるような道家的統治者の理想像を描写する独自の表現を創出しようとしたのである。

おわりに

本章では『淮南子』の文章に見える天界遊行モティーフを取り上げ、それがどのような文脈に現れているのかを読み解くことによって、このモティーフと前漢初期における道家思想との結びつきについて明らかにすることを試みた。

『淮南子』において天界遊行モティーフは、「無為の治」や「養性」によって天下を治める道家的統治者の理想像を効果的に表現する役割を担っている。こうした手法は、世俗的価値観から脱却した理想人を描く『荘子』内篇の天界遊行表現と、「離騒」に代表されるような、神々を従えた豪奢な天界遊行とを融合させることによって生み出されたと考えられる。そして『淮南子』が「離騒」の天界遊行を取り入れたのは、それが王者をイメージさせるものであり、超越的な道家的統治者を表出するのに相応しいと判断したためであると思われる。

本章の考察結果に鑑みれば、『淮南子』の編纂に関わった淮南王劉安やその賓客たちが、「離騒」を忠臣屈原の悲劇の物語としてとらえていたとは考えにくい。なぜなら、『淮南子』の中で理想の統治者を描写する手段として、屈原の悲劇的な最期を想起させる天界遊行モティーフを用いる可能性は低いと思われるからである。したがって彼らは「離騒」を、本書第五章までの考察から導き出したように、自ら王者たらんとする者の英雄叙事詩的な作品としてとらえていたのではないかと想像される。「離騒」をそのように解釈していたからこそ、彼らは、天界遊行モティーフが王者のイメージを表現する手段として効果的であることを利用し、『淮南子』の中で理想的統治者を描く際にこのモティーフを取り入れたのであろう。そして、そうだとするならば、

「離騒」を楚の忠臣屈原の悲劇としてとらえる読みは、『淮南子』が作られた当時、まだ広くはおこなわれていなかったと考えることができよう。

以上のように本書第1部では、屈原を主人公・作者とする伝統的な「離騒」解釈から離れ、シャーマニズム論を適用した近年の解釈を再検討した後、特にその天界遊行表現に着目して、新たな解釈の可能性を探ってきた。その結果、自ら王者たらんとする人物を主人公とする英雄叙事詩的作品として「離騒」をとらえることができるのではないかという結論に到り、さらに「大人賦」や『淮南子』など、前漢期の詩文を傍証として、そうした読みが実際におこなわれていた可能性を指摘した。

前漢期にそうした解釈がおこなわれていたとするならば、次に考えなければならないのは、なぜそのような作品として読まれていた「離騒」が、屈原という人物と密接な関係を持つようになり、「悲劇の忠臣」というイメージに沿った楚辞解釈が生まれたのかということであろう。

そこで本書第2部では、屈原像の形成と、それが楚辞作品と結びつきながらどのように変容していったのかということについて論じていくことにしたい。

＊1　初、安入朝、獻所作内篇新出、上愛秘之。使爲離騒傳、旦受詔、日食時上。（引用は百衲本二十四史『漢書』による）。

＊2　金谷治『秦漢思想史研究』（日本学術振興会、一九六〇年）、「第五章『淮南子』の研究」、「第一節　淮南子とその時代」440頁、楠山春樹『淮南子』上巻（明治書院、一九七九年）「解題」11頁、谷口洋「『淮南子』の文辞について——漢初における諸学の統合と漢賦の成立——」（『日本中国学会報』第47集、一九九五年）など。

＊3　以下、本章における『淮南子』の引用は『四部叢刊』本による。なお、劉文典撰『淮南鴻烈集解』（中華書局、一九八九年）、何

寧『淮南子集釈』（中華書局、一九九八年）の引く諸説にしたがって改めた箇所については、その都度注記する。

*4 底本は「埃風」に作る。王夫之・姜亮夫の説にしたがい改めた。

*5 底本は「乗雲車、入雲蜺」とする。王念孫の説にしたがい改めた。

*6 底本は「扶搖抮抱羊角而上」とする。兪樾の説にしたがい改めた。

*7 底本は「勁策利識」とする。王念孫の説にしたがい改めた。

*8 高誘注には「馮夷、河伯也、華陰潼郷隄首里人、服八石、得水仙」とある。

*9 以下、本章における「大人賦」の引用は百衲本二十四史『史記』司馬相如列伝による。

*10 胡克家本『李善注文選』巻三十四。

*11 底本は「四支不動」とする。王念孫の説にしたがい改めた。

*12 底本は「秉其要歸之趣」とする。王念孫の説にしたがい改めた。

*13 胡適『中国中古思想史長篇』（華東師範大学出版社、一九九六年）第四章「道家」、金谷治『淮南子の思想―老荘的世界―』（講談社学術文庫、一九九二年）242－243頁、初出は『老荘的統一――『淮南子』の思想――』（平楽寺書店、一九五九年）。

*14 御を治の比喩として使用する手法は、諸子百家の言説にしばしば見られるが、その使われ方は諸家により異なる。たとえば『荀子』哀公篇では、政治の根本は民を安んじることであると説明するために、馬と輿を比喩として用いる。

馬駭輿、則君子不安輿。庶人駭政、則君子不安位。馬駭輿、則莫若静之、庶人駭政、則莫若恵之。

また『韓非子』姦劫弑臣篇では、鞭や轡がなければ名御者造父でも馬を操ることができないように、権勢や賞罰が備わらなければ堯・舜でも国を治めることはできないと述べる。

無棰策之威、銜橛之備、雖造父不能以服馬。無規矩之法、縄墨之端、雖王爾不能以成方圓。無威嚴之勢、賞罰之法、雖堯舜不能以爲治。

*15 「日入落棠」は「夕入落棠」または「暮入落棠」の誤りか。

*16 高誘注には「鉗且得仙道、升居昆侖山。」とある。

*17 以下、本章における『荘子』の引用は『四部叢刊』本による。

*18 逵吉按、荘子大宗師篇「堪坏襲昆侖」、陸德明釋文云、堪坏、神人、人面獸形。淮南作欽負。是唐本鉗且作欽負也。字形近、故誤耳。（『諸子集成』所収荘逵吉本『淮南子』）

*19 古の名御者による轡銜を施した御と、轡銜を施さない超人的な御を対比させ、後者の方を優れたものとする言説は、一九七二年に山東省臨沂の銀雀山漢墓から出土した「唐勒」賦残簡にも見られる。山東省博物館臨沂文物組「山東臨沂西漢墓発現《孫子兵

法》和《孫臏兵法》等竹簡的簡報」(『文物』一九七四年第2期)によれば、この残簡の出土した墳墓は、副葬品などから前140年から前118年の間に埋葬されたものと推定されるという。したがってこうした言説は、黄老道をはじめとした道家思想を中心とする当時の政治状況を背景として広くおこなわれており、『淮南子』覧冥篇はそれを取り入れたのではないかと推測される。なお、このことについては、呉九龍釈『銀雀山漢簡釋文』(文物出版社、一九八五年)、湯漳平「論唐勒賦残簡」(『文物』一九九〇年第4期)、譚家健「《唐勒》賦残篇考釈及其他」(『文学遺産』一九九〇年第2期)を参照されたい。

*20 底本は「光暉重萬物」とする。王念孫の説にしたがい改めた。

*21 底本は「服駕應龍」とする。王念孫の説にしたがい改めた。

*22 底本は「援絶瑞」とする。王念孫の説にしたがい改めた。

*23 底本は「黄雲絡」とする。陶方琦、兪樾の説にしたがい改めた。

*24 底本は「所斷差跌者」に作る。向宗魯の説にしたがい改めた。

*25 底本は「耳目之宣」に作る。兪樾の説にしたがい改めた。

*26 注13前掲書　金谷治『淮南子の思想―老荘的世界―』226－227頁。

*27 金谷治中国思想論集中巻『儒家思想と道家思想』(平河出版社、一九九七年)、「第二部　道家の思想」、「三　荘子の思想」346頁(初出は、金谷治『荘子』第三冊「付録―荘周のその後―」岩波文庫、一九八二年)。

*28 高誘注は「爲、治也」とし、「造化者と人を爲む」と解するが、王引之は「人」を「偶」の意味に解する。王念孫『読書雑志』淮南内篇に見える王引之の説によれば、漢代に「相い人偶す」の語が存在したこと、『淮南子』原道篇に「與造化者倶」、本経篇に「與造化者相雌雄」、斉俗篇に「上與神明爲友、下與造化爲人」とあること、また本経篇の「與造化者相雌雄」を『文子』下徳篇では「與造化者爲人」と作っていることなどから、この「與造化者爲人」の「人」は「偶」と同義であるという。今、この説にしたがう。

*29 底本は「不能淫」に作る。『諸子集成』所収荘逵吉本『淮南子』にしたがい改めた。

*30 底本は「所以詩心」に作る。『諸子集成』所収荘逵吉本『淮南子』にしたがい改めた。

*31 底本は「色青翳」に作る。王引之の説にしたがい改めた。

*32 底本は「贏瘉蝸睆」に作る。王引之の説にしたがい改めた。

*33 底本は「必其有命在於外也」に作る。王念孫の説にしたがい改めた。

*34 楠山春樹「淮南子より見たる荘子の成立」(『Philosophia』41、一九六一年)は、『荘子』と『淮南子』の本文を比較して、『淮南子』が『荘子』に拠っていることを確認した論考であるが、その中で『淮南子』俶真篇の当該箇所を『荘子』外物篇の文章と

比較し、外物篇では「真人」ではなく「神人」となっていることを指摘している。そして「真人という語が比較的に晩出である、と考えられることから推すと、この場合、淮南子が荘子を採って、神を真と改めた、と解することが妥当であろう」と述べる。

*35　注13前掲書　金谷治『淮南子の思想—老荘的世界—』100－115頁。

*36　底本は「化生者」に作る。兪樾の説にしたがい改めた。

*37　底本は「智終天地」に作る。劉文典の説にしたがい改めた。

*38　底本は「澤潤玉石」に作る。王念孫の説にしたがい改めた。

*39　引用は『四部叢刊』本による。

*40　『荘子』外・雑篇に政治への強い志向が見えることについては、注27前掲書、「第二部　道家の思想」、「三　荘子の思想」（初出は、金谷治『荘子』第二冊「解説」、岩波文庫、一九七五年）に言及がある。

*41　胡克家本『李善注文選』巻二十六　謝霊運「入華子崗、是麻源第三谷」、巻三十一　江文通「雑体詩（許徴君）」、巻六十　任彦昇「斉竟陵文宣王行状」の注に「淮南王荘子略要曰…」と、巻四十五　陶淵明「帰去来」の注に「淮南子要略曰…」とある。また巻三十五張景陽「七命」の注に「淮南子荘子略要曰…」とある。

*42　注13前掲書　金谷治『淮南子の思想—老荘的世界—』121頁。

第2部　悲劇の忠臣──屈原像の形成──

第2部では、『史記』屈原伝が著されて以降、特に「離騒」と強く結びつけられることで誕生した「悲劇の忠臣」屈原像が、さらに別の楚辞作品や王逸『楚辞章句』の注釈と融合することで変容し、その悲劇性を増していくさまを見ていく。

まず第8章においては、王逸『楚辞章句』が登場する以前に、屈原・楚辞作品、特に「離騒」がどのようにとらえられ、どのような評価を受けていたのかという点について、屈原や楚辞作品に言及した文学作品・文章を概観しつつ確認する。

それをふまえた上で、第9章から第11章では、『楚辞』に収録される作品の中から、漢代に作られたものを取り上げ、『史記』屈原伝では未だ不明瞭であった屈原像が、次第に「悲劇の忠臣」屈原という像を明確に結んでいく過程について考察する。

さらに第12章では『楚辞章句』の王逸注を取り上げ、注釈の中で「悲劇の忠臣」屈原というイメージが強調されていくさまを具体例に沿って見ていくとともに、その後の『楚辞』理解にそれがどのような影響を及ぼしていったのかという点について検討したい。

第8章　王逸『楚辞章句』以前の屈原評価

はじめに

本章では、王逸『楚辞章句』が編纂される以前に、人々が屈原や楚辞作品に対してどのようなイメージを持っていたのかを把握するため、屈原や楚辞作品に対する評価を含む詩文の内容を時代順に見ていく[*1]。

なお、以下に示す詩文の作者・著者の生没年は、おおよその目安として『全漢賦校注』[*2]を参考に付したものである。

1　賈誼《かぎ》（前201～前169年）「弔屈原賦《ちょうくつげんふ》」

前漢の賈誼による「弔屈原賦」は、屈原という人物について言及した最も早い例として知られる[*3]。『史記』屈原賈生《かせい》列伝の記述によれば、文帝に仕えて信任を得ていた賈誼が讒言に遭って長沙の地に左遷されることになり、その途上、湘水《しょうすい》を渡る際に屈原の伝説を耳にし、詠んだのが「弔屈原賦」であるという。

賈生既辭往、行聞長沙卑溼、自以壽不得長。又以適去、意不自得。及渡湘水、爲賦以弔屈原。（賈生《かせい》既《すで》に辭《じ》して往《ゆ》き、行《ゆ》くゆく長沙《ちょうさ》の卑溼《ひしつ》なるを聞《き》き、自《みずか》ら以《おも》えらく壽《じゅ》の長《なが》きを得《え》ざらんと。又《ま》た適《たく》を以《もっ》て去《さ》れば、意《い》自得《じとく》せず。湘水《しょうすい》を渡《わた》るに及《およ》び、賦《ふ》を為《つく》りて以《もっ》て屈原《くつげん》を弔《とむら》う。）

「弔屈原賦」は「訊《と》いて曰《いわ》く」[*4]の語を挟んで、前半と後半の二つに大きく分けることができる。その前半部分ではまず、乱世に遭い、自ら汨羅《べきら》に身を沈めたと伝えられる屈原に対し弔文を作ったことが示される。

[*5]恭承嘉恵兮　　恭《うやうや》しく嘉恵《かけい》を承《う》け
俟罪長沙　　罪《つみ》を長沙《ちょうさ》に俟《ま》つ
側聞屈原兮　　側《ほの》かに聞《き》く屈原《くつげん》
自沈汨羅　　自《みずか》ら汨羅《べきら》に沈《しず》めりと
造託湘流兮　　造《いた》りて湘流《しょうりゅう》に託《たく》し
敬弔先生　　敬《つつし》んで先生《せんせい》を弔《とむら》う
遭世罔極兮　　世《よ》の罔極《ぼうきょく》に遭《あ》いて
乃隕厥身　　乃《すなわ》ち厥《そ》の身《み》を隕《おと》せり

（謹んで勅命を承け、長沙に赴任することになった。聞くところによれば、屈原はかつて自ら湘水の支流にある淵、汨羅に身を投げたという。湘水に至り、その流れに託して謹んで先生を弔う。先生は無道の世に生まれ合わせために、命を落としたのだ。）

その後、屈原の生まれ合わせた時代の混乱ぶりが、価値観の顛倒を表す句の連なりによって表現される。

嗚呼哀哉　　嗚呼《ああ》　哀《かな》しいかな
逢時不祥　　時《とき》の不祥《ふしょう》に逢《あ》う
鸞鳳伏竄兮　　鸞鳳《らんほう》は伏《ふ》し竄《かく》れ

鴟梟翺翔
闒茸尊顯兮
讒諛得志
賢聖逆曳兮
方正倒植
世謂伯夷貪兮
謂盗跖廉
莫邪爲頓兮
鉛刀爲銛
于嗟嘿嘿兮
生之無故
斡弃周鼎兮
寶康瓠
騰駕罷牛兮
驂蹇驢
驥垂兩耳兮
服鹽車
章甫薦屨兮

鴟梟《しきょう》は翺翔《こうしょう》す
闒茸《とうじょう》は尊顯《そんけん》にして
讒諛《ざんゆ》は志《こころざし》を得《え》たり
賢聖《けんせい》は逆曳《ぎゃくえい》せられ
方正《ほうせい》は倒植《とうしょく》せらる
世《よ》は伯夷《はくい》を貪《たん》と謂《い》い
盗跖《とうせき》を廉《れん》と謂《い》う
莫邪《ばくや》を頓《にぶ》しと爲《な》し
鉛刀《えんとう》を銛《するど》しと爲《な》す
于嗟《ああ》　嘿嘿《もくもく》たり
生《せい》の故《ゆえ》無《な》きに
周鼎《しゅうてい》を斡《ころが》し弃《す》て
康《むな》しき瓠《ひさご》を寶《たから》とす
罷牛《ひぎゅう》に騰駕《とうが》し
蹇驢《けんろ》を驂《さん》にす
驥《き》は兩耳《りょうじ》を垂《た》れ
鹽車《えんしゃ》に服《ふく》す
章甫《しょうほ》を屨《くつ》に薦《し》けば

漸不可久　　　漸《ようや》く久《ひさ》しくすべからず
嗟苦先生兮　　嗟《ああ》　苦《くる》しきかな先生《せんせい》
獨離此咎　　　獨《ひと》り此《こ》の咎《とが》に離《あ》う

（ああ、悲しいことに、生まれ合わせた時代が良くなかった。神鳥の鸞鳳《らんほう》が姿を隠して、悪鳥のフクロウが羽ばたく。品性下劣な人物が尊ばれて出世し、讒言や諂《へつら》いに長けた人物がのさばっている。賢者や聖人は足を引っ張られ、正しい者は逆さづりにされている。人々は清廉な隠者である伯夷を強欲だとし、盗賊の盗跖《とうせき》を清らかだと言う。名剣莫邪《ばくや》をなまくらだとし、鉛の刀を鋭利だとする。ああ、先生のせいではないのに、黙って甘んじるしかなかった。国宝である周鼎を無造作に捨て去り、空っぽの瓢箪《ひょうたん》を宝物とする。疲れた牛を走らせて、足の不自由な驢馬《ろば》を驂《そえうま》にする。駿馬は両耳を垂れて、塩を積んだ荷車を牽く。冠を靴にして踏みつけにするようでは、そんな世は長続きしないものを。ああ、気の毒な先生は、一人そのような不幸に遭ったのだ。）

以上のように前半部分では、価値観の顛倒した乱世に生まれ合わせた屈原に対する同情の言葉が述べられている。

訊曰　　　　　訊《と》いて曰《いわ》く
已矣　　　　　已《や》んぬるかな
國其莫我知　　國《くに》に其《そ》れ我《われ》を知《し》るもの莫《な》し
獨堙鬱兮　　　獨《ひと》り堙鬱《いんうつ》として

ところが「訊《と》いて曰《いわ》く」以降の後半部分では、一転して屈原の処世を責める調子が露わになるのである。[*6]

其誰語
其《そ》れ誰《たれ》にか語《かた》らん

鳳漂漂其高遰兮
鳳《ほう》は漂漂《ひょうひょう》として其《そ》れ高《たか》く遰《ゆ》き

夫固自縮而遠去
夫《そ》れ固《もと》より自《みずか》ら縮《ひ》きて遠《とお》く去《さ》る

襲九淵之神龍兮
九淵《きゅうえん》を襲《かさ》ぬるの神龍《しんりゅう》は

沕深潜以自珍
沕《ぶつ》として深《ふか》く潜《しず》みて以《もっ》て自《みずか》らを珍《ちん》とす

彌融爚以隠處兮
融爚《ゆうやく》を彌《とお》ざかりて以《もっ》て隠《かく》れ處《お》り

夫豈從螘與蛭螾
夫《そ》れ豈《あ》に螘《ぎ》と蛭螾《しついん》とに從《したが》わんや

所貴聖人之神徳兮
貴《き》とする所《ところ》は聖人《せいじん》の神徳《しんとく》

遠濁世而自藏
濁世《だくせ》を遠《とお》ざかりて自《みずか》ら藏《かく》る

使騏驥可得係羈兮
騏驥《きき》をして係羈《つな》ぐことを得《う》べからしめば

豈云異夫犬羊
豈《あ》に夫《か》の犬羊《けんよう》に異《こと》なると云《い》わんや

般紛紛其離此尤兮
般紛紛《はんぷんぷん》として其《そ》れ此《こ》の尤《とが》に離《あ》うも

亦夫子之辜也
亦《ま》た夫子《ふうし》の辜《つみ》なり

瞝九州而相君兮
九州《きゅうしゅう》を瞝《み》て君《きみ》を相《たす》くれば

何必懐此都也
何《なん》ぞ必《かな》らずしも此《こ》の都《みやこ》を懐《おも》わんや

（問いただして言う。「もうどうしようもない。国には私を知る者が誰もいない」と、一人鬱々として、誰に語ろうと言うのか。鳳凰は高く羽ばたき飛んで、自ら身を引いて遠く去って行くのだ。九淵の奥に潜む神龍は、奥深く身を沈めて自らを尊いものとするのだ。彼らは光から遠ざかって隠れ住み、蟻やミミズと同じところにいることはしない。貴ぶべきは聖人の優れた徳であり、彼らのように濁世から遠ざかって自ら隠れるのだ。いくら優れた駿馬でも、繋がれたままでは、犬や羊と何ら変わらないではないか。あのような禍《わざわい》に巻き込まれたのも、あなた自らが招いた罪なのだ。広く各国を見て、他国の君主に仕えたならば、どうしてこの都に恋々としている必要があっただろうか。）

「鳳」や「神龍」を見倣い、濁世から身を遠ざけるべきであったのにそうしなかったのだから、煩わしいことに巻き込まれて禍に遭ったとはいえ、すべて屈原自身が招いたことである。楚王を見限って他国の王に仕えればよいものを、どうして楚の都に恋々としていたのか、と屈原の処世に対する批判が続く。

そして作品終盤では、濁世において強引に清廉潔白な自己の生き方を貫こうとして命を落とした屈原を、溝の中でその身体を蟻にむしばまれる鱣鱏《てんしん》（チョウザメ）に喩えている。

鳳皇翔于千仞之上兮　　鳳皇《ほうおう》は千仞《せんじん》の上《うえ》を翔《かけ》り
覽德煇焉下之　　德《とく》の煇《かがや》けるを覽《み》て焉《すなわ》ち之《こ》れに下《くだ》るも
見細德之險微兮　　細德《さいとく》の險微《けんび》なるを見《み》れば
搖增翮逝而去之　　增《かさ》なれる翮《はね》を搖《ゆ》らして逝《ゆ》きて之《こ》れを去《さ》る
彼尋常之汙瀆兮　　彼《か》の尋常《じんじょう》の汙瀆《おとく》は
豈能容吞舟之魚　　豈《あ》に能《よ》く吞舟《とんしゅう》の魚《さかな》を容《い》れんや
橫江湖之鱣鱏兮　　江湖《こうこ》に橫《よこ》たわるの鱣鱏《てんしん》も
固將制於蟻螻　　固《もと》より將《まさ》に蟻螻《ぎろう》に制《せい》せられんとす

（鳳凰は遥か上空を飛び、地上に輝く徳を見つけるとそこに舞い降りるが、徳が薄く危険な兆しを見れば、翼を羽ばたかせて去って行く。狭く汚い溝に、どうして舟を飲み込むほどの大魚を容れることができようか。そんなことになれば、川や湖を泳ぐチョウザメも、身動きがとれず蟻にたかられて死んでしまうのだ。）

このように賈誼「弔屈原賦」では、作品前半においては屈原に寄せる同情の言葉が見られるものの、後半にはその処世を非難する厳しい言葉が続いており、屈原に対する批判的な視線が顕著となっていると言える。付け加えて言えば、屈原の名は見えるものの、作品中で賈誼は「離騒」には言及しておらず、語句の引用もない。唯一「已《や》んぬるかな　國《くに》に其《そ》れ我《われ》を知《し》るもの莫《な》し（已矣、國其莫我知）」という句が、「離騒」の乱辞にある「已《や》んぬるかな　國《くに》に人無く我《われ》を知《し》る莫《な》し（已矣哉、國無人莫我知）」をふまえたものである可能性を指摘できるのみである。したがって「弔屈原賦」本文から、屈原と「離騒」との結びつきを明確に読み取ることは難しい。

2　劉安《りゅうあん》（前179～前122）「離騒伝」

「離騒」という作品について初めて言及したのは、淮南王《わいなんおう》劉安である。彼の「離騒伝」は、楚辞作品に付された最初の注釈であると思われるが、原文は早くに失われ、『楚辞章句』に収録された「班孟堅序《はんもうけんじょ》」、および『史記』屈原賈生列伝に、その一部が引用されて残っているのみである。ここでは前者に引用されたもののうち、劉安の言葉であると考えられる箇所に傍線を付して掲げる。

昔在孝武、博覽古文。淮南王安叙離騷傳、以國風好色而不淫、小雅怨悱而不亂、若離騷者、可謂兼之。蟬蛻濁穢之中、浮游塵埃之外、皭然泥而不滓。推此志、雖與日月爭光可也。（昔《むかし》　孝武《こうぶ》に在《あ》りては、博《ひろ》く

古文《こぶん》を覧《み》る。淮南王安《わいなんおうあん》は離騒《りそう》の傳《でん》を叙《の》べて、以《おも》えらく「國風《こくふう》は色《いろ》を好《この》むも淫《みだ》れず、小雅《しょうが》は怨悱《えんぴ》すれども亂《みだ》れず。離騒《りそう》の若《ごと》きは、之《こ》れを兼《か》ぬと謂《い》うべし。濁穢《だくわい》の中《なか》より蟬蛻《せんだつ》し、塵埃《じんあい》の外《そと》に浮游《ふゆう》し、皭然《しゃくぜん》として泥《でい》すれども滓《くろ》まず。此《こ》の志《こころざし》を推《お》せば、日月《じつげつ》と光《ひかり》を争《あらそ》うと雖《いえど》も可《か》なり」と。

（昔、武帝は古い書物を博覧した。淮南王劉安は「離騒伝」を作り次のように述べた。『詩経』の国風の諸篇は、男女の恋愛のことを多く詠うものの、淫らになることがなく、小雅の諸篇は、怨みや誹《そし》りを詠うものの、過度になって乱れることがない。「離騒」はそのどちらをも兼ねていると言える。濁《にご》り穢《けが》れた世の中から抜け出して、塵埃《じんあい》の外を浮遊し、真っ白で泥をかけても黒くならない。その志を発展させていけば、太陽や月と光を争うこともできるだろう」と。）

このうち前半部分において劉安は、『詩経』の国風や大雅・小雅の要素を兼ね備えたものとして「離騒」を高く評価している。そして後半部分では、清らかで黒く染めようとしても染まらない、そのような「志」を極めていけば、太陽や月とその輝きを競うこともできるだろう、と賞賛の言葉を述べている。

しかしながら、文中に屈原の名は見えず、特に後半部分は、屈原について言っているのか、それとも「離騒」の主人公である霊均について言っているのか、あるいは「離騒」という作品そのものについて言っているのか、判然としない。したがって「離騒伝」の文章からも、屈原と「離騒」との結びつきを明確に読み取ることはできない。

3　司馬遷（前145～前86）『史記』屈原賈生列伝

『史記』屈原賈生列伝において司馬遷は、「離騒」を屈原の自伝的作品と見なしており、ここに至って初めて「離騒」という楚辞作品と屈原という人物とを結びつける解釈の存在が明確に示される。

ここではそのうち、両者の評価について述べた部分に波線を付して挙げる。なお、先に見た劉安「離騒伝」の文章と表現が重なる箇所には直線を付し、司馬遷自身の意見と思われる箇所と区別できるようにした。

屈平正道直行、竭忠盡智、以事其君、讒人間之。可謂窮矣。信而見疑、忠而被謗、能無怨乎。屈平之作離騷、蓋自怨生也。國風好色而不淫、小雅怨誹而不亂。若離騷者、可謂兼之矣。上稱帝嚳、下道齊・桓、中述湯・武、以刺世事、明道徳之廣崇、治亂之條貫、靡不畢見。其文約、其辭微、其志潔、其行廉。其稱文小而其指極大、舉類邇而見義遠。其志潔、故其稱物芳。其行廉、故死而不容。自疎、濯淖汙泥之中、蟬蛻於濁穢、以浮游塵埃之外、不獲世之滋垢、皭然泥而不滓者也。推此志也、雖與日月爭光可也。（屈平《くっぺい》は道《みち》を正《ただ》して行《おこな》いを直《ただ》し、忠《ちゅう》を竭《つ》くして智《ち》を盡《つ》くし、以《もっ》て其《そ》の君《きみ》に事《つか》うに、讒人《ざんじん》之《こ》れを間《へだ》つ。窮《きゅう》すと謂《い》うべし。信《しん》にして疑《うたが》われ、忠《ちゅう》にして謗《そし》らるれば、能《よ》く怨《うら》むこと無《な》からんや。屈平《くっぺい》の離騒《りそう》を作《つく》るは、蓋《けだ》し怨《うら》みより生《しょう》ずるならん。國風《こくふう》は色《いろ》を好《この》めども淫《みだ》れず、小雅《しょうが》は怨誹《えんぴ》すれども亂《みだ》れず。離騒《りそう》の若《ごと》きは、之《こ》れを兼《か》ぬと謂《い》うべし。上《うえ》は帝嚳《ていこく》を稱《あ》げ、下《した》は齊桓《せいかん》を道《い》い、中《なか》は湯《とう》・武《ぶ》を述《の》べ、以《もっ》て世事《せし》を刺《そし》り、道徳《どうとく》の廣崇《こうすう》、治亂《ちらん》の條貫《じょうかん》を明《あき》らかにし、畢《ことごと》く見《あら》われざるは靡《な》し。其《そ》の文《ぶん》は約《やく》、其《そ》の辭《じ》は微《び》、其《そ》の志《こころざし》は潔《けつ》、其《そ》の行《おこな》いは廉《れん》なり。其《そ》の文《ぶん》を稱《あ》ぐること小《しょう》にして其《そ》の指《し》は極《きわ》めて大《だい》、類《るい》を舉《あ》ぐること邇《ちか》くして義《ぎ》を見《あら》わすこと遠《とお》し。其《そ》の志《こころざし》は潔《けつ》、故《ゆえ》に其《そ》の物《もの》を稱《あ》ぐること芳《かんば》し。其《そ》の行《おこな》いは廉《れん》、故《ゆえ》に死《し》するも容《い》れず。自《みずか》ら疎《とお》ざきて、汙泥《おでい》の中《なか》に濯淖《たくどう》し、濁穢《だくわい》より蟬蛻《せんだつ》し、以《もっ》て塵埃《じんあい》の外《そと》に浮游《ふゆう》し、世《よ》の滋垢《じこう》を獲《え》ず、皭然《しゃくぜん》として泥《でい》すれども滓《くろ》まざる者《もの》なり。此《こ》の志《こころざし》を推《お》すや、日月《じつげつ》と光《ひかり》を争《あらそ》うと雖《いえど》も可《か》なり。）

（屈平《くっぺい》は道を正して行いを正しくし、忠誠を尽くして智恵を尽くし、君主に仕えたが、讒言によって君主との関係が阻害されてしまった。進退窮まったと言えよう。信頼できる人物であるのに疑われ、忠誠を尽くしているのに誹謗を受けたのであるから、怨みの心を懐くのは当然である。屈平が離騒を作ったのは、おそらくその怨みの気持ちからであろう。『詩経』国風の諸篇は、男女の恋愛のことを多く詠うものの、淫らになることがなく、小雅の諸篇は、怨みや誹りを詠うものの、過度になって乱れることがない。「離騒」はそのどちらをも兼ねていると言える。古くは、帝嚳《ていこく》のことを述べ、近くは齊《せい》の桓公《かんこう》の事績を述べ、中ほどについては、殷の湯《とう》王と周の武《ぶ》王について述べ、それによって時世を批判し、道徳の広く崇高であること、治乱興亡の理等、すべてを明らかにした。その文章は簡潔で、言葉は深遠であり、その志は清潔で、行いは廉直である。わずかな文言で極めて大きな内容を表し、身近な例を挙げて高遠な意味を示す。その志が清潔であるため、様々な物を芳しくうたいあげた。その行いが廉直であるため、間違ったことは死んでも受け入れなかった。自分から遠ざかって、汚泥の中で泥を洗い流し、濁り穢れた世の中から抜け出して、塵埃の外を浮遊し、世の穢れを被ることなく、真っ白で泥をかけても黒くならない。その志を発展させていけば、太陽や月と光を争うこともできるだろう。）

波線部「其《そ》の文《ぶん》は約《やく》、其《そ》の辭《じ》は微《び》、其《そ》の志《こころざし》は潔《けつ》、其《そ》の行《おこな》いは廉《れん》…」に見えるように、ここでは「離騒」という作品に対する評価が、そのまま屈原という人物に対する評価へとスライドされている。「離騒」の文章が簡潔で、用いられた言葉が深遠であることと、屈原の志が清潔で、行いが廉直であることとが直結され、評価されているのである。

しかしその一方、屈原を批判しているように読み取れる以下のような箇所も存在する。

太史公曰、余讀離騒・天問・招魂・哀郢、悲其志、適長沙、觀屈原所自沈淵。未嘗不垂涕想見其為人。及見賈生弔之、又怪、屈原以彼其材、游諸侯、何國不容。而自令若是。（太史公曰《たいしこういわ》く、余《われ》離騒《りそう》・天問《てんもん》・招魂《しょうこん》・哀郢《あいえい》を讀《よ》みて、其《そ》の志《こころざし》を悲《かな》しみ、長沙《ちょうさ》に適《ゆ》きて、屈原《くつげん》の自《みずか》ら沈《しず》む所《ところ》の淵《ふち》を觀《み》る。未《いま》だ嘗《かつ》て涕《なみだ》を垂《た》れて其《そ》の人《ひと》と為《な》りを想見《そうけん》せずんばあらず。賈生《かせい》の之《こ》れを弔《とむら》うを見《み》るに及《およ》び、又《ま》た怪《あや》しむらくは、屈原《くつげん》彼《かれ》の其《そ》の材《ざい》を以《もっ》て、諸侯《しょこう》に游《あそ》ばば、何《いず》れの國《くに》か容《い》れざらん。而《しか》るに自《みずか》ら是《か》くの若《ごと》からしむと。）

（私、太史公は次のように思う。私は「離騒」「天問」「招魂」「哀郢」を読んで、屈原の志を思って悲しみ、長沙に行って、屈原が入水したという淵を見た。その人となりを思うと涙を禁じ得ない。賈誼が屈原を弔った文を読むに及んで、屈原ほどの才能を抱いて、他の諸侯の元に行けば、どこの国でも採用されたであろうにと、自分であのような情況を招いたこと訝《いぶか》しく思った。）

楚王に疎んぜられたとしても、屈原ほどの才能があれば、他国に受け入れられたであろうに、なぜ自ら進んで悲劇的な最期を選んだのかと、先に見た賈誼「弔屈原賦」と同様、その処世に異を唱えているようにも見えるのである。

4　揚雄《ようゆう》（前53～後18）「反離騒《はんりそう》」

『漢書』揚雄伝によれば、揚雄は同じく蜀《しょく》の出身である司馬相如《しばしょうじょ》を尊敬し、賦を作る際の模範としていたが、その司馬相如よりも優れた作品を作った屈原が、世に受け入れられずに入水自殺したことに疑問を覚えた。時の遇不遇は運命であるのに、なぜ自死する必要があったのかと、屈原の死を惜しんだ揚雄は、「離騒」に見える語や表現を用いながら、「離騒」で詠われている事柄に対して、一つ一つ疑問や反論を投げかけるという形式で「反離騒」を作ったという。また、揚雄はこの賦を作り、岷山《びんざん》から江の中に投げ込んで屈原を弔ったとある。

先是時、蜀有司馬相如、作賦甚弘麗温雅。雄心壮之、毎作賦、常擬之以為式。又怪屈原文過相如、至不容、作離騒、自投江而死、悲其文、讀之未嘗不流涕也。以為君子得時則大行、不得則龍蛇。遇・不遇命也。何必湛身哉。廼作書、往往摭離騒文而反之、自岷山投諸江流以弔屈原、名曰反離騒。（是《こ》の時《とき》に先《さき》んじて、蜀《しょく》に司馬相如《しばしょうじょ》有《あ》り、賦《ふ》を作《つく》りて甚《はなは》だ弘麗温雅《こうれいおんが》たり。雄《ゆう》は心《こころ》に之《こ》れを壮《さかん》として、賦《ふ》を作《つく》る毎《ごと》に、常《つね》に之《こ》れに擬《ぎ》して以《もっ》て式《しき》と為《な》す。又《ま》た屈原《くつげん》の文《ぶん》の相如《しょうじょ》に過《す》ぐるも、容《い》れられざるに至《いた》り、「離騒《りそう》」を作《つく》りて、自《みずか》ら江《こう》に投《とう》じて死《し》するを怪《あや》しみ、其《そ》の文《ぶん》を悲《かな》しみ、之《こ》れを讀《よ》みて未《いま》だ嘗《かっ》て涕《なみだ》を流《なが》さずんばあらざるなり。以為《おも》えらく君子《くんし》は時《とき》を得《え》ば則《すなわ》ち大《おお》いに行《おこな》い、得《え》ざれば則《すなわ》ち龍蛇《りゅうだ》のごとくす。遇《ぐう》・不遇《ふぐう》は命《めい》なり。何《なん》ぞ必《かなら》ずしも身《み》を湛《しず》めんやと。廼《すなわ》ち書《しょ》を作《つく》るに、往往《おうおう》にして離騒《りそう》の文《ぶん》を摭《ひろ》いて之《こ》れに反《はん》し、岷山《びんざん》より諸《こ》れを江《こう》の流《なが》れに投《とう》じて以《もっ》て屈原《くつげん》を弔《とむら》い、名《な》づけて「反離騒《はんりそう》」と曰《い》う。）

「反離騒」では、冒頭で「離騒」に倣ってまず揚雄自身の祖先のことから詠い起こし、屈原を楚の「湘纍《しょうるい》」

（無実の罪で湘水に沈んだ者）と呼んで弔いの言葉を述べるとする。

有周氏之蟬嫣兮　有周氏《ゆうしゅうし》の蟬嫣《せんえん》たる
或鼻祖於汾隅　鼻祖《びそ》は汾隅《ふんぐう》に或《あ》り
靈宗初諜伯僑兮　靈宗《れいしゅう》は初《はじ》めて伯僑《はくきょう》を諜《しる》し
流于末之揚侯　末《まつ》の揚侯《ようこう》に流《なが》る
淑周楚之豐烈兮　周《しゅう》・楚《そ》の豐烈《ほうれつ》たるを淑《よ》しとするも
超既離虖皇波　超《ちょう》として既《すで》に皇波《こうは》を離《はな》る
因江潭而洐記兮　江潭《こうたん》に因《よ》りて洐《ゆ》きて記《しる》し
欽弔楚之湘纍　欽《つつし》みて楚《そ》の湘纍《しょうるい》を弔《とむら》う
惟天軌之不辟兮　惟《こ》れ天軌《てんき》は之《こ》れ辟《ひら》かず
何純絜而離紛　何《なん》ぞ純絜《じゅんけつ》にして紛《みだ》れに離《あ》うや
紛纍以其淟涊兮　纍《るい》を紛《みだ》すに其《そ》の淟涊《てんでん》を以《もっ》てし
暗纍以其繽紛　纍《るい》を暗《くら》ましむるに其《そ》の繽紛《ひんぷん》たるを以《もっ》てす

（連綿と続く有周氏、その鼻祖は汾水のほとりに起こった。尊い祖先としては伯僑《はくきょう》を初めて記録し、末流は揚侯《ようこう》に至る。周・楚の豊かな功績は素晴らしいものであるが、すでにその大きな波から遠ざかって久しい。長江のほとりに赴いてこの弔文を記し、謹んで楚の湘纍を弔う。天の道は開かれず、彼は高潔でありながら禍に遭ったのだ。紛乱によって湘纍を穢《けが》し、その輝きを損なってしまった。）

ここでは、高潔でありながら不運によって禍に遭った屈原に同情を寄せている。

しかし、この後の部分には賈誼「弔屈原賦」の場合と同様に、屈原の処世に対する批判が列挙される。たとえば「弔屈原賦」にも見えた次のような鳥獣による比喩が見える。

鳳皇翔於蓬渚兮　　鳳皇《ほうおう》　蓬渚《ほうしょ》に翔《か》くれば
豈駕鵞之能捷　　豈《あ》に駕鵞《がが》のごとく能《よ》く捷《はや》からんや
騁驊騮以曲蘜兮　　驊騮《かりゅう》を騁《は》するに曲蘜《きょくかん》を以《もっ》てすれば
驢騾連蹇而齊足　　驢騾《ろら》　連蹇《れんけん》として足《あし》を齊《ひと》しくす

（鳳凰も蓬《よもぎ》の生い茂った渚を翔けるなら、鵞鳥《がちょう》の素早さに及ばない。名馬の驊騮《かりゅう》も、険しい山道を走らせるなら、のろまな驢馬《ろば》や騾馬《らば》と変わらない。）

また、屈原が慎重さを欠き、危険を察知して難を避けることができなかったことを次のように表現している。

枳棘之榛榛兮　　枳棘《しきょく》の榛榛《しんしん》たる
蝯狖擬而不敢下　　蝯狖《えんゆう》　擬《うたが》いて敢《あ》えて下《くだ》らず
靈脩既信椒蘭之唼佞兮　　靈脩《れいしゅう》は既《すで》に椒《しょう》・蘭《らん》の唼佞《しょうねい》を信《しん》ずるに
吾纍忽焉而不蚤睹　　吾《わ》が纍《るい》は忽焉《こつえん》として蚤《つと》に睹《み》ず

（枳《からたち》や棘《いばら》が生い茂っているところには、敏捷な手長猿や尾長猿も降りてこないものだ。霊脩《れいしゅう》（楚の懐王）はすでに椒《しょう》や蘭《らん》といった佞臣《ねいしん》の讒言を信じてしまっていたというのに、我が湘纍は迂闊にもそのことに気づかなかった。）

ここで用いられている「靈脩」という語は「離騒」前半部分に「夫《そ》れ唯《た》だ靈脩《れいしゅう》の故《ゆえ》なり（夫唯靈脩之故也）」「靈脩《れいしゅう》の數《しば》しば化《か》するを傷《いた》む（傷靈脩之數化）」として見えるものであり、『楚辞章句』の王逸注は「靈《れい》は、神《しん》を謂《い》うなり。脩《しゅう》は、遠《とお》きなり。能《よ》く神明《しんめい》にして遠《とお》く見《あら》わるる者《もの》は、君《きみ》の徳《とく》なり。故《ゆえ》に以《もっ》て君《きみ》を喩《たと》う」と、屈原の君主すなわち懐王を指すとする。また「椒・蘭」という語も「離騒」に「余《われ》は蘭《らん》を以《もっ》て恃《たの》むべしと爲《な》すも　恙《あ》あ實《じつ》無《な》くして容長《かたちちょう》ず（余以蘭爲可恃兮　恙無實而容長）」「椒《しょう》は専《もっぱ》ら佞《ねい》にして以《もっ》て慢慆《まんとう》なり（椒専佞以慢慆兮）」と見えるものであり、本来は香草を指す語であるが「離騒」では人に喩えられている。揚雄はそれらを佞臣の喩えとして、もしくは王逸注が「椒《しょう》は、楚《そ》の大夫子椒《たいふししょう》なり」「蘭《らん》は、懐王《かいおう》の少弟《しょうてい》、司馬子蘭《しばしらん》なり」とするように、それぞれ楚の大夫「子椒《ししょう》」と、懐王の末弟「子蘭《しらん》」という人物名として詠み込んでいるようである。

このように「離騒」の語句をそのまま用い、その内容に沿って主人公の行動に疑問や反論を連ねているのが「反離騒」の特徴である。

「離騒」の天界遊行の場面に対応する「反離騒」の箇所を見てみると、たとえば次のような句が見られる。

精瓊靡與秋菊兮　瓊靡《けいび》と秋菊《しゅうぎく》とを精《しら》げ
将以延夫天年　将《まさ》に以《もっ》て夫《か》の天年《てんねん》を延《の》べんとするに
臨汨羅而自隕兮　汨羅《べきら》に臨《のぞ》みて自《みずか》ら隕《お》ち
恐日薄於西山　日《ひ》の西山《せいざん》に薄《せま》るを恐《おそ》る

（細かい玉のくずと秋の菊とを食料とし、寿命を延ばそうとしておきながら、汨羅に自らその身を沈め、しかも太陽が西の山に迫るのを恐れたりしたのだ。）

これは「離騒」の中で長生を願い、時の流れに逆らおうとしながら、入水によって命を絶った屈原の行動が矛盾していることに対する批判である。

費椒稰以要神兮　椒稰《しょうしょ》を費《つい》やして以《もっ》て神《しん》を要《もと》め
又勤索彼瓊茅　又《ま》た勤《つと》めて彼《か》の瓊茅《けいぼう》を索《もと》む
違靈氛而不從兮　靈氛《れいふん》に違《たが》いて從《したが》わず
反湛身於江皐　反《かえ》って身《み》を江皐《こうこう》に湛《しず》む

（香りの良い供物を費やして巫咸《ふかん》の神託を求め、また霊氛《れいふん》の瓊茅《けいぼう》による占いを求めた。結局は霊氛の占いの結果に逆らい、その身を江水に沈めたのだ。）

ここでは、巫咸に神託を求めたり、霊氛に占わせたりするなどしておきながら、その助言に従わずに入水自殺をした屈原の行動の矛盾を責めている。

また、主人公の「求女」に対する次のような批判も見られる。

初纍棄彼虙妃兮　初《はじ》め纍《るい》は彼《か》の虙妃《ふくひ》を棄《す》つるに
更思瑶臺之逸女　更《さら》に瑶臺《ようだい》の逸女《いつじょ》を思《おも》う
抨雄鴆以作媒兮　雄鴆《ゆうちん》をして以《もっ》て媒《ばい》を作《な》さしむれば
何百離而曾不壹耦　何《なん》ぞ百離《ひゃくり》して曾《かつ》て壹耦《いちぐう》せざるや
乘雲蜺之旖旎兮　雲蜺《うんげい》の旖旎《いじ》たるに乘《の》り
望昆侖以樛流　昆侖《こんろん》を望《のぞ》みて以《もっ》て樛流《しゅうりゅう》す
覽四荒而顧懷兮　四荒《しこう》を覽《み》て顧《かえり》み懷《おも》い
奚必云女彼高丘　奚《なん》ぞ必《かな》らずしも女《じょ》を彼《か》の高丘《こうきゅう》に云《い》わん

（初め、湘累は宓妃《ふくひ》を棄て、改めて瑶臺《ようだい》の逸女簡狄《いつじょかんてき》に思いを寄せた。しかし雄の鴆鳥《ちんちょう》に仲立ちをさせたのでは、どうして百に一つもうまくいくことがあろうか。うねうねと曲がりくねる雲や虹に乗り、崑崙山《こんろんざん》を見ながら周流し、四方を見ておきながら、またふり返り、どうしてあの高丘の女に固執したのか。）

そして作品終盤では孔子と比較しながら、汨羅《べきら》に身を投げた屈原を非難している。

昔仲尼之去魯兮　　昔《むかし》　仲尼《ちゅうじ》の魯《ろ》を去《さ》るや
斐斐遅遅而周邁　　斐斐《ひひ》遅遅《ちち》として周邁《しゅうまい》す
終回復於舊都兮　　終《つい》に舊都《きゅうと》に回復《かいふく》すれば
何必湘淵與濤瀬　　何《なん》ぞ必《かな》らずしも湘淵《しょうえん》に濤瀬《とうらい》と與《とも》にせん

（かつて孔子は故郷の魯を去り、諸国を転々とさまよったが、最後には故郷の都に帰ってきた。どうして湘水《しょうすい》の淵で波に身を沈める必要があっただろうか。）

賦を作り、それを水中に投げ入れつつ屈原を弔うという揚雄の一連の行為は、先に見た賈誼の「弔屈原賦」に倣ったものであろう。賦の中で屈原の処世に対する批判を様々な形で列挙する手法もまた、賈誼のそれを踏襲したものであると考えられる。しかし「反離騒」はそれに加え、「離騒」の中の語やモティーフをそのまま用いつつ、主人公を屈原と見なして、その行動の矛盾を指摘・非難するという手法をとっているのである。[*7]

「反離騒」のこうした態度について、朱熹は『楚辞後語』において、揚雄が王莽政権下で禁じられていた符命を作成した疑いをかけられ、投身自殺を図ったことを紹介した後、「其《そ》の出處《しゅっしょ》は大致本末《おおむねほんまつ》　此《か》くの如《ごと》し。豈《あ》に其《そ》れ所謂《いわゆる》龍蛇《りゅうだ》の者《もの》ならんや。然《しか》らば則《すなわ》ち雄《ゆう》は固《もと》より屈原《くつげん》の罪人《ざいにん》為《た》りて、此《こ》の文《ぶん》は乃《すなわ》ち離騒《りそう》の讒賊《さんぞく》なり」と述べる。[*8]「君子《くんし》は時《とき》を得《え》ば則《すなわ》ち大《おお》いに行《おこな》い、得《え》ざれば則《すなわ》ち龍蛇《りゅうだ》のごとくす。遇《ぐう》・不遇《ふぐう》は命《めい》なり。何《なん》ぞ必《かな》らずしも身《み》を湛《しず》めんや」と言って屈原を批判しておきながら、揚雄自身も自殺を図ったではないか、という反論である。そして「離騒」の矛盾を指摘し、屈原の言動を批判する揚雄は、屈原を罪に陥れる人物であり、「離騒」を貶める悪人だと述べ、激しく反発している。この朱熹の言葉からも「反離騒」が屈原と「離騒」に対していかに批判的であるかを読み取ることができよう。

5　班彪《はんぴょう》（3～54年）「悼離騒《とうりそう》」

後漢期における屈原評価としては、まず班彪の「悼離騒」があったと考えられる。[*9]

後漢班彪悼離騒曰　　後漢《ごかん》の班彪《はんぴょう》の「悼離騒《とうりそう》」に曰《い》う
夫華植之有零茂　　夫《そ》れ華植《かしょく》の零茂《れいも》有《あ》るは
故陰陽之度也　　故《もと》より陰陽《いんよう》の度《さだめ》なり
聖哲之有窮達　　聖哲《せいてつ》の窮達《きゅうたつ》有《あ》るも
亦命之故也　　亦《ま》た命《めい》の故《ゆえ》なり
惟達人進止得時　　惟《た》だ達人《たつじん》のみ進止《しんし》するに時《とき》を得《え》て
行以遂伸　　行《おこな》いて以《もっ》て遂《つい》に伸《の》ぶ
否則詘而尺蠖[*10]　　否《ひ》なれば則《すなわ》ち詘《しりぞ》きて尺蠖《しゃくかく》のごとくし
體龍蛇以幽潜　　龍蛇《りゅうだ》を體《たい》して以《もっ》て幽潜《ゆうせん》す

（後漢の班彪の「悼離騒」に次のように言う。植物が萎《しぼ》んだり繁ったりするのは、陰陽によるさだめである。聖哲の人が困窮したり栄達したりするのも、また運命なのだ。ただ達人のみが進退する時を見極めることができ、それに沿って行動し、成功することができる。行動すべき時ではないとなれば、尺取り虫のように身を縮め、龍蛇のように身を潜めて隠れるのである。）

原文は失われ、現在見ることができるのはこの部分のみであるため、作品の全体像は不明である。しかし、現存する箇所を見る限り、「時を得」ることができれば行動を起こし、できなければ、尺取り虫のように身を縮め、龍蛇のように身を潜めるという「達人」の行動が出来なかった屈原に対して、班彪は否定的な見方をしていると言えよう。

6　班固《はんこ》（32〜92年）「離騒経章句序」

王逸『楚辞章句』によれば、後漢当時、淮南王劉安の「離騒伝」以外にも、「離騒」の注釈書として、班固や賈逵《かき》によって書かれた『離騒経章句』が存在したという[*11]。

このうち、班固のものについては、序文のみが『楚辞章句』の中に「班孟堅序」として収録されて残っている。そこには屈原や「離騒」を批判する言葉が多く含まれており、その点について論じた先行研究も数多く存在する[*12]。

班固はまず、劉安「離騒伝」の評価を「斯《こ》の論《ろん》は真《しん》を過《す》ぐるに似《に》たり」として否定し、孔子の言葉を引きながら、君子は己の身を守り、命を大切にすべきである、と主張する。

且君子道窮命矣。故潛龍不見是而無悶。關雎哀周道而不傷。蘧瑗持可懷之智、甯武保如愚之性、咸以全命避害、不受世患。故大雅曰、既明且哲、以保其身。斯爲貴矣。（且《か》つ君子《くんし》の道《みち》窮《きゅう》するは命《めい》なり。故《ゆえ》

に潜龍《せんりゅう》は是《ぜ》とせられざるも悶《もだ》ゆること無《な》し。關雎《かんしょ》は周道《しゅうどう》を哀《かな》しむも傷《やぶ》らず。蘧瑗《きょえん》は懐《ふところ》にすべきの智《ち》を持《も》ち、甯武《ねいぶ》は愚《ぐ》なるが如《ごと》きの性《せい》を保《たも》ち、咸《み》な以《もっ》て命《いのち》を全《まった》くして害《がい》を避《さ》け、世《よ》の患《わざわい》を受《う》けず。故《ゆえ》に大雅《たいが》に曰《いわ》く、「既《すで》に明《めい》にして且《か》つ哲《てつ》なれば、以《もっ》て其《そ》の身《み》を保《たも》つ」と。斯《こ》れ貴《き》爲《た》り。）

立派な人物が不遇に苦しむことがあったとしてもそれは運命である。それゆえ、『周易』の乾・文言伝に孔子が言っているように、有徳の人物は世に認められなくても平気なのである。[13] また孔子が『論語』八佾篇《はちいつへん》で賞賛しているように、『詩経』周南《しゅうなん》の「関雎《かんしょ》」は、周の政治の衰退を哀しんではいるが、そのために心身を傷めるほどではない。[14]

このように班固は、孔子の言説に依拠しながら、不遇を必要以上に哀しむことを戒める。加えて『論語』の言葉を用いて、国に道がおこなわれないときには、蘧伯玉《きょはくぎょく》はその才能を隠し、[15] 甯武子《ねいぶし》は愚者のふりをして身を守った、[16] と具体例を挙げ、また、『詩経』大雅「烝民《じょうみん》」の「既《すで》に明《めい》にして且《か》つ哲《てつ》なれば、以《もっ》て其《そ》の身《み》を保《たも》つ」を引いて、自らの身を保全することの重要性を説く。

班固はこのように前置きした上で、そうした教訓をすべて無視した屈原の言動を、思慮に欠けたものだとして非難するのである。

今若屈原、露才揚已、競乎危國群小之間、以離讒賊。然責數懷王、怨惡椒・蘭、愁神苦思、強非其人、忿懟不容、沈江而死。亦貶清絜・狂狷・景行之士。[17] 多稱崑崙・帝閽・宓妃・虚無之語、皆非法度之政、經義所載。謂之兼詩風雅、而與日月爭光、過矣。（今《いま》 屈原《くつげん》の若《ごと》きは、才《さい》を露《あら》わして己《おのれ》を揚《あ》げ、危國群《きこくぐん》小《しょう》の間《あいだ》に競《きそ》いて、以《もっ》て讒賊《ざんぞく》に離《かか》る。然《しか》るに懐王《かいおう》を責數《せきすう》し、椒《しょう》・蘭《らん》を怨悪《えんお》し、神《しん》を愁《うれ》えしめて思《おも》いを苦《くる》しめ、強《し》いて其《そ》の人《ひと》を非《そし》り、容《い》れられざるを忿懟《ふんつい》して、江《こう》に沈《しず》みて死《し》す。亦《ま》た清絜《せいけつ》・狂狷《きょうけん》・景行《けいこう》の士《し》を貶《おとし》め、多《おお》く崑崙《こんろん》・帝閽《ていこん》・宓妃《ふくひ》・虚無《きょむ》の語《ご》を稱《しょう》す。皆《み》な法度《ほうど》の政《せい》、經義《けいぎ》の載《の》する所《ところ》に非《あら》ず。之《こ》れを詩《し》の風《ふう》・雅《が》を兼《か》ねて日月《じつげつ》と光《ひかり》を争《あらそ》うと謂《い》うは、過《す》ぎたり。）

屈原は、蘧伯玉《きょはくぎょく》や甯武子《ねいぶし》のように才能を隠したり愚者を装ったりするどころか、逆にその才能をひけらかしたために、自ら災難を招いた。そればかりでなく、王や権力者たちを悪《あ》し様《ざま》に言い、勝手に愁い苦しんだ挙げ句、自分が受け容れられないことに憤怒し、投水自殺をしたのだと、班固は屈原の思慮に欠けた言動を非難する。

そして、班固の批判の矛先は続いて「離騒」に向けられる。屈原は「離騒」の中で、潔癖な人やひたすら理想を目指す人、行いの正しい人を貶《おとし》め、崑崙《こんろん》や帝閽《ていこん》、宓妃《ふくひ》といったありもしないものを並べ立てているが、それはとうてい模範となる正しい行為とは言えず、経書《けいしょ》にも載っていないでたらめである。そうであるのに、『詩経』の国風や大雅・小雅を兼ね備えたもので、日月と光を競うことができるなどと言って、淮南王劉安は過分な評価をしている、と班固は論断する。

以上のように、屈原はとても君子とは言えない思慮の浅い人物であり、「離騒」は経書の内容に合わないものだとして、班固は批判の言葉を連ねる。しかし序文の最後の箇所では、「離騒」が修辞的には優れたものであるとし、評価の言葉を述べている。

然其文弘博麗雅、爲辭賦宗。後世莫不斟酌其英華、則象其從容。自宋玉・唐勒・景差之徒、漢興、枚乘・司馬相如・劉向・揚雄、騁極文辭、好而悲之、自謂不能及也。雖非明智之器、可謂妙才者也。（然《しか》るに其《そ》の文《ぶん》は弘博麗雅《こうはくれいが》にして、辭賦《じふ》の宗《そう》爲《た》り。後世《こうせい》 其《そ》の英華《えいが》を斟酌《しんしゃく》し、其《そ》の從容《しょうよう》に則《のっと》り象《かたど》らざるは莫《な》し。宋玉《そうぎょく》・唐勒《とうろく》・景差《けいさ》の徒《と》より、漢《かん》興《おこ》りて、枚乘《ばいじょう》・司馬相如《しばしょうじょ》・劉向《りゅうきょう》・揚雄《ようゆう》、文辭《ぶんじ》を騁極《へいきょく》し、好《この》みて之《こ》れを悲《かな》しみ、自《みずか》ら及《およ》ぶこと能《あた》わずと謂《い》うなり。明智《めいち》の器《うつわ》に非《あら》ずと雖《いえど》も、妙才《みょうさい》の者《もの》と謂《い》うべきなり。）

「離騒」の文自体は優雅で華麗であり、「辞賦の宗」として後世に与えた影響は大きい。戦国期の宋玉・唐勒・景差、漢代の枚乗・司馬相如・劉向・揚雄は、みなその影響を受け、屈原の才能を称えた。それゆえ、屈原は「明智の器」ではないが「妙才の者」であるとは言える。このように班固は、屈原の生き方や制作態度に対しては完全に否定的であるが、「離騒」の修辞が後世の文学に多大な影響を与えたことについては肯定的にとらえているのである。

おわりに

本章では、王逸『楚辞章句』が登場する以前において、屈原や楚辞作品がどのようにとらえられ、どのような評価がなされていたのかを確認した。その結果、最初に屈原の名を文献上に表すことになった前漢の賈誼による「弔屈原賦」をはじめ、『史記』の「屈原賈生列伝」、揚雄「反離騒」、後漢の班固による「離騒経章句序」など、いずれにも屈原及び「離騒」に対する肯定的な意見と否定的な意見とが混在していることが看取された。つまりこの時点においては、万人が手放しで賞賛する「悲劇の忠臣」たる屈原像は、未だ確立されてはいなかったのである。

また、賈誼「弔屈原賦」や劉安「離騒伝」では、未だ不確実なものであった屈原と「離騒」との結びつきが、「屈原賈生列伝」の記述を経て強固なものとなり、揚雄「反離騒」では、「離騒」の中での主人公の言動がそのまま屈原のそれと見なされ、矛盾点の指摘や批判がなされていた。したがって「屈原賈生列伝」において司馬遷が「離騒」を屈原の自伝的作品と見なした上で伝を記したことにより、それ以降、主人公霊均が屈原と完全に同一視された形で人々の間に広まっていったと考えられる。

では漢代当時の、肯定的意見と否定的意見の両方が反映された屈原は、どのような人物として漢代の楚辞作品に登場しているのだろうか。そして、それがどのようにして「悲劇の忠臣」という肯定的な屈原像へと集約されていったのだろうか。次章以降では、そうした視点から、漢代に作られたとされる楚辞作品や『楚辞章句』の王逸注を取り上げ、そこから浮かび上がる屈原像を抽出し、その変容していくさまを追ってみたい。

＊1　屈原および楚辞に関する漢代の評価に関しては、以下のような先行研究が存在する。郭維森「論漢人対屈原的評価」（『求索』一九八四年第4期）、石文英「両漢的『離騒』論争及其延続」（『文史哲』一九八八年第2期）、殷光熹「両漢時期的楚辞評論」（『思想戦線』一九八八年第3期）、尚永亮「東漢対『楚辞』的解読和関于屈原的論争」（『天府新論』二〇〇〇年第3期）、陳桐生「漢代楚辞論争的学術根源」（『雲夢学刊』二〇〇五年第1期）、鄒然・李元江「両漢学者的屈騒批評」（『江西師範大学学報（哲学社会科学版）』（二〇〇六年第4期）、刁生虎「依経立義与主体証悟―漢代屈騒的価値取向与解読方法」（『理論界』二〇〇六年第8期）など。

＊2　費振剛・仇仲謙等校注『全漢賦校注』広東教育出版社、二〇〇五年。

＊3　瀧川亀太郎『史記会注考証』巻二十四「屈原賈生列伝」は「愚按、屈原事跡、先秦諸書絶不録之、始見賈生弔文。史公蓋依淮南離騒傳述之、不探求其顛末、故多與楚辞不合、又與國策不合」と、屈原の名が『史記』所収の賈誼「弔屈原賦」において初めて文献上に現われていることを指摘する。

＊4　「訊」に「きわめ問う」「せめる」の意があることについては、中島千秋『賦の成立と展開』（関洋紙店印刷所、一九六三年）、第二章「説得文学の発達」196頁に詳しい説明がある。

＊5　『史記』屈原賈生列伝は「共」に作る。『漢書』賈誼伝にしたがい改めた。

＊6　「訊曰」以下に、屈原を責問するような厳しい態度が見えることについては、金谷治「賈誼の賦について」（同『秦漢思想史研究』平楽寺書店、一九八一年）に指摘がある。

＊7 浅野通有「漢代の楚辞―「楚辞章句」成立への過程―」（『漢文学会会報』14、一九六八年）はこの点について次のように述べる。
孤高を貫いた屈原の不屈な精神を、揚雄は、むしろその頑迷・狭量を示すものと考えたようである。…かかる態度は、すでに賈誼の弔屈原賦において表明されている。反離騒も、弔屈原賦と同じく屈原を弔っての作であり、その批判的ないいぶりも、結局は屈原の才を惜しみ、死を悼む気持ちから出たものといえるが、弔屈原賦に見られるような、作者の屈原に対する深い同情というものがこの編には見られない。屈原と境遇の似た賈誼と、その去就進退に批判の多い揚雄との相違を示すものといえよう。

＊8 其出處大致本末如此。豈其所謂龍蛇者耶。然則雄固為屈原之罪人、而此文乃離騒之讒賊矣（『楚辞後語』巻二）。

＊9 引用には『芸文類聚』（新興書局、一九七三年）を用いた。

＊10 『芸文類聚』は「坼蠖」に作る。『緯略』巻一「悼騒愍騒」所収のものにしたがい改めた。

＊11 孝章即位、深弘道藝、而班固・賈逵、復以所見、改易前疑、各作離騒經章句、其餘十五巻闕而不説（『楚辞章句』離騒後叙）。

＊12 宮野直也「班固と王逸の屈原評価について」（『九州中国学会報』26号、一九八七年）、玄桂芬「班固論騒評析」（『雲夢学刊』一九九九年第3期）、謝慧英「班固評屈在中国文学発展史上的意義」（『竜岩師専学報』二〇〇〇年第4期）、孫亭玉「対班固〝露才揚己〟説的再認識」（『湖南社会科学』二〇〇一年第3期）、董霊超「従歴史角度重新審定劉安、班固対屈原的評価」（『柳州師専学報』二〇〇六年第1期）、麥棟樑「忠誠之情、懐不能已―論班固的『楚辞』観」（同『霊均余影：古代楚辞学論集』里仁書局、二〇一〇年）など。

＊13 初九日、潛龍勿用、何謂也。子曰、龍德而隱者也。不易乎世、不成乎名、遯世无悶、不見是而无悶。樂則行之、憂則違之。確乎其不可拔、潛龍也（『周易』乾・文言伝）。

＊14 子曰、關雎樂而不淫、哀而不傷（『論語』八佾）。

＊15 君子哉蘧伯玉、邦有道則仕、邦無道則可巻而懐之（『論語』衛霊公）。

＊16 子曰、甯武子、邦有道則知、邦無道則愚。其知可及也、其愚不可及也（『論語』公冶長）。

＊17 底本は「亦貶絜狂狷景行之士」に作る。それにしたがえば、前文に続けて「然るに懐王を責數し、椒・蘭を怨悪し、神を愁えしめて思いを苦しめ、強いて其の人を非り、容れられざるを忿懟して、江に沈みて死すは、亦た貶絜・狂狷・景行の士なり」と読むべきであろう。しかしそのように読んだ場合、「貶絜」という語の用例が他にないため意味が取りにくくなる。そこで湯炳正『楚辞類稿』（巴蜀書社、一九八八年）は、「班固《離騒序》文字有脱誤」の中で、「貶絜」を「貶清潔」の誤りと見なし、当該句を「亦た清絜・狂狷・景行に貶（おと）るの士なり」と解する。一方、小南一郎『楚辞とその注釈者たち』（朋友書店、二〇〇三年）は、第四章「王逸「楚辞章句と楚辞文藝の伝承」（334頁）の

中で「「班孟賢序」の言うところをまとめれば、次のようになるであろう」として、次のような抄訳を載せている。

しかるに屈原は、己の才能を言い立て、不安定な国家情勢の中で、つまらぬ連中と競いあったことから、讒言を被ることになった。しかるに、懐王を責め、権力者たちを憎んで、心を苦しめ、その悪口を言い、自分が容れられないのを憤って、水に身を投げて死んだ。また〔その作品の中で〕義を頑なに守ろうとした人物や人々に仰ぎ見られているような人物たちをおとしめ、さかんに崑崙や神女たちといったありもしないもののことに言及している。これらは、正しいおきてや経書の意義に背くものだ。

これによれば小南は、当該箇所を「離騒」の内容に対して向けられた班固の批判であると解し、「亦た狂狷・景行の士を貶絜し、…」と、前文と分けて読み、解釈しているようである。

小論では、湯・小南の両説を取り入れ、「亦た清絜・狂狷・景行の士を貶め、…」と読むこととする。その理由は、「亦貶清絜・狂狷・景行之士」と、後にある「多稱崑崙・帝闇・宓妃・虚無之語」とが対偶になっているのではないかと考えるからである。加えて、後掲注18で示す湯炳正の指摘のように、『文選』曹植「贈白馬王彪」の李善注には「班固楚辭序曰、帝闇・宓妃・虚無之語」とあることから、「多稱崑崙・帝闇・宓妃・虚無之語」は、本来「多稱帝闇・宓妃・虚無之語」であった可能性がある。そうであるならば、この句が字数の面からも「亦貶清絜・狂狷・景行之士」と対をなしていたという推論を補強することになろう。

＊18　底本は「冥昏」に作り、洪興祖『楚辞補注』（四部備要本）は「冥婚」に作る。注17前掲書、湯炳正『楚辞類稿』の「班固《離騒序》文字有脱誤」は、『文選』曹植「贈白馬王彪」の「苦辛何慮思、天命信可疑。虚無求列仙、松子久吾欺」の李善注に「班固楚辭序曰、帝闇・宓妃・虚無之語」とあることを根拠として、「冥婚」は「帝闇」の誤りであるという。今、この意見にしたがい改める。

第9章　楚辞「卜居《ぼくきょ》」における鄭詹尹《ていせんいん》の台詞をめぐって

はじめに

前章では、王逸『楚辞章句』以前の詩文に見える屈原・楚辞評価について概観し、肯定的なものと否定的なものとが混在していることを確認した。

本章および次章では、『楚辞章句』に収録されている漢代の楚辞作品の中から「卜居《ぼくきょ》」と「漁父《ぎょふ》」を取り上げ、それぞれにおいて屈原がどのような人物として描かれているかということについて考察したい。「卜居」および「漁父」の作者をめぐっては、古くから議論がなされてきた。というのも、両作品は、屈原の手になるものとされる他の楚辞作品とは異なる形式をとっているからである。「卜居」では鄭詹尹《ていせんいん》という占い師と屈原との問答を、「漁父」では一人の漁師と屈原との問答を、いずれも第三者的な視点から語るという形式をとっており、屈原は登場人物の一人として描かれているのである。また特に「漁父」は、ほぼ同じ文章が『史記』屈原賈生列伝の中に、屈原の作品としてではなく、屈原にまつわるエピソードとして採録されている。そのため明代にはすでに、これらを屈原に仮託して作られた後世の作品と見なす意見が現れ[*1]、清代においては崔述《さいじゅつ》が『考古続説《こうこぞくせつ》』巻一「観書余論七則《かんしょよろんしちそく》」で以下のように述べている。

周庾信爲枯樹賦、稱殷仲文爲東陽太守、其篇末云、桓大將軍聞而嘆曰…云云。仲文爲東陽時、桓温之

死久矣。然則作賦者、托古人以暢其言、固不計其年世之符否也。謝惠連之賦雪也、托之相如。謝荘之賦月也、托之曹植。是知假托成文、乃詞人之常事。然則卜居・漁父亦必非屈原之所自作、神女・登徒亦必非宋玉之所自作、明矣。但惠連・荘・信、其時近、其作者之名傳、則人皆知之。卜居・神女之賦、其世遠、其作者之名不傳、則遂以爲屈原・宋玉之所作耳。（周《しゅう》の庾信《ゆしん》 枯樹賦《こじゅふ》を爲《つく》り、殷仲文《いんちゅうぶん》を稱《しょう》して東陽《とうよう》太守《たいしゅ》と爲《な》し、其《そ》の篇末《へんまつ》に云《い》う、桓大將軍《かんだいしょうぐん》 聞《き》きて嘆《たん》じて曰《いわ》く…云云《うんぬん》と。仲文《ちゅうぶん》 東陽《とうよう》爲《た》りし時《とき》、桓温《かんおん》の死《し》するや久《ひさ》し。然《しか》らば則《すなわ》ち賦《ふ》を作《つく》る者《もの》、古人《こじん》に托《たく》して以《もっ》て其《そ》の言《げん》を暢《の》ぶるに、固《もと》より其《そ》の年世《ねんせい》の符《ふ》するや否《いな》やを計《はか》らざるなり。謝惠連《しゃけいれん》の雪《ゆき》を賦《ふ》するや、之《こ》れを相如《そうじょ》に托《たく》す。謝荘《しゃそう》の月《つき》を賦《ふ》するや、之《こ》れを曹植《そうしょく》に托《たく》す。是《こ》れ假托《かたく》して文《ぶん》を成《な》すこと、乃《すなわ》ち詞人《しじん》の常事《じょうじ》なるを知《し》る。然《しか》らば則《すなわ》ち卜居《ぼくきょ》・漁父《ぎょふ》も亦《ま》た必《かな》らず屈原《くつげん》の自《みずか》ら作《つく》る所《ところ》に非《あら》ず、神女《しんじょ》・登徒《とうと》も亦《ま》た必《かな》らず宋玉《そうぎょく》の自《みずか》ら作《つく》る所《ところ》に非《あら》ざること、明《あき》らかなり。但《た》だ惠《けい》連《れん》・荘《そう》・信《しん》は、其《そ》の時近《ときちか》く、其《そ》の作者《さくしゃ》の名傳《なつた》われば、則《すなわ》ち人皆《ひとみ》な之《こ》れを知《し》る。卜居《ぼくきょ》・神女《しんじょ》の賦《ふ》は、其《そ》の世遠《よとお》く、其《そ》の作者《さくしゃ》の名傳《なつた》わらざれば、則《すなわ》ち遂《つい》に以《もっ》て屈原《くつげん》・宋玉《そうぎょく》の作《つく》る所《ところ》と爲《な》すのみ。[*2]）

庾信《ゆしん》が殷仲文《いんちゅうぶん》に仮託して「枯樹賦」を作り、謝惠連《しゃけいれん》が司馬相如《しばしょうじょ》に仮託して「雪賦」を作り、謝荘《しゃそう》が曹植《そうしょく》に仮託して「月賦」を作ったように、有名な人物に仮託して作品を作ることは古くから広くおこなわれていた。「卜居」や「漁父」、「神女賦」や「登徒子好色賦《とうとしこうしょくふ》」も同様に、屈原や宋玉に仮託して作られた作品であって、作られた時代が古いために実作者の名が伝わっていないだけだ、というのである。

後にこの崔述の説をさらに発展させ、「卜居」と「漁父」が屈原の作品ではないことを、論拠を示して証明しようとしたものとして、游国恩《ゆうこくおん》[*3]（一八九九～一九七八）や陸侃如《りくかんじょ》[*4]（一九〇三～一九七八）の意見がある。彼らが示す論拠は以下のようにまとめることができる。

①「卜居」「漁父」ともに、散文と韻文が混在した問答形式で書かれており、他の楚辞作品と大きく異なっている。
②「卜居」「漁父」ともに、冒頭に「屈原既《くつげんすで》に放《はな》たれて…」とあり、第三者の視点から語られている。
③『史記』屈原賈生列伝は、屈原に関するエピソードの一つとして、漁父と屈原の対話を記している。したがって司馬遷は「漁父」を屈原の「作品」とは見なしていなかったことがわかる。

これらの論拠は、いずれも十分に妥当性を備えたものであり、これ以降、日本における楚辞研究では、管見の限り両作品を屈原の作品とする意見は見られない。中国大陸においては、依然として作者を屈原とする意見[*5]がいくつか見られるものの、両作品を屈原よりも後の時代に作られたものと見なす意見が多数を占める。[*6]

ところで、過去の楚辞研究においてはこれまで、『楚辞章句』に収められた作品のうち、どれが屈原の手になるもの、すなわち「屈賦《くつぷ》」であるか、という点を明らかにすることに重きが置かれてきたため、早々に「屈賦」から除外された「卜居」「漁父」の内容自体には、あまり注意が向けられてこなかった。

しかしながら「卜居」や「漁父」を屈原の「作品」としてではなく、屈原という人物を描いた「物語」として読むならば、これらは、ある時期に通行していた屈原像を写し取った「屈原伝説」の一種として、新たな資料的価値を持つことになろう。なぜならそこには、漢代に至るまでの時期に、屈原という人物に対して人々が抱いていたイメージが反映されていると考えられるからである。

本章では、両作品のうち特に「卜居」を取り上げ、その問答形式に注目しながら、従来の解釈を見直すとともに、そこに描かれた屈原像について考察したい。

1　「卜居」の構成

「卜居」の本文全体は、大きく三段に分けることができる。一段目は以下のような、序に当たる文章から成る。

屈原既放、三年、不得復見。竭知盡忠、而蔽鄣於讒。心煩慮亂、不知所從。乃往見太卜鄭詹尹曰、余有所疑、願因先生決之。詹尹乃端策拂龜曰、君將何以教之。（屈原既《くつげんすで》に放《はな》たれて、三年《さんねん》、復《ま》た見《まみ》ゆるを得《え》ず。知《ち》を竭《つ》くし忠《ちゅう》を盡《つ》くすも、讒《ざん》に蔽《おお》い鄣《さえぎ》らる。心《こころ》は煩《わずら》い慮《おも》いは亂《みだ》れて、從《したが》う所《ところ》を知《し》らず。乃《すなわ》ち往《ゆ》きて太卜《たいぼく》鄭詹尹《ていせんいん》を見て曰《いわ》く、「余《われ》　疑《うたが》う所《ところ》有《あ》り、願《ねが》わくは先生《せんせい》に因《よ》りて之《こ》れを決《けっ》せん」と。詹尹乃《せんいんすなわ》ち策《さく》を端《ただ》し龜《き》を拂《はら》いて曰《いわ》く、「君《きみ》　將《まさ》に何《なに》を以《もっ》て之《こ》れに教《おし》えんとするや」と。）

讒言のために放逐されて三年、未だ楚王に謁見することを許されない屈原は、占い師である鄭詹尹《ていせんいん》のもとを訪れる。詹尹は早速、占いの道具である亀策《きさく》を用意し、占うべき内容を屈原に尋ねる。すると屈原は堰《せき》を切ったように自身の思いを吐露しはじめる。これが二段目である。まず「寧《むし》ろ（A）か、將《は》た（B）か」という二者択一式の問いかけを八箇条にわたって行い、（A）と（B）のいずれにしたがったらよいのかと問う。以下に問いごとに❶から❽の番号を付けて掲げる。

屈原曰　　屈原曰く

❶吾寧悃悃款款　　吾《わ》れ寧《むし》ろ悃悃款款《こんこんかんかん》として

朴以忠乎　　朴《ぼく》にして以《もっ》て忠《ちゅう》ならんか

將送往勞來　　將《は》た往《おう》を送《おく》り來《らい》を勞《ねぎら》い

斯無窮乎
❷寧誅鋤草茅
以力耕乎
將游大人
以成名乎
❸寧正言不諱
以危身乎
將從俗富貴
以婾生乎
❹寧超然高舉
以保眞乎
將哫訾栗斯
喔咿儒兒
以事婦人乎
❺寧廉潔正直
以自清乎
將突梯滑稽
如脂如韋

斯《こ》こに窮《きわ》まること無《な》からんか
寧《むし》ろ草茅《そうぼう》を誅鋤《ちゅうじょ》して
以《もっ》て力耕《りきこう》せんか
將《は》た大人《たいじん》に游《あそ》びて
以《もっ》て名《な》を成《な》さんか
寧《むし》ろ正言《せいげん》して諱《い》まず
以《もっ》て身《み》を危《あや》うくせんか
將《は》た俗《ぞく》に從《したが》い富貴《ふうき》にして
以《もっ》て生《せい》を婾《たの》しまんか
寧《むし》ろ超然《ちょうぜん》として高《たか》く舉《あ》がりて
以《もっ》て眞《しん》を保《たも》たんか
將《は》た哫訾栗斯《そくしりつし》
喔咿儒兒《あくいじゅげい》として
以《もっ》て婦人《ふじん》に事《つか》えんか
寧《むし》ろ廉潔正直《れんけつせいちょく》にして
以《もっ》て自《みずか》ら清《きよ》くせんか
將《は》た突梯滑稽《とっていこっけい》
脂《あぶら》の如《ごと》く韋《あし》の如《ごと》くして

以潔楹乎　以《もっ》て潔楹《けつえい》ならんか
❻寧昂昂　寧《むし》ろ昂昂《こうこう》として
若千里之駒乎　千里《せんり》の駒《こま》の若《ごと》くせんか
將氾氾　將《は》た氾氾《はんはん》として
若水中之鳧乎　水中《すいちゅう》の鳧《かも》の若《ごと》く
與波上下　波《なみ》と上下《じょうげ》して
偷以全吾軀乎　偷《いや》しくも以《もっ》て吾《わ》が軀《み》を全《まっと》うせんか
❼寧與騏驥亢軛乎　寧《むし》ろ騏驥《きき》と軛《くびき》を亢《あ》げんか
將隨駑馬之迹乎　將《は》た駑馬《どば》の迹《あと》に随《したが》わんか
❽寧與黄鵠比翼乎　寧《むし》ろ黄鵠《こうこく》と翼《つばさ》を比《なら》べんか
將與雞鶩爭食乎　將《は》た雞鶩《けいぶ》と食《しょく》を争《あらそ》わんか
此孰吉孰凶　此《こ》れ孰《いず》れか吉《きち》にして孰《いず》れか凶《きょう》ならん
何去何從　何《いず》れを去《さ》りて何《いず》れに従《したが》わん

（私はまじめに誠実に、心から忠誠を尽くそうか。それとも権力者の労をねぎらいながら送り迎えし、追従し続けようか。野にあって草を刈り、畑を耕そうか。それとも有力者と交流して、名声を得ようか。正論を述べてはばからず、この身を危うくしようか。それとも俗な生き方で富貴を求め、人生を楽しもうか。超然と世俗から離れ、持って生まれた本性を保とうか。それとも媚びへつらい、愛想笑いをしながら、婦人に仕えようか。清廉実直に、潔白な生き方をしようか。それとも口先ばかり上手く、脂のようになめし革のように、滑らかな柱の間をすり抜けるように、するすると世を渡っていこうか。気高く、千里の馬のように駆けていこうか。それともぷかぷかと、水に浮かぶ鴨のように、波にしたがって上下して、この身を守っていこうか。駿馬とともに馬車の頸木を上げて走ろうか。それとも駄馬の後ろにしたがおうか。黄色い大鳥と翼を並べて飛ぼうか。それとも鶏や家鴨と争って餌をついばもうか。これらのどちらが吉でどちらが凶なのか。どちらをやめてどちらにしたがおうか。）

これらのうち❶❸❺では、（A）廉潔な忠臣としての生き方を守ることと、（B）俗世に追従しながら上手に世を渡っていくこととのどちらがよいかを尋ねており、❷❹では、（A）俗世を離れて超然と生きることと、（B）俗世で「大人」や「婦人」に仕えることとのどちらがよいかを尋ねている。続く❻❼❽では、馬や鳥の比喩を用いて同様の問いかけをおこなっている。

こうした問いかけの後、屈原は鄭詹尹の返答や占いの結果を聞くことなく、さらに以下のように言葉を続ける。

世溷濁而不清　　世《よ》は溷濁《こんだく》して清《す》まず
蟬翼爲重　　蟬翼《せんよく》　重《おも》しと爲《な》し
千鈞爲輕　　千鈞《せんきん》　輕《かる》しと爲《な》す
黄鍾毀棄　　黄鍾《こうしょう》　毀《こぼ》ち棄《す》てられ
瓦釜雷鳴　　瓦釜《がふ》　雷鳴《らいめい》す
讒人高張　　讒人《ざんじん》は高張《こうちょう》して
賢士無名　　賢士《けんし》は名《な》無《な》し

吁嗟黙黙兮　　　吁嗟《ああ》　黙黙《もくもく》たり

誰知吾之廉貞　　誰《た》れか吾《わ》れの廉貞《れんてい》を知《し》らんと

（この世は乱れ濁って清むことがない。蝉の羽を重いとし、千鈞の重さのものを軽いとする。美しい音色の黄鐘を壊して捨て、素焼きの釜をやかましく打ち鳴らす。讒言をするような人間が出世をし、賢い人は無名のまま。ああ、誰もそれに異を唱えない。清く正しい私のことを誰が理解してくれるだろうか。）

ここに見られるような、俗世における価値観の転倒の喩えは『荀子《じゅんし》』賦篇《ふへん》の佹詩《きし》や賈誼《かぎ》「弔屈原賦《ちょうくつげんふ》」にも見えており、濁世に生まれ合わせた賢人の不遇を描写する際に用いられる常套的な手法であると言える。[*7]

以上のような屈原の言葉を聞いた鄭詹尹は、手にしていた筮竹《ぜいちく》を置いて占うことを断り、次のような台詞を述べる。これが三段目である。以下に、便宜上①から⑧の番号を付して掲げる。

詹尹乃釋策而謝曰、　　詹尹乃《せんいんすなわ》ち策《さく》を釋《お》きて謝《しゃ》して曰《いわ》く

①夫尺有所短　　夫《そ》れ尺《しゃく》に短《みじか》き所《ところ》有《あ》り

②寸有所長　　寸《すん》に長《なが》き所《ところ》有《あ》り

③物有所不足　　物《もの》に足《た》らざる所《ところ》有《あ》り

④智有所不明　　智《ち》に明《あき》らかならざる所《ところ》有《あ》り

⑤數有所不逮　　數《すう》に逮《およ》ばざる所《ところ》有《あ》り

⑥神有所不通　　神《しん》に通《つう》ぜざる所《ところ》有《あ》り

⑦用君之心　行君之意　　君《きみ》の心《こころ》を用《もち》いて　君《きみ》の意《い》を行《おこ》なえ

⑧龜策誠不能知事　　龜策《きさく》は誠《まこと》に事《こと》を知《し》る能《あた》わずと

以上が「卜居」の構成および内容であるが、この作品の主題はどこにあるのだろうか。王逸は『楚辞章句』において次のように述べ、「卜居」は実際にあった出来事を屈原自身が作品にしたものだとする。[*8]

卜居者、屈原之所作也。屈原履忠貞之性而見嫉妬。念讒佞之臣承君順非而蒙富貴、已執忠直而身放棄、心迷意惑、不知所為。乃往至太卜之家、稽問神明、決之蓍龜、卜己居世何所宜行、冀聞異策以定嫌疑、故曰卜居也。（「卜居《ぼくきょ》」は、屈原《くつげん》の作《つく》る所《ところ》なり。屈原《くつげん》は忠貞《ちゅうてい》の性《せい》を履《ふ》みて嫉妬《しっと》せらる。讒佞《ざんねい》の臣《しん》 君《きみ》を承《う》けて非《ひ》に順《したが》いて富貴《ふうき》を蒙《こうむ》り、己《おのれ》 忠直《ちゅうちょく》を執《と》りて身《み》は放棄《ほうき》せらるるを念《おも》い、心《こころ》は迷《まよ》い意《い》は惑《まど》いて、為《な》す所《ところ》を知《し》らず。乃《すなわ》ち往《ゆ》きて太卜《たいぼく》の家《いえ》に至《いた》り、神明《しんめい》に稽問《けいもん》し、之《こ》れを蓍亀《しき》に決《けっ》し、己《おのれ》の世《よ》に居《お》るに何《いず》れの所《ところ》に宜《よろ》しく行《ゆ》くべきかを卜《うらな》い、異策《いさく》を聞《き》きて以《もっ》て嫌疑《けんぎ》を定《さだ》めんことを冀《こいねが》う。故《ゆえ》に「卜居《ぼくきょ》」と曰《い》うなり。）

王逸は本文を文字通りに受け取り、讒言によって退けられた屈原が思い悩んで、実際に占い師の所へ行き、これからどこに行くべきかを占わせた、という内容であると見なしているのである。

ところが朱熹《しゅき》『楚辞集注《そじしっちゅう》』は王逸の説を否定し、「卜居」は屈原が世俗を戒めるために作ったフィクションだと見なす。[*9]

卜居者、屈原之所作也。屈原哀憫當世之人習安邪佞、違背正直。故陽為不知二者之是非可否、而將假蓍龜以決之、遂為此詞、發其取舍之端、以警世俗。説者乃謂原實未能無疑於此、而始將問諸卜人、則亦誤矣。（「卜居《ぼくきょ》」は、屈原《くつげん》の作《つく》る所《ところ》なり。屈原《くつげん》 當世《とうせい》の人《ひと》の邪佞《じゃねい》に習安《しゅうあん》し、正直《せいちょく》に違背《いはい》するを哀憫《あいびん》す。故《ゆえ》に陽《いつわ》りて二者《にしゃ》の是非可否《ぜひかひ》を知《し》らずと為《な》し、而《しか》して將《まさ》に蓍龜《しき》に假《か》りて以《もっ》て之《こ》れを決《けっ》せんとし、遂《つい》に此《こ》の詞《し》を為《つく》りて、其《そ》の取舎《しゅしゃ》の端《たん》を發《ひら》き、以《もっ》て世俗《せぞく》を警《いまし》む。説《と》く者《もの》 乃《すなわ》ち原《げん》は實《まこと》に未《いま》だ疑《うたが》いを此《こ》こに無《な》からしむること能《あた》わずして、始《はじ》めて将《まさ》に諸《こ》れを卜人《ぼくじん》に問《と》わんとすと謂《い》わば、則《すなわ》ち亦《ま》た誤《あやま》れり。）

このように、実話と見なすか否かの違いはあるが、王逸、朱熹ともに「卜居」の作者を屈原と見なし、作品の主題は屈原自身の苦悶であるとしている。

本章では、先に述べたように「卜居」を屈原の作品としてではなく、漢代における屈原像を伝える物語と見なす立場をとるわけであるが、そのように見方を変えた場合、作品の内容や主題についても改めて検討する必要があるだろう。

「卜居」のような問答形式の作品においては一般に、最後に発せられた台詞が全体の主題に関して重要な役割を持つことが多い。「卜居」の場合もやはり、最後にある鄭詹尹の台詞が、この作品をどのように解釈するかという鍵を握っていると推測される。そこで次節以下において、過去の注釈を概観しながら、改めて鄭詹尹の台詞について考えてみたい。

2　明代以降の解釈

先に掲げた鄭詹尹の台詞に関して、過去の注釈書を見てみると、解釈は二通りに分かれるようである。一つは、鄭詹尹の台詞①から⑥までの六句すべてを、最後の台詞⑧を引き出すための前置きであると見なすもので、明代以降の注釈書に多く見られる。

たとえば明の汪瑗《おうえん》『楚辞集解《そじしっかい》』は次のように述べる。

有所六句、泛言也。須以意會、只是能於此者、或不能於彼之意。以明龜策雖神靈、而足以冒天下之道、

断天下之疑、然亦不能知屈原所問之事、故但勉之以直行己志可也。[*10]（「有所」の六句《ろっく》は、泛言《はんげん》なり。須《すべか》く意《い》を以《もっ》て會《かい》すべくんば、只《た》だ是《こ》れ此《こ》こに能《よ》くする者《もの》は、或《ある》いは彼《か》れに能《あた》わずの意《い》なるのみ。以《もっ》て龜策《きさく》は神靈《しんれい》にして、以《もっ》て天下《てんか》の道《みち》を冒《おお》い、天下《てんか》の疑《ぎ》を断《だん》ずるに足《た》ると雖《いえど》も、然《しか》れども亦《ま》た屈原《くつげん》の問《と》う所《ところ》の事《こと》を知《し》る能《あた》わず、故《ゆえ》に但《た》だ之《こ》れに勉《つと》むるに直《た》だ己《おのれ》の志《こころざし》を行《おこな》うを以《もっ》てするのみならば可《か》なるを明《あき》らかにす。）

①から⑥までの句は、何事においても得意・不得意があるのだということを様々な喩えを用いて述べているのであり、それにより、亀策による占いでも明らかにできないことがある、という最後の台詞⑧を強調しているというのである。

また、清の王夫之《おうふうし》『楚辞通釈《そじつうしゃく》』[*11]は、③から⑥の句がすべて亀策のことを指していると見なす。以下、鄭詹尹の台詞③④⑤⑥に付された注をそれぞれ③',④',⑤',⑥'として示す。

③' 蓍龜雖神物、而既不能止濁世之亂、抑不能屈賢者之操。（蓍龜《しき》は神物《しんぶつ》なりと雖《いえど》も、而《しか》れども既《すで》に濁世《だくせ》の亂《らん》を止《とど》むること能《あた》わざれば、抑《そも》そも賢者《けんじゃ》の操《みさお》を屈《くっ》すること能《あた》わず。）

④' 卦之德、方以智、而人自決於心者、不能代之謀。（卦《か》の德《とく》は、方《ほう》にして以《もっ》て智《ち》なるも、人《ひと》の自《みずか》ら心《こころ》に決《けっ》する者《もの》は、之《こ》れに代《か》わりて謀《はか》ること能《あた》わず。）

⑤' 數所可及者、否泰之相乘、禍福之相反而已。天何以不佑君子不測之變也。非數所可求。（數《すう》の及《およ》ぶべき所《ところ》の者《もの》は、否泰《ひたい》の相乘《そうじょう》、禍福《かふく》の相反《そうはん》のみ。天《てん》は何《なに》を以《もっ》て君子《くんし》の不測《ふそく》の變《へん》を佑《たす》けざるや。數《すう》の求《もと》むべき所《ところ》に非《あら》ず。）

⑥' 蓍之德、圓而神、而忠貞篤於天性、神不能通其所窮。（蓍《し》の德《とく》は、圓《えん》にして神《しん》なれども、忠貞《ちゅうてい》の天性《てんせい》に篤《あつ》きは、神《しん》も其《そ》の窮《きわ》まる所《ところ》を通《つう》ずること能《あた》わず。）

王夫之は、鄭詹尹の台詞③から⑥の句の「物」、「智」、「數」、「神」といった語を、すべて「蓍龜《しき》」すなわち「龜策《きさく》」に結びつけて解釈しているのである。

同じく清の林雲銘《りんうんめい》『楚辞灯《そじとう》』や陳本礼《ちんほんれい》『屈辞精義《くつじせいぎ》』も、鄭詹尹の台詞③の「物」は「龜」のことを、⑤の「數」は「策」のことを指すと見なし、同様に解釈している。[*12]

以上の解釈のように、鄭詹尹の台詞がすべて最後の⑧「龜策は誠に事を知る能わず」を導き出すためのものだととらえた場合、その前にある屈原の二者択一式の問いや、混濁した世の中に対する嘆きに対し、鄭詹尹は感想や意見を一切述べないまま、「亀甲や筮竹では分からないこともあります」と述べて占いを断っていることになろう。

この点について、たとえば明の陸時雍《りくじよう》は次のように指摘する。

屈原所問、其意、似謂天有定論、人有定情、而福善禍淫、賞忠醜佞、世多不必然者。至詹尹之對、一付之、茫不可憑。此所爲憤懣不平之詞也。[*13]（屈原《くつげん》の問《と》う所《ところ》、其《そ》の意《い》は、天《てん》に定論《ていろん》有《あ》り、人《ひと》に定情《ていじょう》有《あ》るも、而《しか》れども善《ぜん》に福《ふく》ありて淫《いん》に禍《か》あり、忠《ちゅう》を賞《ほ》め佞《ねい》を醜《みにく》しとするは、世《よ》に必《かな》らずしも然《しか》らざる者多《ものおお》しと謂《い》うに似《に》たり。詹尹《せんいん》の對《こた》うるに至《いた》るや、一《いっ》に之《こ》れに付《ふ》し、茫《ぼう》として憑《よ》るべからず。此《こ》れ憤懣不平《ふんまんふへい》の詞《し》を爲《つく》る所《ところ》なり。）

「天には、善人に善果を、悪人に悪果を下すという論理があり、人には、忠臣を賞賛し、佞臣を貶めるという人情があるはずであるのに、必ずしもそうならないのはなぜか」という屈原の問いに対して、鄭詹尹は、「占いでは分からないこともある」という頼りない返事しかしなかった。それゆえ屈原は憤懣不平に満ちた「卜居」という作品を作った、というのである。陸時雍は「卜居」を実体験に基づく屈原の作品と見なす立場から、鄭詹尹の答えはそっけないもので、とうてい屈原の満足するようなものではなかった、と批判しているのである。

また、先述の王夫之は「卜居」を実話ではなく屈原の創作と見なす立場をとるが、鄭詹尹の答えについては次のように解釈している。

卜居者、屈原設爲之辭、以章己之獨志也。…恐天下後世且以己爲過高、而不知俾躬處休之善術、故託爲問之蓍龜而詹尹不敢決、以旌己志。（卜居《ぼくきょ》は、屈原《くつげん》設《たと》えて爲《つく》るの辭《じ》にして、以《もっ》て己《おのれ》の獨志《どくし》を章《あきら》かにするなり。…天下《てんか》後世《こうせい》且《まさ》に己《おのれ》を以《もっ》て高《たか》きに過《す》ぎて、躬《み》をして休《きゅう》に處《お》らしむるの善《よ》き術《すべ》を知《し》らずと爲《な》さんとするを恐《おそ》れ、故《ゆえ》に託《たく》して之《こ》れを蓍龜《しき》に問《と》うも詹尹《せんいん》敢《あ》えて決《けっ》せずと爲《な》し、以《もっ》て己《おのれ》の志《こころざし》を旌《あら》わす。）

「卜居」は、理想が高すぎて慎ましさがないと後世の人々に誤解されるのを恐れた屈原が、それを防ぐために創作した作品だと王夫之は見ている。鄭詹尹の占いによって心の迷いを払拭しようとしたものの、詹尹はどうしたらよいかを決することができなかった、という物語を作りあげることで、屈原は自らの意志を表そうとした、というのである。この解釈によるならば、「卜居」創作の意図は、あくまでも作者であり主人公でもある屈原が自身の考えを述べることにあるのであって、鄭詹尹という人物は「悩める主人公屈原」を登場させるための舞台装置にすぎないということになる。

以上、鄭詹尹の台詞がすべて最後の「龜策《きさく》は誠《まこと》に事《こと》を知《し》る能《あた》わず」に集約される、とする明代以降の解釈を見てきた。この解釈にしたがうならば、鄭詹尹は屈原から発せられた問いや嘆きに対して、自らは何も意見を提示しないまま「占いではわかりません」と言って占卜を断っていることになる。そのように解釈するならば、「卜居」という作品の主題は、鄭詹尹の台詞より前に列挙されている、世俗に対する屈原の歎きに置かれていることになり、鄭詹尹が作品中で果たす役割は極めて小さいものになる。「卜居」が屈原と鄭詹尹の問答形式であることは、さしたる意味を持たず、「物語」としてのおもしろさは半減してしまうように思われるのである。

3　宋代以前の解釈

鄭詹尹の台詞に対するもう一つの解釈は、王逸をはじめ、洪興祖《こうこうそ》や朱熹《しゅき》といった、宋代以前の注釈者によるものである。たとえば、鄭詹尹の台詞①から⑥の句に付けられた王逸注は、それぞれ次の通りである。以下、本文①に付けられた注は、①’のように表す。

①’騏驥不驟中庭。（騏驥《きき》は中庭《ちゅうてい》に驟《はし》らず。）
②’雞鶴知時而鳴。（雞鶴《けいかく》は時《とき》を知《し》りて鳴《な》く。）
③’地毀東南。（地《ち》は東南《とうなん》に毀《こぼ》つ。）
④’孔子厄於陳也。（孔子《こうし》は陳《ちん》に厄《くる》しむなり。）
⑤’天不可計量也。（天《てん》は計量《けいりょう》すべからざるなり。）
⑥’日不能夜光也。（日《ひ》は夜光《よるひか》ること能《あた》わざるなり。）

王逸は①から⑥の句について、それぞれ具体例を挙げて説明している。まず①と②の句については、駿馬も狭い場所ではその力量を発揮できず、卑小な鳥も時を告げるという重要な役割を果たす、という比喩で説明し、優劣の価値基準が絶対的なものではないという意味に解している。そして、それを前置きとして、次の③

から⑥の句は「どれほど優れたものも完全ではない」という意味であると解釈しているようである。すなわち、③については、地面が東南の方向に向けて欠けている（低くなっている）ことを、④については、孔子が陳の地で危険に遭ったことを、そして⑥については、太陽が昼間にしか輝くことができないことを例に挙げ、どれほど優れたものにも不完全な部分があるという意味に解釈しているのである。⑤の注のみ、天は（その高さを）計測することができないというもので、異質であるようにも見える。しかし、あらゆるものを計測できる物差しをもってしても、天の高さを測ることはできない、という意味であるとするならば、王逸が⑤を③④⑥と同様に考えていると理解することもできよう。

ここで王逸注①の「騏驥《きき》」という語に注目してみると、王逸は「離騒」の「騏驥《きき》に乗《の》りて以《もっ》て駝騁《たてい》す（乗騏驥以駝騁兮）」という句に「騏驥《きき》は、駿馬《しゅんめ》なり。以《もっ》て賢智《けんち》に喩《たと》う（騏驥、駿馬也。以喩賢智）」と注している。また「九章」思美人の「騏驥《きき》に勒《くつわ》して更《さら》に駕《が》す（勒騏驥而更駕兮）」という句には「舉《あ》げて才徳《さいとく》を用《もち》い、俊賢《しゅんけん》に任《にん》ずるなり（舉用才徳、任俊賢也）」と注している。つまり王逸は『楚辭章句』の中で「騏驥」という語を、屈原のような賢臣の比喩と見なしているのである。

また④では、孔子が陳で厄災に遭ったことを例に挙げているが、王逸注の中には、屈原の境遇を孔子のそれに重ね合わせた箇所がいくつも見られる。たとえば、「離騒」の「心《こころ》を屈《くっ》して志《こころざし》を抑《おさ》え　尤《とが》を忍《しの》んで詬《はじ》を攘《はら》わん（屈心而抑志兮　忍尤而攘詬）」という句には「言《い》うこころは、己《おのれ》能《よ》く心志《しんし》を屈《くっ》し案《あん》じ、罪過《ざいか》を含《ふく》み忍《しの》びて去《さ》らざる所以《ゆえん》は、以《もっ》て恥辱《ちじょく》を除去《じょきょ》し、讒佞《ざんねい》の人《ひと》を誅《ちゅう》すること、孔子《こうし》の少正卯《しょうせいぼう》を誅《ちゅう》するが如《ごと》からんと欲《ほっ》すればなりと（言、己所以能屈案心志、含忍罪過而不去者、欲以除去恥辱、誅讒佞之人、如孔子誅少正卯也）」と注している。そして「九章《きゅうしょう》」渉江《しょうこう》の「苟《いやし》くも余《わ》が心《こころ》其《そ》れ端直《たんちょく》なれば　僻遠《へきえん》と雖《いえど》も之《こ》れ何《なん》ぞ傷《いた》まん（苟余心其

端直兮　雖僻遠之何傷）」という句には「言《い》うこころは、我《わ》れ惟《た》だ正直《せいちょく》の心《こころ》を行《おこな》えば、遠僻《えんへき》の域《いき》に在《あ》りと雖《いえど》も、猶《な》お善稱《ぜんしょう》有《あ》りて、害疾《がいしつ》無《な》きなりと。故《ゆえ》に論語《ろんご》に曰《いわ》く、子《し》は九夷《きゅうい》に居《お》らんと欲《ほっ》するなりと（言、我惟行正直之心、雖在遠僻之域、猶有善稱、無害疾也。故論語曰、子欲居九夷也）」と注している。したがって王逸は④'でも同様に、屈原の不遇を、孔子が厄災に遭ったことに重ね合わせて解釈していると思われる。

さらに言えば、王逸は⑥'で太陽の光を例に挙げているが「九章」渉江の「天地《てんち》と壽《じゅ》を同《おな》じくし　日月《じつげつ》と光《ひかり》を同《おな》じくす（與天地兮同壽　與日月兮同光）」という句の王逸注には「言《い》うこころは、己《おのれ》　年《とし》は天地《てんち》と相《あ》い敝《やぶ》れ、名《な》は日月《じつげつ》と耀《かがや》きを同《おな》じくす（言、己年與天地相敝、名與日月同耀）」とあり、日月の光を屈原の名声の喩えであると見ている。これに倣えば、⑥'の「日」も屈原を暗示していると考えられよう。

つまり、王逸の解釈によれば、鄭詹尹は「どれほど優れたものも不完全である」という意味の台詞③から⑥によって「屈原のような優れた人物にも思うに任せない事がある」ということを比喩によって述べていると解することができるのである。

次に、朱熹『楚辞集注』の解釈を見てみよう。

①'尺長於寸、然爲尺而不足、則有短者矣。（尺《しゃく》は寸《すん》よりも長《なが》し、然《しか》るに尺《しゃく》にして足《た》らずと爲《な》すは、則《すなわ》ち短《みじか》きこと有《あ》ればなり。）

②'寸短於尺、然爲寸而有餘、則有長者矣。（寸《すん》は尺《しゃく》よりも短《みじか》し、然《しか》るに寸《すん》にして餘《あま》り有《あ》りと爲《な》すは、則《すなわ》ち長《なが》きこと有《あ》ればなり。）

③'物有所不足、天傾西北、地不満東南之類也。（物《もの》に足《た》らざる所《ところ》有《あ》りとは、天《てん》は西北《せいほく》に傾《かたむ》き、地《ち》は東南《とうなん》に満《み》たざるの類《たぐい》なり。）

④'智有所不明、堯・舜知不偏物、孔子不如農圃之類也。（智《ら》に明《あき》らかならざる所《ところ》有《あ》りとは、堯《ぎょう》・舜《しゅん》の知《ち》も物《もの》に偏《あまね》からず、孔子《こうし》も農圃《のうほ》に如《し》かざるの類《たぐい》なり。）

⑤'數有所不逮、如言日月之行、雖有定數、然既是動物、不無贏縮之類、是也。（數《すう》に逮《およ》ばざる所《ところ》有《あ》りとは、日月《じつげつ》の行《こう》を言《い》うが如《ごと》く、定數《ていすう》有《あ》りと雖《いえど》も、然《しか》れども既《すで》に是《こ》れ動物《どうぶつ》なれば、贏縮《えいしゅく》する無《な》きことあらざるの類《たぐい》、是《こ》れなり。）

⑥'神有所不通、惠迪者未必吉、從逆者未必凶、伯夷餓死首陽、盜跖壽終牖下之類、是也。（神《しん》に通《つう》ぜざる所《ところ》有《あ》りとは、惠迪《けいてき》の者《もの》未《いま》だ必《かな》らずしも吉《きち》ならず、從逆《しょうげき》の者《もの》未《いま》だ必《かな》らずしも凶《きょう》ならず、伯夷《はくい》の首陽《しゅよう》に餓《が》死《し》し、盜跖《とうせき》の牖下《ゆうか》に壽終《じゅしゅう》するの類《たぐい》、是《こ》れなり。）

①'と②'では長さの単位について、長いとされる「尺」でも、短く感じられる場合があり、短いとされる「寸」でも、長いと感じられる場合があるとしている。価値基準に絶対的なものなどないという解釈であり、先に見た王逸注と重なる。

③'では、天や地も傾いたり欠けたりしている部分があり、完全ではないという例を挙げる。また④'では、堯や舜のような聖人、孔子のような君子であっても、その「智」は完全なものではないという例を挙げている。いずれの句も「どれほど優れたものであっても完全ではない」という意味に解釈しているのである。

⑤'では、日月の運行も、絶対に定められた通りというわけではないのと同様だと解釈している。「何事も完全ではありえない」という意味に取っている点では、王逸の解釈と同様である。

唯一、王逸注と解釈が異なっているのは、⑥の句についてである。⑥'に見えるように朱熹は、正しい者に福がもたらされ、邪な者に禍がもたらされるのが本当であろうに、伯夷が首陽山に餓死し、盗跖が大寿を全うしたように、実際には必ずしもそうなるとは限らないと例を挙げて、この句を説明している。

つまり朱熹は、まず鄭詹尹の台詞①、②を、価値観にとらわれることに対する戒めとし、③から⑤の句をすべて「何事も完全ではありえない」という意味に解する。そしてそれらを受けて、⑥の句は最終的に「(それゆえ、善に与し、悪に禍を下す天の) 霊妙な力も働かないことがある」と言っているのだと理解したのではないか。

確かに、そのように解釈するならば、鄭詹尹の台詞は、直前にある屈原の「讒人《ざんじん》は高張《こうちょう》して　賢士《けんし》は名無《なな》し」という嘆きに対する答えとして適切なものとなる。善に与《くみ》し、悪に禍を下す天の霊妙な力も働かないことがあるのだから、屈原のような賢士が世に認められず、讒人がはびこることもあり得るのであり、それはいかんともしがたい、というのが屈原に対する鄭詹尹の答えであると、朱熹は解釈したのだろう。

このように王逸や朱熹は、先に見た明代以降の注釈者とは異なり、鄭詹尹の台詞を、屈原の嘆きに答えたものとして解釈していると考えられる。彼らは「卜居」が問答形式であることに注目し、鄭詹尹の登場人物としての役割をより重く見ているのである。

4　別の解釈の可能性

以上のように、鄭詹尹の台詞に対する解釈を二通りに分けて見てきたわけであるが、屈原という人物を扱った「物語」として「卜居」をとらえる場合、どちらの解釈がより妥当であろうか。

鄭詹尹が屈原の問いや嘆きに全く応じることなく占いを断っていると見なす明代以降の解釈より、それらにきちんと応じた上で占いを断っているのだとする王逸や朱熹の解釈の方が、「卜居」という問答形式の作品が持つおもしろさを、より的確に抽出し得ているのではなかろうか。

しかしながら、王逸や朱熹の解釈には一つ重要な視点が欠けているように思われる。以下に見ていくように、鄭詹尹の台詞の中には、道家的な考え方が含まれている可能性が高いのであるが、その点が考慮されていないのである。そこで本節では王逸や朱熹の解釈をふまえ、「卜居」が問答形式から成ることに留意しつつ、鄭詹尹の台詞について、そこに用いられている語句を手掛かりとしながら、別の解釈を試みたいと思う。

まず鄭詹尹の台詞のうち、①と②の句、すなわち「尺《しゃく》も短《みじか》き所《ところ》有《あ》り、寸《すん》も長《なが》き所《ところ》有《あ》り」は『史記』白起《はくき》王《おう》翦《せん》列伝《れつでん》にも見えている。

太史公曰、鄙語云、尺有所短、寸有所長。白起料敵合變、出奇無窮、聲震天下。然不能救患於應侯。王翦爲秦將、夷六國。當是時、翦爲宿將、始皇師之。然不能輔秦建德、固其根本、偸合取容、以至歿身。及孫王離、爲項羽所虜、不亦宜乎。彼各有所短也。[14]（太史公曰《たいしこういわ》く、鄙語《ひご》に云《い》う、「尺《しゃく》に短《みじか》き所《ところ》有《め》り、寸《すん》に長《なが》き所《ところ》有《あ》り」と。白起《はくき》は敵《てき》を料《はか》り變《へん》に合《がっ》し、奇《き》を出《いだ》すこと窮《きわ》まり無《な》く、聲《せい》は天下《てんか》を震《ふる》わす。然《しか》れども患《かん》を應侯《おうこう》に救《すく》うこと能《あた》わず。王翦《おうせん》は秦《しん》の將《しょう》爲《た》りて、六國《りくこく》を夷《たいら》ぐ。是《こ》の時《とき》に當《あ》たり、翦《せん》は宿將《しゅくしょう》爲《た》れば、始皇《しこう》は之《こ》れを師《し》とす。然《しか》れども秦《しん》を輔《たす》けて德《とく》を建《た》て、其《そ》の根本《こんぽん》を固《かた》くすること能《あた》わず、偸合《とうごう》して容《い》れらるるを取《と》り、以《もっ》て身《み》を歿《ぼっ》するに至《いた》る。孫《まご》の王離《おうり》に及《およ》び、項羽《こうう》の虜《とりこ》とする所《ところ》と爲《な》る。亦《ま》た宜《むべ》ならずや、彼《か》れ各《おの》おの短《みじか》き所《ところ》有《あ》るなりと。）

「鄙語《ひご》に云《い》う」とあることから「尺《しゃく》に短《みじか》き所《ところ》有《あ》り、寸《すん》に長《なが》き所《ところ》有《あ》り」という対句が、当時の諺《ことわざ》であったことがわかる。そしてそれがここでは、白起《はくき》や王翦《おうせん》ほどの優れた武将であっても、いかんともしがたい場合がある、ということを言うための前置きとして使われている。文章の最後に「彼《か》れ各《おの》おの短《みじか》き所《ところ》有《あ》るなり」とあることから明らかなように、ここでは対句のうち、特に「尺《しゃく》に短《みじか》き所《ところ》有《あ》り」の方を主に用いて、「どれほど優れたものでも完全ではない」ということを強調しているのである。

この例に鑑みれば、「卜居」においても、この対句はやはり同様に「どれほど優れたものにもいかんともしがたい場合がある」という意味のことを言う場合の前置きとして使われていると推測できよう。

次に③の「物《もの》に足《た》らざる所《ところ》有《あ》り」であるが、これについては洪興祖《こうこうそ》『楚辞補注《そじほちゅう》』にも指摘があるように、『列子《れっし》』湯問篇《とうもんへん》の、湯王の問いに対する夏革《かかく》の答えの中に同様の記述が見える。

然則天地亦物也。物有不足。故昔者、女媧氏練五色石、以補其闕、斷鼇之足、以立四極。其後、共工氏與顓頊争為帝、怒而觸不周之山、折天柱、絶地維。故天傾西北、日月星辰就焉。地不滿東南、故百川水潦歸焉。[*15]（然《しか》らば則《すなわ》ち天地《てんち》も亦《ま》た物《もの》なり。物《もの》に足《た》らざる有《あ》り。故《ゆえ》に昔者《むかし》、女媧氏《じょかし》は五色《ごしき》の石《いし》を練《ね》りて、以《もっ》て其《そ》の闕《けつ》を補《おぎな》い、鼇《おおがめ》の足《あし》を斷《た》ちて、以《もっ》て四極《しきょく》を立《た》つ。其《そ》の後《ご》、共工氏《きょうこうし》顓頊《せんぎょく》と帝《てい》為《た》らんことを争《あらそ》い、怒《いか》りて不周《ふしゅう》の山《やま》に觸《ふ》れ、天柱《てんちゅう》を折《お》り、地維《ちい》を絶《た》つ。故《ゆえ》に天《てん》は西北《せいほく》に傾《かたむ》き、日月星辰《じつげつせいしん》は焉《こ》れに就《つ》く。地《ち》は東《とう》南《なん》に滿《み》たず、故《ゆえ》に百川水潦《ひゃくせんすいろう》は焉《こ》れに歸《き》す。）

夏革は、天地も物である以上、完全ではないとして、女媧補天《じょかほてん》の物語や、共工《きょうこう》・顓頊《せんぎょく》が天柱を折り、地維《ちい》を絶ったという物語を紹介する。不完全であるからこそ、天は今でも西北に傾き、地は東南に向かって低くなっているというのである。

したがって「卜居」においても「物《もの》に足《た》らざる所《ところ》有《あ》り」という句は、やはり「あらゆる物には不完全なところがある」という意味で用いられていると考えてよいだろう。

さらに④「智《ち》に明《あき》らかならざる所有《ところあ》り」と⑥「神《しん》に通《つう》ぜざる所有《ところあ》り」に関しては、これらに類似する句が『荘子《そうじ》』外物篇《がいぶつへん》に見える。[*16]

宋元君夜半而夢。人被髪、闚阿門、曰、予自宰路之淵。予爲清江使河伯之所、漁者余且得予。元君覚、使人占之。曰、此神龜也。君曰、漁者有余且乎。左右曰、有。君曰、令余且會朝。明日、余且朝。君曰、漁何得。對曰、且之網得白龜焉。箕圓五尺。君曰、獻若之龜。龜至。君再欲殺之、再欲活之。心疑、卜之。曰、殺龜以卜吉。乃刳龜、七十二鑽而無遺筴。仲尼曰、神龜能見夢於元君、而不能避余且之網。知能七十二鑽而無遺筴、不能避刳腸之患。如是、則知有所困、神有所不及也。雖有至知、萬人謀之。魚不畏網而畏鵜鶘。去小知而大知明、去善而自善矣。嬰児生無石師而能言、與能言者處也。（宋《そう》の元君《げんくん》 夜半《やはん》にして夢《ゆめ》む。人《ひと》 被髪《ひはつ》して、阿門《あもん》を闚《うかが》い、曰《いわ》く、「予《われ》は宰路《さいろ》の淵《ふち》よりす。予《われ》 清江《せいこう》の爲《た》めに河伯《かはく》の所《ところ》に使《つかい》するに、漁者《ぎょしゃ》の余且《よしょ》 予《われ》を得《え》たり」と。元君覚《げんくんさ》めて、人《ひと》をして之《こ》れを占《うらな》わしむ。曰《いわ》く、「此《こ》れ神亀《しんき》なり」と。君曰《きみいわ》く、「漁者《ぎょしゃ》に余且《よしょ》なるもの有《あ》るか」と。左右曰《さゆういわ》く、「有《あ》り」と。君曰《きみいわ》く、「余且《よしょ》をして朝《ちょう》に會《かい》せしめよ」と。明日《みょうじつ》、余且朝《よしょちょう》す。君曰《きみいわ》く、「漁《すなど》りて何《なに》をか得《え》たる」と。對《こた》えて曰《いわ》く、「且《しょ》の網《あみ》は白亀《はくき》を得《え》たり。箕《き》の圓《えん》は五尺《ごしゃく》なり」と。君曰《きみいわ》く、「若《か》の亀《かめ》を獻《けん》ぜよ」と。亀至《かめいた》る。君再《きみふた》び之《こ》れを殺《ころ》さんと欲《ほっ》し、再《ふた》び之《こ》れを活《い》かさんと欲《ほっ》す。心疑《こころうたが》い、之《こ》れを卜《うらな》う。曰《いわ》く、「亀《かめ》を殺《ころ》して以《もっ》て卜《うらな》えば吉《きち》なり」と。乃《すなわ》ち亀《かめ》を刳《えぐ》りて、七十二鑽《しちじゅうにさん》するも遺筴無《いさくな》し。仲尼曰《ちゅうじいわ》く、「神亀《しんき》は能《よ》く夢《ゆめ》を元君《げんくん》に見《しめ》せども、而《しか》れども余且《よしょ》の網《あみ》を避《さ》くること能《あた》わず。知《ち》は能《よ》く七十二鑽《しちじゅうにさん》して遺筴無《いさくな》けれども、腸《ちょう》を刳《えぐ》らるるの患《わざわい》を避《さ》くること能《あた》わず。是《か》くの如《ごと》ければ、則《すなわ》ち知《ち》に困《くる》しむ所有《ところあ》り、神《しん》に及《およ》ばざる所有《ところあ》るなり。至知《しち》有《あ》りと雖《いえど》も、萬人《ばんにん》之《こ》れを謀《はか》る。魚《さかな》は網《あみ》を畏《おそ》れずして鵜鶘《ていこ》を畏《おそ》る。小知《しょうち》を去《さ》りて大知明《だいちあき》らかに、善《ぜん》を去《さ》りて自《おの》ずから善《ぜん》なり。嬰児生《えいじう》まれて石師無《せきしな》くして能《よ》く言《い》うは、能《よ》く言《い》う者《もの》と處《お》ればなり」と。)

宋の元君の夢に、ざんばら髪の人物が現れ、余且《よしょ》という漁師に捕まったと訴える。調べてみると、果たして漁師の余且が白い大亀を捕まえたという。その亀を献上させ、どうしたらよいか占ってみると、殺してその甲羅を占いに使えば吉であるという。そこでその通りにすると、占いの吉凶が外れることがなかった。物語は、この話を聞いた孔子の言葉によって、次のように締めくくられる。「神亀は、元君の夢に現れるほどの霊妙な力を持ちながら、余且の網を避けることができず、占いの吉凶を外すことがないほどの知恵を持ちながら、自らの死を避けることができなかった。このように、神亀の優れた知恵や霊妙な力でさえ完全ではないのだから、人間の小賢しい知恵などはなおさら捨て去るべきであり、そうすることではじめて大きな知恵（無為の境地）に目覚めるのだ」と。

文中の「知《ち》に困《くる》しむ所《ところ》有《あ》り」と「神《しん》に及《およ》ばざる所《ところ》有《あ》り」は、それぞれ「どれほど優れた知恵でも行き詰まることがある」、「どれほど霊妙な力でも通用しないことがある」という意味であるが、これは「卜居」の④「智に明らかならざる所あり」、⑥「神に通ぜざる所あり」に重なるだろう。

なお、⑤「數《すう》に逮《およ》ばざる所《ところ》有《あ》り」については、管見の限り文献の中に類似する用例が見られないが、近人の何剣薫《かけんくん》も指摘するように[*17]、この「數《すう》」は「術《じゅつ》」の意味で使われているのではないだろうか。たとえば『呂氏《りょし》春秋《しゅんじゅう》』仲秋紀《ちゅうしゅうき》「決勝《けっしょう》」に「智《ち》なれば則《すなわ》ち時化《じか》を知《し》り、時化《じか》を知《し》れば則《すなわ》ち虚實盛衰《きょじつせいすい》の變《へん》を知《し》り、先後遠近縱舍《せんごえんきんしょうしゃ》の數《すう》を知《し》る（智則知時化、知時化則知虚實盛衰之變、知先後遠近縱舍之數）」とある。また『淮南子《えなんじ》』主術篇《しゅじゅつへん》には「君《きみ》の徳《とく》　民《たみ》に下流《かりゅう》せずして、之《こ》れを用《もち》いんと欲《ほっ》するは、蹏馬《ていば》に鞭《むちう》つが如《ごと》し。是《こ》れ猶《な》お雨《あめ》を待《ま》たずして、熟稼《じゅくか》を求《もと》めんとするがごとく、必《かな》らず不可《ふか》の數《すう》なり（君徳不下流於民、而欲用之、如鞭蹏馬矣。是猶不待雨、而求熟稼、必不可之數也)」とある。そして、これらの「數」について、高誘注はいずれも「數《すう》は、術《じゅつ》なり」としている。

これと同様に「卜居」の「數」も「術」の意味で使われているのであるとすれば「數《すう》に逮《およ》ばざる所《ところ》有《あ》り」は「どれほど優れた方法・技術を用いても不可能なことがある」という意味に解することができるのではないだろうか。

以上をまとめると、鄭詹尹の台詞のうち、①、②の句は、③以下を言うための前置きであると考えられる。そして③は「どのようなものにも足りない部分がある」、④は「どれほど優れた知恵でも明らかにできないことがある」、⑤は「どれほど優れた方法・技術をもってしても不可能なことがある」、⑥は「どれほど霊妙な力でも通用しないことがある」という意味に解することができる。

ここで直前の屈原の台詞に目を転じてみよう。彼は世の中の価値観が転倒していることを訴え「讒人《ざんじん》は高《こう》張《ちょう》して　賢士《けんし》は名無《なな》し、吁嗟《ああ》　黙黙《もくもく》たり、誰《た》れか吾《わ》れの廉貞《れんてい》を知《し》らん」と嘆いていた。讒言をするような佞《ねい》臣《しん》が高位にあり、自分のような賢臣は見向きもされず、この清廉さを理解する者もいない、という訴えである。鄭詹尹の台詞は、この屈原の嘆きに応えたものであると考えられるが、これに関連して想起されるのが、先述した「神亀」の話を収める『荘子』外物篇の冒頭部分である。

外物不可必。故龍逢誅、比干戮、箕子狂、惡來死、桀紂亡。人主莫不欲其臣之忠、而忠未必信。故伍員流于江、萇弘死于蜀、藏其血三年而化為碧。[*18]（外物《がいぶつ》は必《ひっ》すべからず。故《ゆえ》に龍逢《りゅうほう》は誅《ちゅう》せられ、比干《ひかん》は戮《りく》せられ、箕子《きし》は狂《くる》い、惡來《おらい》は死《し》し、桀《けつ》・紂《ちゅう》は亡《ほろ》ぶ。人主《じんしゅ》に其《そ》の臣《しん》の忠《ちゅう》を欲《ほっ》せざるもの莫《な》きも、忠《ちゅう》は未《いま》だ必《かなら》ずしも信《しん》ぜられず。故《ゆえ》に伍員《ごうん》は江《こう》に流《なが》され、萇弘《ちょうこう》は蜀《しょく》に死《し》し、其《そ》の血《ち》を藏《ぞう》すること三年《さんねん》にして化《か》して碧《へき》と為《な》る。）

外から我が身に及ぶ物事には必然性はなく、必ずしも善人に善果が、悪人に悪果がもたらされるわけではない。それゆえ、龍逢《りゅうほう》・比干《ひかん》・箕子《きし》のような善人が殺されたり、狂人のふりをしなくてはならなくなったりもすれば、悪来《おらい》・桀王《けつおう》・紂王《ちゅうおう》といった悪人が殺されたり、亡んだりもする。君主は誰しも臣下に忠義心を求めるが、忠義心のある臣下が必ずしも信任されるわけではない。それゆえ、伍子胥《ごししょ》はその屍を江に流され、萇弘《ちょうこう》は蜀の地で自殺し、その血は三年たって碧玉《へきぎょく》となったのだという。

屈原が詹尹に投げかけたような、遇不遇についての疑問に対する一つの解答が、ここにはある。『荘子』外物篇の立場からすれば、善人に善果が、悪人に悪果がもたらされる、あるいは、忠臣が信任され、佞臣が放逐される、というような因果関係、すなわち「外物」には、必然性などない。そうである以上、そのようなものに心を労することなく、「道」に因循して行くべきだというのである。「神亀」の説話も含め『荘子』外物篇の考え方は、このように一貫している。

先に見たように、④「智《ち》に明《あき》らかならざる所有《ところあ》り」や⑥「神《しん》に通《つう》ぜざる所有《ところあ》り」といった類似表現を用いていることに鑑みれば、「卜居」の鄭詹尹の台詞も『荘子』外物篇に見えるこうした考え方を背景に持つ可能性が高いだろう。

近年の楚辞研究においては「卜居」と「漁父」はどちらも漢代の道家思想の影響を受けた作品であるという認識が広く受け容れられつつあるようである。[*19] たとえば金開誠《きんかいせい》・董洪利《とうこうり》・高路明《こうろめい》著『屈原集校注《くつげんしゅうこうちゅう》』は両作品について次のように述べている。

首先、在思想内容上、這兩篇都有較濃厚的道家思想。卜居中「夫尺有所短、寸有所長、…用君之心、行

君之意」云云、實際上是以順其自然、不了了之的態度對待屈原提出的問題、顯而易見有黃老色彩。而漁父則通過對屈原提問的回答宣揚與世浮沉、隱退自全的道家思想。[20]（まず、思想の面から見て、この二篇には道家思想の影響が濃厚である。「卜居」の「夫《そ》れ尺《しゃく》に短《みじか》き所《ところ》有《あ》り、寸《すん》に長《なが》き所《ところ》有《あ》り、：君《きみ》の心《こころ》を用《もち》いて、君《きみ》の意《い》を行《おこな》え」云々という台詞は、屈原の発した問いに対して、自然に任せ、物事をはっきりさせない態度で応じたものであって、そこには明らかに黄老的色彩が表れている。また「漁父」は屈原の問いに対する答えを通して、世に合わせて浮沈し、身を退けて自らを保全するという道家思想を宣揚している。）

このうち「漁父」に道家思想的要素が見られるという指摘は首肯できるものである。登場人物の漁父が、屈原との対話を通して、清廉潔白な態度を貫く屈原の考え方と、世の中の流れに身を任せる道家的な考え方との違いを浮き彫りにする役割を果たしていることは明白だからである。[21]

金開誠らは「卜居」にもまた道家思想的要素が濃厚であるというのであるが、その根拠はと言えば、鄭詹尹が屈原の問いに明確な答えを出さず「自然に任せて、物事をはっきりさせない態度」で接している点だという。しかし、これだけを理由として「卜居」に道家思想的要素があると判断することには無理がある。鄭詹尹の台詞を一つ一つ精査し、そこに道家的要素が見られるか否かを確認する必要があろう。

本節では、鄭詹尹の台詞に見える句の典例を参考に、改めてその意味について考えてみたわけであるが、その結果「卜居」の中に『荘子』外物篇に見えるような道家的な考え方が含まれる可能性を指摘し得た。自分のような忠臣が信任されず、佞臣ばかりが信任されるのはなぜか、という屈原の疑問に対し、鄭詹尹は道家的な思考で対応していると解釈し得るのである。すなわち、どれほど優れたものにもいかんともしがたい場合があって、天の霊妙な力も働かないことがある。それゆえ屈原のような賢士が世に認められず、讒人がはびこることもあり得るのであり、これはいかんともしがたい。そうである以上、あれこれと心を労しても仕方がないのだから、自分が思った通りに行動するが良い、というのが鄭詹尹の答えであったと解釈することが可能なのである。

おわりに

本章では、漢代に通行していた屈原像を描いた「物語」として、屈原と鄭詹尹という二人の登場人物による対話からなる楚辞「卜居」を取り上げ、過去の注釈者たちの意見を確認しつつ、その内容について考察を加えてきた。その過程で明らかになってきたのは、最後の鄭詹尹の台詞をどのように解釈するかによって、作品全体の主題や印象が大きく変わってくるということである。

明代以降の注釈書に多く見られる解釈では、鄭詹尹の台詞はすべて最後の「龜策《きさく》は誠《まこと》に事《こと》を知《し》る能《あた》わず」に集約されるとしており、そのように読めば鄭詹尹の登場人物としての役割は極めて小さく、ただ主人公の屈原が心情を吐露する場を与えているにすぎないことになる。すると、屈原が己の不遇と、世俗における価値観の顛倒に対する憤懣を一方的に列挙して訴えるというのが、この作品の主題であるように読み取れよう。

また、宋代以前の王逸や朱熹による解釈では、鄭詹尹の登場人物としての役割はもう少し重く見られている。特に朱熹は、己の不遇や世俗における価値観の顛倒を嘆く屈原に対して鄭詹尹は「天の霊妙な力も働かないことがあるため、屈原のような賢士が世に認められず、讒人がはびこることも起こり得る」と、真摯に答えていると解釈しているのである。しかしながら、この解釈の場合でも、作品の主題はやはり屈原が己の憤懣を吐露して「世俗《せぞく》を警《いま》しむる」ことにあるということになる。

さらに鄭詹尹の台詞を一つ一つ丁寧に、典故や類似句を踏まえながら見ていくと、台詞の背後に『荘子』外物篇に見えるような道家的な考え方があることがわかる。「天の霊妙な力も働かないことがあるのだから、屈原のような賢士が世に認められず、讒人がはびこることも仕方が無い。そうである以上、思い悩んで心を労することなど無駄である」というのが鄭詹尹の答えであったと解釈することが可能なのである。

そしてこのように解釈する場合、作品の主題は従来と異なり、濁世に生まれたことを歎き、己が正しくて世俗が間違っているという考えにとらわれて、それぱかりを言いつのる屈原に対して、鄭詹尹が道家的な達観した立場から教示を与えることにあると見ることができよう。すると「卜居」において屈原は、一つの考え方にとらわれて融通の利かない意固地な人物として描かれていることになる。作品の二段目に長々と続く屈原の問いかけは、彼がいかに凝り固まった物の見方をする人物であるかを読者に印象づける役割を果たしていると読むことができるのである。

＊1　たとえば、蔣之翹『七十二家評楚辞』巻五「漁父」（『楚辞文献集成』第二十三冊、広陵書社、二〇〇七年）には、陳継儒の「漁父一篇却顕易、不類屈氏」という評がある。

＊2　崔述『考古続説』巻一「観書余論七則」（崔述撰、陳履和校『崔東壁遺書』、古書流通處、一九二四年）。

＊3　游国恩『楚辞概論』、第三篇「屈原」、第八章「卜居及漁父」（上海商務印書館、一九三三年）。

＊4　陸侃如「屈原与宋玉」（『陸侃如古典文学論文集』（上）上海古籍出版社、一九八七年）、初出は『屈原與宋玉』（上海商務印書館、一九三七年）。

＊5　陳子展「論《卜居》、《漁父》為屈原所作」（『中華文史論叢』第七輯、一九七八年）、姜亮夫『重訂屈原賦校註』（姜亮夫全集巻六、天津古籍出版社、一九八七年）、力之「《卜居》《漁父》作者考辯」（『学術研究』一九九九年第12期）、王徳華「《卜居》《漁父》‥

屈原精神困境的掲示和対自我与社会的双重固持」（『中国文学研究』二〇〇二年第3期）、伍海霞「試比較《卜居》和《漁父》的芸術特点」（『現代語文』二〇〇六年第6期）など。

*6 周小龍「《漁父》三題」（『江海学刊』一九九六年第6期）、師為公「歴史的回音壁─《楚辞・卜居》辯析」（『鉄道師院学報』一九九八年第5期）、湯君「智者与詩人的対話─《楚辞・漁父賞析》」（『古典文学知識』一九九九年第2期）、劉春清「遺世独立　卓而不群─《漁父》評賞」（『華北水利電学院学報』社科版、二〇〇〇年第16巻第3期）、岳国文「詩論《卜居》、《漁父》的作者」（『中国古代文学研究』二〇〇七年第8期）など。また、熊任望「《卜居》《漁父》真偽辯」（『職大学報』一九九四年第2期）は、「卜居」を屈原の作品、「漁父」を後世の作品としている。

*7 金谷治『秦漢思想史研究』「賈誼の賦について」（平楽寺書店、一九六〇年）568－569頁、初出は『中国文学報』第八冊（一九五八年）。

*8 以下、王逸注の引用は王逸『楚辞章句』の引用には、馮紹祖観妙齋本『楚辞章句』（芸文印書館、一九七四年）を用いた。

*9 引用は『楚辞集注』巻五「卜居」（『楚辞文献集成』第三冊、広陵書社、二〇〇七年）による。

*10 汪瑗『楚辞集解』「卜居巻」（『楚辞文献集成』第五冊、広陵書社、二〇〇七年）。

*11 王夫之『楚辞通釈』巻六「卜居」（『楚辞文献集成』第十冊、広陵書社、二〇〇七年）。

*12 林雲銘『楚辞灯』巻四「卜居」（『楚辞文献集成』第十一冊、広陵書社、二〇〇七年）、陳本礼『屈辞精義』「卜居」（『楚辞文献集成』第十五冊広陵書社、二〇〇七年）。

*13 陸時雍『楚辞』巻六「卜居」（『楚辞文献集成』第六冊、広陵書社、二〇〇七年）。

*14 『史記』の引用は、百衲本二十四史『史記』による。

*15 『列子注』（『諸子集成』第三冊、中華書局香港分局、一九七八年）。

*16 以下、『荘子』の引用は、『四部叢刊』本による。

*17 剣薫按、〝逮〟訓〝及〟、如朱釋、當爲〝定數有所不及〟、不詞甚矣。余謂〝數〟當訓〝術〟、〝技〟或〝道〟、《廣雅・釋言》：〝數、術也。〟《孟子》：〝今夫奕之爲數。〟趙岐《注》：〝數、技也。〟〝術〟亦〝道〟。《晏子春秋・雜下篇》：〝言有文章、術有條理。〟謂〝道有條理〟也。《説文》：〝術、邑中道也〟實則與〝道〟同義。上掲《孟子》〝奕之爲數〟、即〝奕之爲道〟也。《論語》〝天之歴數在爾躬〟、猶言〝天之歴術在爾躬〟也、此〝數〟字當同此《辭》之〝數〟。〝數有所不逮〟者、言道、術、技亦有所不逮也。（何剣薫遺著、呉賢哲整理『楚辞新詁』巴蜀書社、一九九四年）。

*18 これとほぼ同じ文章が『呂氏春秋』孝行覧「必己」にも記されている。

*19 ここに挙げたもの以外で、楚辞「漁父」と「卜居」に道家思想の影響が強いことを指摘しているのは、注6前掲論文、師為公

「歴史的回音壁―《楚辞・卜居》辯析」、蔡靖泉「《卜居》、《漁父》的作者考辨」(『中国楚辞学』第十一輯、学苑出版社、二〇〇九年)などである。

*20 金開誠・董洪利・高路明著『屈原集校注』(中華書局、一九九六年)739頁。

*21 「漁父」については次章で詳しく扱う。

第10章　笑う教示者―楚辞「漁父《ぎょふ》」の解釈をめぐって―

はじめに

前章では楚辞「卜居《ぼくきょ》」を取り上げ、登場人物である屈原と占い師の鄭詹尹《ていせんいん》との対話の流れに着目しつつ、鄭詹尹の最後の台詞の意味について考察した。その結果「卜居」という作品は、屈原を融通の利かない意固地な人物として描いたものなのではないかという結論に達した。作品の主題は、屈原の清廉さを称揚することにあるのではなく、己が正しく世俗が間違っていると言いつのる屈原に対して、鄭詹尹が道家的な立場から教示を与えることにあると見なすことができるのである。

本章では、屈原と別の人物との対話形式からなるもう一つの作品である「漁父」を取り上げて、特にその終盤部分に注目し、過去の注釈者たちの様々な意見を概観した上で、当該作品に描かれた屈原像について考察したい。

1　『史記《しき》』屈原賈生列伝《くつげんかせいれつでん》の「漁父」と『楚辞章句《そじしょうく》』所収の「漁父」

まず「漁父」全体を⑴冒頭、⑵中盤、⑶終盤の三つの部分に分けた上で、①『史記』屈原賈生列伝に採録されたものと、②『楚辞章句』に収められたものを比較しながら掲げる。

⑴　冒頭

冒頭部分に関しては、①と②との間に差異は殆《ほとん》どない。①では、上官大夫《じょうかんたいふ》の讒言により、楚王が屈原を退けた、という内容の文章に続けて、漁父が屈原に出会う様子が次のように記される。

①屈原至於江濱、被髪行吟澤畔、顔色憔悴、形容枯槁。漁父見而問之曰、子非三閭大夫歟。何故而至此。(屈原《くつげん》　江濱《こうひん》に至《いた》り、被髪《ひはつ》して澤畔《たくはん》に行吟《こうぎん》するに、顔色《がんしょく》は憔悴《しょうすい》し、形容《けいよう》は枯槁《ここう》す。漁父《ぎょふ》見《み》て之《こ》れに問《と》いて曰《いわ》く、「子《し》は三閭大夫《さんりょたいふ》に非《あら》ざるか。何《なん》の故《ゆえ》に此《こ》こに至《いた》るや」と。)

一方、②では王逸による序[*1]の後、物語は次のように始まっている。

②屈原既放、游於江潭、行吟澤畔、顔色憔悴、形容枯槁。漁父見而問之曰、子非三閭大夫與。何故至於斯。(屈原《くつげん》　既《すで》に放《はな》たれて、江潭《こうたん》に游《あそ》び、澤畔《たくはん》に行吟《こうぎん》するに、顔色《がんしょく》は憔悴《しょうすい》し、形容《けいよう》は枯槁《ここう》す。漁父《ぎょふ》　見《み》て之《こ》れに問《と》いて曰《いわ》く、「子《し》は三閭大夫《さんりょたいふ》に非《あら》ざるか。何《なん》の故《ゆえ》に斯《こ》こに至《いた》るや」と。)

⑵　中盤

中盤部分についても、一カ所を除いて両者の間に大きな差は見られない。

①屈原曰、舉世混濁而我獨清。衆人皆醉而我獨醒。是以見放。漁父曰、聖人者不凝滞於物而能與世推移。擧世混濁、何不随其流而揚其波。衆人皆醉、何不餔其糟而啜其釃。何故懐瑾握瑜、而白令見放爲。（屈《くつ》原曰《げんいわ》く、「世《よ》を舉《あ》げて混濁《こんだく》して我《わ》れ獨《ひと》り清《す》む。衆人《しゅうじん》皆《み》な醉《よ》いて我《わ》れ獨《ひと》り醒《さ》む。是《こ》こを以《もっ》て放《はな》たる」と。漁父《ぎょふ》曰《いわ》く、「聖人《せいじん》は物《もの》に凝滞《ぎょうたい》せずして能《よ》く世《よ》と推移《すいい》す。世《よ》を舉《あ》げて混濁《こんだく》すれば、何《なん》ぞ其《そ》の流《なが》れに随《したが》いて其《そ》の波《なみ》を揚《あ》げざるや。衆人《しゅうじん》皆《み》な醉《よ》わば、何《なん》ぞ其《そ》の糟《かす》を餔《く》らいて其《そ》の釃《しる》を啜《すす》らざるや。何《なん》の故《ゆえ》に瑾《きん》を懐《いだ》き瑜《ゆ》を握《にぎ》るに、自《みずか》ら放《はな》たれしむるを爲《な》すや」と。）

②屈原曰、舉世皆濁、我獨清。衆人皆醉、我獨醒。是以見放。漁父曰、聖人不凝滞於物而能與世推移。世人皆濁、何不淈其泥而揚其波。衆人皆醉、何不餔其糟而歠其醨。何故深思高舉、自令放爲。（屈原曰《くつげんいわ》く、「世《よ》を舉《あ》げて皆《み》な濁《にご》り、我《わ》れ獨《ひと》り清《す》む。衆人《しゅうじん》皆《み》な醉《よ》い、我《わ》れ獨《ひと》り醒《さ》む。是《こ》こを以《もっ》て放《はな》たる」と。漁《ぎょ》父曰《ふいわ》く、「聖人《せいじん》は物《もの》に凝滞《ぎょうたい》せずして能《よ》く世《よ》と推移《すいい》す。世人《せじん》皆《み》な濁《にご》らば、何《なん》ぞ其《そ》の泥《どろ》を淈《にご》して其《そ》の波《なみ》を揚《あ》げざるや。衆人《しゅうじん》皆《み》な醉《よ》わば、何《なん》ぞ其《そ》の糟《かす》を餔《く》らいて其《そ》の醨《うすざけ》を歠《すす》らざるや。何《なん》の故《ゆえ》に深《ふか》く思《おも》い高《たか》く舉《あ》がりて、自《みずか》ら放《はな》たれしむるを爲《な》すや」と。）

①と②で大きく異なるのは、傍線を付した部分である。①では「何《なん》の故《ゆえ》に瑾《きん》を懐《いだ》き瑜《ゆ》を握《にぎ》るに（懐瑾握瑜）、自《みずか》ら放《はな》たれしむるを爲《な》すや」となっている漁父の発言が、②では「何《なん》の故《ゆえ》に深《ふか》く思《おも》い高《たか》く舉《あ》がりて（深思高舉）、自《みずか》ら放《はな》たれしむるを爲《な》すや」となっている。

①の「懐瑾握瑜」という表現は、『史記』及び楚辞「九章《きゅうしょう》」に収められる「懐沙《かいさ》」にも見えており、そこでは「任《にん》重《おも》く載《さい》盛《さか》んなるも　陥滞《かんたい》して濟《わた》られず、瑾《きん》を懐《いだ》き瑜《ゆ》を握《にぎ》るも　窮《きゅう》して示《しめ》す所《ところ》を知《し》らず（任重載盛兮　陥滞而不濟、懐瑾握瑜兮　窮不知所示）[*2]」のように用いられている。「多くの荷物を背負っていても、穴に落ち

込んでは先に進めない。美しい玉を持っていても、逆境にあってはそれを示す相手がいない」というのは、つまり「重要な任務を担っていても、讒言に遭ってしまってはそれを遂行できない。すぐれた才能を持っていても、任用されなければ役に立たない」ということを表していると思われる。したがって「懐瑾握瑜」というのは、人の美質や才能を、美しい玉を持っていることに喩えた比喩であり、①の傍線部分は「どうして（あなたは）美質や才能に恵まれていながら、自ら放逐されるようなことをしたのか」という意味になる。

一方、②の傍線部分は「どうして（あなたは）深く思い憂い、孤高の態度をとって、自ら放逐されるようなことをしたのか」という意味に解釈できよう。

両者を比較してみると、①の傍線部が、屈原の美質・才能を提示しているのに対し、②の傍線部は、屈原の孤高さをより強調しているといえる。

(3) 終盤

①と②の最大の違いは、終盤にある。屈原の台詞の後、①では「乃《すなわ》ち懐沙《かいさ》の賦《ふ》を作《つく》る。其《そ》の辭《じ》に曰《いわ》く…」と、直接「懐沙の賦」が続くのに対し、②には、漁父が「莞爾《かんじ》として笑《わら》い」、所謂「滄浪歌《そうろうか》」を歌いながら去り、「復《ま》た與《とも》に言《い》わ」なかった、という、傍線で示した部分が存在するのである。

①屈原曰、吾聞之、新沐者必彈冠、新浴者必振衣。人又誰能以身之察察、受物之汶汶者乎。寧赴常流而葬乎江魚之腹中耳。又安能以皓皓之白而蒙世之温蠖乎。（屈原曰《くつげんいわ》く、「吾《わ》れ之《こ》れを聞《き》く、『新《あら》たに沐《もく》する者《もの》は必《かな》らず冠《かんむり》を彈《はじ》き、新《あら》たに浴《よく》する者《もの》は必《かな》らず衣《ころも》を振《ふる》う』と。人《ひと》又《ま》た誰《たれ》か能《よ》く身《み》の察察《さっさつ》たるを以《もっ》て、物《もの》の汶汶《もんもん》たるを受《う》けんや。寧《むし》ろ常流《じょうりゅう》に赴《おもむ》きて江魚《こうぎょ》の腹中《ふくちゅう》に葬《ほうむ》られんのみ。又《ま》た安《いずく》んぞ能《よ》く皓皓《こうこう》た

るの白《しろ》きを以《もっ》て世《よ》の温蠖《おんかく》を蒙《こうむ》らんや」と。）

②屈原曰、吾聞之、新沐者必弾冠、新浴者必振衣。安能以身之察察、受物之汶汶者乎。寧赴湘流、葬於江魚之腹中。安能以皓皓之白、而蒙世俗之塵埃乎。漁父莞爾而笑、鼓枻而去、歌曰、滄浪之水清兮、可以濯吾纓。滄浪之水濁兮、可以濯吾足。遂去、不復與言。（屈原曰《くつげんいわ》く、「吾《わ》れ之《こ》れを聞《き》く、『新《あら》たに沐《もく》する者《もの》は必《かな》らず冠《かんむり》を弾《はじ》き、新《あら》たに浴《よく》する者《もの》は必《かな》らず衣《ころも》を振《ふる》う』と。安《いず》くんぞ能《よ》く身《み》の察察《さつさつ》たるを以《もっ》て、物《もの》の汶汶《もんもん》たるを受《う》けんや。寧《むし》ろ湘流《しょうりゅう》に赴《おもむ》きて、江魚《こうぎょ》の腹中《ふくちゅう》に葬《ほうむ》られん。安《いず》くんぞ能《よ》く皓皓《こうこう》たるの白《しろ》きを以《もっ》て、世俗《せぞく》の塵埃《じんあい》を蒙《こう》らんや」と。漁父《ぎょふ》莞爾《かんじ》として笑《わら》い、枻《かい》を鼓《こ》して去《さ》るに、歌《うた》いて曰《いわ》く、「滄浪《そうろう》の水清《みずす》まば、以《もっ》て吾《わ》が纓《えい》を濯《あら》うべし。滄浪《そうろう》の水濁《みずにご》らば、以《もっ》て吾《わ》が足《あし》を濯《あら》うべし」と。遂《つい》に去《さ》りて、復《ま》た與《とも》に言《い》わず。）

2　「滄浪歌」について

「川の水が澄んだら、その水で私の冠の紐を洗いましょう。川の水が濁ったら、その水で私の足を洗いましょう」と歌う「滄浪歌」は、『孟子《もうし》』離婁篇上《りろうへんじょう》に「孺子歌《じゅしか》」として次のように見えているものである。

孟子曰、不仁者可與言哉。安其危、而利其菑、樂其所以亡者。不仁而可與言、則何亡國敗家之有。有孺子歌曰、滄浪之水清兮、可以濯我纓。滄浪之水濁兮、可以濯我足。孔子曰、小子聽之。清斯濯纓、濁斯濯足矣。自取之也。夫人必自侮然後人侮之。家必自毀然後人毀之。國必自伐然後人伐之。大甲曰、天作孼猶可違、自作孼不可活。此之謂也。（孟子曰《もうしいわ》く、「不仁者《ふじんしゃ》は與《とも》に言《い》うべけんや。其《そ》の危《あや》うきを安《やす》しとし、

其《そ》の蓄《わざわ》いを利《り》とし、其《そ》の亡《ほろ》ぶ所以《ゆえん》の者《もの》を樂《たの》しむ。不仁《ふじん》にして與《とも》に言《い》うべくんば、則《すなわ》ち何《なん》の亡國敗家《ぼうこくはいか》か之《こ》れ有《あ》らん。孺子《じゅし》有《あ》り歌《うた》いて日《いわ》く、『滄浪《そうろう》の水清《みずす》まば、以《もっ》て我《わ》が纓《えい》を濯《あら》うべし。滄浪《そうろう》の水濁《みずにご》らば、以《もっ》て我《わ》が足《あし》を濯《あら》うべし』と。孔子《こうし》日《いわ》く、『小子《しょうし》　之《こ》れを聴《き》け。清《す》まば斯《すなわ》ち纓《えい》を濯《あら》われ、濁《にご》らば斯《すなわ》ち足《あし》を濯《あら》わる。自《みずか》ら之《こ》れを取《と》るなり』と。夫《そ》れ人《ひと》は必《かな》らず自《みずか》ら侮《あなど》りて然《しか》る後《のち》に人《ひと》　之《こ》れを侮《あなど》る。家《いえ》は必《かな》らず自《みずか》ら毀《こぼ》ちて然《しか》る後《のち》に人《ひと》　之《こ》れを毀《こぼ》つ。國《くに》は必《かな》らず自《みずか》ら伐《やぶ》りて然《しか》る後《のち》に人《ひと》　之《こ》れを伐《やぶ》る。大甲《たいこう》日《いわ》く、『天《てん》の作《な》せる孽《わざわ》いは猶《な》お違《さ》くべきも、自《みずか》ら作《な》せる孽《わざわ》いは活《い》くべからず』と。此《こ》れ之《こ》の謂《い》いなり」と。）

「孺子歌」は、「吾」が「我」となっている以外、「滄浪歌」と全く同じであり、春秋戦国期に広く知られていた民歌の一種であると思われる。孔子はこの歌を「川の水が澄んでいれば、人は大切な冠の紐を洗い、濁っていれば、人は汚れた足を洗う。どちらも川の水が自ら招いた結果である」という視点でとらえ、栄辱は人が自ら招くものであるから、己を律する必要がある、と説く。しかし、楚辞「漁父」では、自らの清廉さを頑なに守ろうとする屈原に対し、漁父が「川の水が清ければ冠の紐を洗い、水が濁れば足を洗うように、周囲の状況に合わせて臨機応変に行動するのが得策だ」という処世訓としてこの歌を用いているのである。[*3]

この「滄浪歌」が、②楚辞「漁父」にはあって、①『史記』屈原賈生列伝にはないことについて[*4]、中島千秋は次のように述べている。

司馬遷はこの歌のあることを知らなかったのか、或は知っていても妥当でないとして、これを削ったのか。いずれにしても、その真相をつかむことはむつかしい。王逸の収録した頃までに、歌がつけ加えられて伝わっていたことは確かであるとしても、司馬遷の頃はその歌がなかったかも知れない。又あったとしても削ったかも知れない。というのは歌があれば、それは屈原を漁父が批判したことになるからである。

だから当然「雅馴」でないものとして削除されたと考えられるからである。そのどちらにしても、史記に歌がなかつたのは、「屈原伝」としては正しいことであった。[*5]

確かに、最後の「滄浪歌」の有無は、物語全体の意味内容を左右する重要な問題である。①のように「滄浪歌」がなければ、物語全体は、屈原が、俗世に汚されることのない己の強い信念を高らかに宣言したものとなる。しかし、②のように最後に「滄浪歌」があれば、俗世に順応していく術を知らない屈原を、漁父が批判したものとなる。

中島によれば、楚辞「漁父」で漁父が屈原を批判していることは、作品の形式からも明らかであるという。

かくして、屈原、漁父、屈原、漁父(歌)の順序に問答が反復され、漁父の歌で終つている。かかる問答の間に地の文がなくて、ただ両人の会話の科白だけがあるものは、最後の科白を述べることができなくなつたものが敗者の立場に立つことは、いうまでもないことであつて、ここで漁父の滄浪の歌についで屈原の歌でもあつたならいざ知らず、その歌で終了した形式になつている以上、屈原がまけたことになるわけである。

「漁父」の作者を屈原だとする、過去の多くの注釈者の立場からすれば、当然この考え方は受け容れられまい。彼らは、汨羅に身を投げて世俗の汚れを避けた屈原が、漁父の言葉を真に受けて自分の「まけ」を認めるような作品を残すはずがないと考えるであろう。

3　「不復與言」の主語について

(1) 主語を屈原とする解釈

恐らく「屈原がまけたことになる」という矛盾に陥ることを避けるためであろう。過去の注釈の中には、作品の最後の一句「復《ま》た與《とも》に言《い》わず（不復與言）」の主語を屈原と見なすものが多くある。「滄浪歌」を歌いながら去っていく漁父に対し、もし屈原が「彼（漁父）は、私がともに語るべき相手ではない」と、それ以上の対話を拒否した、というのであれば、屈原は最後に無言のままで漁父を批判したことになり、少なくとも「屈原がまけたこと」にはならないからである。*6

たとえば明の汪瑗《おうえん》は、次のように述べている。

遂去、屈子申紀漁父歌罷、遂鼓枻遠去、而己不復得與之言也。或曰、蓋屈子自言己別漁父而去、不復與之言也。漁父因上章屈子之言、而知獨行之志決不肯變。故不復再言。於是笑歌而去、自適其適也。屈子之意亦自謂各行其志去耳、復何言哉。*7（「遂《つい》に去《さ》る」とは、屈子《くっし》申《かさ》ねて漁父《ぎょふ》の歌罷《うたおわ》り、遂《つい》に枻《かい》を鼓《こ》して遠《とお》く去《さ》りて、己《おの》れ復《ま》た之《こ》れと言《い》うを得《え》ざるを紀《しる》すなり。或《あ》るひと曰《いわ》く、「蓋《けだ》し屈子《くっし》自《みずか》ら己《おの》れ漁父《ぎょふ》と別《わか》れて去り、復《ま》た之《こ》れと言《い》わざるを言《い》うなり」と。漁父《ぎょふ》は上章《じょうしょう》の屈子《くっし》の言《げん》に因《よ》りて、獨行《どっこう》の志《こころざし》の決《けっ》して變《か》うるを肯《がえ》んぜざるを知《し》る。故《ゆえ》に復《ま》た再《ふたた》びは言《い》わず。是《こ》こに於《お》いて笑《わら》い歌《うた》いて去《さ》り、自《みずか》ら其《そ》の適《かな》うところに適《ゆ》くなり。屈子《くっし》の意《い》も亦《ま》た自《みずか》ら謂《おも》えらく各《おの》おの其《そ》の志《こころざし》を行《おこな》いて去《さ》るのみなれば、復《ま》た何《なに》をか言《い》わんやと。）

この中で汪瑗は、「或《あ》るひと」の意見を紹介している。その意見では「遂《つい》に去《さ》りて」と「復《ま》た與《とも》に言《い》わず」の主語はともに屈原であるという。しかし汪瑗自身は「遂《つい》に去《さ》りて」の主語を漁父、「復《ま》た與《とも》に言《い》わず」の主語を屈原と見ているようである。

清代の注釈者たちの多くも同様に「復《ま》た與《とも》に言《い》わず」の主語を屈原と見なしている。たとえば將驥《しょうき》は「漁《ぎょ》父《ふ》 遂《つい》に去《さ》りて、原《げん》も亦《ま》た復《ま》た與《とも》に言《い》わず、各《おの》おの其《そ》の志《こころざし》を行《おこな》うなり（漁父遂去、而原亦不復與言、各行其志也）」[*8]と注しており、汪瑗《おうえん》と同じく「遂《つい》に去《さ》りて」の主語を漁父、「復《ま》た與《とも》に言《い》わず」の主語を屈原とする。また王邦采《おうほうさい》は「遂《つい》に去《さ》りて、復《ま》た與《とも》に言《い》わず」の句について、次のように述べている。

上有鼓枻而去、但載歌詞亦可以止。更贅此句者、漁父遂去不顧、原亦不復與言。蓋兩無言也。[*9]（上《うえ》に「枻《かい》を鼓《こ》して去《さ》る」有《あ》れば、但《た》だ歌詞《かし》を載《の》するのみなるも亦《ま》た以《もっ》て止《や》むべし。更《さら》に此《こ》の句《く》を贅《ぜい》するは、漁父《ぎょふ》遂《つい》に去《さ》りて顧《かえり》みず、原《げん》も亦《ま》た復《ま》た與《とも》に言《い》わざればなり。蓋《けだ》し兩《ふた》つながら無言《むごん》ならん。）

すでに「枻《かい》を鼓《こ》して去《さ》る」とあるのだから、作品は「滄浪歌」で終わっていてもよいはずであるのに、その後にまた「遂《つい》に去《さ》りて、復《ま》た與《とも》に言《い》わず」と言っているのは、漁父が去り、屈原も再び彼と言葉を交わさなかった、ということを明らかにするためだというのである。

夏大霖《かたいりん》は、屈原の「新《あら》たに沐《もく》する者《もの》は…」という台詞について「その強い口調は、人に口を差し挟む余地を与えなかった。そこで、漁父はただ笑うことしかできず、屈原も二度と彼と話をしたがらなかったのである（辭氣激烈、使人無置吻處。漁父只有笑了、屈子也不欲共復言）」と述べる。そして「遂《つい》に去《さ》りて」には「漁父が去った（漁父去）」と注し、「復《ま》た與《とも》に言《い》わず」には「屈原が二度と話をしなかったという意味である。先にすでに強い口調で拒絶したので、ここではそれ以上は言わず、先に発した言葉に任せたのである（是屈子不復與言。上節已用激烈絶之、此繳上節也）[*10]」と注を施している。

このように明清期の注釈者たちは、屈原が漁父に「まけたこと」になるのを避けるべく、作品終盤部分の解釈に苦心している。[*11]

(2)　王逸の解釈

ところで、現存する最古の注釈である王逸注は「漁父」の最後の句「遂《つい》に去《さ》りて、復《ま》た與《とも》に言《い》わず」の主語を屈原と漁父のどちらだとしているのだろうか。「漁父」の王逸注は主に四字句から成っており、[*12] 当該箇所についても「道眞《どうしん》に合《がっ》するなり（合道眞也）」と四字を費やすのみである。これだけでは、屈原と漁父のどちらを当該句の主語ととらえているのか不明である。

そこで、王逸の言う「道眞《どうしん》に合《がっ》する」とは、どのような意味を持ち、いかなる場合に用いられるのかを確認するため、他の楚辞作品に付された王逸注の中から、「道眞《どうしん》」という語を拾い出してみた。

まず、楚辞「遠遊」の冒頭、主人公が羽化登仙することを目指して旅立つ箇所に付された王逸注に、「道眞」の語が見える。

悲時俗之迫阨兮　　時俗《じぞく》の迫阨《はくあい》なるを悲《かな》しみ
願輕擧而遠遊　　　輕擧《けいきょ》して遠遊《えんゆう》せんことを願《ねが》う

【王逸注】
哀衆嫉妬、迫脅賢也。翺翔避世、求道眞也。（衆《しゅう》の嫉妬《しっと》して、迫《せま》りて賢《けん》を脅《おびやか》すを哀《かな》しむなり。翺翔《こうしょう》して世《よ》を避《さ》け、道眞《どうしん》を求《もと》むるなり。）

王逸は「遠遊」の作者と主人公をともに屈原であると見なしている。[*13] したがって、それによれば、ここで「道眞」を求めて旅立とうとしているのは屈原だということになる。

次に、楚辞「惜誓《せきせい》」に付せられた王逸注にも「道眞」という語が現れている。王逸は「惜誓」のこの場面を、故郷を離れて山川を跋渉《ばっしょう》し、ついに「道眞」を得た主人公が、朱雀《すざく》に先導され、太一神《たいいつしん》の象牙の車に乗って遊行する様子だと理解している。

登蒼天而髙舉兮　蒼天《そうてん》に登《のぼ》りて髙舉《こうきょ》し
歴衆山而日遠　衆山《しゅうざん》を歴《へ》て日《ひ》び遠《とお》し

【王逸注】
言、己想得道眞、上升蒼天、髙抗志行、經歴衆山、去我郷邑、日以遠也。(言《い》うこころは、己《おのれ》道眞《どうしん》を得《え》んことを想《おも》い、蒼天《そうてん》に上升《じょうしょう》して、志行《しこう》を髙抗《こうこう》にし、衆山《しゅうざん》を經歴《けいれき》して、我《わ》が郷邑《きょうゆう》を去《さ》ること、日《ひ》び以《もっ》て遠《とお》きなりと。)

…

攀北極而一息兮　北極《ほっきょく》に攀《よ》じて一たび息《いこ》い
吸沆瀣以充虚　沆瀣《こうがい》を吸《す》いて以《もっ》て虚《きょ》を充《み》たす

【王逸注】
言、己周流行求道眞、冀得上攀北極之星、且休息、吸清和之氣、以充空虚、療飢渴也。(言《い》うこころは、己《おのれ》周流《しゅうりゅう》して行《ゆ》きて道眞《どうしん》を求《もと》むるに、上《のぼ》りて北極《ほっきょく》の星《ほし》に攀《よじ》るを得《え》て、且《しばら》く休息《きゅうそく》し、清和《せいわ》の氣《き》を吸《す》い、以《もっ》て空虚《くうきょ》を充《み》たし、飢渇《きかつ》を療《いや》さんことを冀《こいねが》うなりと。)

飛朱鳥使先驅兮　朱鳥《しゅちょう》を飛《と》ばして先驅《せんく》せしめ
駕太一之象輿　太一《たいいつ》の象輿《ぞうよ》に駕《が》す

【王逸注】

言、己吸天元氣、得道眞、即朱雀神鳥為我先導、遂乘太一神象之輿、而遊戲也。（言《い》うこころは、己《おのれ》天《てん》の元氣《げんき》を吸《す》い、道眞《どうしん》を得《え》たれば、即《すなわ》ち朱雀《すざく》の神鳥《しんちょう》我《わ》が為《た》めに先導《せんどう》し、遂《つい》に太一神《たいいつしん》の象《ぞう》の輿《こし》に乘《の》りて、遊戲《ゆうぎ》するなりと。）

「惜誓」の作者について、王逸は「誰《たれ》の作《つく》る所《ところ》なるかを知《し》らざるなり」とするものの、その内容は、主人公の屈原が懐王の心変わりを謗《そし》ったものだと解している。[*14] したがって、王逸の考えでは、ここで「道眞」を得ている主人公は屈原だということになる。

さらに、楚辞「九嘆《きゅうたん》」の「惜賢《せきけん》」の王逸注にも、主人公が仙人の王子僑《おうしきょう》を追いかけて「道眞」を学ぼうとする、という箇所がある。

驅子僑之犇走兮　　子僑《しきょう》の犇走《ほんそう》し
申徒狄之赴淵　　申徒狄《しんとてき》の淵《ふち》に赴《おもむ》くに驅《か》く

【王逸注】

申徒狄、賢者。避世不仕、自投赴河也。言、己修善不見進用、意欲驅馳、待王子僑、隨之犇走、以學道眞。又見申徒狄避世赴河、意中紛亂、不知所行也。（申徒狄《しんとてき》は、賢者《けんじゃ》なり。世《よ》を避《さ》けて仕《つか》えず、自《みずか》ら投《とう》じて河《か》に赴《おもむ》くなり。言《い》うこころは、己《おの》れ善《ぜん》を修《おさ》むるも進用《しんよう》せられず、意《おも》うに驅馳《くち》して、王子僑《おうしきょう》を待《ま》ち、之《こ》れに隨《したが》いて犇走《ほんそう》し、以《もっ》て道眞《どうしん》を學《まな》ばんと欲《ほっ》す。又《ま》た申徒狄《しんとてき》の世《よ》を避《さ》けて河《か》に赴《おもむ》くを見《み》れば、意中紛亂《いちゅうふんらん》として、行《ゆ》く所《ところ》を知《し》らざるなりと。）

王逸によれば、「九嘆」は劉向の作品であるが、その内容は、放逐された屈原がなお懐王を念《おも》い、嘆く様子を詠んだものだという。[*15] つまり、ここでも主人公、即ち叙述の主体は屈原であると見なされているのである。

以上の用例から、王逸にとって、これら楚辞作品の中で「道眞」を得たり、「道眞」を学ぼうとしたりしているのは、すべて屈原であるということがわかる。

では、「漁父」の「遂《つい》に去《さ》りて、復《ま》た與《とも》に言《い》わず」という句に王逸が「道眞《どうしん》に合《がっ》するなり」と注していることから、王逸はここの主語を屈原だと見なしている、と考えてよいかというと、ことはそれほど単純ではない。改めて王逸注における「道眞」の使用例を見てみると、王逸が「道眞」という語を「登遷者の境地」という意味で用いていることがわかる。そうであるならば、世俗から身を隠した隠士である漁父が「道眞に合する」人物として、当該句の主語と見なされている可能性もある。したがって結局の所、王逸が当該句の主語を屈原と漁父のどちらと見なしているのかは、不明であるといわざるを得ないのである。

(3)　主語を漁父とする解釈

はじめに述べたように、民国期以後、「漁父」を屈原の作品ではなく、後世の人間の手になるものであるとする意見が大多数を占めている。そうした意見は、(1)で見た注釈者たちのように「作者である屈原が自らの負けを作品に詠むはずはない」というような解釈上の束縛を受けない。そのためであろう、「遂《つい》に去《さ》りて、復《ま》た與《とも》に言《い》わず」の主語を漁父とするものが多く見られる。

たとえば郭沫若《かくまつじゃく》は「漁父莞爾《ぎょふかんじ》として笑《わら》い」以下を「老人はにっこりと笑い、船べりを叩きながら、歌を歌った。…そして老人は去って行き、二度と屈原と話をすることはなかった（老人微微地笑着，一面敲着船边，一面唱着歌……老人各自走了，没有再和屈原说话）[*16]」と解している。藤野岩友《ふじのいわとも》も「こうして漁父は去り、もうふたたび屈原と語り合わなかった」[*17]と訳している。この他、近年の訳注本でも「彼は去って行った。そして二度と屈原とは話さなかった（他走了。不再和屈原说话）」[*18]、「そのまま遠く去り行き、再び屈原と話をすることはなかった（就此远走、再没有跟屈原说什么）」[*19]としており、いずれも主語は漁父になっている。[*20]

では、「漁父」の作者を屈原より後の人間とする意見の持ち主がすべて、漁父との問答において「屈原がまけた」と判断し、当該作品を、漁父が屈原を批判したものと見なしているかというと、そうではない。

4　屈原に対する漁父の態度について

先に紹介したように、中島千秋は「漁父」が「滄浪歌」で終わっている以上、「屈原がまけたこと」になると述べているのであるが、彼は同じ論文の中で次のようにも述べている。

然しよくみれば、歌がくるまでの屈原の汚濁に身をおこうとせぬ意志とこの相反する隠遁的思想とは、相対照しながら、屈原の入水の行為又はその意志を更に美しく、そして感慨深いものにしている。ということは、この歌は批判しながらも、なお屈原の行為を逆接的に是認している形になっている。入水を詠嘆する感動を与えているわけである。[*21]

また、同じことを小嶋政雄は次のように表現している。

卜居と漁父は同じテーマを取り扱ひながら又各々のニュアンスと個性をもつてゐる。卜居は遮二無二屈原の潔癖不妥協の性格を高揚することに力を注いでゐるが、漁父の作者は同じ目的を狙ひながら少し立場が違つてゐる。屈原の性格描写に当り卜居のやうな強烈な直接照射によらず、古諺・古謡を通しての柔かな間接照明によつてゐる。そしてその照射が幾分批判的態度である。…ともあれこの詩情豊かな古謡を誦しながら去つて行く漁父の態度には、直線的な考へ方と行動しかとり得ない屈原に反省を促して止まない批判精神がある。[*22]

「漁父」全体の趣旨は、屈原の高潔さを讃えることにあるのだが、それが屈原批判にまで逸脱してしまっている感がある、というのである。

中国においては、馬茂元らの『楚辞注釈』が、漁父を「当時の道家思想を代表する人物（當時道家思想的代表人物）」、屈原を「別の思想を代表する人物（另一種思想的代表）」と位置づけた上で、次のように述べている。

他（＝屈原　※矢田注）與漁父的矛盾對立是不可調和的、本篇便以屈原沉湘前的傳說為背景、展示了兩種思想的原則分歧和激烈鬥爭。鬥爭的結果是〝遂去、不復與言〟。不難理解、作者的用意、是以〝道不同、不相為謀〟來歸結全篇的。漁父離去、當然還是過着〝避世隱身、釣魚江濱、欣然自樂〟的牛活；而屈原則准備〝赴湘流、葬于魚江《ママ》之腹中〟。異途殊趨、各行其是。相比之下、屈原的堅強不撓的意志、〝伏清白以死直〟的精神、也就昭然了。[*23]（屈原と漁父の間にある矛盾や対立は解消できるものではない。本篇は屈原の入水自殺前の伝説を背景に、二つの思想の根本的な相違と激しい対立を描いているのである。そして、その対立の結果が「遂《つい》に去《さ》りて、復《ま》た與《とも》に言《い》わず」という句である。つまり、明らかに作者のねらいは、全篇を、「道《みち》同《おな》じからざれば、相《あ》い為《た》めに謀《はか》らず」という結論に導くことにある。漁父は去った後、元通り「世《よ》を避《さ》け身《み》を隠《かく》し、魚《さかな》を江濱《こうひん》に釣《つ》りて、欣然《きんぜん》として自《みずか》ら楽《たの》しむ」生活を送るのであり、屈原は「湘《しょう》流《りゅう》に赴《おもむ》きて、江魚《こうぎょ》の腹中《ふくちゅう》に葬《ほうむ》らる」る覚悟である。それぞれが、「己の信ずる別々の道を行くのである。このように対比されることによって、屈原の強固な意志、「清白《せいはく》に伏《ふく》して以《もっ》て直《ちょく》に死《し》す」という精神も明らかになるのである。）

また、金開誠らによる『屈原集校注』は、「卜居」と「漁父」の両作品について、次のように述べている。

從篇内所反映的思想傾向看、我們認爲這兩篇很可能是西漢初年黄老思想盛行時的作品。作者當是既有道家思想、又敬服屈原爲人同情屈原遭遇的人。因此、儘管作者旨在宣揚道家思想、但對屈原的思想和形象絲毫沒有歪曲、反而通過對話充分肯定和贊揚了屈原清白高潔的品格和矢志不渝的鬥爭精神。[*24]（作品に現れた思想の傾向から見て、両作品は黄老思想が盛行した前漢初期に作られた可能性が高い。作者は道家思想の持ち主でありながら、屈原の生き方に敬服し、その境遇に同情する人物であるに違いない。したがって、道家思想の宣揚を目的としながらも、作品の中で屈原の思想や彼のイメージを歪曲するようなことは一切していない。むしろ作品の中の対話を通して、屈原の清廉潔白で誇り高い性格や、不屈の精神を肯定し、高く称賛している。）

いずれの意見も、漁父は屈原の生き方に対し批判的であるが、「漁父」という作品自体は、屈原の高潔さを称賛するものであると判断しているのである。

しかし、そのように考えることは果たして妥当なのだろうか。ここで気にかかるのは、「滄浪歌」を歌って去っていく際の漁父の「笑い」である。

5　「笑う」教示者

作品の最後の部分において、屈原の主張を聞いた漁父は「莞爾《かんじ》として笑《わら》」った後、「滄浪歌」を歌いながら去って行く。この「莞爾」という言葉は、前漢以前の記述では、「漁父」以外に唯一、『論語《ろんご》』陽貨篇《ようかへん》に見える。

子之武城、聞絃歌之聲。夫子莞爾而笑曰、割鷄、焉用牛刀。子游對曰、昔者、偃也、聞諸夫子。曰、君子學道則愛人、小人學道則易使。子曰、二三子、偃之言、是也。前言、戲之耳。（子《し》　武城《ぶじょう》に之《ゆ》きて、絃《げん》歌《か》の聲《こえ》を聞く。夫子《ふうし》　莞爾《かんじ》として笑いて曰《いわ》く、「鷄《にわとり》を割《さ》くに、焉《いずくん》ぞ牛刀《ぎゅうとう》を用《もち》いん」と。子游《しゆう》　對《こた》えて曰《いわ》く、「昔者《むかし》、偃《えん》や、諸《こ》れを夫子《ふうし》に聞《き》けり。曰《いわ》く、『君子《くんし》　道《みち》を學《まな》べば則《すなわ》ち人《ひと》を愛《あい》し、小人《しょうじん》　道《みち》を學《まな》べば則《すなわ》ち使《つか》い易《やす》し』」と。子《し》曰《いわ》く、「二三子《にさんし》、偃《えん》の言《げん》、是《ぜ》なり。前言《ぜんげん》は、之《こ》れに戲《たわむ》れしのみ」と。）

「莞爾」について、何晏《かあん》の集解《しっかい》、邢昺《けいへい》の疏《そ》はともに「小笑《しょうしょう》の貌《さま》なり」としている。そして邢昺が「今《いま》、子游《しゆう》は小《しょう》を治《おさ》むるに、大《だい》を用《もち》う。故《ゆえ》に之《こ》れを笑《わら》う（今、子游治小、用大。故笑之）」と言うように、孔子の笑いには、「武城のように小さな町を治めるのに礼楽を用いるのは、鶏をさばくのに牛刀を使うのと同様、大げさすぎるだろう」という皮肉が込められていると考えられる。

漁父の場合とは異なり、孔子はこの後、子游の反論を受けて自らの非を認めることになるのであるが、「莞《かん》爾《じ》として笑《わら》う」という言葉が、いずれも皮肉めいた台詞を口にする場合に用いられているという点には留意すべきであろう。

では「漁父」のように問答形式から成る物語において、登場人物が問答の相手を笑い、批判する言葉を述べて終わる、という形をとりながら、そうすることによって、物語全体としては批判の対象を称賛する、という例があり得るのだろうか。

その点を確かめるため、「漁父」の成立が戦国時代の末期から前漢の半ばであるとして、その頃までに成立したと思われる書物の中で、「漁父」と同様に問答形式から成り、且つ、登場人物が最後に問答の相手を笑い、台詞を述べて終わる、という内容を持つ物語を集めてみた。すると、この条件に該当する例としては『荘子《そうじ》』、『列子《れっし》』、『呂氏春秋《りょししゅんじゅう》』、『史記』から計十五例を見いだすことができた。紙幅の関係上、ここでは以下の三例を挙げてみたい。[*25]

まず『荘子』外篇《がいへん》「天地篇《てんちへん》」の、「蟷螂《とうろう》の斧《おの》」という言葉のもとになった物語を挙げる。

將閭葂見季徹曰、魯君謂葂也、曰、請受教。辭不獲命、既已告矣。未知中否。請嘗薦之。吾謂魯君曰、必服恭儉、拔出公忠之屬、而無阿私、民孰敢不輯。季徹局局然笑曰、若夫子之言、於帝王之德、猶螳螂之怒臂以當車軼。則必不勝任矣。…（將閭葂《しょうりょべん》 季徹《きてつ》を見て曰《いわ》く、「魯君《ろくん》の葂《べん》に謂《い》うや、曰《いわ》く、『請う教《おし》えを受《う》けん』と。辭《じ》するも命《めい》を獲《え》ず、既《すで》已に告《つ》ぐ。未《いま》だ中《あた》るや否《いな》やを知《し》らず。請う嘗《こころ》みに之《こ》れを薦《すす》めん。吾《わ》れ魯君《ろくん》に謂《い》いて曰《いわ》く、『必《かな》らず恭儉《きょうけん》に服《ふく》し、公忠《こうちゅう》の屬《ぞく》を拔出《ばっしゅつ》して、阿私《あし》すること無《な》くんば、民《たみ》孰《た》れか敢《あ》えて輯《やわ》らがざらんや』と」と。季徹局局然《きてつきょくきょくぜん》として笑《わら》いて曰《いわ》く、「夫子《ふうし》の言《げん》の若《ごと》きは、帝王《ていおう》の德《とく》に於《お》けるや、猶《な》お螳螂《とうろう》の臂《ひじ》を怒《いか》らせて以《もっ》て車軼《しゃてつ》に當《あた》るがごとし。則《すなわ》ち必《かな》らず任《にん》に勝《た》えざらん…」と。）

季徹《きてつ》は、将閭葂《しょうりょべん》が魯君に説いたという彼の政治哲学を聞いて「局局然《きょくきょくぜん》として笑《わら》」った後、改めて彼に無為の政治について説いて聞かせるのである。

次に『列子』天瑞篇《てんずいへん》に見える、「杞憂《きゆう》」という言葉のもとになった有名な物語を挙げる。

杞國有人、憂天地崩墜、身亡所寄、廢寢食者。又有憂彼之所憂者。因往曉之曰、天積氣耳。…奈何憂崩

墜乎。…其人曰、奈地壞何。曉者曰、地積塊耳。…奈何憂其壞。其人舍然大喜。曉之者亦舍然大喜。長盧子聞而笑之曰、…天地不得不壞、則會歸於壞。遇其壞時、奚為不憂哉。子列子聞而笑曰、言天地壞者亦謬。言天地不壞者亦謬。壞與不壞、吾所不能知也。雖然、彼一也、此一也。故生不知死、死不知生、來不知去、去不知來。壞與不壞、吾何容心哉。（杞國《きこく》に人《ひと》の、天地《てんち》崩墜《ほうつい》して、身《み》寄《よ》る所《ところ》亡《な》きを憂《うれ》えて、寝食《しんしょく》を廢《はい》する者《もの》有《あ》り。又《ま》た彼《か》れの憂《うれ》うる所《ところ》を憂《うれ》うる者《もの》有《あ》り。因《よ》りて往《ゆ》きて之《こ》れを曉《さと》して曰《いわ》く、「天《てん》は積氣《せきき》なるのみ。…奈何《いかん》ぞ崩墜《ほうつい》するを憂《うれ》えんや」と。…其《そ》の人《ひと》曰《いわ》く、「地《ち》の壞《くず》るるを奈何《いかん》せん」と。曉《さと》す者《もの》曰《いわ》く、「地《ち》は積塊《せきかい》なるのみ。…奈何《いかん》ぞ其《そ》の壞《くず》るるを憂《うれ》えんや」と。其《そ》の人《ひと》　舍然《しゃぜん》として大《おお》いに喜《よろこ》ぶ。之《こ》れを曉《さと》す者《もの》も亦《ま》た舍然《しゃぜん》として大《おお》いに喜《よろこ》ぶ。長盧子《ちょうろし》　聞《き》きて之《こ》れを笑《わら》いて曰《いわ》く、「…積氣《せきき》なるを知《し》り、積塊《せきかい》なるを知《し》らば、奚《なん》ぞ壞《くず》れずと謂《い》わん。…天地《てんち》壞《くず》れざるを得《え》ざれば、則《すなわ》ち會《かなら》ず壞《くず》るるに歸《き》す。其《そ》の壞《くず》るる時《とき》に遇《あ》えば、奚為《なんす》れぞ憂《うれ》えざらんや」と。子列子《しれっし》　聞《き》きて笑《わら》いて曰《いわ》く、「天地《てんち》は壞《くず》るると言《い》う者《もの》も亦《ま》た謬《あやま》りなり。壞《くず》るると壞《くず》れざると、吾《わ》れ知《し》る能《あた》わざる所《ところ》なり。然《しか》りと雖《いえど》も、彼《か》れも一《いつ》なり、此《こ》れも一《いつ》なり。故《ゆえ》に生《い》くるものは死《し》を知《し》らず、死《し》するものは生《い》くるを知《し》らず、來《きた》るものは去《さ》るを知《し》らず、去《さ》るものは來《きた》るを知《し》らず。壞《くず》るると壞《くず》れざると、吾《わ》れ何《なん》ぞ心《こころ》を容《い》れんや」と。）

天地が崩れるのではないか、と恐れる杞国の人に対し、彼を心配する人が、天は「積氣《せきき》」であり、地は「積《せき》塊《かい》」であるから、崩れることはない、と教え諭す。すると、二人の議論を聞いた長盧子《ちょうろし》が笑って、「積氣《せきき》」や「積塊《せきかい》」だからといって、天地が崩れないという保証はない、と言う。その言葉を聞いた列子《れっし》が最後に笑って、どちらともわからないものに心を砕くのは無駄なことだ、という主旨の意見を述べて物語は終わる。杞国の人と彼を心配する人の二人を長盧子《ちょうろし》が笑い、さらにその長盧子《ちょうろし》を列子《れっし》が笑う、という二重構造になっているが、笑う者はいずれも、笑われる者を優越した立場に立っている。

最後に『呂氏春秋』恃君覧《じくんらん》「恃君《じくん》」に見える豫譲《よじょう》の物語を挙げる。

豫譲欲殺趙襄子、滅鬚、去眉、自刑以變其容、為乞人而往乞於其妻之所。其妻曰、狀貌無似吾夫者、其音何類吾夫之甚也。又呑炭、以變其音。其友謂之曰、子之所道甚難而無功。謂子有志則然矣。謂子智則不然。以子之材而索事襄子、襄子必近子。子得近而行所欲、此甚易而功必成。豫譲笑而應之曰、是先知報後知也。為故君賊新君矣。大亂君臣之義者無此。失吾所為為之矣。凡吾所為為此者、所以明君臣之義也。非從易也。（豫譲《よじょう》　趙襄子《ちょうじょうし》を殺さんと欲《ほっ》し、鬚《ひげ》を滅《めっ》し、眉《まゆ》を去《さ》り、自《みずか》ら刑《けい》して以《もっ》て其《そ》の容《かたち》を變《か》え、乞《きっ》人《じん》と為《な》りて往《ゆ》きて其《そ》の妻《つま》の所《ところ》に乞《こ》う。其《そ》の妻曰《つまいわ》く、「狀貌《じょうぼう》は吾《わ》が夫《おっと》に似《に》ること無《な》き者《もの》なるに、其《そ》の音《おん》は何《なん》ぞ吾《わ》が夫《おっと》に類《に》ることの甚《はなは》しきや」と。又《ま》た炭《すみ》を呑《の》みて、以《もっ》て其《そ》の音《おん》を變《か》う。其《そ》の友《とも》　之《こ》れに謂《い》いて曰《いわ》く、「子《し》の道《みち》とする所《ところ》は甚《はなは》だ難《かた》くして功無《こうな》し。子《し》に志有《こころざしあ》りと謂《い》わば則《すなわ》ち然《しか》り。子《し》を智《ち》なりと謂《い》わば則《すなわ》ち然《しか》らず。子《し》の材《ざい》を以《もっ》てして襄子《じょうし》に事《つか》うるを索《もと》むれば、襄子《じょうし》は必《かな》らず子《し》を近《ちか》づけん。子《し》　近《ちか》づくを得《え》て欲《ほっ》する所《ところ》を行《おこな》わば、此《こ》れ甚《はなは》だ易《やす》くして功必《こうかなら》ず成《な》らん」と。豫譲《よじょう》　笑《わら》いて之《こ》れに應《こた》えて曰《いわ》く、「是《こ》れ先知《せんち》　後知《こうち》に報《むく》いるなり。故君《こくん》の為《た》めに新君《しんくん》を賊《そこな》う。大《おお》いに君臣《くんしん》の義《ぎ》を亂《みだ》すこと此《か》くのごときは無《な》し。吾《わ》が為《な》す所《ところ》を失《しっ》して之《こ》れを為《な》すものなり。凡《およ》そ吾《わ》れの此《こ》れを為《な》す所為《しわざ》の者《もの》は、君臣《くんしん》の義《ぎ》を明《あき》らかにする所以《ゆえん》なり。易《やす》きに從《したが》うに非《あら》ざるなり」と。）

自分を国士として重用してくれた智伯《ちはく》が趙襄子《ちょうじょうし》に殺されたため、豫譲は苦心して姿を変えて趙襄子に近づき、敵《かたき》を討とうとする。その様子を見た友人は、趙襄子の臣下となって近づけば簡単に敵討ちができるだろうと助言する。すると豫譲は笑って、君臣の義を明らかにするための敵討ちであるから、君臣の義に背くそのようなことはできない、と述べる。

以上に示した例からもわかるように、登場人物が最後に問答の相手を笑い、台詞を述べて終わる物語では、いずれも最後に「笑う者」が「笑われる者」の優位に立ち、何らかの教示を述べている。言わば最後に「笑う者」が、問答における勝者であり「教示者」、「笑われる者」は、問答における敗者であり「教示を受ける者」なのである。そして注意したいのは「笑う教示者」たちに、笑った相手を称賛しているような様子が特に見受けられないという点である。読者がこれらの物語を読んだ場合にも、勝者である「教示者」の側に立って、敗者である「笑われる者」を一緒に笑いこそすれ、敗者に愛惜の情や称賛の念を抱いたりすることはないだろう。「笑う教示者」が登場するこうした物語のねらいは、読者とともに敗者を笑うことにあると言えよう。したがって、同じように「笑う教示者」が登場する楚辞「漁父」のねらいもまた、己の考えに拘泥し、融通の利かない屈原を、読者とともに笑うことにあったと考えられるのである。

おわりに

以上のように本章では、楚辞「漁父」のうち、特に終盤部分に見える「滄浪歌」と最後の一文を中心として、過去の注釈者たちの意見を概観しつつ検討を加えた。

屈原を「漁父」の作者と見なす注釈者たちの多くは、最後の「復《ま》た與《とも》に言《い》わず」の主語を屈原として読むことで、屈原は漁父を「共に語るべき相手ではない」と判断して去ったのだと理解していた。そうすることによって、作品全体を、屈原が己の廉潔な生き方を主張したものだと解釈したのである。

しかし「漁父」を屈原の作品とは見なさない近代以降の注釈者たちは、また別の解釈をしている。登場人物である漁父は、最後に「滄浪歌」を歌うことで、屈原を批判して去って行くのであるが、それが両者の考え方の違いを浮き彫りにし、屈原の称賛すべき生き方を印象づけていると主張するのである。

このように「漁父」の終盤部分は、その解釈の仕方によって、登場人物の役回りに違いが生じ、それがひいては、作品全体をどのようにとらえるか、ということに関わってくる重要な箇所であるといえる。

本章では、やはり最後の部分に表れる漁父の「笑い」に注目し、これらとはまた異なる解釈の可能性があることを論じた。具体的には「登場人物がその対話の相手を最後に笑う」という、「漁父」と同様の構造を持つ物語を集め、その中で「笑い」がどのような効果を有しているかということについて考察を加えた。その結果、そうした物語において対話の最後に相手を笑う人物は、何らかの教示を述べて相手を圧倒する「教示者」ともいうべき存在であることが明らかになった。この結果を援用するならば、楚辞「漁父」においても、屈原を笑う漁父は、「滄浪歌」を歌うことで屈原の生き方に異を唱え、彼を圧倒する「教示者」の役割を演じているのではないかと考えられる。そして作品全体は、己の考えに拘泥して自身を損なう屈原を、批判的に描いたものととらえることができるのである。

ところで、周知の通り王逸『楚辞章句』は、屈原を「悲劇の忠臣」として高く評価し、その自死を愛惜してやまない。したがって、王逸が屈原を称賛する意図をもって「漁父」に注釈を施したことは間違いないであろう。ところが、そうした王逸の意図とは裏腹に、『楚辞章句』所収の「漁父」には、上述のように、『史記』屈原賈生列伝所収の同一の逸話と異なり、屈原に対する批判的な視線がまとわりついているのである。[*26]

そうなった原因としては、「漁父」に盛り込まれていた屈原に対する批判的な要素に気づきながらも、王逸が注釈を施す際にそれを払拭することができなかったか、[*27]或いは、彼がそうした点に敏感でなかった可能性が想定できるだろう。

　また、この点については、王逸以前における屈原像形成の様相が深く関わっていると考えられる。第8章において確認したように、悲劇の忠臣という称賛すべき屈原像は、『楚辞章句』以前においては、さほど確定的なものではなかった。屈原に同情し、その文才を惜しみはするが、彼のとった行動自体は批判すべきものだという否定的な意見も同時に存在していたのである。本章で取り上げた「漁父」は、まさに、そうした屈原に対する否定的な意見を背景として生まれた作品だったのではないだろうか。

---

*1 漁父者、屈原之所作也。屈原放逐、在江湘之間。憂愁嘆吟、儀容變易。而漁父避世隠身、釣魚江濵、欣然自樂。時遇屈原川澤之域、怪而問之、遂相應荅。楚人思念屈原、因叙其辭以相傳焉。

*2 『史記』屈原賈生列伝に見える「懐沙之賦」では、「窮不得余所示」に作っている。

*3 明代の汪瑗『楚辞集解』「漁父」（『楚辞文献集成』第五冊、広陵書社、二〇〇八年）は、『孟子』離婁篇上の孔子と同じ視点から、楚辞「漁父」の「滄浪歌」をとらえる。

　夫漁父獨歌滄浪之曲者、何也。瑗按、滄浪之歌、詳見孟子離婁上篇。其來遠矣、其旨明矣。蓋諷屈子見放、實自取之也。其所以諷其自取者、非諷其自取見放也、諷其既見放矣、道既不行矣、則容與山林可也、浮游江湖可也、又何必抑憂無聊之甚、以至憔悴枯槁其身哉。此則漁父之意也。

屈原が放逐された後も隠遁せず、敢えて心身を苦しめる道を「自ら取」ったことを漁父は批判しているのだと解するのである。しかし、作品中盤の漁父の台詞に鑑みれば、この解釈には無理があるだろう。

*4 瀧川亀太郎『史記会注考証』（宏業書局、一九七二年）は、司馬遷が「滄浪歌」の部分を削ったのだとする。

　楚辞…下有漁父莞爾而笑、鼓枻而去、歌曰、滄浪之水清兮、可以濯吾纓。滄浪之水濁兮、可以濯吾足。遂去、不復與言四十字、史公削之、以直接懐沙賦。此文章剪裁之法。

＊5　中島千秋「楚辞と史記との「漁父」について」（『愛媛大学紀要』第1部、人文科学、3巻1号、一九五六年）。

＊6　盧偓「浅説楚辞《漁父》之〝去〟」（『江蘇教育学院学報（社会科学版）』一九九七年第1期）は、「漁父」の最後に屈原と漁父のどちらから先に対話を打ち切ったのかが、作品全体の解釈において重要である点を指摘し、その上で、「遂去、不復與言」、の主語を屈原と見なす。

　结合全文看、文章的主体内容在两问两答两种人生态度的对比之中、当一个宣扬避世隐身、自求安乐的人生态度的歌谣之后、究竟应该谁主动不和谁说话、实质上微妙地反映了作者对两个对话人的褒贬情感。无论该文作者多么难定、无非离不开屈原、思念屈原的楚人、或是其他一个什么人这几种、而绝不会是一个故意去贬低屈原的人。〝不复与言〟就是不再愿意多费口舌了、这恰恰符合屈原的性格。而文中的渔父恰恰是一个多嘴多舌、俗不可耐的形象。因此、〝遂去、不复与言〟的主语应当是屈原。

＊7　注3前掲書、汪瑗『楚辞集解』。

＊8　蔣驥『山帯閣注楚辞』巻五「漁父」（上海古籍出版社、一九五八年）。

＊9　王邦采『屈子雑文箋略』「漁父箋略」（『楚辞文献集成』第十二冊、広陵書社、二〇〇八年）。

＊10　夏大霖『屈騒心印』巻五「漁父」（『楚辞文献集成』第十一冊、広陵書社、二〇〇八年）。

＊11　ここに挙げた以外では、清の林雲銘『楚辞灯』巻之四（『楚辞文献集成』第十一冊、広陵書社、二〇〇八年）が、「不復與言」を、「屈原がともに語るべき人物が、世の中に一人もいなかった」という意味に解している。

　林西仲曰、…是漁父以不入耳之談來相勸勉也。及自言其志而漁父亦以爲不然、長歌而去。此時、擧世總無一可語之人。雖欲不自沈、不可得矣。

＊12　「漁父莞爾而笑」以下の句に付せられた王逸注は次の通りである。

漁父莞爾而笑　（注）笑難斷也。
鼓枻而去　（注）叩船舷也。
歌曰、滄浪之水清兮　（注）喩世昭明。
可以濯吾纓　（注）沐浴升朝廷也。
滄浪之水濁兮　（注）喩世昏闇。
可以濯吾足　（注）宜隱遁也。
遂去、不復與言　（注）合道眞也。

＊13　王逸『楚辞章句』巻五「遠遊」序、「遠遊者、屈原之所作也。屈原履方直之行、不容於世、上為讒佞所譖毀、下為俗人所困極。章皇山澤、無所告訴、乃深惟元一、修執恬漠、思欲濟世、則意中憤然文采秀發、遂叙妙思。託配仙人與倶遊戲、周歴天地、無所

不到。然猶懷念楚國、思慕舊故、忠信之篤、仁義之厚也。是以君子珍重其志、而瑋其辭焉」。

*14 王逸『楚辞章句』巻十一「惜誓」序、「惜誓者、不知誰所作也。或曰賈誼、疑不能明也。惜者、哀也。誓者、信也。約也。言、哀惜懐王與己信約、而復背之也。古者、君臣將共為治、必以信誓相約、然後言、乃從而身以親也。蓋刺懐王有始無終也」。王逸はこのように、漢人によって作られた楚辞作品であっても、一貫して、屈原を叙述の主体として注を施している。このことについては、宮野直也「王逸『楚辞章句』の注釈態度について」(『日本中国学会報』第三十九集、一九八七年)に詳しい。

*15 王逸『楚辞章句』巻十六「九歎」序「九歎者、護左都水使者光禄大夫劉向之所作也。向以博古敏達、典校經書、辯章舊文。追念屈原忠信之節、故作九歎。歎者、傷也。息也。言、屈原放在山澤、猶傷念君、歎息無已。所謂、讚賢以輔志、騁詞以曜徳者也」。

*16 郭沫若『沫若文集』二「漁父」(人民文学出版社、一九五七年)445頁。

*17 藤野岩友『漢詩大系　巻三　楚辞』「漁父」(集英社、一九六七年)298頁。

*18 黄寿祺・梅桐生訳注『楚辞全訳』「漁父」(中国歴代名著全訳叢書　貴州人民出版社、一九八四年)137頁。

*19 董楚平『楚辞訳注』「漁父」(上海古籍出版社、一九八六年)217頁。

*20 松浦友久編『続・校注唐詩解釈辞典(付)歴代詩』楚辞「漁父」(大修館書店、二〇〇一年)は、楚辞「漁父」の当該箇所「不復與言」について、「不復は「不」を二音節化して強調する慣用句。…蔣驥『山帯閣注楚辞』は、本句を「漁父遂去、原亦不復与言」と解釈し、橋本循『訳注楚辞』もこれに従うが、穏当ではない。「不復与言」は「不復与之言」の略であり、主語はやはり漁父、之は屈原と見なすのが通説である」と述べる(722頁)。

*21 注5前掲論文、中島千秋「楚辞と史記との「漁父」について」。

*22 小嶋政雄「楚辞漁父篇と屈原譚」(『大東文化大学紀要』文学部、二、一九六四年)。

*23 馬茂元等『楚辞注釈』「漁父」(湖北人民出版社、一九八五年)482-483頁。

*24 金開誠・董洪利・高路明著『屈原集校注』「漁父」(中華書局、一九九六年)740頁。

*25 本文で挙げたもの以外の十二例は、以下の通り。『荘子』内篇「大宗師篇」の、孟子反・子琴張が子貢を笑う話、外篇「天地篇」の、漢陰丈人が子貢を笑う話、「秋水篇」の、魏牟が公孫龍を笑う話、「山木篇」の、荘子が弟子を笑う話、雑篇「譲王篇」の、列子が妻を笑う話、原憲が子貢を笑う話、伯夷・叔斉が叔旦・武王を笑う話、「漁父篇」の、漁父が孔子を笑う場面。『史記』「陳丞相世家」の、陳平が絳侯を笑う場面、「魯仲連鄒陽列伝」の、魯仲連が平原君を笑う場面、「張耳陳余列伝」の、趙の養卒が燕の武将を笑う場面、「韓長孺列伝」の、韓安国が獄吏の田甲を笑う場面。

*26 付け加えていえば、『楚辞章句』所収の「漁父」の中には、否定的屈原像と肯定的屈原像とが混在しており、結果として、両義的・多元的な屈原像を形成していると見なすこともできる。この屈原像の両義性・多元性が、作品の解釈にバリエーションを与

え、その文学性を高める効果を生み出しているといえよう。

*27 王逸『楚辞章句』巻一「離騒」後叙によれば、『楚辞章句』は、劉向が編纂した楚辞十六巻のテキストに、王逸が注釈を施したものであるという。

　而屈原履忠被讒、憂悲愁思、獨依詩人之義而作離騷、…遂復作九歌以下、凡二十五篇。楚人高其行義、瑋其文采、以相教傳。…逮至劉向、典校經書、分以為十六巻。…今臣復以所識所知、稽之舊章、合之經傳、作十六巻章句。雖未能究其微妙、然大指之趣、略可見矣。

したがって、屈原に対する批判的な要素が、「漁父」に含まれていることに気づいたとしても、王逸がテキスト自体に筆削を施すことはなかったであろう。

第11章　「無病《むびょう》の呻吟《しんぎん》」—楚辞「七諫《しちかん》」以下の五作品について—

はじめに

王逸『楚辞章句』に収録される「惜誓《せきせい》」（伝賈誼作《でんかぎさく》）・「招隠士《しょういんし》」（伝淮南小山《わいなんしょうざん》作）・「七諫《しちかん》」（伝東方朔《とうほうさく》作）・「哀時命《あいじめい》」（伝厳忌《げんき》作）・「九懐《きゅうかい》」（伝王褒《おうほう》作）・「九歎《きゅうたん》」（伝劉向《りゅうきょう》作）・「九思《きゅうし》」（伝王逸《おういつ》作）は、[*1]「離騒」を代表とするいわゆる屈賦に擬して漢代に作られたもの、という意味で「漢代擬騒作品」と呼ばれる。[*2] これらの作品は、独創性に欠け、文学的価値が低いという理由から等閑視されがちであり、楚辞研究の分野で取り上げられることは少ない。

確かにこれら漢代擬騒作品には、屈賦に見える語や句を用い、屈原を叙述の主体として、身の不遇や世の混濁を訴えたものが多く、修辞的にも内容的にも類型化してしまっていると言わざるを得ない。しかし、本書第9章で検討した「卜居」や第10章で検討した「漁父」と同様、別の側面から見るならば、これらの作品にもまた、漢代の人々が抱いていた屈原像や楚辞観が反映されていると考えられるのであり、やはり楚辞および屈原研究における貴重な資料となり得るはずである。

先に本書第8章において、王逸『楚辞章句』が広まる以前には、屈原を「悲劇の忠臣」として称賛する視点が確定的ではなかった可能性があることを指摘した。では「悲劇の忠臣」屈原像というのは、いつ頃から、どのようにして確立されていったのか。こうした問題意識の下に『楚辞章句』を読み直した場合、そこに収録された漢代擬騒作品の存在は無視できない。なぜなら、それらの作品内でさまざまな表現を用いて繰り返し詠われている屈原の不遇は、当時流布していた屈原像から生まれたものであると同時に、後世の読者にそうした屈原像を強く印象づける要因にもなったと考えられるからである。

そこで本章では『楚辞章句』に収められる漢代擬騒作品のうち、特に「七諫」「哀時命」「九懐」「九歎」「九思」の五作品を取り上げ、そこに見られる、屈原の不遇を詠う手法を手がかりとしながら、漢代における屈原像の形成について考えてみたい。

1　漢代擬騒作品の評価

南宋の朱熹《しゅき》は、楚辞「七諫」「九懐」「九歎」「九思」の四作品を以下のように酷評している。

七諫・九懐・九歎・九思、雖為騒體、然其詞氣平緩、意不深切、如無所疾痛而強為呻吟者。就其中、諫・歎猶或粗有可觀、兩王則卑已甚矣。故雖幸附書尾、而人莫之讀。今亦不復以累篇袠也。[*3]（「七諫《しちかん》」・「九懐《きゅうかい》」・「九歎《きゅうたん》」・「九思《きゅうし》」は、騒體《そうたい》為《た》りと雖《いえど》も、然《しか》れども其《そ》の詞氣《しき》は平緩《へいかん》にして、意《い》は深切《しんせつ》ならず、疾《しっ》痛《つう》する所無《ところな》きも強《し》いて呻吟《しんぎん》を為《な》す者《もの》の如《ごと》し。其《そ》の中《なか》に就《つ》きては、「諫《かん》」・「歎《たん》」は猶《な》お或《ある》いは粗《ほ》ぼ觀《み》るべきもの有《あ》るも、兩王《りょうおう》は則《すなわ》ち卑《ひく》きこと已甚《はなはだ》し。故《ゆえ》に幸《さいわ》いに書尾《しょび》に附《ふ》せらると雖《いえど》も、人《ひと》の之《こ》れを讀《よ》むもの莫《な》し。今《いま》も亦《ま》た復《ま》た以《もっ》て篇袠《へんちつ》を累《かさ》ねざるなり。）

上記の四作品は、形式の上では屈原の作品を踏襲しているものの、言葉は迫力に欠け、切実な思いがこもっていないため、まるで痛くもないのに呻き声を上げているようなものだ、というのである。そして、このことを理由に、朱熹自身による楚辞の注釈書『楚辞集注《そじしっちゅう》』にはこれらを収録しなかったという。

確かに上記の四作品には、叙述の主体が屈原に成り代わって身の不遇や世の混濁を嘆くという内容のものが多い。たとえば「九歎」離世《りせい》には以下のような句が見られる。

靈懐曽不吾與兮　　靈懐《れいかい》は曽《すなわ》ち吾《わ》れに與《くみ》せず
即聽夫人之諛辭　　即《すなわ》ち夫《か》の人《ひと》の諛辭《ゆじ》を聽《き》く
…　　…
兆出名曰正則兮　　兆《うらな》いて名《な》を出《いだ》して正則《せいそく》と曰《い》い
卦發字曰靈均　　卦《うらな》いて字《あざな》を發《はっ》して靈均《れいきん》と曰《い》う
余幼既有此鴻節兮　　余《われ》　幼《おさな》くして既《すで》に此《こ》の鴻節《こうせつ》有《あ》り
長愈固而彌純　　長《ちょう》じて愈《いよ》いよ固《こ》にして彌《いよ》いよ純《じゅん》なり
…　　…
九年之中不吾反兮　　九年《きゅうねん》の中《うち》に吾《わ》れを反《かえ》さざれば
思彭咸之水遊　　彭咸《ほうかん》の水《みず》に遊《あそ》ぶを思《おも》う
惜師延之浮渚兮　　師延《しえん》の渚《なぎさ》に浮《う》かぶを惜《お》しみ
赴汨羅之長流　　汨羅《べきら》の長流《ちょうりゅう》に赴《おもむ》かん

(懐王は私に与《くみ》せず、あの小人の諂《へつら》いを聞く。…占いの結果、名は正則、字は霊均と名付けられた。私は幼いときからすでにこの優れた志を持ち、それは成長するとますます強固で純粋なものとなった。…九年たっても呼び戻されないのであれば、水に身を投げた彭咸《ほうかん》や師延《しえん》に思いを寄せ、汨羅《べきら》の流れに赴こう。）

「靈懐《れいかい》」とは、王逸注にあるように、[*4]楚の懐王《かいおう》を指すのであろう。ここには『史記』の屈原列伝や屈賦から読み取られた屈原の事跡が織り込まれており、屈原自身が叙述の主体となって自らの経歴を詠う、という形式が取られている。

また「九歎」憂苦《ゆうく》には、やはり屈原を叙述の主体として「離騒」や「九章」を作ったことを述べさせている箇所がある。

歎離騒以揚意兮　　「離騒《りそう》」を歎《たん》じて以《もっ》て意《い》を揚《あ》ぐるも
猶未殫於九章　　猶《な》お未《いま》だ「九章《きゅうしょう》」に殫《つ》きず
長嘘吸以於悒　　長《なが》く嘘吸《きょきゅう》して以《もっ》て於悒《おゆう》し
涕横集而成行　　涕《なみだ》は横集《おうしゅう》して行《こう》を成《な》す

（「離騒」を詠じて気持ちを述べ、まだ詠じ足りず「九章」を詠じる。長くすすり泣きをして気がふさがり、涙はとめどなく流れ続ける。）

ここには、特に屈原を叙述の主体とする立場が明確なものを挙げたが、楚辞「七諫」以下の大多数の作品は、このように叙述の主体を屈原として読むことが可能である。[*5]こうしたことから朱熹は、これらの作品では作者が屈原を真似て苦しむふりをしているにすぎないとして、自身の注釈書に収録するだけの文学的価値がないと判断したのであろう。

朱熹以降の楚辞注釈者たちは、概ね彼に倣《なら》って上記の四作品及び「哀時命《あいじめい》」を収録作品から外している。[*6]たとえば、清の王夫之《おうふうし》は『楚辞通釈《そじつうしゃく》』の序文で次のように述べる。

蔽屈子以一言、曰、忠。而七諫以下、悻悻然、如息夫躬之悁戾、孟郊之齷齪、忮人之憎矣。允哉、朱子刪之。而或以此誣騷經・九章彌天亙地之忱、爲患失尤人之恨、何其陋也。既爲滌雪、復綴九昭於巻末。[7]（屈子《くっし》を蔽《おお》うに一言《いちげん》を以《もっ》てすれば、曰《いわ》く、忠《ちゅう》なりと。而《しか》るに「七諫《しちかん》」以下《いか》は、悻悻然《こうこうぜん》として、息夫躬《そくふきゅう》の悁戾《えんれい》、孟郊《もうこう》の齷齪《あくせく》、忮人《しじん》の憎《ぞう》の如《ごと》し。允《まこと》なるかな、朱子《しゅし》の之《こ》れを刪《けず》るは。而《しか》して或《あ》いは此《こ》れを以《もっ》て「騷《そう》經《きょう》」・「九章《きゅうしょう》」の天《てん》に彌《み》ち地《ち》に亙《わた》るの忱《まこと》を誣《し》い、失《しつ》を患《うれ》い人《ひと》を尤《とが》むるの恨《うら》みと爲《な》せば、何《なん》ぞ其《そ》れ陋《ろう》なるや。既《すで》に爲《た》めに滌雪《じょうせつ》し、復《ま》た「九昭《きゅうしょう》」を巻末《かんまつ》に綴《つづ》る。）

「七諫」以下の作品は、呪詛《じゅそ》をおこなっているとして告発された息夫躬《そくふきゅう》の憤りや、孟郊《もうこう》が「登科後《とうかご》」に詠ったような齷齪《あくせく》した様子、嫉妬深い人間の憎悪を詠っているようで、屈原の忠心が表されていないため、朱熹がこれらを削ったのはもっともなことである、[8]と王夫之は言う。そして、これらの作品を収録すれば、「離騒」や「九章」に詠まれた屈原の真心を、恨みつらみにすり変えて、台無しにしてしまうため、代わりに王夫之自身の作品である「九昭」を収録したのだとしている。

また、清の王萌《おうもう》『楚辞評註《そじひょうちゅう》』もやはり、朱熹に倣って四作品を外し、さらに、紋切り型の語が多いという理由で「哀時命」をも収録作品から外している。

又有東方朔七諫・王褒九懐・劉向九歎、及逸所作九思、晦翁謂詞氣平緩、無病呻吟、不當以累篇帙、倶刪去巻中。又按、莊忌哀時命填寫成語太多、余亦刪去巻中。[9]（又《ま》た東方朔《とうほうさく》「七諫《しちかん》」・王褒《おうほう》「九懐《きゅりかい》」・劉向《りゅうきょう》「九歎《きゅうたん》」、及《およ》び逸《いつ》の作《つく》る所《ところ》の「九思《きゅうし》」有《あ》るも、晦翁《かいおう》は「詞氣《しき》は平緩《へいかん》にして、無病《むびょう》の呻吟《しんぎん》なれば、當《まさ》に以《もっ》て篇帙《へんちつ》を累《かさ》ぬべからず」と謂《い》い、倶《とも》に刪《けず》りて巻中《かんちゅう》より去《さ》る。又《ま》た按《あん》ずるに、莊忌《そうき》「哀時命《あいじめい》」は成語《せいご》を填寫《てんしゃ》すること太《はなは》だ多《おお》ければ、余《われ》も亦《ま》た巻中《かんちゅう》より刪《けず》り去《さ》る。）

このように朱熹『楚辞集注』以降、「七諫」以下の漢代擬騒作品に対する評価は一貫して低く、近年に至るまで詳細な注釈が施されることもなかった。[*10] その主な理由は、これらの作品がいずれも、作者が屈原に成り代わって憂憤を述べたものと見なされ、真実味に欠けた「無病の呻吟」ととらえられたためであろう。

２　五作品に見える顛倒・混淆のモティーフ

朱熹や王夫之・王萌らによって「無病の呻吟」という烙印《らくいん》を押された「七諫」以下の五作品には、他にも共通点がある。

それは、世俗の価値観が混乱していることを、様々な表現によって喩《たと》えた句が作品中に数多く見られるという点である。それらはいずれも、屈原のように有能な人物が疎《うと》んじられ、無能な讒人《ざんじん》・佞臣《ねいしん》が重用される世の中が、いかに混乱した異常なものであるか、ということを強調するための手法であると考えられる。

こうした表現は、以下に示すように二つの型に分類することができる。一つは「世の中の価値観が本来とは逆さまになっていること」を喩える「顛倒《てんとう》のモティーフ」(a)であり、もう一つは「世の中の価値観が混乱し、価値のあるものと価値のないものとの区別がされていないこと」を喩える「混淆《こんこう》のモティーフ」(b)である。このうち「顛倒のモティーフ」(a)は、さらに「価値のあるものが蔑《ないがし》ろにされて下位にあること」を喩える(a1)と、「無価値なものが珍重されて上位にあること」を喩える(a2)の二種類に分けることができる。

はじめに、(a)と(b)両方のモティーフが見られる例として「九思」悼乱《とうらん》[*11]の冒頭部分を挙げる。

嗟嗟兮悲夫　　嗟嗟《ああ》　悲《かな》しきかな

殽亂兮紛挐　殽亂《こうらん》して紛挐《ふんじょ》たり
茅絲兮同綜　茅《ぼう》・絲《し》は綜《おさ》を同《とも》にし、　(b)
冠屨兮共絇　冠《かん》・屨《く》は絇《くつかざり》を共《とも》にす　(b)
督萬兮侍宴　督《とく》・萬《まん》は宴《うたげ》に侍《はべ》り　(a2)
周邵兮負蒭　周《しゅう》・邵《しょう》は蒭《まぐさ》を負《お》う　(a1)
白龍兮見鉃　白龍《はくりゅう》は鉃《い》られ　(a1)
靈龜兮執拘　靈龜《れいき》は執拘《しっこう》せらる　(a1)
仲尼兮困戹　仲尼《ちゅうじ》は困戹《こんやく》し　(a1)
鄒衍兮幽囚　鄒衍《すうえん》は幽囚《ゆうしゅう》せらる　(a1)

まず「茅《ちがや》と絹が同じ織機にかけられ(b)、履き物と冠に同じ飾りがつけられている(b)」という、織物と服飾に関する混淆のモティーフによる対句によって、価値のあるものとないものとが区別されていないことを述べ、価値観の混淆を喩えている。

次は「(春秋時代の宋人であり、君を弑した逆臣の)華督《かとく》・宋万《そうまん》が宴の席に侍り(a2)、(周の開国の功臣である)周公《しゅうこう》・召公《しょうこう》が干し草を背負う(a1)」という、歴史上の人物に関する顛倒のモティーフによる対句である。非難されるべき逆臣が重用され、称えられるべき忠臣が疎外されているとして、世の中の価値観の顛倒を喩えている。

続く「白龍が矢で射られ(a1)、霊亀が捕らえられる(a1)」という、霊獣に関するモティーフによる対句は、神聖視されるべき動物が虐げられているという意味で、また「孔子が苦しめられ(a1)、鄒衍《すうえん》が捕らえられる(a1)」

という、古人に関するモティーフによる対句は、尊敬されるべき賢人が迫害を受けているという意味で、やはり世の中の価値観の顛倒を喩えている。このように、漢代擬騒作品の中で、顛倒・混淆のモティーフは、様々なバリエーションを持ち、対句として現れることが多い。

次に、やはり(a)と(b)両方のモティーフが見られる「哀時命」の例を挙げる。

世並舉而好朋兮　世《よ》は並《なら》び舉《あ》げて朋《ほう》を好《この》み
壹斗斛而相量　斗《と》・斛《こく》を壹《いつ》にして相《あ》い量《はか》る
衆比周以肩迫兮　衆《しゅう》は比周《ひしゅう》して以《もっ》て肩迫《けんぱく》し
賢者遠而隱藏　賢者《けんじゃ》は遠《とお》ざかりて隱藏《いんぞう》す
(a1) (a2) (b)

：　：

璋珪雜於甑窒兮　璋珪《しょうけい》は甑窒《そうけい》に雜《まじ》わり
隴廉與孟娵同宮　隴廉《ろうれん》と孟娵《もうそう》とは宮《きゅう》を同《おな》じくす
(b) (b)

：　：

駟跛鼈而上山兮　跛鼈《はべつ》を駟《し》として山《やま》に上《のぼ》れば
吾固知其不能陞　吾《わ》れ固《もと》より其《そ》の陞《のぼ》る能《あた》わざるを知《し》る
(a2)

釋管晏而任臧獲兮　管《かん》・晏《あん》を釋《す》てて臧獲《ぞうかく》に任《にん》ずれば
何權衡之能稱　何《なん》ぞ權衡《けんこう》の能《よ》く稱《かな》わんや
(a1)
(a2)

箟簬雜於黀蒸兮　箟簬《きんろ》もて黀蒸《そうじょう》に雜《まじ》え
機蓬矢以䠶革　蓬矢《ほうし》を機《き》にして以《もっ》て革《かわ》を䠶《い》る
(a2) (b)

まず「世の人々は徒党を組むことを好み、斗《と》と、（その十倍に当たる）斛《こく》の枡《ます》を区別せず、同じように用いて量る(b)」という、枡に関する混淆のモティーフを含む句がある。

次に「（無能な）人々が集まって肩を並べ(a2)、賢者は遠くに身を隠す(a1)」という、人に関する顛倒のモティーフから成る対句があり、数句を挟んだ後には、「（玉器の）璋珪《しょうけい》が（粗末な）焼き物に混ざり(b)、（醜女の）隴廉《ろうれん》と（美女の）孟娵《もうそう》が同じ宮殿に住んでいる(b)」という、器と女性に関する混淆のモティーフによる対句が置かれている。

そしてその数句後には「足の悪い鼈《すっぽん》に車を牽かせて山に上ろうとするが(a2)、私にはそれが無理なことだと分かっている」、「（賢臣の）管仲《かんちゅう》・晏嬰《あんえい》を罷免して(a1)卑賤な奴隷を任用すれば(a2)、どうして（国の）均衡を保てようか」という、動物や歴史上の人物の名を用いた顛倒のモティーフを含む句がある。

また「（堅牢な竹で矢を作るのに適した）箟簬《きんろ》を（もろくて弱い）あさがらや乾いた竹と混ぜ(b)、[*12] 蓬《よもぎ》で作った（もろい）矢を弓につがえて（堅い）皮革を射る(a2)」という、弓矢に関する混淆のモティーフと顛倒のモティーフから成る句も見える。

以上には(a)と(b)両方のモティーフを含む例を挙げたが、漢代擬騒作品全体を見ると、混淆のモティーフはごくわずかで、顛倒のモティーフの使用例が圧倒的に多い。たとえば次の「九懐」株昭《しゅしょう》の例では、顛倒のモティーフ(a1)と(a2)が繰り返し現れている。[*13]

瓦礫進寶兮　瓦礫《がれき》もて寶《たから》に進《すす》め　(a2)
捐弃隨和　隨和《ずいか》を捐弃《けんき》す　(a1)
鉛刀厲御兮　鉛刀《えんとう》もて厲《する》どしとして御《すす》め　(a2)

頓弃太阿　頓《にぶ》しとして太阿《たいあ》を弃《す》つ　(a1)
驥垂兩耳兮　驥《き》は兩耳《りょうじ》を垂《た》れ
中坂蹉跎　中坂《ちゅうばん》に蹉跎《さた》す　(a1)
蹇驢服駕兮　蹇驢《けんろ》は服駕《ふくが》せられ
無用日多[*16]　無用《むよう》は日《ひ》び多《おお》し　(a2)
修潔處幽兮　修潔《しゅうけつ》は幽《ゆう》に處《お》り　(a1)
貴寵沙劘　貴寵《きちょう》は沙劘《さば》す　(a2)
鳳皇不翔兮　鳳皇《ほうおう》は翔《か》けず　(a1)
鶉鴳飛揚　鶉鴳《じゅんあん》は飛揚《ひよう》す　(a2)

まず「瓦礫を宝として珍重し(a2)、（至宝とされる）隨侯《ずいこう》の玉と汴和《べんか》の璧《へき》を棄てる(a1)」、「鈍い刀を鋭いとして進め(a2)、名剣の太阿《たいあ》を鈍いとして棄てる(a1)」と、玉石と刀剣に関する顚倒のモティーフが、それぞれ(a2)(a1)の対句として現れている。

続く二聯は、いずれも家畜に関する顚倒のモティーフを含む。「駿馬《しゅんめ》は両耳を垂れ、坂の途中で躓《つまず》く(a1)」という聯は、後の「足を引きずった驢馬《ろば》が車に付けられ、（こうした）無用のものが日ごとに多くなっている(a2)」という聯と対偶をなしている。

また、その後には「行いの正しい人物は隠れ退き(a1)、君主の寵愛を受ける者が権力をほしいままにする[*17](a2)」という、人に関する顚倒のモティーフによる対句と、「鳳凰は飛翔せず(a1)、鶉《うずら》が高く飛ぶ(a2)」という、鳥に関する顚倒のモティーフによる対句が繰り返されている。

このように、顛倒のモティーフ(a)の使用が、混淆のモティーフ(b)に比べて圧倒的に多いのは、「重用されるべき屈原のような賢臣が虐げられ、退けられるべき讒佞の臣が上位にある」という表現の方が、「両者が区別されずにいる」という表現に比べて、世の中の価値観が顛倒しているさまや屈原の不遇な状態をより強調することができるからであろう。

次に「七諫」の例を見てみよう。「七諫」は七篇から成り、その後に乱辞が置かれているが、その乱辞のほぼすべてが、以下のように顛倒のモティーフによって占められている。[*18]

亂曰	亂《らん》に曰《い》う	
鸞皇孔鳳日以遠兮	鸞《らん》・皇《おう》・孔《こう》・鳳《ほう》は日《ひ》び以《もっ》て遠《とお》く	(a1)
畜鳧駕鵝	鳧《ふ》を畜《やしな》い鵝《が》に駕《が》す	(a2)
鶏鶩満堂壇兮	鶏《けい》・鶩《ぶ》は堂壇《どうだん》に満《み》ち	(a2)
鼃黽游乎華池	鼃《あ》・黽《ぼう》は華池《かち》に游《あそ》ぶ	(a2)
要褭奔亡兮	要褭《ようじょう》は奔亡《ほんぼう》し	(a1)
騰駕橐駝	橐駝《たくだ》に騰駕《とうが》す	(a2)
鈆刀進御兮	鈆刀《えんとう》は進御《しんぎょ》せられ	(a2)
遥棄太阿	遥《とお》く太阿《たいあ》を棄《す》つ	(a1)
抜搴玄芝兮	玄芝《げんし》を抜搴《ばっけん》し	(a1)
列樹芋荷	芋荷《うか》を列樹《れつじゅ》す	(a2)
橘柚萎枯兮	橘柚《きつゆう》は萎枯《いこ》し	(a1)

苦李旖旎　　苦李《くり》は旖旎《いじ》たり
甂甌登於明堂兮　　甂甌《へんおう》は明堂《めいどう》に登《のぼ》り
周鼎潛乎深淵　　周鼎《しゅうてい》は深淵《しんえん》に潛《しず》む
自古而固然兮　　古《いにしえ》より固《もと》より然《しか》れば
吾又何怨乎今之人　　吾《わ》れ又《ま》た何《なん》ぞ今《いま》の人《ひと》を怨《うら》まん

(a1) (a2) (a2)

まず、鳥に関する顛倒のモティーフから成る対句「（瑞鳥の）鸞鳥《らんちょう》・鳳凰《ほうおう》・孔雀《くじゃく》は日ごとに遠ざかり(a1)、（凡庸な家禽《かきん》の）鴨《かも》を飼って鵞鳥《がちょう》に乗る(a2)」があり、続いて、身近な家禽や小動物に関する「（凡庸な家禽の）鶏《にわとり》や鶩《あひる》が堂内や壇上に満ち(a2)、（小さなつまらない生き物の）青蛙《あおがえる》や蟇蛙《ひきがえる》が花の咲く池に遊ぶ(a2)」という対句がある。

次に「（古の駿馬）要裹《ようじょう》は逃げ去り(a1)、（足の遅い）駱駝《らくだ》に乗る(a2)」という家畜に関するものと、「なまくらな鉛刀が用いられ(a2)、（名剣の）太阿が遠くに棄てられる(a1)」という刀剣に関する顛倒のモティーフによる対句が並ぶ。

さらに「（霊草の）玄芝《げんし》を抜き去って(a1)、（平凡な）里芋を並べ植える(a2)」、「（美しい）橘《たちばな》や柚子などの木は萎《しお》れて枯れ(a1)、苦い実をつける李の木が枝葉を茂らせる(a2)」と、植物に関する顛倒のモティーフの対句が繰り返されている。

そして最後に「（粗末な）素焼きの器が（祭祀の場である神聖な）明堂に登り(a2)、（祭器の）周鼎《しゅうてい》が深い淵に沈む(a1)」という、器物に関する顛倒のモティーフによる対句が置かれている。

では本節の最後に、漢代擬騷作品の中で顛倒のモティーフを最も多く含む「九歎」愍命を見てみよう。この作品は、本文五十六句と「歎じて曰く」以下の乱辞に当たる十二句から成る。本文五十六句のうち、前半の二十句では、世俗の価値観が正しかった「昔」について詠い、後半の三十六句で、価値観が顚倒した「今」について詠う。その後半の三分の二に当たる二十四句が、顚倒のモティーフ(a1)と(a2)の対句によって占められている。[*19]

今反表以爲裏兮　今《いま》　表《おもて》を反《かえ》して以《もっ》て裏《うら》と為《な》し　(a1)
顚裳以爲衣　裳《しょう》を顚《てん》じて以《もっ》て衣《い》と為《な》す　(a2)
戚宋萬於兩楹兮　宋萬《そうまん》に兩楹《りょうえい》に戚《した》しみ　(a2)
廢周邵於遐夷　周《しゅう》・邵《しょう》を遐夷《かい》に廢《しりぞ》く　(a1)
却騏驥以轉運兮　騏驥《きき》を却《しりぞ》けて以《もっ》て轉運《てんうん》せしめ　(a1)
騰驢嬴以馳逐　驢嬴《ろら》に騰《の》りて以《もっ》て馳逐《ちちく》す　(a2)
蔡女黜而出帷兮　蔡女《さいじょ》は黜《しりぞ》けられて帷《とばり》を出《い》で　(a1)
戎婦入而綵繍服　戎婦《じゅうふ》は入《い》りて綵繍《さいしゅう》もて服《き》る　(a2)
慶忌囚於阱室兮　慶忌《けいき》は阱室《せいしつ》に囚《とら》われ　(a1)
陳不占戰而赴圍　陳不占《ちんふせん》は戰《たたか》いて圍《かこい》に赴《おもむ》く　(a2)
破伯牙之號鍾兮　伯牙《はくが》の號鍾《ごうしょう》を破《やぶ》りて　(a1)
挾人筝而彈緯　人筝《じんそう》を挾《はさ》みて緯《いと》を彈《だん》ず　(a2)
藏瑉石於金匱兮　瑉石《びんせき》を金匱《きんき》に藏《おさ》め　(a2)
捐赤瑾於中庭　赤瑾《せききん》を中庭《ちゅうてい》に捐《す》つ　(a1)

韓信蒙於介冑兮	韓信《かんしん》は介冑《かいちゅう》を蒙《こうむ》り	(a1)
行夫將而攻城	行夫《こうふ》は將《ひき》いて城《しろ》を攻《せ》む	(a2)
莞芎棄於澤洲兮	莞《かん》・芎《きゅう》は澤洲《たくしゅう》に棄《す》てられ	(a1)
瓟蠡蠹於筐簏	瓟《ほう》・蠡《りつ》は筐簏《きょうろく》に蠹《おさ》めらる	(a2)
麒麟奔於九皐兮	麒麟《きりん》は九皐《きゅうこう》に奔《に》げ	(a1)
熊羆羣而逸囿	熊羆《ゆうひ》は羣《む》れて囿《ゆう》に逸《はな》たる	(a2)
折芳枝與瓊華兮	芳枝《ほうし》と瓊華《けいか》とを折《お》り	(a1)
樹枳棘與薪柴	枳棘《しきょく》と薪柴《しんし》とを樹《う》う	(a2)
掘荃蕙與射干兮	荃蕙《せんけい》と射干《しゃかん》とを掘《ほ》り	(a1)
耘藜藿與蘘荷	藜藿《れいかく》と蘘荷《じょうか》とを耘《つちか》う	(a2)

まず「表を返して裏にし(a1)、(下半身に着ける)裳《しょう》を(上半身に着ける)衣《い》とする(a2)」という、衣服に関するもの、「(逆臣)の宋万《そうまん》を堂上に置いて親しくし(a2)、(賢臣の)周公旦《しゅうこうたん》や召公奭《しょうこうせき》を辺境に遠ざける(a1)」という、歴史上の人物を用いたものが見える。

次の「駿馬を退けて荷馬車を牽かせ(a1)、驢馬《ろば》や騾馬《らば》に乗って駆ける(a2)」という家畜に関するもの、「(美しい)蔡《さい》の婦人は帷《とばり》の外に追い出され(a1)、(醜い)戎《えびす》の婦人が迎え入れられて豪華な衣裳を身にまとう(a2)」という女性に関するものは、先に見た「九思」や「哀時命」などにもあった常套のモティーフである。

それとは対照的に、次の「(勇敢な)呉《ご》の慶忌《けいき》は牢に捕らわれ(a1)、(臆病な)陳不占《ちんふせん》が敵地へ戦いに行く(a2)」という古の武人に関するもの、「(琴の名人)伯牙《はくが》の(名琴である)号鐘《ごうしょう》を壊して(a1)、凡人の小さな筝《そう》を差し挟んで弾く(a2)」という楽器に関するものは、他の楚辞作品には見えない目新しいモティーフであると言えよう。

その後には「(玉に似ているがただの石である)珉石《びんせき》を宝石箱に収めて(a2)、(美しい玉である)赤瑾《せききん》を中庭に棄てる(a1)」という玉石に関するもの、「(漢の猛将)韓信《かんしん》が甲冑《かっちゅう》を身につけて(兵卒となり)(a1)、一兵卒が軍隊を率いて城を攻める(a2)」という武人に関するもの、「莞《かん》や芎《きゅう》(などの香草)が草沢に棄てられ(a1)、しなびたヒョウタンが竹籠の中に大切にしまわれる(a2)」という植物に関するもの、「(神獣の)麒麟は沼沢の中を逃げまわり(a1)、(恐ろしい)熊《くま》や羆《ひぐま》の群れが庭園内を歩き回る(a2)」という動物に関するものが続いている。

そして最後に「芳しい枝や瓊《たま》のような華(を持つ植物)を折り(a1)、(とげのある)枳《からたち》や棘《いばら》を植える(a2)」、「(香りの良い香草の)荃蕙《せんけい》や射干《しゃかん》を抜き去り(a1)、(平凡な食用の)藜《あかざ》や茗荷《みょうが》を育てる(a2)」という植物に関する顛倒のモティーフによる対句がある。

これほどまでに多く顛倒のモティーフが用いられているのを見ると、作者の関心は、屈原の悲憤を詠うことよりもむしろ、いかに多様なモティーフを駆使して詠うかということの方にあるように感じられる。朱熹が「七諫」以下の作品を評して「詞氣《しき》は平緩《へいかん》にして、意《い》は深切《しんせつ》ならず」と述べた理由の一端は、この点にもあるのだろう。しかし、こうしたモティーフの列挙は、言葉を「鋪《し》き陳《の》べる」ことで物事を描写する「漢賦」の特徴でもあり、漢代擬騒作品が楚辞と漢賦の両方の特徴を兼ね備えたものであることを示してもいるのである。

3　先行する楚辞作品に見える顛倒・混淆のモティーフ

以上のように「七諫」以下の漢代擬騒作品には、様々な顛倒・混淆のモティーフを用いて世俗の混乱を喩えた箇所が数多く見られる。では、こうした手法は、先行する楚辞作品から継承されたものなのだろうか。[*20]

まず、楚辞の代表的作品である「離騒」を見てみると、同様のモティーフとしては、以下の例が見られるのみであった。

民好惡其不同兮　　民《たみ》の好惡《こうお》は其《そ》れ同《おな》じからず
惟此黨人其獨異　　惟《た》だ此《こ》の黨人《とうじん》のみ其《そ》れ獨《ひと》り異《こと》なる
戸服艾以盈要兮　　戸《と》ごとに艾《よもぎ》を服《ふく》して以《もっ》て要《こし》に盈《み》たし　(a2)
謂幽蘭其不可佩　　幽蘭《ゆうらん》は其《そ》れ佩《お》ぶべからずと謂《い》う　(a1)
覽察草木其猶未得兮　　草木《そうもく》を覽察《らんさつ》するすら其《そ》れ猶《な》お未《いま》だ得《え》ざるに
豈珵美之能當　　豈《あ》に珵美《ていび》の能《よ》く當《あ》たらんや
蘇糞壤以充幃兮　　糞壤《ふんじょう》を蘇《と》りて以《もっ》て幃《い》に充《み》たし　(a2)
謂申椒其不芳　　申椒《しんしょう》は其《そ》れ芳《かんば》しからずと謂《い》う　(a1)

それぞれ「人々は（平凡な）艾《よもぎ》を腰帯に沢山つけ(a2)、（香りの良い）幽蘭《ゆうらん》は帯びることができないという(a1)」、「（汚い）土くれを取って香袋に詰め(a2)、（香木の）申椒《しんしょう》は香りが良くないという(a1)」という意味で、いずれも顛倒のモティーフから成る対句である。

「幽蘭《ゆうらん》」「申椒《しんしょう》」といった香りのよい植物と、その対極にある「艾《よもぎ》」「糞壌《ふんじょう》」を対比させて用いることで、物の善し悪しを認識できない衆人の愚かさが強調されている。しかしながら、漢代擬騒作品のように、多様なモティーフを駆使して、世の中の混乱ぶりを様々な比喩で表現するまでには至っていない。

続いて、成立時期が「離騒」よりも下ると考えられる「九章」では[21]、使用されるモティーフの種類が増加している。たとえば「九章」渉江《しょうこう》の乱辞では、植物に加え、鳥類に関するものが用いられている。

鸞鳥鳳皇　鸞鳥《らんちょう》・鳳皇《ほうおう》は
日以遠兮　日《ひ》び以《もっ》て遠《とお》く　(a1)
燕雀烏鵲　燕《つばめ》・雀《すずめ》・烏《からす》・鵲《かささぎ》は
巣堂壇兮　堂壇《どうだん》に巣《す》くう　(a2)
露申辛夷　露《あら》われ申《かさ》なりし辛夷《しんい》は
死林薄兮　林薄《りんぱく》に死《し》す　(a1)
腥臊並御　腥臊《せいそう》は並《なら》び御《すす》められ　(a2)
芳不得薄兮　芳《かんば》しきは薄《せま》るを得《え》ず　(a1)

「鸞鳥《らんちょう》・鳳凰《ほうおう》といった（神聖な）鳥が、日ごとに遠ざかる(a1)」という聯と、「燕《つばめ》・雀《すずめ》・烏《からす》・鵲《かささぎ》などの（凡庸な）鳥が、宮殿に住み着く(a2)」という聯は、いずれも鳥に関するを顛倒のモティーフを含み、対偶を成す。

その後には「野晒《のざら》しで積み重なった（香草の）辛夷《しんい》が、藪《やぶ》の中で枯れ果てる(a1)」、「生臭い悪臭を放つものが進められ(a2)、芳《かんば》しいものは近づくことができない(a1)」と、「離騒」にも見えていた、香りの良いものと悪いものを対比させた表現が続いている。

また「九章」懐沙《かいさ》では、さらにモティーフの種類が増えている。

變白以爲黒兮　白《しろ》を變《へん》じて以《もっ》て黒《くろ》と爲《な》し　(a1)
倒上以爲下　上《うえ》を倒《さか》さまにして以《もっ》て下《した》と爲《な》す　(a1)
鳳皇在笯兮　鳳皇《ほうおう》は笯《とりかご》に在《あ》りて　(a1)
雞鶩翔舞　雞鶩《けいぶ》は翔《かけ》り舞《ま》う　(a2)
同糅玉石兮　同《とも》に玉石《ぎょくせき》を糅《ま》ぜ　(b)
一槩而相量　一槩《いっがい》にして相《あ》い量《はか》る

まず「白を黒に変え(a1)、上を逆さまにして下にする(a1)」という、やや抽象的な顚倒のモティーフによる対句、次に「(神聖な鳥である)鳳凰は籠の中におり(a1)、鶏《にわとり》や鶩《あひる》などの(凡庸な)鳥が舞い飛ぶ(a2)」という、鳥類に関するモティーフから成る対句がある。「玉と石を混ぜ、一つの枡《ます》で量る(b)」という、玉石に関する混淆のモティーフも見える。

以上のように、先行の楚辞作品における顚倒・混淆のモティーフの使用について見ると、「離騒」では香草など、植物に関するものが用いられるのみであったが、「九章」に至ると、植物以外に、鳥類や玉石に関するモティーフが加わっていることがわかる。

しかし、先に見た漢代擬騒作品と比較すると、モティーフの種類、使用される句数ともに少ないことが見てとれる。[*22]

4　賈誼「弔屈原賦」に見える顛倒・混淆のモティーフ

漢代擬騒作品に見られる顛倒・混淆モティーフに対して、先行の楚辞作品以上に大きな影響を与えたと考えられるものに、前漢の賈誼による「弔屈原賦」がある。

本書第8章でも見たように、この作品は『史記』屈原賈生列伝に記されており、それによれば、文帝に任用されていた賈誼が讒言のために左遷され、長沙に向かう途中、湘水の岸辺で作ったものであるという。「弔屈原賦」の前半部分には、漢代擬騒作品と同様に、顛倒のモティーフが列挙されている。そして、そのモティーフの種類には刀剣や周鼎、家畜に関するものなど、漢代擬騒作品と共通するものが多い。

側聞屈原兮　側《ほの》かに聞《き》く屈原《くつげん》
自沈汨羅　自ら汨羅《べきら》に沈《しず》めりと
：　：
鸞鳳伏竄兮　鸞鳳《らんほう》は伏《ふ》し竄《かく》れ　(a1)
鴟梟翱翔　鴟梟《しきょう》は翱翔《こうしょう》す　(a1)
闒茸尊顯兮　闒茸《とうじょう》は尊顕《そんけん》にして　(a1)
讒諛得志　讒諛《ざんゆ》は志《こころざし》を得《え》たり　(a2)
賢聖逆曳兮　賢聖《けんせい》は逆曳《ぎゃくえい》せられ　(a2)
方正倒植　方正《ほうせい》は倒植《とうしょく》せらる　(a2)
世謂伯夷貪兮　世《よ》は伯夷《はくい》を貪《たん》と謂《い》い　(a1)

謂盜跖廉　盗跖《とうせき》を廉《れん》と謂《い》う　(a2)
莫邪爲頓兮　莫邪《ばくや》を頓《にぶ》しと爲《な》し　(a1)
鉛刀爲銛　鉛刀《えんとう》を銛《するど》しと爲《な》す　(a2)
：　：
斡弃周鼎兮　周鼎《しゅうてい》を斡《ころが》し弃《す》て　(a1)
寶康瓠　康《むな》しき瓠《ひさご》を寶《たから》とす　(a2)
騰駕罷牛兮　罷牛《ひぎゅう》に騰駕《とうが》し　(a2)
驂蹇驢　蹇驢《けんろ》を驂《さん》にす　(a2)
驥垂兩耳兮　驥《き》は兩耳《りょうじ》を垂《た》れ　(a1)
服鹽車　鹽車《えんしゃ》に服《ふく》す
章甫薦屨兮　章甫《しょうほ》を屨《くつ》に薦《し》かば　(a1)
漸不可久　漸《ようや》く久《ひさ》しくすべからず

まず「（神聖な）鸞鳳《らんほう》が身を隠し(a1)、（不吉な悪鳥の）フクロウが天翔る(a2)」という、「九章」にも使われていた、鳥に関する顛倒のモティーフの対句がある。

次に「品性下劣な人物が尊ばれて世にときめき(a2)、讒言や諂《へつら》いに長《た》けた人間が我が物顔でのさばっている(a2)」、「賢人や聖人は阻害され(a1)、行いの正しい人々は逆さづりにされている(a1)」と、人に関する顛倒のモティーフによる対句が繰り返される。

続いて「世の人々は、清廉な隠者である伯夷を貪欲だと言い(a1)、盗賊の盗跖を清廉だと言う(a2)」という、歴史上の人物に関するもの、「(名剣の)莫邪は切れ味が鈍いとされ(a1)、なまくらな鉛刀は切れ味が鋭いとされる(a2)」という刀剣に関するもの、「(国宝である)周鼎を無造作に捨て去り(a1)、からっぽの粗末な瓢箪の器を宝とする(a2)」という器物に関するものがあり、「疲れた牛を走らせて(a2)、足の不自由な驢馬を添え馬とする(a2)」、「駿馬は両耳を垂れて、塩を積んだ荷車を牽く(a1)」という家畜に関するモティーフを含む二聯が続く。これらのモティーフは、漢代擬騒作品にも広く用いられているものである。

また「(頭につけるべき)冠を足に穿くようなことをすれば(a1)、行く末は長くない」という、冠と履き物に関するものがあるが、これは前掲の「九思」悼乱にも「冠《かん》・屨《く》は絇《くつかざり》を共にす」という混淆のモティーフとして使われていた。

「弔屈原賦」は題名が示す通り、屈原を弔うために作られたものであり、列挙された顛倒・混淆のモティーフがすべて屈原の遭遇した乱世を喩えるものであることは明らかである。それゆえ、この「弔屈原賦」の存在により、顛倒・混淆のモティーフは、屈原の伝説と強く結びいた形で、漢代の人々に印象づけられたであろう。[*23]そして、両者は強固に結びついたまま、漢代擬騒作品の中に取り込まれていったのではないかと考えられる。

おわりに

本章では、漢代擬騒作品の「七諫」「哀時命」「九懐」「九歎」「九思」を取り上げ、そこに共通して見られる顛倒・混淆のモティーフに着目して考察した。当該モティーフは、屈原のような才能ある人物が疎んじられ、無能な人物が重用される、あるいは両者が区別されずにいるという乱世の異常さを強調するための比喩として用いられたものであった。

こうした顛倒・混淆のモティーフ自体は、「離騒」や「九章」といった先行の楚辞作品の中に、数は少ないながらすでに現れていたが、それにバリエーションを加え、句数を重ねて用いることで、価値観の顛倒した乱世に生まれ合わせた屈原の不遇をより強調しようとしたのは、賈誼の「弔屈原賦」であった。「弔屈原賦」は、前半で上述のような顛倒・混淆のモティーフを列挙することで屈原に同情の念を寄せておきながら、後半では一転して彼の処世を非難する厳しい言葉を連ねており、屈原に対する批判的な視線を含むのであるが、漢代擬騒作品はその前半部分の手法のみを継承している。

「七諫」「哀時命」「九懐」「九歎」「九思」は、「弔屈原賦」の顛倒・混淆のモティーフを取り入れ、さらにモティーフの種類や数を増やして列挙することによって、屈原の悲劇性をより深めようとしたのであろう。そしてそれにより、顛倒・混淆のモティーフは、屈原の悲劇的な伝説とますます強く結びついていったと考えられる。

そのように様々な顛倒・混淆のモティーフによって彩られ、詠われることにより、屈原像は乱世に生まれ合わせた「悲劇の忠臣」というイメージを増幅させていったものと思われる。そしてそのイメージは、後漢中期の王逸『楚辞章句』によって、最終的にゆるぎのないものとして定着したと考えられるのである。

---

*1　「招隠士」の序文では、「招隠士者、淮南小山之所作也。昔淮南王安博雅好古、招懐天下俊偉之士。自八公之徒、……分造辭賦、以類相從。故或稱小山、或稱大山、其義猶詩有小雅大雅也。小山之徒、閔傷屈原……」と述べており、「淮南小山」が個人名であるのか、作品の種類を表す名称であるのか、団体名であるのか、明確にされていない。加えて「七諫」の作者については、『漢書』

東方朔伝に言及がないことをふまえ、王泗原氏が「本傳具載答客難、非有先生論而外、更列擧其餘篇目、結之曰：〃凡劉向所録朔書具是矣。〃並無七諫。七諫之作誰屬、毋寧存疑」（王泗原『楚辞校釈』人民教育出版社、一九九〇年）と指摘している。このように、漢代の楚辞作品の作者については疑問が多く残るため、ここでは「伝某」という表記を用いた。

*2　漢代の楚辞作品に関する研究には以下のようなものがあり、それぞれ「漢人擬楚辞」「漢代擬騒作品」「漢代擬騒之作」「漢代擬騒体」「漢代擬騒詩」など、様々な呼称を用いている。ここでは、黄松毅氏に倣って「漢代擬騒作品」と呼ぶこととする。黄松毅「論『楚辞章句』中的漢代擬騒作品」（『広西民族学院学報（哲学社会科学版）』第24巻第3期、二〇〇二年）、陳恩維「論漢代擬騒之作的文体価値」（『雲夢学刊』第25巻第3期、二〇〇四年）、李誠「漢人擬楚辞入選『楚辞』探由」（『文学遺産』二〇〇六年第2期）、黄金明「屈原作品的伝播与西漢擬騒之作」（『中国韻文学刊』第21巻第4期、二〇〇七年）、張志勇「論漢代擬騒体中的隠逸化傾向」（『集寧師専学報』第30巻第3期、二〇〇八年）、王浩「漢代擬騒詩対屈騒主題的重視与衍変」（『甘粛社会科学』二〇〇九年第5期）、同「漢代擬騒詩在文体層面体屈騒的継承与新変」（『遼東学院学報（社会科学版）』第11巻第6期、二〇〇九年）、同「漢代楚辞伝播与擬騒詩伝体性質的形成」（『五邑大学学報（社会科学版）』第12巻第2期、二〇一〇年）。

*3　朱熹撰・蕉立甫校点『楚辞集注』（上海古蹟出版社・安徽教育出版社、二〇〇一年）、『楚辞辯証』168頁。

*4　言懐王闇惑、不知我之忠誠、不聞我之清白、反用讒言而放逐己也。

*5　「九懐」尊嘉に見える「伍胥兮浮江、屈子兮沈湘」、「九歎」惜賢に見える「覽屈氏之離騒兮、心哀哀而怫鬱」、「九思」遭厄に見える「悼屈子兮遭厄、沈玉躬兮湘汨」などの句には、屈原が「屈子」「屈氏」として登場しており、叙述の主体を屈原とする姿勢が破綻していることを示す。しかし、これらの前後の句では、いずれも叙述の主体を屈原として読むことが可能である。このことについては、李誠「漢人擬楚辞入選『楚辞』探由」（注2前掲論文）が詳しく述べている。

*6　明の陸時雍『楚辞』（杜松柏編『楚辞彙編』第三冊、新文豊出版、一九八六年）は、『楚辞章句』の「惜誓」以下の漢代楚辞作品をすべて収録してはいるものの、本文を載せるのみで注釈は施していない。その理由について、これらは作品としては劣るものの、そこに見える楚辞を学ぼうとする姿勢には共感できるため、収録したのだと説明する。

倡楚者屈原。繼其楚者宋玉一人而已。景差且不逮。況其他乎。自惜誓以下、至於九思、取而附之者、非以其能楚也。以其欲學楚耳。古道既遠、靡風日流、自宋玉・景差以來、數千百年、文人墨士、頡馬楊而抗班張者、尚不一二、更何言楚。余故歎其寥寥而取以附之。是則私心之所以愛楚也已。（陸時雍『読楚辞語』、『楚辞文献集成』第二十四冊、廣陵書社、二〇〇七年）。

*7　王夫之『楚辞通釈』序例（『楚辞文献集成』第十冊、廣陵書社、二〇〇七年）。

*8　王夫之『楚辞通釈』や後述の王萌『楚辞評註』は「哀時命」を収録していないが、朱熹『楚辞集注』はこれを収録している。

*9　清康熙十六年刊本（大阪大学図書館懐徳堂文庫所蔵）。

*10 一九八〇年代になってようやく、漢代擬騒作品を含むすべての楚辞作品に詳細な注釈や訳をつけた黄寿祺・梅桐生『楚辞全訳』(貴州人民出版社、一九八四年)、王泗原『楚辞校釈』(注1前掲書)、湯炳正・李大明・李誠・熊良智『楚辞今注』(上海古籍出版社、一九九六年)、蕭平『楚辞全訳』(江蘇古籍出版社、一九九八年)などが出版された。

*11 「九思」では他に、顚倒のモティーフを含む句が、憫上・遭厄・哀歳に四句ずつ見える。

*12 『楚辞今注』(注10前掲書)「哀時命」に「箟簬、竹名、質美」(307頁)とあるのにしたがった。

*13 「九懐」では他に、尊嘉に二句、通路・思忠に四句ずつ、顚倒のモティーフを含む句がある。

*14 徐仁甫『古詩別解』(上海古籍出版社、一九八四年)巻二「楚辞別解」に「厉犹利也。《战国策・秦策一》“缀甲厉兵”、注：“厉、利也。”谓以铅刀为利而御用之、以太阿为钝而弃去之」とある(58頁)。解釈はこれにしたがった。

*15 『楚辞補注』の洪興祖注に「頓、音鈍、不利也」とあるのにしたがった。

*16 底本は「無用日多」に作る。馮紹祖観妙斎本『楚辞章句』(芸文印書館、一九七四年)にしたがい、改めた。

*17 王泗原『楚辞校釈』(注1前掲書)が「沙劘、音莎摩、疊韻字、猶摩挲、弄權之皃」(391頁)とするのにしたがった。

*18 「七諫」では他に、顚倒のモティーフを含む句が「初放」に六句、「怨世」に十句、「怨思」に八句、顚倒・混淆のモティーフを含む句が「謬諫」に十四句見られる。

*19 「九歎」では他に、顚倒・混淆のモティーフを含む句が、「怨思」に八句、「憂苦」に十二句、「思古」に十句見られる。

*20 黄松毅「論『楚辞章句』中的漢代擬騒作品」(注2前掲論文)は、漢代擬騒作品が、先行の楚辞作品から顚倒・混淆のモティーフを含む対句の使用を継承するとともに、モティーフの範囲を拡大したと述べる。

屈骚中多用善鸟香草与恶禽臭物相对、以象征美与丑、善与恶的对立。……汉代作家继承了这一框架、在他们的模拟作品中大量运用。……且用以对比的两种事物的范围有所扩大、而不局限于善鸟香草。

*21 「離騒」と「九章」の関係については、岡村繁「楚辞と屈原―ヒーローと作者との分離について」(『日本中国学会報』第十八集、一九六六年)が詳しく論じている。

*22 ここに挙げた以外では、「卜居」の六句、「九弁」の二句に顚倒のモティーフが見える。

*23 小南一郎『楚辞とその注釈者たち』、第三章「楚辞後期の諸作品」、第一節「屈原伝説」(朋友書店、二〇〇三年)も「もしかすると楚の地に逼塞していた賈誼が、長沙の付近で語り伝えられていた屈原伝説を取り上げ、それに言及する作品を作ったことが、屈原という人物像が中原地域に伝えられる最初の機縁となったのかも知れない」(255頁)と述べ、「弔屈原賦」が、屈原伝説を世に広める契機となった可能性を指摘する。

第12章　孔子と屈原

はじめに

楚辞文学の祖とされる屈原は、古来、称賛すべき「悲劇の忠臣」として語り伝えられてきた。こうした屈原のイメージを広く定着させる上で、最大の役割を果たしたのは、後漢の王逸によって編まれた『楚辞章句』であると考えてよいだろう。

しかしながら、本書第8章において確認したように、王逸『楚辞章句』が登場する以前には、そうした称賛すべき屈原像というのは、さほど確定的なものではなかった。屈原と彼の代表作品とされる「離騒」に対しては、否定的な見方も少なからず存在していたのである。

また、本書第9章では「卜居」を、第10章では「漁父」を取り上げ、これらが対話形式の作品であることに注目しながら、そこに描かれた屈原像について考察したが、その結果、両作品にもやはり屈原に対する否定的な視線が含まれている可能性があることを指摘し得た。

そして、第11章においては、「無病の呻吟」として等閑視されがちであった『楚辭章句』所収の漢代擬騒作品について分析した。漢代擬騒作品は、顛倒・混淆のモティーフの多用によって屈原の不遇を表現した賈誼「弔屈原賦」の手法を継承・発展させた。屈原を叙述の主体とし、彼が生きた時代がいかに乱れた世であったかを表現するために、顛倒・混淆のモティーフを駆使したのである。その中には内容よりも、いかに多様なモティーフを羅列するかということに力を注いでいるように見える作品もあるが、そうした作品が数多く作られたことにより、結果的に屈原の処世を否定的にとらえる視線が払拭され、「悲劇の忠臣」として人々の同情を集める、肯定的な屈原評価が支配的になっていったと考えられる。

最終章にあたる本章では、そうした過程を経て、支配的になりつつあった「悲劇の忠臣」という肯定的な屈原像に、さらに儒教的な色彩が加えられ、固定化していくさまを、『楚辞章句』における王逸の注釈態度を手がかりとして見ていきたい。

1　『楚辞章句』「離騒」後叙における王逸の屈原評価

ここではまず、王逸『楚辞章句』の「離騒」後叙を取り上げ、そこに見られる王逸の屈原に対する評価について見ておきたい。

叙曰、昔者、孔子叡聖明喆、天生不王[*1]、定經術、刪詩書、正禮樂、制作春秋、以為後王法。門人三千、罔不昭達、臨終之日、則大義乖而微言絕。其後、周室衰微、戰國並爭、道德陵遲、譎詐萌生。於是楊・墨・鄒・孟・孫・韓之徒、各以所知著造傳記、或以述古、或以明世。（叙《じょ》に曰《いわ》く、昔《むかし》、孔子《こうし》は叡聖明喆《えいせいめいてつ》なるも、天《てん》 生《しょう》じて王《おう》とせざれば、經術《けいじゅつ》を定《さだ》めて、詩書《ししょ》を刪《さん》し、禮樂《れいがく》を正《ただ》し、春秋《しゅんじゅう》を制作《せいさく》し、以《もっ》て後王《こうおう》の法《ほう》と為《な》す。門人三千《もんじんさんぜん》、昭達《しょうたつ》せざる罔《な》きも、臨終《りんじゅう》の日《ひ》、則《すなわ》ち大義《たいぎ》は乖《わか》れて微言《びげん》は絕《た》ゆ。其《そ》の後《ご》、周室《しゅうしつ》 衰《すい》微《び》し、戰國《せんごく》 並《なら》び争《あらそ》えば、道徳《どうとく》 陵遲《りょうち》し、譎詐《けっさ》 萌生《ほうせい》す。是《こ》こに於《お》いて、楊《よう》・墨《ぼく》・鄒《すう》・孟《もう》・孫《そん》・韓《かん》の徒《と》、各《おの》おの知《し》る所《ところ》を以《もっ》て傳記《でんき》を著造《ちょぞう》し、或《ある》いは以《もっ》て古《いにしえ》を述《の》べ、或《ある》いは以《もっ》て世《よ》に明《あき》らかにす。）

王逸はまず、孔子の功績から語り始めている。孔子は優れた叡智《えいち》を持って生まれてきたが、天は彼を地上の王とはしなかったため、詩・書を編纂し、礼・楽を整え、春秋を作って、後王の則るべき法とした。しかし、彼の死後、その大義や、込められた意味は失われた。周王朝が衰微し、戦国の世になって、社会は乱れた。その中から諸子が出て、それぞれ書物を著して意見を述べたのだ、という。

そして、そうした諸子の中にあって、屈原は王に忠誠を尽くしながら讒言《ざんげん》を被り、憂い悲しんで　ただ一人、『詩経』の詩の作者たちに倣って「離騒」を作った。そうすることで楚王を諫め、自らを慰めようとしたのだ、と王逸は述べる。

而屈原履忠被讒、憂悲愁思、獨依詩人之義而作離騷。上以諷諫、下以自慰。遭時闇亂、不見省納、不勝憤懣、遂復作九歌以下凡二十五篇。楚人高其行義、瑋其文采、以相教傳。（而《しか》るに屈原《くつげん》は忠《ちゅう》を履《ふ》みて讒《ざん》を被《こうむ》り、憂悲愁思《ゆうひしゅうし》して、獨《ひと》り詩人《しじん》の義《ぎ》に依《よ》りて離騒《りそう》を作《つく》る。上《うえ》は以《もっ》て諷諫《ふうかん》し、下《した》は以《もっ》て自《みずか》ら慰《なぐさ》む。時《とき》の闇《あん》亂《らん》なるに遭《あ》いて、省納《しょうのう》せられざれば、憤懣《ふんまん》に勝《た》えず、遂《つい》に復《ま》た九歌以下《きゅうかいか》　凡《およ》そ二十五篇《にじゅうごへん》を作《つく》る。楚人《そひと》は其《そ》の行義《こうぎ》を高《こう》とし、其《そ》の文采《ぶんさい》を瑋《い》とし、以《もっ》て相《あ》い教《おし》え傳《つた》う。）

また、その後には、屈原やその作品に対する王逸の称賛の言葉が見える。伍子胥《ごししょ》や比干《ひかん》の例を出しつつ、己の身を殺して国に忠誠を尽くす忠臣について説いた後、屈原がまさにそうした忠臣であったことを王逸は強調するのである。

且人臣之義、以忠正為高、以伏節為賢。故有危言以存國、殺身以成仁。是以伍子胥不恨於浮江、比干不悔於剖心、然後德立而行成、榮顯而名稱。若夫懷道以迷國、詳愚而不言、顛則不能扶、危則不能安、婉

娩以順上、逡巡以避患、雖保黃耇終壽百年、蓋志士之所恥、愚夫之所賤也。今若屈原、膺忠貞之質、體清潔之性、直若砥矢、言若丹青、進不隱其謀、退不顧其命。此誠絶世之行、俊彦之英也。（且《か》つ人臣《じんしん》の義《ぎ》は、忠正《ちゅうせい》を以《もっ》て高《こう》と為《な》し、伏節《ふくせつ》を以《もっ》て賢《けん》と為《な》す。故《ゆえ》に危言《きげん》有《あ》りて以《もっ》て國《くに》を存《そん》し、身《み》を殺《ころ》して以《もっ》て仁《じん》を成《な》す。是《こ》こを以《もっ》て伍子胥《ごししょ》は江《こう》に浮《う》かぶを恨《うら》みず、比干《ひかん》は心《しん》を剖《さ》かるるを悔《く》いず、然《しか》る後《のち》に徳《とく》は立《た》ちて行《こう》は成《な》り、榮《えい》は顯《あら》われて名《な》は稱《たた》えらる。夫《か》の道《みち》を懷《いだ》きて以《もっ》て國《くに》を迷《まよ》わし、愚《ぐ》を詳《いつわ》りて言《い》わず、顚《たお》るれば則《すなわ》ち扶《たす》くること能《あた》わず、危《あや》うければ則《すなわ》ち安《やす》んずること能《あた》わず、婉娩《えんべん》にして以《もっ》て上《うえ》に順《したが》い、逡巡《しゅんじゅん》して以《もっ》て患《わざわい》を避《さ》くるが若《ごと》きは、黃耇《こうこう》を保《たも》ち、壽《じゅ》を百年《ひゃくねん》に終《お》うと雖《いえど》も、蓋《けだ》し志士《しし》の恥《は》ずる所《ところ》、愚夫《ぐふ》の賤《いや》しむ所《ところ》なり。今《いま》

屈原《くつげん》の若《ごと》きは、忠貞《ちゅうてい》の質《しつ》を膺《いだ》き、清潔《せいけつ》の性《せい》を體《たい》し、直《ちょく》なること砥矢《しし》の若《ごと》く、言《げん》は丹青《たんせい》の若《ごと》く、進《すす》みては其《そ》の謀《はかりごと》を隠《かく》さず、退《しりぞ》きては其《そ》の命《いのち》を顧《かえり》みず。此《こ》れ誠《まこと》に絶世《ぜっせい》の行《こう》、俊彦《しゅんげん》の英《えい》なり。）

そして次に王逸は、第8章の6で見た班固の屈原や「離騒」に対する批判について、激しい反論を展開する。

而班固謂之、露才揚己、競於羣小之中、怨恨懷王、譏刺椒・蘭、苟欲求進、強非其人、不見容納、忿恚自沈。是虧其高明而損其清潔者也。昔伯夷・叔齊讓國守志、不食周粟、遂餓而死。豈可復謂有求於世而怨望哉。且詩人、怨主刺上曰、嗚呼小子、未知臧否、匪面命之、言提其耳。風諫之語、於斯為切。然仲尼論之以為大雅。引此比彼、屈原之詞優游婉順、寧以其君不智之故、欲提攜其耳乎。而論者以為露才揚己、怨刺其上、強非其人、殆失厥中矣。（而《しか》るに班固《はんこ》は之《こ》れを謂《い》えらく、「才《さい》を露《あら》わし己《おのれ》を揚《あ》げ、羣小《ぐんしょう》の中《なか》に競《きそ》いて、懷王《かいおう》を怨恨《えんこん》し、椒《しょう》・蘭《らん》を譏刺《きし》し、苟《いやし》くも進《すす》むを求《もと》めんと欲《ほっ》し、強《し》いて其《そ》の人《ひと》を非《そし》り、容納《ようのう》せられざれば、忿恚《ふんい》して自《みずか》ら沈《しず》む」と。是《こ》れ其《そ》の高明《こうめい》を虧《か》きて、其《そ》の清潔《せいけつ》を損《そこ》なう者《もの》なり。昔《むかし》伯夷《はくい》・叔齊《しゅくせい》は國《くに》を讓《ゆず》りて志《こころざし》を守《まも》り、周《しゅう》の粟《ぞく》を食《く》らわずして、遂《つい》に餓《う》えて死《し》す。豈《あ》に復《ま》た世《よ》に求《もと》むること有《あ》りて

怨望《えんぼう》すと謂《い》うべけんや。且《か》つ詩人《しじん》は、主《しゅ》を怨《うら》み上《うえ》を刺《そし》りて曰《いわ》く、「嗚呼《ああ》 小子《しょうし》、未《いま》だ臧否《ぞうひ》を知《し》らず、面《むか》いて之《こ》れに命《めい》ずるのみに匪《あら》ず、言《ここ》に其《そ》の耳《みみ》を提《あ》ぐ」と。風諫《ふうかん》の語《ご》、斯《こ》こに於《お》いて切為《せつた》り。然《しか》るに仲尼《ちゅうじ》は之《こ》れを論《ろん》じて以《もっ》て大雅《たいが》と為《な》す。此《こ》れを引《ひ》きて彼《か》れに比《くら》ぶれば、屈原《くつげん》の詞《し》は優游婉順《ゆうゆうえんじゅん》にして、寧《なん》ぞ其《そ》の君《きみ》の智《ち》ならざるを以《もっ》ての故《ゆえ》に、其《そ》の耳《みみ》を提攜《ていけい》せんと欲《ほっ》するや。而《しか》るに論者《ろんじゃ》 以《もっ》て「才《さい》を露《あら》わし己《おのれ》を揚《あ》ぐ」、「怨《うら》みて其《そ》の上《うえ》を刺《そし》る」、「強《し》いて其《そ》の人《ひと》を非《そし》る」と為《な》すは、殆《ほとん》ど厥《そ》の中《ちゅう》を失《うしな》う。）

ここでは『詩経』大雅《たいが》「抑《よく》」の語を引き合いに出している。主君に対する諷諫《ふうかん》の言葉としては、孔子が大雅に分類した「抑」に比べれば、「離騒」ははるかに穏やかである。そうであるにもかかわらず、班固は「才《さい》を露《あら》わし己《おのれ》を揚《あ》」げ、「怨《うら》みて其《そ》の上《うえ》を刺《そし》」り、「強《し》いて其《そ》の人《ひと》を非《そし》る」ものだと強く非難している。これは公平性を欠いた意見ではないか、と王逸は班固を糾弾するのである。

そして最後に王逸は、「離騒」の句を『詩経』『易経《えききょう》』『尚書《しょうしょ》』にみえる句と比較し、「離騒」を経書と同様の内容を持つものと見なして高く評価する。

夫離騒之文、依託五經以立義焉。帝高陽之苗裔、則詩厥初生民、時惟姜嫄也。紉秋蘭以為佩、則將翶將翔、佩玉瓊琚也。夕攬洲之宿莽、則易潛龍、勿用也。駟玉虬而乘鷖、則易時乘六龍以御天也。就重華而陳詞、則尚書咎繇之謀謨也。登崑崙而渉流沙、則禹貢之敷土也。故智彌盛者、其言博、才益劭者、其識遠。屈原之詞誠博遠矣。自孔丘[*2]終没以來、名儒博達之士、著造詞賦、莫不擬則其儀表、祖式其模範、取其要妙、竊其華藻。所謂金相玉質、百歳無匹、名垂罔極、永不刊滅者矣。（夫《そ》れ「離騒《りそう》」の文《ぶん》は、五經《ごきょう》に依託《いたく》して以《もっ》て義《ぎ》を立《た》つ。「帝高陽《ていこうよう》の苗裔《びょうえい》」は則《すなわ》ち『詩《し》』の「厥《そ》れ初《はじ》めて民《たみ》を生《しょう》ずるは、時《ここ》に惟《こ》れ姜嫄《きょうげん》」なり。「秋蘭《しゅうらん》を紉《つな》ぎて以《もっ》て佩《はい》と為《な》す」は則《すなわ》ち「將《は》た翶《か》け將《は》た翔《か》く、佩玉《はいぎょく》は瓊琚《けいきょ》」なり。「夕《ゆうべ》に洲《す》の宿莽《しゅくぼう》を攬《と》る」は則《すなわ》ち『易《えき》』の「潜龍《せんりゅう》なり、用《もち》うること勿《な》かれ」なり。「玉虬《ぎょくきゅう》を駟《し》として鷖《えい》に乗《の》る」は則《すなわ》ち『易《えき》』の「時《とき》に六龍《ろくりゅう》に乗《の》りて以《もっ》て天《てん》に御《ぎょ》す」なり。「重華《ちょうか》に就《つ》きて詞《し》を陳《の》ぶ」は則《すなわ》ち『尚書《しょうしょ》』の「咎繇《こうよう》の謀謨《ぼうぼ》」なり。「崑崙《こんろん》に登《のぼ》りて流沙《りゅうさ》を渉《わた》る」は則《すなわ》ち「禹貢《うこう》」の敷土《ふど》なり。故《ゆえ》に智《ち》 彌《いよ》いよ盛《さか》んなる者《もの》は、其《そ》の言《げん》 博《ひろ》く、才《さい》 益《ます》ます劭《うるわ》しき者《もの》は、其《そ》の識《しき》 遠《とお》し。屈原《くつげん》の詞《し》は誠《まこと》に博遠《はくえん》なり。孔丘《こうきゅう》終没《しゅうぼつ》してより以來《いらい》、名儒博達《めいじゅはくたつ》の士《し》、詞賦《しふ》を著造《ちょぞう》するに、其《そ》の儀表《ぎひょう》に擬則《ぎそく》し、其《そ》の模範《もはん》を祖式《そしき》とし、其《そ》の要妙《ようみょう》を取《と》り、其《そ》の華藻《かそう》を竊《ぬす》まざるもの莫《な》し。所謂《いわゆる》 金相玉質《きんそうぎょくしつ》、百歳《ひゃくさい》に匹無《ひつな》く、名《な》は垂《た》れて極《きわ》まること罔《な》く、永《なが》く刊滅《かんめつ》せざる者《もの》なり。）

王逸は「離騒」の内容が経書に依拠したものであることを強調するため、その中から数句を挙げて、具体的にどの書のどの部分と重なるのかを述べている。また、作者である屈原の知識や才能を称賛して、孔子の死後、「名儒博達《めいじゅはくたつ》の士《し》」は皆、文章を綴る際に屈原を模範としているのだという。

ここで、上に掲げた王逸の文章を改めて見てみると、最初と最後の部分いずれにおいても孔子が引き合いに出されている点が目を引く。王逸の考えによれば、『詩経』によって大義微言《たいぎびげん》を伝えようとした孔子の意志を、屈原は「離騒」を表すことによって引き継いだというのである。

では、こうした王逸の考え方は『楚辞章句』の注釈文において、実際にはどのような形で示されているのだろうか。

2　『詩経』との関連づけ

先に見たように、王逸は序文において「屈原は『詩経』に倣って「離騒」を作った」として、楚辞の源泉を『詩経』に求めている。そして、それを証明するかのように、『楚辞章句』で楚辞の語句に注釈を施す際にも『詩経』の語句を数多く引用している。

〔表1〕『楚辞章句』王逸注に引用された書とその引用回数

『詩』102	『尚書』17	『論語』13	『淮南子』12
『易』11	『左伝』7	『爾雅』4	『山海経』4
『世本』（帝繫）3	『周礼』2	『河図括地象』2	『礼記』2
『春秋』（佚文）1	『司馬法』1	『伝』2	『禹大伝』1
『孝経』1	『列仙伝』1	『呂氏春秋』1	『孟子』1
『相玉書』1	『援神契』1	『陵陽子明経』1	

〔表1〕に示したように、『楚辞章句』注釈文中での書物の引用は、合計23種、191回にのぼる。そのうち『詩経』の引用回数が102回と最も多く、全体の53パーセントを占めている。

その『詩経』の引用回数を楚辞の作品別に見ると、「九歎」で最も多く引用されており、次に多いのが「離騒」・「九章」・「九歌」などである〔表2〕。

〔表2〕『楚辞章句』篇別の王逸注所引『詩経』句数

〔1〕離騒：13	〔2〕九歌：10	〔3〕天問：2
〔4〕九章：11	〔5〕遠遊：2	〔6〕卜居：0
〔7〕漁父：0	〔8〕九弁：5	〔9〕招魂：8
〔10〕大招：4	〔11〕惜誓：0	〔12〕招隠士：0
〔13〕七諫：6	〔14〕哀時命：2	〔15〕九懐：3
〔16〕九歎：35	〔17〕九思：1	

宮野直也「『楚辞章句』引書考」[*3]も、四部備要本『楚辞補注』を用いて王逸注の引用書物に関する同様の調査をおこない、引用書物の八割以上が「広義の経」で占められ、中でも特に『詩経』からの引用が圧倒的に多いことを明らかにしている。また、楚辞本文とそれら引用文との関係性を調べ、両者が「字句の上では全く一致せず、内容上のみで対応するもの」や、「表現上の一致は一文字のみであり」、「典故でもなく、本文に対する訓詁の根拠として有意義であるわけでもない」ものが多く見られることを指摘する。そして、楚辞本文の

意味を明らかにするという注釈本来の役割を果たさないこうした『詩経』の引用は、「『離騒』が『詩経』と同等な経であるという王逸の主張の根拠として挙げられているのではないだろうか」と結論づけている。

宮野のこうした指摘は正鵠を射たものであると考えられる。加えて言えば、楚辞作品と『詩経』とを無理矢理に関連づけようとする王逸の姿勢は、「招隠士《しょういんし》」の叙文にも次のように表れている。

招隱士者、淮南小山之所作也。昔淮南王安、博雅好古、招懷天下俊偉之士、自八公之徒、咸慕其德而歸其仁。各竭才智、著作篇章、分造辭賦、以類相從。故或稱小山、或稱大山。其義猶詩有小雅・大雅也。小山之徒、閔傷屈原、又怪其文昇天、乘雲、役使百神、似若僊者、雖身沈沒、名德顯聞、與隱處山澤無異。故作招隱士之賦、以章其志也。（「招隠士《しょういんし》」は、淮南小山《わいなんしょうざん》の作《つく》る所《ところ》なり。昔《むかし》 淮南王安《わいなんおうあん》は、博雅《はくが》にして古《いにしえ》を好《この》み、天下《てんか》の俊偉《しゅんい》の士《し》を招懐《しょうかい》すれば、八公《はちこう》の徒《と》より、咸《み》な其《そ》の徳《とく》を慕《した》いて其《そ》の仁《じん》に帰《き》す。各《おの》おの才智《さいち》を竭《つ》くし、篇章《へんしょう》を著作《ちょさく》し、分《わ》かちて辭賦《じふ》を造《つく》り、類《るい》を以《もっ》て相《あ》い従《したが》う。故《ゆえ》に或《ある》いは小山《しょうざん》と稱《しょう》し、或《ある》いは大山《たいざん》と稱《しょう》す。其《そ》の義《ぎ》は猶《な》お詩《し》に小雅《しょうが》・大雅《たいが》有《あ》るがごときなり。小山《しょうざん》の徒《と》、屈原《くつげん》を閔傷《びんしょう》し、又《ま》た其《そ》の文《ぶん》に 天《てん》に昇《のぼ》り、雲《くも》に乗《の》り、百神《ひゃくしん》を役使《えきし》し、似《に》ること僊者《せんじゃ》の若《ごと》ければ、身《み》は沈没《ちんぼつ》すると雖《いえど》も、名徳《めいとく》は顕聞《けんぶん》して、隠《かく》れて山澤《さんたく》に處《お》ると異《こと》なる無《な》きを怪《あや》しむ。故《ゆえ》に招隠士《しょういんし》の賦《ふ》を作《つく》りて、以《もっ》て其《そ》の志《こころざし》を章《あら》わすなり。）

「招隠士」は淮南小山の作る所」であるといい、また「小山《しょうざん》の徒《と》、屈原《くつげん》を閔傷《びんしょう》し…」と述べていることから、「小山」というのは、淮南王劉安の賓客の個人名もしくはグループ名を指すようである。また、賓客たちがそれぞれ「才智《さいち》を竭《つ》くし」て作った辞賦をそのグループごとに分けて「小山」「大山」と称したという。そうであるならば、これを『詩経』の小雅・大雅のようなものだとする王逸の説明には無理があるだろう。「小」「大」という文字から、安易に『詩経』の小雅・大雅に結びつけようとしているように思われる。

3　孔子との関連づけ

上述したような、いささか強引とも思われる『詩経』との関連づけに加え、王逸『楚辞章句』においてもう一つ注目すべきなのは、楚辞本文の解釈に、孔子の言動や逸話を必要以上に多く用いている点である。ここでは、それが顕著に表れている例を楚辞本文とともに挙げ、分析したい。

(1)「離騒」①

紛吾既有此内美兮　　紛《ふん》として吾《わ》れ既《すで》に此《こ》の内美《ないび》有《あ》り
又重之以修態　　又《ま》た之《こ》れに重《かさ》ぬるに脩態《しゅうたい》を以《もっ》てす
扈江離與辟芷兮　　江離《こうり》と辟芷《へきし》とを扈《こうむ》り
紉秋蘭以爲佩（＊）　　秋蘭《しゅうらん》を紉《つな》ぎて以《もっ》て佩《はい》と爲《な》す

（＊王逸[＊4]注）紉、索也。蘭、香草也。秋而芳。佩、飾也。所以象德。故行清潔者、佩芳。德光明者、佩玉。能解結者、佩觿。能決疑者、佩玦。故孔子無所不佩也。言、己修身清潔、乃取江離辟芷、以爲衣被、紉索秋蘭、以爲佩飾。博采衆善、以自約束也。（紉《じん》は、索《つな》ぐなり。蘭《らん》は、香草《こうそう》なり。秋《あき》なれば而《すなわ》ち芳《かんば》し。佩《はい》は、飾《かざ》るなり。徳《とく》を象《かたど》る所以《ゆえん》なり。故《ゆえ》に行《おこな》い清潔《せいけつ》なる者《もの》は、芳《ほう》を佩《お》ぶ。徳《とく》の光明《こうめい》なる者《もの》は、玉《ぎょく》を佩《お》ぶ。能《よ》く結《けつ》を解《と》く者《もの》は、觿《けい》を佩《お》ぶ。能《よ》く疑《ぎ》を決《けっ》する者《もの》は、玦《けつ》を佩《お》ぶ。故《ゆえ》に孔子《こうし》は佩《お》びざる所《ところ》無《な》きなり。言《い》うこころは、己《おのれ》　身《み》を修《おさ》めて清潔《せいけつ》なれば、乃《すなわ》ち江離《こうり》・辟芷《へきし》を取《と》りて、以《もっ》て衣被《いひ》と爲《な》し、秋蘭《しゅうらん》を紉索《じんさく》して、以《もっ》て佩飾《はいしょく》と爲《な》す。博《ひろ》く衆善《しゅうぜん》を采《と》りて、以《もっ》て自《みずか》ら約束《やくそく》するなりと。）

ここに見える「孔子《こうし》は佩《お》びざる所無《ところな》きなり」というのは、『論語』郷党篇《きょうとうへん》にある、君子の服装について述べた箇所に見える一文である。

君子不以紺緅飾。…必有寝衣、長一身有半。狐貉之厚以居。去喪無所不佩。（＊）（君子《くんし》は紺緅《こんしゅ》を以《もっ》て飾《かざ》らず。…必《かな》らず寝衣《しんい》有《あ》りて、長《なが》さは一身有半《いっしんゆうはん》。狐貉《こかく》の厚《あつ》き以《も》て居《お》る。喪《そう》を去《のぞ》けば佩《お》びざる所無《ところな》し。）

（＊何晏注）孔安國曰、去、除也。非喪則備佩所宜佩也。（孔安國曰《こうあんこくいわ》く、去《きょ》は、除《のぞ》くなり。喪《そう》に非《あら》ざれば則《すなわ》ち宜《よろ》しく佩《お》ぶべき所《ところ》を備佩《びはい》するなり。）

『論語』郷党篇の文章が言っているのは「君子（孔子）は喪に服している時以外は、いつでも佩玉《はいぎょく》を身につける」ということである。

「離騒」本文の当該部分では、主人公が香草を身につけることを述べているのであるが、工逸注は「佩《はい》は、芳《ほう》飾《かざ》るなり。徳《とく》を象《かたど》る所以《ゆえん》なり」と、佩《おびもの》はその人の徳を表しているのだとする。そして「行《おこな》い清潔《せいけつ》なる者《もの》は、芳を佩《お》ぶ」とあることから、「離騒」の主人公である屈原は「行《おこな》い清潔《せいけつ》なる者《もの》」であるため、香草を身につけるのだ、と王逸は考えているようである。「離騒」当該部分の解釈としてはここまでで十分なはずであるが、王逸はさらに続けて「徳《とく》の光明《こうめい》なる者《もの》は、玉《ぎょく》を佩《お》ぶ」として、玉のことにまで言及する。そして「能《よ》く結《けつ》を解《と》く者《もの》は、觿《けい》を佩《お》ぶ。能《よ》く疑《ぎ》を決《けっ》する者《もの》は、玦《けつ》を佩《お》ぶ」と、玉の種類と、それを帯びる人物の特質との関係について述べ、「(孔子は）佩《お》びざる所無《ところな》きなり」という『論語』郷党篇の句を引用する。

佩玉や孔子に関するこうした記述は、「離騒」の本文とは直接関係がなく、注としては余分なものであろう。王逸は、楚辞本文に直接関係のない『論語』の文章を引用することによって、香草を「佩」びる屈原と、玉を「佩」びる孔子とを、「佩」という語のみを共通項として結びつけようとしているのである。

(2)「離騒」②

屈心而抑志兮　　心《こころ》を屈《くっ》して志《こころざし》を抑《おさ》え
忍尤而攘詬（＊）　尤《とが》めを忍《しの》んで詬《はじ》を攘《はら》わん
伏清白以死直兮　清白《せいはく》に伏《ふく》して以《もっ》て直《ちょく》に死《し》するは
固前聖之所厚　　固《まこと》に前聖《ぜんせい》の厚《あつ》くする所《ところ》なり

（＊王逸注）尤、過也。攘、除也。[*5] 詬、恥也。言、己所以能屈案心志、含忍罪過而不去者、欲以除去恥辱、誅讒佞之人。如孔子誅少正卯也。（尤《ゆう》は、過《あやま》ちなり。攘《じょう》は、除《のぞ》くなり。詬《こう》は、恥《はじ》なり。言《い》うこころは、己《おのれ》能《よ》く屈《くっ》して心志《しんし》を案《あん》じ、含《ふく》みて罪過《ざいか》を忍《しの》びて去《さ》らざる所以《ゆえん》の者《もの》は、以《もっ》て恥辱《ちじょく》を除去《じょきょ》し、讒佞《ざんねい》の人《ひと》を誅《ちゅう》さんと欲《ほっ》すればなり。孔子《こうし》の少正卯《しょうせいぼう》を誅《ちゅう》するが如《ごと》きなりと。）

ここでは「離騒」の主人公である屈原が「心《こころ》を屈《くっ》して志《こころざし》を抑《おさ》え、尤《とが》めを忍《しの》」ぶのは、「恥辱《ちじょく》を除去《じょきょ》し、讒佞《ざんねい》の人《ひと》を誅《ちゅう》」するためであって、それはちょうど孔子が「少正卯《しょうせいぼう》を誅《ちゅう》」したようなものだ、と王逸は述べている。

孔子による少正卯《しょうせいぼう》の誅殺は『荀子《じゅんし》』宥坐篇《ゆうざへん》に詳しい。[*6]

孔子為魯攝相、朝七日而誅少正卯。門人進問曰、夫少正卯魯之聞人也。夫子為政而始誅之、得無失乎。孔子曰、居、吾語女其故。人有惡者五、而盗竊不與焉。一曰心達而險。二曰行辟而堅。三曰言偽而辨。四曰記醜而博。五曰順非而澤。此五者、有一於人、則不得免於君子之誅。而少正卯兼有之。故居處足以聚徒成羣、言談足以飾邪營衆、強足以反是獨立。此小人之桀雄也…。不可不誅也。（孔子《こうし》魯《ろ》の攝相《せっしょう》と

為《な》り、朝《ちょう》すること七日《しちじつ》にして少正卯《しょうせいぼう》を誅《ちゅう》す。門人《もんじん》　進《すす》み問《と》いて曰《いわ》く、「夫《そ》れ少正卯《しょうせいぼう》は魯《ろ》の聞人《ぶんじん》なり。夫子《ふうし》政《せい》を為《な》して始《はじ》めに之《こ》れを誅《ちゅう》するは、失無《しつな》きを得《え》んか」と。孔子曰《こうしいわ》く、「居《お》れ、吾《わ》れ女《なんじ》に其《そ》の故《ゆえ》を語《かた》らん。人《ひと》に悪《あく》なる者《もの》　五有《ごあ》りて、盗竊《とうせつ》は與《あずか》らず。一《いっ》に曰《い》う、心《こころ》　達《たっ》して險《けん》なり。二《に》に曰《い》う、行《おこな》い辟《へき》にして堅《けん》なり。三《さん》に曰《い》う、言《げん》　偽《ぎ》にして辨《べん》なり。四《し》に曰《い》う、記《き》　醜《しゅう》にして博《はく》なり。五《ご》に曰《い》う、非《ひ》に順《したが》いて澤《たく》なり。此《こ》の五《ご》者《しゃ》は、一《いっ》として人《ひと》に有《あ》れば、則《すなわ》ち君子《くんし》の誅《ちゅう》を免《まぬが》るるを得《え》ず。而《しか》るに少正卯《しょうせいぼう》は兼《か》ねて之《こ》れを有《も》つ。故《ゆえ》に居處《きょしょ》は以《もっ》て徒《と》を聚《あつ》めて羣《ぐん》を成《な》すに足《た》り、言談《げんだん》は以《もっ》て邪《じゃ》を飾《かざ》りて衆《しゅう》を營《まど》わすに足《た》り、強《きょう》は以《もっ》て是《ぜ》に反《そむ》きて獨立《どくりつ》するに足《た》る。此《こ》れ小人《しょうじん》の桀雄《けつゆう》なり。誅《ちゅう》せざるべからざるなり…」と。

ここで孔子は「悪《あく》なる者《もの》」の五つの例として、「心《こころ》　達《たっ》して險《けん》」(物事に通達していて陰険)、「行《おこな》い辟《へき》にして堅《けん》」(行いが偏っていて頑固)、「言《げん》　偽《ぎ》にして辨《べん》」(言葉に偽りが多く雄弁)、「記《き》　醜《しゅう》にして博《はく》」(悪いことばかり記憶していて博識)、「非《ひ》に順《したが》いて澤《たく》」(悪いことにしたがって経験豊富)であることを挙げている。[*7] そして、この五つすべてを兼ね備えた少正卯は、大衆を惑わして魯の朝廷に謀反を起こす悪人であるため、誅殺しないわけにはいかないと言う。

王逸注は孔子のこのエピソードを「離騒」の解釈に用いているのであるが、唐突な感じは否めない。そもそも主人公(屈原)が「心《こころ》を屈《くっ》して志《こころざし》を抑《おさ》え、尤《とが》めを忍《しの》」ぶ理由を、「恥辱《ちじょく》を除去《じょきょ》し、讒佞《ざんねい》の人《ひと》を誅《ちゅう》」するためであるとするのは王逸の解釈にすぎない。屈原が讒佞の人を誅する話は『史記』屈原伝にも見えないからである。ところが王逸は、悪人を「誅」するという点のみを共通点として強引に両者を結びつけ、屈原と孔子の行為とを重ね合わせてとらえているのである。

(3)「九章」渉江《しょうこう》

朝發枉陼兮　　朝《あした》に枉陼《おうしょ》を發《た》ち
夕宿辰陽　　夕《ゆうべ》に辰陽《しんよう》に宿《やど》る
苟余心之端直兮　　苟《いやし》くも余《わ》が心《こころ》　之《こ》れ端直《たんちょく》なれば
雖僻遠之何傷（＊）　　僻遠《へきえん》と雖《いえど》も　之《こ》れ何《なん》ぞ傷《いた》まん

（＊王逸注）僻、左也。言、我惟行正直之心、雖在遠僻之域、猶有善稱、無害疾也。故論語曰、子欲居九夷也。（僻《へき》は、左《ひだり》にするなり。言《い》うこころは、我《わ》れ惟《た》だ正直《せいちょく》の心《こころ》を行《おこな》えば、遠僻《えんぺき》の域《いき》に在《あ》りと雖《いえど》も、猶《な》お善稱《ぜんしょう》有《あ》りて、害疾《がいしつ》無《な》きなり。故《ゆえ》に論語《ろんご》に、「子《し》は九夷《きゅうい》に居《お》らんと欲《ほっ》す」と曰《い》うなり。）

ここで王逸が引いているのは、『論語』子罕篇《しかんへん》の文章である。

子欲居九夷。或曰、陋。如之何。子曰、君子居之、何陋之有。（子《し》　九夷《きゅうい》に居《お》らんと欲《ほっ》す。或《あ》るひと曰《いわ》く、「陋《いや》しきなり。之《こ》れを如何《いかん》」と。子曰《しいわ》く、「君子之《くんしこ》れに居《お》れば、何《なん》の陋《いや》しきことか之《こ》れ有《あ》らん」と。）

王逸の解釈によれば、「九章」渉江《しょうこう》の主人公は「まっすぐな心を持っていれば、たとえ僻遠の地に行ったとしても、褒《ほ》め称《たた》えられこそすれ、害されることはない」と言っているのであり、一方、孔子は「（自分のような）君子がいれば、人々は感化され、その結果、未開の地であってもそこは下品な田舎とは言えなくなる」と言っている。両者の意図は、その積極性という点において微妙に異なっているのであるが、王逸は「僻遠《へきえん》」「九夷《きゅうい》」という、いずれも未開の地を意味する語を共通点として、両者を結びつけているのである。

そして、孔子が「九夷」に行こうとした、というこのエピソードは、次の(4)(5)にも挙げるように、王逸の注釈の中で繰り返し用いられている。

（4）「九歌」湘夫人《しょうふじん》

九疑繽兮並迎　九疑《きゅうぎ》　繽《ひん》として並《なら》び迎《むか》え
靈之來兮如雲　靈《れい》の來《きた》ること雲《くも》の如《ごと》し
捐余袂兮江中　余《わ》が袂《へい》を江中《こうちゅう》に捐《す》て
遺余褋兮醴浦（＊）　余《わ》が褋《ちょう》を醴浦《れいほ》に遺《す》つ
搴汀洲兮杜若　汀洲《ていしゅう》の杜若《とじゃく》を搴《と》りて
將以遺兮遠者　將《まさ》に以《もっ》て遠《とお》き者《もの》に遺《おく》らんとす

（＊王逸注）褋、襜襦也。屈原設託、湘夫人共鄰而處、舜復迎之而去、窮困無所依。故欲捐棄衣物、裸[＊8]身而行。將適九夷也。（褋《ちょう》は、襜襦《せんじゅ》なり。屈原《くつげん》　設《たと》えて託《たく》すらく、湘夫人《しょうふじん》　共《とも》に鄰《とな》りて處《お》るも、舜《しゅん》　復《ま》た之《こ》れを迎《むか》えて去《さ》れば、窮困《きゅうこん》して依《よ》る所無《ところな》し。故《ゆえ》に衣物《いぶつ》を捐棄《けんき》して、裸身《らしん》にして行《ゆ》かんと欲《ほっ》すと。將《まさ》に九《きゅう》夷《い》に適《ゆ》かんとするなり。）

王逸注によれば、これは屈原が己の心情を喩えとして述べているのであり、湘夫人に去られて寄《よ》る辺《べ》をなくした主人公（屈原）が、身に着けた衣類を脱ぎ捨て、未開の地へ旅立とうとしている、という意味であるという。

（5）「九懐」昭世《しょうせい》

覽舊邦兮滃鬱（＊1）　舊邦《きゅうほう》の滃鬱《おううつ》たるを覽《み》れば

余安能兮久居（＊2）　余《われ》 安《いず》んぞ能《よ》く久《ひさ》しく居《お》らんや
志懐逝兮心懰慄　志《こころざし》は逝《ゆ》くを懐《おも》うも心《こころ》は懰慄《りゅうりつ》たり
紆余轡兮躊躇　余《わ》が轡《たずな》を紆《た》れて躊躇《ちゅうちょ》す

（＊1王逸注）下見楚國之亂危也。（下《した》に楚國《そこく》の亂《みだ》れ危《あや》うきを見《み》るなり。）
（＊2王逸注）將背舊郷、之九夷也。（將《まさ》に舊郷《きゅうきょう》に背《そむ》き、九夷《きゅうい》に之《ゆ》かんとするなり。）

ここでは、楚国の乱れたさまを見た主人公（屈原）が、未開の地に発《た》とうとしているのだと解している。[＊9]
しかしながら、(4)と(5)いずれの場合も、主人公が特に孔子のように「九夷」に行こうとしていることが楚辞本文から読み取れるわけではなく、そのように解釈する必然性はないように思われる。では、王逸はなぜこのような注を施したのだろうか。
その理由は、王逸自身の作品とされる「九思」傷時《しょうじ》の本文から推測することができる。

迫中國兮迮陿　中國《ちゅうごく》の迮陿《さくきょう》たるに迫《くる》しみ
吾欲之兮九夷（＊1）　吾《わ》れ九夷《きゅうい》に之《ゆ》かんと欲《ほっ》す
超五嶺兮嵯峨（＊2）　五嶺《ごれい》の嵯峨《さが》たるを超《こ》え
觀浮石兮崔嵬　浮石《ふせき》の崔嵬《さいかい》たるを觀《み》る

（＊1）子欲居九夷。疾時之言也。（子《し》は九夷《きゅうい》に居《お》らんと欲《ほっ》す。時《とき》を疾《にく》むの言《げん》なり。）
（＊2）超、越也。將之九夷、先歴五嶺之山。言艱難也。（超《ちょう》は、越《こ》ゆるなり。將《まさ》に九夷《きゅうい》に之《ゆ》かんとするに、先《ま》ず五嶺《ごれい》の山《やま》を歴《れき》す。艱難《かんなん》を言《い》うなり。）

ここでは、注釈ではなく作品本文において、窮屈な社会に苦しむ主人公すなわち屈原が自ら「吾《わ》れ九夷《きゅうい》に之《ゆ》かんと欲《ほっ》す」と言っている。そしてそれに付された注には、やはり「子《し》は九夷《きゅうい》に居《お》らんと欲《ほっ》す」という『論語』子罕篇《しかんぺん》の文章が引かれている。[10]

自身の作品の中でこのように詠っていることから、王逸は他の楚辞作品においても、主人公がその場を立ち去ってどこかに行こうとする場面では、ちょうど孔子がそうであったように、屈原が「九夷」に行こうとしているのだと解釈していると思われる。つまり王逸は「自らその地を離れようとする姿勢を見せる」ことを共通点として楚辞作品における主人公（屈原）と孔子の言動を重ね合わせていると考えられる。

(6)「九弁」（五）

圜鑿而方枘兮　　圜鑿《かんさく》にして方枘《ほうぜい》
吾固知其鉏鋙而難入　　吾《わ》れ固《もと》より其《そ》の鉏鋙《そご》して入《い》り難《がた》きを知《し》る
衆鳥皆有所登棲兮（＊1）　衆鳥《しゅうちょう》は皆《み》な登棲《とうせい》する所《ところ》有《あ》るも
鳳獨遑遑而無所集（＊2）　鳳《ほう》は獨《ひと》り遑遑《こうこう》として集《あつ》まる所《ところ》無《な》し

（＊1王逸注）羣佞並進、處官爵也。（羣佞《ぐんねい》は並《なら》び進《すす》みて、官爵《かんしゃく》に處《お》るなり。）
（＊2王逸注）孔子栖栖、而困厄也。（孔子《こうし》は栖栖《せいせい》として、困厄《こんやく》するなり。）

「孔子栖栖」は、『論語』憲問篇《けんもんぺん》に見える、微生畝《びせいほ》が孔子に対して発した問い「丘《きゅう》は何為《なんす》れぞ是《こ》れ栖栖《せいせい》たる者《もの》ぞ（丘何為是栖栖者與）」に基づくもので、孔子の多忙なさまを表す常套句であったらしい。たとえば、王充《おうじゅう》の『論衡《ろんこう》』語増篇《ごぞうへん》では、堯・舜が世を憂えて痩せ細っていたという言説に対する反論の中に、以下のように見える。[11]

如徳劣承衰、若孔子栖栖、周流應聘、身不得容、道不得行、可骨立跛附、僵仆道路乎。（如《も》し徳劣《とくおと》り衰《すい》を承《う》くること、孔子《こうし》の栖栖《せいせい》として、周流《しゅうりゅう》して聘《へい》に應《おう》ずるも、身《み》は容《い》れらるるを得《え》ず、道《みち》は行《おこな》わるるを得《え》ざるが若《ごと》ければ、骨立《こつりつ》にして跛附《はふ》し、道路《どうろ》に僵仆《きょうふ》すべきか。）

孔子のように、徳の衰えた世に生まれて不遇であったならば、痩せ衰えて道に倒れ伏すこともあるだろうが、堯・舜の場合はそうではない、という内容である。

しかしながら「鳳《ほう》は獨《ひと》り遑遑《こうこう》として集《あつ》まる所無《ところな》し」という「九弁」の本文を見る限り、注釈の中で特に孔子の名を挙げる必然性はないように思われる。

そもそも「登棲《とうせい》」する凡庸な「衆鳥《しゅうちょう》」と「集《あつ》まる所無《ところな》」き神聖な「鳳《ほう》（鳳凰）」といった、鳥に関する対偶《ついぐう》は、「屈原のような才能のある人物が疎んじられ、無能な人物が重用される」という乱世の異常さを強調するための比喩として、漢代の楚辞作品に多く用いられる修辞である。たとえば「九章」渉江の乱辞にも同様の鳥の対偶表現が見え、王逸は次のように注釈を施している。

鸞鳥鳳皇　　鸞鳥《らんちょう》・鳳皇《ほうおう》は
日以遠兮　　日《ひ》び以《もっ》て遠《とお》く（＊1）
燕雀烏鵲　　燕《つばめ》・雀《すずめ》・烏《からす》・鵲《かささぎ》は
巣堂壇兮　　堂壇《どうだん》に巣《す》くう（＊2）

（＊1王逸注）鸞、鳳、俊鳥也。有聖徳君則來、無徳則去。以興賢臣難進易退也。（鸞《らん》、鳳《ほう》は、俊鳥《しゅんちょう》なり。聖徳《せいとく》の君有《きみあ》れば則《すなわ》ち來《きた》り、徳無《とくな》ければ則《すなわ》ち去《さ》る。以《もっ》て賢臣《けんしん》の進《すす》み難《がた》く退《しりぞ》き易《やす》きを興《おこ》すなり。）

（＊2王逸注）燕、雀、烏、鵲、多口妄鳴。以喩讒佞。言楚王愚闇、不親仁賢、而近讒佞也。（燕《つばめ》、雀《すずめ》、

烏《からす》、鵲《かささぎ》は、口多《くちおお》く妄《みだ》りに鳴《な》く。以《もっ》て讒佞《ざんねい》に喩《たと》う。言《い》うこころは楚王愚闇《そおうぐこん》にして、仁賢《じんけん》に親《した》しまずして、讒佞《ざんねい》を近《ちか》づくなりと。）

王逸は「鸞鳥《らんちょう》・鳳皇《ほうおう》」という神聖な鳥を「賢臣《けんしん》」すなわち屈原、[12]「燕《つばめ》・雀《すずめ》・烏《からす》・鵲《かささぎ》」という凡庸な鳥を「讒《ざん》佞《ねい》」と解釈し、四句全体を「暗愚な楚王が、賢臣である屈原を遠ざけ、讒人や佞人を近づける」という、世の中の不条理を詠ったものと見なしているのである。

この例にしたがうのであれば「九弁」五の「衆鳥《しゅうちょう》は皆《み》な登棲《とうせい》する所《ところ》有《あ》るも、鳳《ほう》は獨《ひと》り遑遑《こうこう》として集《あつ》まる所《ところ》無《な》し」も屈原の不遇を喩えた句としてとらえ、注もそのように施すべきであろう。ところが王逸はこの「衆鳥」と「鳳」の比喩を「讒佞」と「賢臣（屈原）」ではなく、「羣佞《ぐんねい》」と「孔子」の立場の顛倒ととらえて注を施しているのである。これもまた王逸が屈原像と孔子像とを重ね合わせようとしていることを示すものと考えてよいだろう。

さらに、注釈の形式という点から見ても、同様の指摘が可能であると思われる。『楚辞章句』の王逸注が、韻を踏む四字句形式のものと、そうでないものとに大別できることについては、すでに小南一郎の指摘がある。[13]それによれば、四字句形式の注は「楚辞原文中の個々の字句について訓釈を施すものではなく、原文の一句をひとまとめにして別の表現で言い換えている」のであり、「一つの文学作品を解釈するために、別のもう一つの作品を作って、もとの作品と対照させている」ようなものだという。それゆえ時には「原文の内容をいささか逸脱して、別に注釈者独自の物語的な筋書きを設定しているように見える場合すらある」という。

上掲の「九弁」（五）でも、原文一句ごとに「羣佞並進、處官爵也」、「孔子棲棲、而困厄也」と、四字句が二句ずつ注として付せられており、それぞれの第二句目の第三字「爵」と「厄」が押韻している。まさに王逸が原文を「別の表現で言い換え」たものであると言えよう。その際、王逸は「九章」渉江では賢臣（屈原）のことを指すと解していた「鳳」を、ここでは「孔子」と詠み換えているのである。このことは、王逸の注釈姿勢の「揺れ」を表すと同時に、彼の中で「屈原像」と「孔子像」とが重なり合っていたことを示してもいよう。

おわりに

王逸『楚辞章句』の登場以前における屈原および「離騒」に対する評価には、本書第8章で確認したように、肯定的なものと否定的なものが混在していた。その中でも特に班固は、乱世においては保身に努めるべきだという『詩経』や『論語』の教えに反しているとして、屈原の処世態度を厳しく批判していた。また「離騒」という作品については、修辞的には優れていると評価するものの、その内容は経書に書かれたことに背くものだとして非難していた。

こうした班固の意見に対し、王逸は『楚辞章句』の叙の中で、真っ向から反論を試みている。屈原は孔子の意志を継ぐ人物であり、彼の作品である「離騒」の内容は、『詩経』をはじめとする経典に依拠したものだと強く主張するのである。

本章では、そうした王逸の主張が『楚辞章句』の注釈において、具体的にはどのような形で表れているのかを検討してみた。その結果、楚辞作品を特に『詩経』と強く結びつけ、また、作品の主人公を屈原と見なして、彼の行動を孔子のそれに重ね合わせようとする注釈態度が各所で見受けられることがわかった。

では、王逸のこうした注釈態度は何に由来するのだろうか。屈原と楚辞作品に権威を与え、その地位を高めるとともに、班固に代表されるような否定的な意見を封じ込めるため、牽強付会的な注釈を故意に施そうとしたのだろうか。

おそらくそうではなく、王逸の思い描く「屈原像」と「孔子像」とが、すでに重なり合う要素を有しており、それが彼の注釈態度に自然と表れ出たのではないかと思われる。そして、そのような屈原と孔子のイメージの重なりは、それぞれの不遇な生涯を物語る文章の中に用いられた修辞の共通性によってもたらされたのではないかと考えられる。それはすなわち、前章において検討した、世俗の価値観が混乱している様子を、様々な比喩によって表しながら、そのように乱れた世に生まれた人物の不遇を強調するという修辞法である。

ここではその一例として、楚辞「九懐」の「株昭《しゅしょう》」を再掲する。

瓦礫進寶兮　瓦礫《がれき》もて寶《たから》に進《すす》め
捐弃隨和　隨和《ずいか》を捐弃《けんき》す
鉛刀厲御兮　鉛刀《えんとう》もて厲《するど》しとして御《すす》め
頓弃太阿　頓《にぶ》しとして太阿《たいあ》を弃《す》つ
驥垂兩耳兮　驥《き》は兩耳《りょうじ》を垂《た》れ
中坂蹉跎　中坂《ちゅうばん》に蹉跎《さた》す
蹇驢服駕兮　蹇驢《けんろ》は服駕《ふくが》せられ
無用日多　無用《むよう》は日《ひ》び多《おお》し
修潔處幽兮　修潔《しゅうけつ》は幽《ゆう》に處《お》り
貴寵沙劘　貴寵《きちょう》は沙劘《さば》す

鳳皇不翔兮　　鳳皇《ほうおう》は翔《か》けず
鶉鴳飛揚　　鶉鴳《じゅんあん》は飛揚《ひよう》す

この手法は賈誼《かぎ》「弔屈原賦」で用いられ、それを継承したと思われる漢代擬騒作品の中で、さらに数多くのバリエーションを加えながら多用されたと考えられる。その過程で次第に屈原と強固に結びつき、屈原像の形成に強い影響を与えたのであろう。

しかしながらこうした手法は、『荀子』賦篇《ふへん》「佹詩《きし》」においては、孔子をはじめとする儒者の不遇を詠う際に用いられるものであった。

『漢書』芸文志《げいもんし》の詩賦略《しふりゃく》は、讒言に遭って国を憂い、賦を作った代表的な人物として、荀子と屈原の名を挙げている。

春秋之後、周道寖壞、聘問歌詠不行於列國、學詩之士逸在布衣、而賢人失志之賦作矣。孫卿及楚臣屈原離讒憂國、皆作賦以風、咸有惻隠古詩之義。（春秋《しゅんじゅう》の後《のち》、周道《しゅうどう》 寖《や》や壞《やぶ》れ、聘問歌詠《へいもんかえい》 列國《れっこく》に行《おこな》われざれば、詩《し》を學《まな》ぶの士《し》は逸《いっ》して布衣《ほい》に在《あ》り、而《しか》して賢人志《けんじんこころざし》を失《うしな》うの賦《ふ》 作《おこ》る。孫卿及《そんけいおよ》び楚《そ》の臣《しん》 屈原《くつげん》は讒《ざん》に離《あ》いて國《くに》を憂《うれ》い、皆《み》な賦《ふ》を作《つく》りて以《もっ》て風《ふう》するに、咸《み》な惻隠古詩《そくいんこし》の義《ぎ》有《あ》り。）

『荀子』賦篇「佹詩」[*14]は、「其《そ》の小歌《しょうか》に曰《いわ》く」という語を挟んで前半と後半に分けることができる。そしてそのいずれにも、顚倒のモティーフが用いられており、中島千秋が「一篇の主題は世はさかさまということであり、小歌も含めてその換句である」[*15]と述べるように、作品全体が、世の価値観の混乱を様々な比喩で表しつつ嘆く内容となっている。

まず前半部分を挙げる。前章と同様に、顚倒のモティーフのうち、「価値のあるものが蔑ろにされて下位にあること」を表すものを(a1)、「無価値なものが珍重されて上位にあること」を表すものを(a2)、「価値のあるものとないものが区別されていないこと」を表すものを(b)とする。

天下不治　天下《てんか》は治《おさ》まらず
請陳佹詩　請《こ》うらくは佹詩《きし》を陳《の》べん
天地易位　天地《てんち》は位《い》を易《か》え
四時易郷　四時《しいじ》は郷《む》きを易《か》う
列星殞墜　列星《れっせい》は殞墜《いんつい》し
旦暮晦盲　旦暮《たんぼ》は晦盲《かいもう》なり
幽晦登昭　幽晦《ゆうかい》は登《のぼ》りて昭《あき》らかに
日月下藏　日月《じつげつ》は下《くだ》りて藏《かく》る
公正無私　公正無私《こうせいむし》なるに
見謂從横[*16]　從横《しょうおう》と謂《い》わる
志愛公利　公利《こうり》を志愛《しあい》するも
重樓疏堂　重樓疏堂《ちょうろうそどう》とせらる
無私罪人　私《わたくし》に人《ひと》を罪《つみ》すること無《な》きも
憼革貳兵　革《かく》を憼《そな》え兵《へい》を貳《そ》うとせらる[*17]
道德純備　道德《どうとく》は純備《じゅんび》なるも
讒口將將　讒口《ざんこう》は將將《しょうしょう》たり

仁人詘約
敖暴擅彊
天下幽險
恐失世英
螭龍爲蜿蜓
鴟梟爲鳳皇
比干見刳
孔子拘匡
昭昭乎其知之明也
拂乎其遇時之不祥也
郁郁乎其欲禮義之大行也[*18]
闇乎天下之晦盲也
皓天不復
憂無彊也
千歲必反
古之常也
弟子勉學
天不忘也

仁人《じんじん》は詘約《くつやく》し　(a1)
敖暴《ごうぼう》は擅彊《せんきょう》す　(a2)
天下《てんか》は幽險《ゆうけん》にして
世英《せいえい》を失《うしな》うを恐《おそ》る
螭龍《ちりゅう》を蜿蜓《えんてい》と爲《な》し　(a1)
鴟梟《しきょう》を鳳皇《ほうおう》と爲《な》す　(a2)
比干《ひかん》は刳《さ》かれ　(a1)
孔子《こうし》は匡《きょう》に拘《とら》わる　(a1)
昭昭乎《しょうしょうこ》として其《そ》れ知《ち》は之《こ》れ明《あき》らかなるも
拂乎《ふつこ》として其《そ》れ遇《あ》う時《とき》は之《こ》れ不祥《ふしょう》なり
郁郁乎《いくいくこ》として其《そ》れ禮義《れいぎ》の大《おお》いに行《おこな》わるるを欲《ほっ》するも
闇乎《あんこ》として天下《てんか》は之《こ》れ晦盲《かいもう》なり
皓天《こうてん》は復《かえ》らず
憂《うれ》いは彊《かぎ》り無《な》きなり
千歲《せんざい》　必《かな》らず反《かえ》るは
古《いにしえ》の常《つね》なり
弟子《ていし》　學《がく》を勉《つと》めよ
天《てん》は忘《わす》れざるなり

聖人共手　　聖人《せいじん》は手《て》を共《こまぬ》くも
時幾将矣　　時《とき》は幾《ほと》んど将《しょう》せんとすと[19]
與愚以疑　　與《とも》に愚《ぐ》にして以《もっ》て疑《うたが》えば[20]
願聞反辭　　願《ねが》わくば反辭《はんじ》を聞《き》かん

まず「仁なる人が退けられて困窮し(a1)、傲った乱暴者がほしいままに振る舞う(a2)」という、「仁人」と「敖暴」を対比させた対句が見える。そして、それに重ねて、「螭龍《ちりゅう》を小さなヤモリだと見なし(a1)、悪鳥のフクロウを鳳凰だと見なす(a2)」という、動物に関する顛倒のモティーフから成る対句と、「(殷の忠臣)比干《ひかん》は(胸を)割かれて(殺され)(a1)、孔子は匡《きょう》の地で捕らえられた(a1)」という、故事に基づいた顛倒のモティーフによる対句が見える。

「昭昭乎」以下の句は、そのように乱れた世にあって、孔子や荀子をはじめとする儒者たちが困難に遭うことを詠ったものであると考えられる。[21]

次に、ほとんど顛倒・混淆のモティーフを含む句で占められた後半部分を挙げる。

其小歌曰　　其《そ》の小歌《しょうか》に曰《い》う
念彼遠方　　彼《か》の遠方《えんぼう》を念《おも》うに
何其塞矣　　何《なん》ぞ其《そ》れ塞《ふさ》がるるや
仁人詘約　　仁人《じんじん》は詘約《くつやく》し　(a1)
暴人衍矣　　暴人《ぼうじん》は衍《はびこ》る　(a2)
忠臣危殆　　忠臣《ちゅうしん》は危殆《きたい》にして　(a1)

讒人服矣	讒人《ざんじん》は服《ふく》せらる	(a2)
琁玉瑤珠	琁玉瑤珠《せんぎょくようしゅ》は	
不知佩也	佩《お》ぶるを知《し》らざるなり	(a1)
雜布與錦	布《ふ》と錦《きん》とを雜《まじ》え*22	(b)
不知異也	異《こと》なるを知《し》らざるなり	
閭娵子都	閭娵《りょしゅ》・子都《しと》は	
莫之媒也	之《こ》れを媒《ばい》すること莫《な》きなり	(a1)
嫫母力父	嫫母《ぼぼ》・力父《りょくふ》は	
是之喜也	是《こ》れ之《こ》れを喜《よろこ》ぶなり	(a2)
以盲爲明	盲《もう》を以《もっ》て明《めい》と爲《な》し	(a2)
以聾爲聰	聾《ろう》を以《もっ》て聰《そう》と爲《な》す	(a2)
以危爲安	危《き》を以《もっ》て安《あん》と爲《な》し	(a2)
以吉爲凶	吉《きち》を以《もっ》て凶《きょう》と爲《な》す	(a1)
嗚呼上天	嗚呼《ああ》　上天《じょうてん》	
曷維其同	曷《なん》ぞ維《こ》れ其《そ》れ同《おな》じくせんや	

まず、「仁なる人が退けられて困窮し(a1)、乱暴な者がはびこる(a2)」、「忠臣は危険にさらされ(a1)、讒言をするような人間が重用される(a2)」と、「仁人」と「暴人」、「忠臣」と「讒人」を対比させた顛倒のモティーフから成る対句が繰り返されている。

次に「(美しい宝石の) 璇玉《せんぎょく》や瑤珠《ようしゅ》を、身につけることを知らない(a1)」という、宝石に関する顛倒のモティーフを含む聯と、「(粗末な) 布と (きらびやかな) 錦とを一緒にして(b)、分けることを知らない」と、布に関する混淆のモティーフを含む聯があり、対偶をなしている。

続いて「(美女の) 閭娵《りょしゅ》と (美男の) 子都《しと》の、[23] 結婚相手を取り持つ者がいない(a1)」という、美女・美男に関する顛倒のモティーフを含む聯と、「(醜女の) 嫫母《ぼぼ》と (醜男の) 力父《りょくふ》を、[24] もてはやす(a2)」という、醜女・醜男に関する顛倒のモティーフを含む聯があり、対偶をなしている。

そしてさらに「目の見えない者を目のよく見える者と見なし(a2)、耳の聞こえない者を耳のよく聞こえる者と見なす(a2)」という、視聴覚障害者に関する顛倒のモティーフから成る対句があり、最後に「危険を安全と見なし(a2)、吉事を凶事と見なす(a1)」という、危険と安全・吉と凶に関する顛倒のモティーフによる対句が置かれている。

以上のように、「佹詩」において、顛倒・混淆のモティーフを列挙することによって表されているのは、先に見た賈誼「弔屈原賦」や漢代擬騒作品の場合と同様に、価値観が顛倒・混淆してしまっている乱世である。異なるのは、そうした乱世にあって困窮しているとされるのが、ここでは屈原ではなく、孔子や荀子ら儒者だという点である。

このことから、次のような推測が成り立つだろう。顛倒・混淆のモティーフを列挙する手法は、正しい人が混乱した世の中で虐げられ、志を得ないさまを表現する手段として、まず荀子ら儒者たちの間で詩の中で用いられた。賈誼「弔屈原賦」はそれを屈原の不遇を表すために用い、それが漢代擬騒作品に受け継がれて更に多くの比喩のバリエーションを生み出すとともに、「悲劇の忠臣」屈原のイメージを強化することになった。

そして、顛倒・混淆を表す比喩の羅列という共通の修辞法によってその不遇が表現されていることから、屈原のイメージは儒者、中でも孔子のそれと重ね合わされるようになっていったのではないだろうか。

特に王逸のように、楚文化の影響を強く受けた地域に生まれ育った人間は、[*25]他の地域の人間に比べて楚辞文学や屈原に対する思い入れが強く、また漢代擬騒作品に接する機会も多かったであろう。王逸自身、そうした環境の中で漢代擬騒作品の一つである「九思」を作っているほどである。[*26]上述の、不遇を表す比喩表現に繰り返し触れ、自らも作品の中で使用しているうちに、王逸自身の中で孔子と屈原のイメージが自然に重なり合うようになったとしても不思議はあるまい。

楚辞文学と、『詩経』をはじめとする儒教経典とを同等のものと見なし、屈原と孔子とを重ね合わせようとする王逸『楚辞章句』の注釈は、現在の我々の目から見れば、牽強付会としか映らない。しかし、楚文化圏に生まれた人間の一人として、楚辞文学及び屈原を称揚したいという気持ちに加え、上述したような共通の修辞使用によるイメージの重なりが影響していたとするならば、そうした注釈は、王逸自身からごく自然に生まれたものであったと考えられるのである。

---

*1　洪興祖『楚辞補注』（四部備要本）は「不王」を「不羣」に作る。このことについて黄霊庚『楚辞集校』上冊（上海古籍出版社、二〇〇九年）261頁は、『旧唐書』巻九「玄宗紀下」開元二十七年に「甲申、制、孔宣父に追贈して文宣王と爲す」とあるように、孔子が王と称されるようになったのは唐代であるから、ここで「不王」となっているのは、唐代以降に誤って改められたものであって、「不羣」が正しいとする。しかし、孔子を「素王」と見なす考え方が漢代からあったことや、文の前後のつながりなどを考慮すれば、黄氏の説にはしたがい難い。

*2　洪興祖『楚辞補注』（四部備要本）には「孔丘」の二字がない。黄霊庚『楚辞集校』上冊（上海古籍出版社、二〇〇九年）268頁は

「攄義、謂自屈子終没以来。則「矣」下不當有「孔丘」二字也」と、文意から「孔丘」の二字は衍字だとする。しかし、孔子の大義微言を継いだのが屈原の「離騒」だと王逸が考えていたのだとすれば、ここに「孔丘」の二字が入っても、文脈上不自然ではない。

＊3　『鹿児島女子大学研究紀要』11-1、一九九〇年。

＊4　底本は「鮮」に作る。洪興祖『楚辞補注』（四部備要本）にしたがい改めた。

＊5　底本は「攘、陰也」とする。洪興祖『楚辞補注』（四部備要本）にしたがい改めた。

＊6　以下、『荀子』の引用には『諸子集成』所収の王先謙『荀子集解』（中華書局、一九五四年）を用いた。

＊7　楊倞注に「心達而險、謂心通達於事而凶險也。辟、讀為僻。醜、謂怪異之事。澤、有潤澤也」とある。

＊8　底本は「裸」に作る。洪興祖『楚辞補注』にしたがい改めた。

＊9　『楚辞章句』に収録される「七諫」以下の大多数の作品は、その叙述の主体を屈原として読むことが可能であり、王逸はそのように見なしていたと思われる。この点については前章「「無病の呻吟」―楚辞「七諫」以下の五作品について―」ですでに述べた。

＊10　「九思」に付せられた注については、洪興祖『楚辞補注』が「逸不應自為注解、恐其子延壽之徒爲之爾」と述べて以来、王逸自身が施したものではないとする意見が多い。

＊11　引用には『諸子集成』所収のものを用いた。また『塩鉄論』巻七「散不足」にも「孔子栖栖、疾固也。墨子遑遑、閔世也」とある。

＊12　注釈中には屈原の名は直接見えないが、「言楚王愚闇、不親仁賢、而近讒佞也」とあることから、「賢臣」や「仁賢」は屈原を指すと考えてよいだろう。

＊13　張小平「荀子「賦篇」的真偽問題及研究」（『江淮論壇』一九九六年第6期）は、『漢書』芸文志の詩賦略に見える班固の荀賦に対する評「有惻隠古詩之義」が、『荀子』の「賦篇」に収録される賦の内容と合致しないと述べる。そしてそれを主たる理由として、現存する荀賦が後世の偽作で、班固の見ていたものとは異なる可能性があることを指摘する。しかし、鄭良樹「論荀賦」（『文献』二〇〇五年第3期）は、この意見に反論し、「賦篇」の作品、特に「佹詩」の内容は、班固の言う「有惻隠古詩之義」に合致するとする。

＊14　班固の評の当否についてはひとまず措くとして、現行の「佹詩」の後半部「琁玉瑤珠」以下の句については、ほぼ同じものが『戦国策』楚策四と『韓詩外伝』巻四に、荀子が春申君に向けて詠んだ「賦」として採録されている。仮に班固が見た荀賦と現存の「賦篇」の賦とが異なっていたとしても、少なくとも「佹詩」の当該箇所については、戦国期から前漢期にはすでに荀子の作

として流布していたと考えられる。したがってここでは現行の「佹詩」が賈誼「弔屈原賦」や漢代擬騒作品に先行するとして話を進める。

*15 中島千秋『賦の成立と展開』（関洋紙店印刷所、一九六三年）、第二章「説得文学の発達」、第四節「荀子の作品」（2）佹詩（170頁）。

*16 底本は「反見從横」に作り、楊倞注には「公正無私之人、反見謂從横反覆之志也」とあるが、王念孫『讀書雜志』（江蘇出版社、二〇〇〇年）、「荀子雜志」は「反見從横、四字文不成義。此本作見謂從横。言公正無私之人、反以從横見謂於世也」とする。ここでは王念孫の説にしたがい改めた。

*17 楊倞注に「憖、與儆同。備也。貳、副也」とあるのにしたがった。

*18 底本は「郁郁乎其遇時之不祥也」に作る。楊倞注に「此蓋誤耳。當爲拂乎其遇時之不祥也、郁郁乎其欲禮義之大行也」とあるのにしたがい改めた。

*19 楊倞注は「幾、辭也。將、送也。去也。言戰國之時、世事已去、不可復治也」とするが、「俞樾曰、如楊注、與上意不貫。…此二句、乃望之之辭。言聖人於此亦拱手而待之耳。所謂千歳必反者、此時殆將然矣。楊注非」とある。ここでは俞樾の説にしたがう。

*20 冢田虎『荀子断』（京都葛西市郎兵衛、寛政七（一七九五）年）巻四に「此與前賦所謂臣愚而不識同意。言弟子與俱愚而疑荀卿之言、故願聞反覆之辭也」とあるのにしたがった。

*21 注15前掲書、中島千秋『賦の成立と展開』、第二章「説得文学の発達」、第四節「荀子の作品」（2）佹詩（170頁）は「「昭昭乎」から以下の対句は孔子を賛えたもので、孔子は先見の明があったが時に合わず、礼義を行なわんとしたが天下はまっくらという意」であるとする。

*22 楊倞注には「雜布、麤布」とあるが、注16前掲書、王念孫『讀書雜志』、「荀子雜志」は「此謂布與錦雜陳於前、而不知別異、言美惡不分也。楊以雜布二字連讀、而訓爲麤布、失之」と述べる。ここでは王念孫の説にしたがった。

*23 底本は「子奢」に作る。楊倞注に「子奢當爲子都。鄭之美人。詩曰、不見子都。蓋都字誤爲奢耳」とあるのにしたがい改めた。

*24 楊倞注には「力父、未詳」とあるが、文脈から見て、古の醜男の名であろう。

*25 『後漢書』王逸伝によれば、王逸は南郡の宜城の生まれである。宜城は、現在の湖北省襄陽市にあり、春秋時代には鄢と呼ばれ、楚の都であった。

*26 屈原と楚辞作品の評価において、班固と王逸の意見が真っ向から対立していることの原因を、小南一郎は注13前掲書『楚辞とその注釈者たち』、第四章「王逸『楚辞章句』と楚辞文藝の伝承」において、中央と楚文化地域における楚辞理解の違いに求めている。すなわち、中央では楚辞作品を対象化・客観化して評価したのに対し、楚文化地域では「自分たちの文学」と意識して主観

的にとらえていたのだとする。しかし、第8章および本章で確認したように、班固と王逸の主張にはいずれにも、屈原・楚辞を孔子・儒家経典と比較する視点が多分に含まれていた。つまり、班固は両者の相違点を指摘することで、屈原・楚辞批判を展開し、一方、王逸は両者の共通点を強調することで、屈原・楚辞を称揚したのである。両者の意見対立の原因がどこにあるかを探るには、この点についても考える必要があるだろう。

終　章

中国古代の文学について書かれた書籍を開いて『楚辞』に関する項目を見ると、ほぼ必ず、屈原という人物が主要な作者として挙げられている。

日本で刊行されたものでは、たとえば中国文化叢書『文学史』に次のようにある。

楚辞は、東周戦国時代、紀元前4世紀後半から紀元前3世紀にかけて、その名の示すごとく南方揚子江流域の楚の国で生まれた。…楚辞以前にも、楚あるいは揚子江流域に、ごく少数の短編の詩、たとえば「滄浪歌」が先行する文学として存在した。がこれらの先駆を大きくのりこえて、すぐれた楚辞文学を創造したのが、楚の天才詩人屈原である。屈原は楚辞の創始者であり、また楚辞の完成者であって、全面的に楚辞を代表する。中国の文学史は、屈原によって初めてすぐれた個人の作者の名を記録することとなった。[*1]

また、近年中国で出版された方銘《ほうめい》『戦国文学史論』には次のようにある。[*2]

屈原は戦国時代の偉大な詩人である。戦国抒情文学の代表的な作品である「離騒」を作った、中国文学史における楚辞体文学の主要な作者である。そしてさらに重要なのは、中国文学史において、屈原は詩人として人々から高い評価を得ているばかりでなく、忠臣・愛国主義者としても広く尊敬を集めているということである。[*3]

屈原と楚辞文学との関係について、このような理解が一般的となっているのは、本書序章においても述べたように、「屈原」が「憂愁幽思《ゆうしゅうゆうし》して離騒を作」った、と『史記』屈原賈生列伝《くつげんかせいれつでん》に記されていることに起因する。屈原の名が『史記』以前の書物には一切見えず、前漢の賈誼《かぎ》「弔屈原賦《ちょうくつげんふ》」に初めて見えることや、「離騒」をはじめとする楚辞作品の内容と『史記』が記す屈原の事跡との間に符合しない点が多々あることは、瀧川《たきがわ》亀太郎《かめたろう》『史記会注考証《しきかいちゅうこうしょう》』が「愚《ぐ》　按《あん》ずるに、屈原《くつげん》の事迹《じせき》は、先秦《せんしん》の諸書《しょしょ》　絶《た》えて之《こ》れを録《しろ》さず、始《はじ》めて賈生《かせい》の弔文《ちょうぶん》に見《み》ゆ。史公《しこう》は蓋《けだ》し淮南《わいなん》の離騒傳《りそうでん》に依《よ》りて之《こ》れを述《の》べ、其《そ》の顛末《てんまつ》を探求《たんきゅう》せず。故《ゆえ》に多《おお》く楚辞《そじ》と合《あ》わず、又《また》た國策《こくさく》と合《あ》わず」[*4]と指摘する通りである。ところが「離騒」をはじめとする楚辞作品の多くは、現在に至るまで一貫して『史記』の記述に基づき、屈原との密接な関係を前提として理解されてきたのである。

民国期に胡適《こせき》がそうした解釈に疑問を呈したことを契機に、一時期、屈原伝説を離れた新たな解釈を模索しようとする動きがあったが、そうした試みは中国国内ではあまり注目されず、むしろ海外、特に日本の研究者に影響を与えた。作品解釈にシャーマニズムの観点を取り入れた小南一郎『楚辞』[*5]もそうした試みの一つであった。

楚辞作品の中でも特に太陽神や山川の神々を詠った「九歌」については、『漢書』地理志の楚地の項に「巫《ふ》鬼《き》を信《しん》じ淫祠《いんし》を重《おも》んず」とあり、王逸『楚辞章句』にも「昔《むかし》、楚國南郢《そこくなんえい》の邑《ゆう》、沅《げん》・湘《しょう》の間《かん》、其《そ》の俗《ぞく》は鬼《き》を信《しん》じて祠《し》を好《この》む」とあることを根拠として、シャーマニズムとの関係が古くから言及されてきた。それらをふまえた上で、小南は「離騒」の解釈にエリアーデのシャーマニズム論を取り入れることで、屈原伝説にとらわれた伝統的な楚辞理解からの脱却を試みたのである。彼の試みは、日本における楚辞研究の分野において大きな影響力を持ち、中国における楚辞理解との間に差異をもたらした。

しかしながら、今日では実態を把握することが難しい中国古代のシャーマニズムを「想定」し、それに基づいて「離騒」を解釈することにはやはり一抹の不安を覚えざるを得ない。とはいえ、屈原伝説に沿った伝統的な楚辞理解では解釈しきれない点が多すぎる。他に「離騒」をとらえなおす新たな方法論はないか。

こうした問題意識のもと、本書第1部では、「離騒」を屈原伝説から切り離した場合、どのような読みが可能となるかという試みを、「離騒」の中でも特に主人公が天界を遊行する幻想的な場面を手がかりとしておこなった。『楚辞』の中でも特に「離騒」を取り上げた理由は、序章でも述べたように、『史記』屈原伝に基づく伝統的な楚辞解釈が、とりわけ「離騒」と密接に関係づけられたことに端を発しているためである。また、天界遊行の場面に注目したのは、そこでの主人公の姿が、伝統的な解釈における忠臣屈原のイメージと大きくかけ離れており、屈原伝説と「離騒」とを切り離すための突破口となり得ると考えたからである。

第1章ではまず、「離騒」の天界遊行が過去の注釈者たちによってどのように理解されてきたのか、そしてそこにはどのような特徴や問題点が見られるのか、という点について確認作業をおこない、注釈者たちの見解が「仮託説」と「幻想・幻夢説」の二種類に分かれることを指摘した。

「仮託説」をとる注釈者たちは、天界遊行の場面全体を一括りとしてとらえ、そこには屈原が賢君や賢臣を求める心情、そのために実際に奔走するさまが仮託されていると見なす。しかしその結果、主人公が神獣や神々をしたがえて飛翔するという幻想的な表現は、単なる修辞にすぎないとして等閑視され、解釈には反映されない。

「幻想・幻夢説」をとる注釈者たちは、そうした幻想的な飛翔の表現にも意を払い、天界遊行を屈原の「幻想」「幻夢」であると見なす。ところが「少《しばら》く此《こ》の靈瑣《れいさ》に留《とど》まらんと欲《ほっ》するも、日《ひ》は忽忽《こつこつ》として其《そ》れ将《まさ》に暮《く》れんとす」といった、時間の流れに対する焦燥を詠う句や、「吾《わ》れ将《まさ》に上下《じょうげ》して求《もと》め索《もと》めんとす」のように、主人公が何かを希求するさまを詠う句については、屈原が楚国の危急に際して賢君や賢臣を求めて奔走するさまが仮託されていると見なす。屈原伝に沿った解釈が困難な箇所のみ「幻夢・幻想」として片付け、その他の箇所では「仮託説」をとるという、一貫性に欠けた解釈になっているのである。

　そうした過去の注釈から見えてきたのは、「仮託説」「幻想・幻夢説」のいずれをとるにせよ、屈原伝に沿った合理的な解釈を「離騒」の天界遊行に施すのは困難だということである。伝統的な解釈から脱却して新たな「離騒」解釈の可能性を探るべきだとした近年の研究者たちが当該場面に注目したのも、やはり屈原伝と天界遊行場面との不親和性に気づいたからであった。彼らは「離騒」の天界遊行表現と、シャーマンの呪的な魂の飛翔との共通点に着目し、宗教学におけるシャーマニズム研究の成果を作品解釈に取り入れようとした。しかし、中国古代におけるシャーマニズム（巫術《ふじゅつ》）の実体を伝える資料はごくわずかしか残されていない。そこで彼らは、中国以外の地域におけるシャーマニズムの形態を世界中に普遍的なものと見なした上で、中国古代の巫術においても同様の傾向が見られたであろうと推測し、その推測に基づいて、楚辞作品に対する巫術の影響を論じた。中国古代の巫が天上の神々と地上の人間との意思疎通をはかる役割を担い、天と地との間を往来する巫術をおこなっていたと考え、そうした巫術が「離騒」の天界遊行を生み出す母体となったと結論づけたのである。

　しかしながら、中国古代の巫が天地往来の巫術をおこなっていたことを示す確実な資料は存在せず、中国の巫術に言及する研究において、巫が天地の間を行き来して神と人との媒介役を果たしていたことを示唆する資料として挙げられているのは、他でもない「離騒」の天界遊行なのである。つまり「「離騒」に影響を及ぼしたとされる巫術の存在を証明するのは「離騒」である」という循環論法的論証がなされていることになる。こうした論証に拠って「離騒」への巫術の影響を論ずる見解に対しては疑問を抱かざるを得ない。

そこで第2章では、「離騒」の解釈にシャーマニズム論を取り入れた小南一郎の見解と、彼が基つく宗教学者M. エリアーデのシャーマニズム論、そしてD. ホークスの見解について改めて検討を加えた。

シャーマニズムについては、世界各地に様々な形態のものが存在していることが、先行研究によって確認されている。そして、シャーマンが超人間的存在と直接接触・交通する方法は大きく「憑依《ひょうい》（possession）」と「脱魂《だっこん》（ecstasy）」の二つに分類できる。前者はシャーマンがその身に神霊を招き降ろす方法であり、後者はシャーマンの魂が身体を離れて神霊のもとを訪れる方法である。エリアーデはこのうち「脱魂」によるシャーマニズムを本質的なものとして重視し、「憑依」は副次的なものであるとする。それは彼が「脱魂」による天への飛翔を、天界の至高的存在に対する信仰を中心とする古代の宗教的観念体系の残滓《ざんし》だと考えるからである。つまり「脱魂」がシャーマニズムの本質だというエリアーデの見解は、彼の宗教理論を説明するために導き出されたものであって、世界中の資料を客観的に分析して得られた結果ではない。

実際、エリアーデは彼自身の見解が中国についても当てはまることを証明するために、『国語』楚語下の記述を紹介しているのであるが、彼が引用するJ. J. M. デフロートによる当該箇所の訳文には重大な誤訳がある。当該箇所は神の巫覡《ふげき》への「憑依」について述べたものであり、「脱魂」については一言も触れていないのであるが、デフロートの誤訳により、エリアーデは「脱魂」について述べたものだと理解してしまっているのである。

また、経書や先秦諸子の書を検する限り、巫覡の活動には「憑依」をはじめとして乞雨《きつう》・祓禳《ふつじょう》・占夢・予言・祭祀・医術などが認められるが、「脱魂」による天界への飛翔を思わせるような記述は見いだせない。「脱魂」こそがシャーマニズムの本質であるというエリアーデのシャーマニズム論は、少なくとも中国においては、文献に確たる根拠を徴し得ないのである。

したがって、彼のシャーマニズム論を援用して、中国古代にも「脱魂」の巫術が存在したはずであると推測し、その推測の下に「離騒」の天界遊行表現はその影響を受けているとする小南一郎の見解もまた、妥当性に欠けると言わざるを得ない。

D.ホークスもまた、「離騒」の天界遊行にはシャーマニズムの影響があるとする。そして、文献に見える巫の活動の中に「脱魂」による飛翔が見られない理由として、巫の地位低下とともにその役割が他者に取って代わられ、巫がおこなっていた天空への飛翔も、他者が代わりにおこなうようになったのだと説明する。しかし、たとえホークスの言うような巫術がかつて存在していたと仮定するにしても、それは遙か昔に消滅し、伝世文献の中にその痕跡すらとどめていない。それにもかかわらず、忘れ去られた太古の巫術が「離騒」に大きな影響を与えているのだとする彼の説は受け入れ難い。

小南やホークスの説はいずれも、世界の他地域に存在する「脱魂」による飛翔のシャーマニズムが、中国古代においても巫覡による巫術として存在したであろうという推測に基づくものである。しかしそうした推測は、中国の伝世文献の記述に裏付けられたものではない。

「離騒」の天界遊行を生み出す契機となったものが巫覡による巫術でないとすれば、それは一体何だったのか。それを明らかにするため、第3章から第5章では改めて「離騒」本文の天界遊行の場面を検討し、そこに見られる「上下」「求索」「求女」という三つの要素について考察をおこなった。

第3章では「上下」すなわち天上への飛翔と地上への降下という行為の分析を通して、主人公霊均の性格を浮かび上がらせようと試みた。

「離騒」の主人公霊均は、作品中で天に上り、地に下るといった行為を繰り返しおこなっている。そこで、中国古代においてこうした行為がどのような意味を有していたのかを探るため、伝世文献の記述に類似の表現がないかを調べたところ、『詩経』の毛伝や『史記』に載録された伝説の中に、人が天地の間を上下するという表現を見いだすことができた。それらは、古の王者が天に上って上帝と接し、国の統治に関する命令や予言を上帝から受け、地に下って地上を治めるという説話が、春秋戦国期から前漢にかけて存在した可能性を示すものである。こうした説話は、殷周革命以降、王の統治権を正当化する根拠として広く浸透した「受命」という概念に集約される、「天」と統治者との密接な関係を反映したものであろう。王者が天から「命」を授かる「受命」を、王者が天に上って直接「命」を授かり、地上に戻ってその「命」にしたがって統治をおこなうという物語でわかりやすく表したものだと考えられる。

したがって、主人公が天地の間を「上下」「陟降《しょうこう》」する「離騒」の天界遊行の背景にもやはり、天に上り地に下る古の王者の伝説が存在したと推測される。霊均の意志的な天への上昇や地への下降は、天地の間を往来することができた古の王者の伝説から派生したものである可能性が考えられるのである。

「離騒」の主人公は天界を遊行する中で「上下」の移動と同時に「求索」「求女」といった行為をもおこなう。第4章では、このうち「求索」の要素について取り上げた。主人公霊均は、まず巫覡の巫咸《ふかん》から「榘矱《くわく》の同《おな》じき所《ところ》」を求めよとの託宣を受け、「求索」の旅へと出発しようとする。伝統的な解釈では、「求索」は屈原が楚国を離れて理想の君主を求めようとする行為、すなわち「求君」を意味するとされてきた。つまり「求索」の対象は、屈原を理解して挙用する他国の君主だということになる。

しかし、当該場面で巫咸が主人公の旅立ちを促す際に挙げる歴史上の君臣遇合の例は、いずれも君主側から賢者を求めて遇合が叶った「求臣」の例である。したがって巫咸の挙例は屈原の「求君」を促すものとしては相応しくない。その証拠に、過去の注釈を見ると、この矛盾に気づいた注釈者たちが何とか合理的な解釈をしようと苦心した様子がうかがえる。

ところが、屈原を「離騒」の作者・主人公とする立場から離れてみると、矛盾は容易に解消される。主人公の出発を促すために過去の君臣遇合例として「君主による求臣」を挙げているのであるから、巫咸の発言の意図は、そうした過去の遇合例に倣って、主人公を補佐し、明君たらしめるような賢臣を探しに行くように、つまり「求臣」を勧めることにあると考えられる。主人公霊均には、「求臣」に努める王者のイメージが重ね合わされているのである。

続いて第5章では「求女」の要素について検討した。「求索」とともに主人公がおこなう「求女」は、「宓《ふく》妃《ひ》」「有娀《ゆうじゅう》の佚女《いつじょ》」「有虞《ゆうぐ》の二姚《によう》」といった伝説上の女性たちを配偶者として求める行為である。作者・主人公を屈原と見なす伝統的な解釈では、屈原自身が現実の政治の世界で志を得られないさまを、比喩を用いて表現したのが「求女」であると見なされる。「求女」は比喩的表現としてとらえられるため、「求」の対象である「女」たちに神話伝説上どのような性格が付与されているかということは見過ごされがちであった。

しかし、この三組四名の女性たちにまつわる神話伝説を詳しく見てみると、彼女たちはそれぞれが「王者の妃」という性格を有していることがわかる。「宓妃」には、夏王朝を簒奪した有窮《ゆうきゅう》の后羿《こうげい》の妻である可能性がある。「有娀の佚女」は帝嚳高辛《ていこくこうしん》の妻で、殷の開国の祖である契《せつ》の母である。そして「有虞の二姚」は、夏を復興させた王である少康《しょうこう》の妻なのである。

『詩経』大雅「大明《たいめい》」や「緜《めん》」の例に見えるように、開国や興国の王者の偉業を讃える古代の詩においては、その偉業達成の一翼を担った妃をも合わせて賞賛し、王者の婚姻を寿ぐという様式がとられる。王者のみならず、その妃もまた開国・興国の伝説を構成する重要な要素と見なされたのである。このことをふまえるならば、古の王者たちと競い合って「宓妃」「有娀の佚女」「有虞の二姚」を娶ろうとする主人公霊均は、そうした王者たちに代わって伝説上の「女」たちを妃に迎え、自ら王者たらんとする人物として描かれていると考えることができるのである。

以上のように、「離騒」の天界遊行で主人公がおこなう「上下」「求索」「求女」いずれの行為も、その背景には王者の伝説の存在があったと考えられる。つまり主人公霊均は、伝説の王者のイメージを纏った人物として描かれたと見なすことができるのである。

では、屈原伝説を払拭し、そうした王者のイメージを纏う人物を主人公に持つ物語としてとらえた場合、「離騒」という作品全体はどのように解し得るだろうか。

作品中、特に前半部分には、主人公霊均があまたの香草や香木を植え育て、身に纏って自らを飾るという表現が数多く見られる。霊均を屈原と見なす従来の解釈では、それらは屈原の純粋で優れた性質を表す比喩だと見なされてきた。しかし「昔《むかし》三后《さんこう》の純粋《じゅんすい》なる、固《まこと》に衆芳《しゅうほう》の在《あ》る所《ところ》。申椒《しんしょう》と菌桂《きんけい》とを雑《まじ》え、豈《あ》に維《た》だ夫《か》の蕙茝《けいし》を紉《つな》ぐのみならんや」とあるように、香木や香草は「衆芳」と呼ばれ、古の聖王に仕えた優れた臣下たちの比喩としても用いられている。したがって、香草や香木を植え育てたり、せっせと身に纏ったりする霊均の行為は、古の聖王のように、優れた臣下を自身の周囲に集めることだと解釈することもできる。

しかし、そうしたいわば越権行為とも言える振る舞いは、当然のことながら謀反の疑いを招くものであり、君主の怒りやライバルたちの激しい嫉妬を引き起こすことになる。霊均はそのために一度は心をくじかれるものの、重華《ちょうか》（帝舜）の元へ行き、過去の王朝の盛衰を例に挙げつつ、暴君が滅び、良き補佐者として賢臣を得た有徳の人物のみが地上を治めることができるという王朝盛衰の原則を再確認する。そうして自身の行動の正しさに確信を持ち、自ら王者となるべく「求女」の旅に出発するのである。

ところが「求女」はなかなか成功せず、再び自信を喪失した霊均は、今度は霊氛《れいふん》や巫咸《ふかん》といった巫覡に託宣を求める。そして彼らの「吉である」という占い結果に勇気づけられ、再び「求女」「求索」を志して旅立っていくのである。

有力な氏族が諸侯の地位を脅かす程の勢力をふるった戦国時代を成立年代として想定するならば、こうした、古の王者に倣って自ら王者たらんとする人物を主人公とした作品が生まれることに不思議はない。そして「離騒」は、本来そうした英雄叙事詩的な作品であったと考えられる。

以上のように、『史記』屈原伝に基づく伝統的な「離騒」解釈を一旦捨象した上でテキストの内容に立ち戻り、新たな解釈を試みた結果、「離騒」という作品は、「王者たらんとする」人物霊均の英雄叙事詩的な作品として読むことができるという結論に達した。もし「離騒」をそのように解釈できるとするならば、次に問題として浮上してくるのは、屈原伝説と結びつけられる以前の「離騒」が、果たしてそのように読まれていたのかどうか、という点であろう。

そこで第6章以下では、前漢期の辞賦作品や文章の中で、「離騒」の天界遊行モティーフを取り入れているものを取り上げ、当該モティーフがどのように使われ、何を表しているのかという点に注目した。それらを手がかりとして、前漢当時における「離騒」解釈の様相を明らかにしようと試みたのである。

まず第6章では、前漢期の辞賦作品である楚辞「遠遊」と司馬相如《しばしょうじょ》の「大人賦」を取り上げた。これらはともに「離騒」から継承されたと思われる天界遊行の表現を含むのであるが、「遠遊」ではそれが不遇の士が現実から逃避する手段として使われているのに対し、「大人賦」では漢の武帝をモデルとする帝王の卓越性を示すモティーフとして使われている。同じモティーフにこうしたイメージの差異が見られるのは、作品の性格及び製作時期の違いが原因であると考え、小南一郎の論考をもとに、両作品の「神話的地理観念」「肉体と精神とを分離してとらえる観念」「主人公に対して教示をおこなう者の存在」という三つの要素を、「離騒」のそれと比較した。

その結果、「神話的地理観念」に関しては、東西南北の方角すべてをほぼ均等にめぐっている点、それぞれの方角が四方の帝と神の名で表されている点において、「遠遊」の天界遊行が「離騒」「大人賦」のものと大きく異なっていることが明らかになった。このことから「遠遊」の天界遊行の経路は、「離騒」と「大人賦」のそれを参考にしつつも、意識的に整えられたものであると推測できる。

「肉体と精神とを分離してとらえる観念」については、「離騒」と「大人賦」の天界遊行にはそれが表れていないが、「遠遊」には顕著に表れていることが看取される。ただし、これは「遠遊」の主人公が肉体を置き去りにして、精神のみの遊行をおこなっていることを意味するわけではない。精神と肉体が別物であることを明確に意識した上で、両者を理想的な状態で緊密に保ったまま遊行し、登仙することが重要視されているのである。

「主人公に対して教示をおこなう者の存在」について見ると、主人公の資質という点に関して、「遠遊」が他の二作品と大きく異なっていることがわかる。「離騒」「大人賦」の主人公は、独力で天界を遊行することができる資質を有しているのであるが、「遠遊」の主人公はそのような資質に恵まれず、仙人の王子喬《おうしきょう》から教示を受けることで初めて天界を遊行する力を獲得する。また、自らの非才を嘆いている点や、社会的地位が低い人物であることを思わせる表現がある点も、「離騒」「大人賦」の主人公には見られない特徴である。

以上のように天界遊行表現における三つの要素について比較した結果、いずれにおいても「遠遊」が「離騒」「大人賦」の二作品と大きく異なる特徴を持つことが明らかになったわけであるが、そこからは次のような推論を導き出すことができる。

天地の間を行き来して「天命」を受ける王者の伝説を背景として生まれ、かつては王者にのみ可能とされた天への飛翔は、やがて王者をイメージさせる天界遊行モティーフとなって文学作品に取り入れられた。自ら王者たらんとする「離騒」の主人公霊均や、「大人賦」の主人公である帝王を華麗に演出する手段として用いられるようになったのである。ところが楚辞「遠遊」では、その天界遊行モティーフが一般の個人の登仙を描く手段として用いられた。

「大人賦」が作られた武帝期は、漢の成立以来、長らく政治思想の中心にあった黄老道をはじめとする道家思想が、儒教の隆盛によってその座を追われた時期に重なる。道家思想は、支配者の統治術を説くという本来の役割を失って下野し、一般の個人の処世術や養生術を説くものとして生き延びる一方、神仙思想と結びつき、次第に宗教的様相を帯びていった。

「大人賦」と「遠遊」の天界遊行の間に存在する差異、すなわち、帝王の超越性を表す天界遊行と、不遇の士の登仙を描く天界遊行との違いは、漢初道家思想の役割が、王者の統治術を説くことから、個人の処世術や養生術、ひいては登仙を説くことへと変化していく過程を反映していると考えられるのである。

次に第7章では、漢初道家思想の書である『淮南子《えなんじ》』を取り上げた。『淮南子』は、淮南王劉安《わいなんおうりゅうあん》が賓客たちに作らせた書であるが、その中には「離騒」のものに似た天界遊行表現を含む文章が見える。劉安は武帝から「離騒伝」の作成を命じられるほど「離騒」に通暁した人物であったため、『淮南子』を編纂する際に、その天界遊行モティーフを借りて用いたのだと考えられる。そこで当該モティーフが『淮南子』の中のどのような文脈で、何を表現するために使われているかということに注目すれば、劉安たちによる「離騒」の天界遊行の解釈をうかがい知ることができる。

『淮南子』では、原道《げんどう》篇・覧冥《らんめい》篇・俶真《しゅくしん》篇の三篇に天界遊行表現が見える。このうち原道篇・覧冥篇には、御者による「御」(馬車の運転の仕方)を為政者による「統治」の喩えとして用いながら、『老子』の思想に基づく「無為の治」を説く文章が含まれている。「轡銜《ひかん》(手綱やくつわ)を施さない御」を理想的な「御」として称賛しつつ、話題を「御」から「治」へとスライドさせていき、最終的には「無為の治」の素晴らしさを説くのである。そして天界遊行モティーフは、そうした「無為の治」を実現する理想的な統治者の超越性を表現するための修辞として取り入れられている。

また俶真篇は、本性（生まれつきの自然な性質）を守る「養性」の重要性を繰り返し説き、「養性」によって本性が「道」と一致した人物こそ、「道」が万物を統べるが如く天下を治めることができるのだ、と述べる。そして天界遊行モティーフは、「養性」によって「道」と一体化した理想的統治者の無限性を表現するために用いられている。風雨や神々を使役しながら天界を遊行し、伝説の神女を妾や妻に迎えるといった表現は、時間や空間の枠を超えた「道」の無限性を体得した人物を描写する修辞として相応しいと考えられたのであろう。

このように、漢初道家思想の書である『淮南子』において天界遊行モティーフは、統治者、すなわち王者を描き出す手段として使われている。劉安たちが『淮南子』の文章中に「離騒」の天界遊行モティーフを取り入れたのは、それが王者を想起させるものであり、超越的な道家的統治者を描写するのに相応しいと判断したためであろう。このことから考えて、劉安やその賓客たちが「離騒」を「忠臣屈原の悲劇の物語」としてとらえていたとは想像しにくい。理想の道家的統治者を描写する手段として、一臣下である屈原の悲劇的な最期を想起させるようなモティーフを用いる可能性は低いからである。したがって彼らは、自ら王者たらんとする人物を主人公とする英雄叙事詩的な作品として「離騒」をとらえていたと考えられる。「離騒」をそのように解釈していたからこそ、天界遊行モティーフが王者を表現する手段として効果的であることを十分に認識し、理想的統治者を描く際に取り入れたのであろう。このことは同時に、『淮南子』が作られた当時、「離騒」を楚の忠臣屈原の悲劇としてとらえる解釈が未だ普遍的にはおこなわれていなかったことを示す。

以上のように本書第1部では、天界遊行表現を手がかりとして、屈原伝説と強く結びつく以前の「離騒」の姿を浮かび上がらせた。

「離騒」が本来は屈原伝説と無関係な英雄叙事詩的作品だったとすると、次に問題となるのは、それがどのようにして屈原伝説と結びつけられ、「悲劇の忠臣」屈原の自叙的作品として読む解釈が広くおこなわれるようになったのかという点であろう。そこで本書第2部では、漢代以降の楚辞作品や注釈を考察対象としながら、「悲劇の忠臣」屈原像の形成について論じた。

まず第8章では、後漢の王逸『楚辞章句』が編纂される以前において、屈原や楚辞作品がどのような評価を受けていたのかを、伝世文献に残る記述によって確認した。

屈原の名が文献上に現われるのは、『史記』に載録された前漢初めの賈誼《かぎ》による「弔屈原賦《ちょうくつげんふ》」が最初である。当該作品はその前半において、乱世に生まれ合わせた屈原に対する同情の言葉を連ねるが、後半では、一転して厳しい言葉で彼の処世態度を非難している。そしてその結果、作品全体では屈原に対する批判的な視線が顕著となっていると言える。

また、作品中に屈原の名は見えるものの、「離騒」やその内容についての言及はなく、「離騒」に特徴的な語句の引用もない。わずかに「已《や》んぬるかな　國《くに》に其《そ》れ我《われ》を知《し》るもの莫《な》し」という句が、「離騒」の乱辞にある「已《や》んぬるかな　國《くに》に人無《ひとな》く我《われ》を知《し》る莫《な》し」をふまえたものである可能性を指摘できるのみである。したがって「弔屈原賦」本文から、屈原と「離騒」との結びつきを明確に読み取ることは難しい。

「離騒」という作品について初めて言及したのは淮南王劉安である。彼が書いた「離騒伝」は『楚辞章句』に収録された「班孟堅序《はんもうけんじょ》」、及び『史記』屈原賈生列伝に、その一部が引用されて残っている。劉安は、『詩経』の国風や大雅・小雅の要素を兼ね備えたものとして「離騒」を高く評価し、また、清らかで黒く染めようとしても染まらない、そのような「志」を極めていけば、太陽や月とその輝きを競うこともできるだろう、と賞賛の言葉を述べている。しかし、文中に屈原の名は見えず、特に「志」云々は屈原について言っているのか、それとも「離騒」の主人公である霊均について言っているのか、あるいは「離騒」という作品そのものについて言っているのか不明である。したがって「離騒伝」の文章からも、屈原と「離騒」との結びつきを明確に読み取ることはできないのである。

屈原と「離騒」との結びつきが確実なものとなるのは、『史記』屈原賈生列伝において司馬遷が「離騒」を屈原の自叙的作品と見なして以降である。司馬遷は「離騒」という作品に対する評価をそのまま屈原という人物に対する評価へとスライドさせる。「離騒」の文章が簡潔で用いられた言葉が深遠であることと、屈原の志が清潔で行いが廉直であることとを直結させ、高く評価するのである。

このように司馬遷が「離騒」を屈原の自叙的作品と見なし、それを伝に反映させたことから、それ以降、「離騒」の主人公霊均は屈原と完全に同一視された形で人々の間に広まっていったと考えられる。それは、前漢末から後漢初めの揚雄《ようゆう》による「反離騒《はんりそう》」が、「離騒」の主人公の言動をそのまま屈原のそれと見なした上で矛盾点の指摘や批判をおこなっていることからも看取される。時の遇不遇は運命であるのに、なぜ自死する必要があったのかと、揚雄は屈原の死を惜しみ、「離騒」に見える語や表現を用いながら、一つひとつ疑問や反論を投げかけるという形式で「反離騒」を作っている。そして作品終盤では、孔子との比較を通して、自ら死を選んだ屈原を非難しているのである。

賈誼「弔屈原賦」や揚雄「反離騒」のような、屈原を弔うという形式で作られた作品では、肯定的な視線も見られるものの、作品全体から受ける印象では、屈原及び「離騒」に対する否定的な視点の方が強く感じられる。そして同様の現象は、後漢の班固による「離騒経章句序」にも見られる。

王逸『楚辞章句』によれば、後漢当時、「離騒」の注釈書として班固の『離騒経章句』が存在したという。『離騒経章句』そのものは残っていないが、序文のみが『楚辞章句』の中に「班孟堅序」として収録されて残っている。その中で班固は、「離騒」を修辞的には優れたものであると認めるものの、経書の内容に合っていないとして批判し、屈原を思慮の浅い人物だと断ずる。君子は時を得られなければ退いて己の身を守るべきであるのに、屈原は逆に才能をひけらかして、王や権力者たちの欠点をあげつらい、自ら災難を招いた挙げ句、投水自殺をしたのだと非難するのである。

このように、王逸『楚辞章句』が現れる以前の詩文には、屈原及び「離騒」に対する肯定的な意見と否定的な意見とが混在していることが看取される。つまりこの時点においては、王逸が称賛する「悲劇の忠臣」たる屈原像は、未だ確立されてはいなかったのである。


その時期、すなわち肯定的意見と否定的意見の両方が混在していた時期の屈原を描いた作品と目されるものに、楚辞の「卜居」と「漁父」がある。「卜居」は鄭詹尹《ていせんいん》という占い師と屈原との問答を、「漁父」は一人の漁師と屈原との問答を、いずれも第三者的な視点から語るという形式をとった作品であり、いずれにおいても屈原は登場人物の一人として描かれている。それゆえこれらの作品は、近年の楚辞研究においては、屈原自身が作ったものではないという理由から、研究対象とされることが少ない。しかし、これらを屈原の「作品」としてではなく、屈原という人物を描いた「物語」として読むならば、ある時期に通行していた屈原像を写し取った「屈原伝説」の一種として、新たな資料的価値を見いだすことが可能である。そこには、屈原という人物に対して当時の人々が抱いていたイメージが反映されていると考えられるからである。そこで第9章、第10章ではこれら二作品を取り上げ、屈原像がどのような形で表されているかを分析した。

「卜居」「漁父」のような問答形式の物語では、問答の最後にどちらがどのような言葉を発しているかという点が、物語全体の意味を把握するためのキーポイントとなる。このことに留意しながら読んでみると、両作品はともに、自身の考えに固執する屈原という人物を、道家的な立場から否定的にとらえる視線が含まれていることがわかる。

「卜居」の終盤部分では、屈原の主張を聞いた鄭詹尹が占いの道具を置いて次のように述べる。

夫尺有所短　　夫《そ》れ尺《しゃく》に短《みじか》き所《ところ》有《あ》り
寸有所長　　寸《すん》に長《なが》き所《ところ》有《あ》り
物有所不足　　物《もの》に足《た》らざる所《ところ》有《あ》り
智有所不明　　智《ち》に明《あき》らかならざる所《ところ》有《あ》り
數有所不逮　　數《すう》に逮《およ》ばざる所《ところ》有《あ》り
神有所不通　　神《しん》に通《つう》ぜざる所《ところ》有《あ》り
用君之心　行君之意　　君《きみ》の心《こころ》を用《もち》いて　君《きみ》の意《い》を行《おこ》なえ
龜策誠不能知事　　龜策《きさく》は誠《まこと》に事《こと》を知《し》る能《あた》わずと

明代以降の注釈書に多く見られる解釈では、鄭詹尹の台詞はすべて最後の「亀策《きさく》は誠《まこと》に事《こと》を知《し》る能《あた》わず」に集約されているとする。そのように読めば、本作品において鄭詹尹は、屈原に心情吐露の場を与える役割を担っているにすぎないことになる。屈原が己の不遇と、世俗における価値観の顛倒に対する憤懣を一方的に列挙するというのが、作品の主題だということになる。

一方、宋代以前の、王逸や朱熹による解釈では、鄭詹尹の登場人物としての役割はもう少し重く見られている。特に朱熹は、己の不遇や世俗における価値観の顛倒を嘆く屈原に対して鄭詹尹は「天の霊妙な力も働かないことがあるため、屈原のような賢士が世に認められず、讒人がはびこることも起こり得る」と真摯に答えていると解釈する。しかしながら、この解釈の場合でも、作品の主題はやはり屈原が己の憤懣を吐露して「世《せ》俗《ぞく》を警《いま》しむる」ことにあるということになる。

ところが、改めて鄭詹尹の台詞を一つひとつ丁寧に、典故や類似句の存在をふまえながら見ていくと、その背後に『荘子』外物篇に見えるような道家的な考え方があることに気づく。「天の霊妙な力も働かないことがあるのだから、屈原のような賢士が世に認められず、讒人がはびこることも仕方が無い。そうである以上、思い悩んで心を労することなど無駄である」というのが鄭詹尹の答えであったと解釈することが可能なのである。すると作品の主題は、濁世に生まれたことを歎き、己が正しくて世俗が間違っているという考えにとらわれ、そればかりを言いつのる屈原に対して、鄭詹尹が道家的な達観した立場から教示を与えることにあると見ることができる。登場人物の屈原は、一つの考え方にとらわれて融通の利かない意固地な人物として描かれているのであり、作品中で次々に発せられる屈原の問いかけは、彼がいかに凝り固まった物の見方しかできない人物であるかを読者に印象づける役割を果たしているのである。

「漁父」は「漁父《ぎょふ》 莞爾《かんじ》として笑《わら》い、枻《かい》を鼓《こ》して去《さ》るに、歌《うた》いて曰《いわ》く、「滄浪《そうろう》の水清《みずす》まば、以《もっ》て吾《わ》が纓《えい》を濯《あら》うべし。滄浪《そうろう》の水濁《みずにご》らば、以《もっ》て吾《わ》が足《あし》を濯《あら》うべし」と。遂《つい》に去《さ》りて、復《ま》た與《とも》に言《い》わず」という文章で終わっている。屈原を「漁父」の作者と見なす古い注釈の多くは、漁父が歌う「滄浪歌」の後の「遂《つい》に去《さ》りて、復《ま》た與《とも》に言《い》わず」という文の主語を屈原と見なし、屈原は漁師を「共に語るべき相手ではない」と見放して去ったのだと解している。そう解釈することによって作品全体を、屈原が己の廉潔な生き方を主張したものだと結論づけたのである。しかし、近代以降の注釈者たちは別の解釈をしている。漁師は最後に「滄浪歌」を歌うことで屈原を批判して去って行くのであり、そのことによって作品全体では両者の考え方の違いが浮き彫りになり、屈原の称賛すべき生き方が強く印象づけられていると主張するのである。

このように、問答形式の作品では、終盤部分の解釈如何で、登場人物の役回りに違いが生じ、それがひいては作品全体のとらえ方に関わってくる。そこでこの問答形式に留意しつつ、終盤に表れる漁師の「笑い」に注目し、「登場人物がその対話の相手を最後に笑う」という、「漁父」と同様のモティーフを持つ物語群の中で、その「笑い」がどのような効果を有しているかを調べてみた。すると、多くの物語において、対話の最後に相手を笑う人物は、何らかの教示を述べて相手を圧倒する「教示者」であることが明らかとなった。

この結果にしたがうならば、楚辞「漁父」においても、屈原を笑う漁師は、「滄浪歌」を歌うことで屈原の生き方に異を唱え、彼を圧倒する「教示者」の役割を演じていると考えられる。そして作品全体としてはやはり、己の考えに拘泥して自身を損なう屈原を、「教示者」である漁父の目を通して批判的に描いたものととらえることができるのである。

以上のような考察の結果、浮かび上がってきたのは、王逸『楚辞章句』が広まる以前には、「悲劇の忠臣」という肯定的な屈原像がまだ確立されておらず、否定的な視点で描かれた屈原像も併存していたという可能性である。では、肯定的な「悲劇の忠臣」屈原像が形成され、最終的に『楚辞章句』においてすべての楚辞作品が忠臣屈原の悲憤と結びつけられ、解釈されるに至ったのはなぜだろうか。

その疑問に対する答えを見つけるため、第11章では、やはり『楚辞章句』に収録される漢代擬騒作品（「離騒」を代表とするいわゆる屈賦に擬して漢代に作られた作品）に描かれた屈原像を詳細に検討した。

漢代擬騒作品には、屈賦の語や句を踏襲し、屈原を叙述の主体に見立てて身の不遇や世の混濁を訴えたものが多い。それゆえ独創性に欠け、文学的価値が低い「無病の呻吟」と揶揄《やゆ》され、等閑視されがちである。しかし「卜居」や「漁父」の場合と同様に、これらの作品にもまた、漢代の人々が抱いていた屈原像や楚辞観が反映されていると見るならば、やはり楚辞及び屈原研究における貴重な資料となり得る。

漢代擬騒作品の「七諫」「哀時命」「九懐」「九歎」「九思」には共通して、「世の中の価値観が本来とは逆さまになっていること」を喩える「顛倒《てんとう》のモティーフ」と、「世の中の価値観が混乱し、価値のあるものと価値のないものとの区別がされていないこと」を喩える「混淆《こんこう》のモティーフ」が多用されている。これらは、世俗の価値観が混乱していることを、様々な比喩によって言い換えた句であり、屈原のように有能な人物が疎んじられ、無能な讒人《ざんじん》・佞臣《ねいしん》が重用される世の中が、いかに混乱した異常なものであるか、ということを強調するための手法である。たとえば「哀時命」に見える次のような例がそれである。

世並舉而好朋兮　　世《よ》は並《なら》び舉《あ》げて朋《ほう》を好《この》み

壹斗斛而相量　斗《と》・斛《こく》を壹《いつ》にして相《あ》い量《はか》る
衆比周以肩迫兮　衆《しゅう》は比周《ひしゅう》して以《もっ》て肩迫《けんはく》し
賢者遠而隠藏　賢者《けんじゃ》は遠《とお》ざかりて隠藏《いんぞう》す
（世の人々は徒党を組むことを好み、斗《と》と、その十倍に当たる斛《こく》の枡《ます》を区別せず、同じように用いて量る。
無能な人々が集まって肩を並べ、賢者は遠くに身を隠す。）

漢代擬騒作品では、このような顛倒・混淆のモティーフが様々なバリエーションによって繰り返し列挙されている。その多さは、作者の関心が屈原の悲憤を詠うという当初の目的から離れ、いかに多様なモティーフを駆使して詠うかということの方に移っていったのではないかと感じられるほどである。朱熹が「七諫」以下の作品を評して「詞氣《しき》は平緩《へいかん》にして、意《い》は深切《しんせつ》ならず」と述べた理由の一端は、この点にもあるのだろう。

こうした顛倒・混淆のモティーフ自体は、「離騒」や「九章」といった先行の楚辞作品の中に、少数ながらすでに現れていたが、様々にバリエーションを加え、句数を重ねて用いることで、価値観の顛倒した乱世に生まれ合わせた屈原の不遇を強調することに成功したのは、賈誼の「弔屈原賦」であった。

漢代擬騒作品は「弔屈原賦」の顛倒・混淆のモティーフを取り入れ、さらにモティーフの種類や数を増やして列挙することによって、屈原の悲劇を描写しようとした。そのように様々な顛倒・混淆のモティーフによって彩られ、繰り返し詠われることにより、屈原像は乱世に生まれ合わせた「悲劇の忠臣」というイメージを増幅させていった。そしてそのイメージは、後漢中期の王逸『楚辞章句』によって、最終的にゆるぎのないものとして定着することになる。

王逸は『楚辞章句』の叙の中で、孔子の意志を継ぐ人物として屈原を高く評価し、その作品である「離騒」は『詩経』をはじめとする経典に依拠したものであると強く主張している。王逸の考えによれば、『詩経』によって大義微言《たいぎびげん》を伝えようとした孔子の意志を、屈原は「離騒」を表すことによって引き継いだというのである。

では、王逸は『楚辞章句』の注釈文の中で、こうした考え方をどのような形で表現しているのだろうか。第12章では、王逸注の分析を通してその点について検討し、王逸が描く屈原像について考察した。

楚辞作品を『詩経』に依拠したものだとする王逸の主張は、注釈にも表れている。『楚辞章句』注釈文中での書物の引用は、合計23種、191回にのぼるが、そのうち『詩経』からの引用が102回と最も多く、全体の53パーセントを占めている。しかしながら、楚辞本文とそれら『詩経』からの引用文との関係を見てみると、宮野直也も指摘しているように「字句の上では全く一致せず、内容上のみで対応するもの」や、「表現上の一致は一文字のみであり」、「典故でもなく、本文に対する訓詁の根拠として有意義であるわけでもない」、楚辞本文の意味を明らかにするという注釈本来の役割を果たさないものが多い。これは、楚辞作品と『詩経』とを無理矢理に関連づけ、「離騒」が『詩経』と同等な経であることを強調しようとする王逸の姿勢を示すものと言えよう。

こうしたいささか強引とも思われる『詩経』との関連づけに加え、王逸『楚辞章句』においてもう一つ注目すべきなのは、楚辞本文の解釈に、孔子の言動や逸話を必要以上に多く用いている点である。たとえば、「離騒」の前半部分で、主人公が香草を身に帯びることを述べる次のような句について、王逸が付している注を例として挙げよう。

紛吾既有此内美兮　紛《ふん》として吾《わ》れ既《すで》に此《こ》の内美《ないび》有《あ》り
又重之以修態　又《ま》た之《こ》れに重《かさ》ぬるに脩態《しゅうたい》を以《もっ》てす
扈江離與辟芷兮　江離《こうり》と辟芷《へきし》とを扈《こうむ》り
紉秋蘭以爲佩　秋蘭《しゅうらん》を紉《つな》ぎて以《もっ》て佩《はい》と爲《な》す

王逸注は「佩《はい》は、飾《かざ》るなり。徳《とく》を象《かたど》る所以《ゆえん》なり。行《おこな》い潔《けつ》なる者《もの》は、芳《ほう》を佩《お》ぶ」とする。佩《お》びものはその人の徳を表すものであり、「離騒」の主人公である屈原は「行《おこな》い清潔《せいけつ》なる者《もの》」であるため香草を身につけるのだと考えているようである。当該部分の解釈としてはこれで十分なはずであるが、王逸はさらに続けて「徳《とく》の光《こう》明《めい》なる者《もの》は、玉《ぎょく》を佩《お》ぶ」と、玉にまで言及する。そして「能《よ》く結《けつ》を解《と》く者《もの》は、觿《けい》を佩《お》ぶ。能《よ》く疑《ぎ》を決《けつ》する者《もの》は、玦《けつ》を佩《お》ぶ」と、玉の種類とそれら帯びる人物の特質との関係について述べ、「故《ゆえ》に孔子《こうし》は佩《お》びざる所《ところ》無《な》きなり」と、『論語』郷党篇の句を引用するのである。

佩玉や孔子に関するこうした記述は、「離騒」の本文とは直接関係がなく、注としては余分なものである。王逸は『論語』の文章を引用することによって、香草を「佩」びる屈原と、玉を「佩」びる孔子とを、「佩」という語のみを共通項として結びつけようとしているのである。

このように『楚辞章句』の王逸注には、楚辞作品を特に『詩経』と強く結びつけ、また、作品の主人公を屈原と見なして彼の行動を孔子のそれに重ね合わせようとする態度が表れている。

王逸のこうした注釈態度は、屈原と楚辞作品に権威を与え、その地位を高めるとともに、班固に代表されるような否定的な意見を封じ込めるために意図されたものとも考えられる。しかし、おそらくそればかりではない。王逸の中ですでに「屈原像」と「孔子像」とが重なり合う要素を有しており、それが注釈態度に自然と表れ出たのであろう。そして、両者のイメージの重なりは、屈原と孔子それぞれの不遇な生涯を物語る文章において用いられる修辞の共通性によってもたらされたと推測される。

先に見たように、漢代に多く作られた擬騒作品では、世俗の価値観が混乱している様子を、手を替え、品を替え、さまざまな比喩表現によって描写しつつ、そのような乱世に生まれた屈原の悲劇を強調していた。そのくどいほどの修辞によって、「悲劇の忠臣」である屈原像が形成され、人々に広く浸透していった。

しかし同様の手法は、『荀子』賦篇《ふへん》「佹詩《きし》」においても用いられており、そこでは孔子をはじめとする儒者の不遇を強調する役割を果たしている。

琁玉瑤珠　琁玉瑤珠《せんぎょくようしゅ》は
不知佩也　佩《お》ぶるを知《し》らざるなり
雜布與錦　布《ふ》と錦《きん》とを雜《まじ》え
不知異也　異《こと》なるを知《し》らざるなり
閭娵子都　閭娵《りょそう》・子都《しと》は
莫之媒也　之《こ》れを媒《ばい》すること莫《な》きなり
嫫母力父　嫫母《ぼぼ》・力父《りょくふ》は
是之喜也　是《こ》れ之《こ》れを喜《よろこ》ぶなり
以盲爲明　盲《もう》を以《もっ》て明《めい》と爲《な》し
以聾爲聰　聾《ろう》を以《もっ》て聰《そう》と爲《な》す
以危爲安　危《き》を以《もっ》て安《あん》と爲《な》し

以吉爲凶　吉《きち》を以《もっ》て凶《きょう》と爲《な》す
嗚呼上天　嗚呼《ああ》　上天《じょうてん》
曷維其同　曷《なん》ぞ維《こ》れ其《そ》れ同《おな》じくせんや

屈原も孔子も、世の中の価値の顛倒・混淆を表す比喩の羅列という修辞法によってその不遇が表現されているのであり、そうした共通点から、両者のイメージが次第に重なっていったと推測されるのである。

楚辞作品を『詩経』と同等の「経」と見なし、屈原と孔子とを重ね合わせようとする王逸の注釈は、現在の我々の目から見れば、牽強付会としか映らない。しかし、楚文化圏に生まれた人間として楚辞作品及び屈原を称揚したいという気持ちに加え、共通の修辞が使用されていたことによるイメージの重なりが影響していたとすれば、そうした注釈は王逸自身からごく自然に生まれたものであったと考えられるのである。

以上のように本書第2部では、「悲劇の忠臣」屈原像の形成と変容について論じた。「離騒」が屈原伝説と結びついて「悲劇の忠臣」屈原の自叙的作品として人々の間に浸透し、また、屈原像が後出の楚辞作品や注釈によってその悲劇性を増幅させ、「悲劇の忠臣」というイメージを固定化していく過程を追った。

英雄叙事詩的な「離騒」という作品は、「楚国の滅亡」という歴史上の出来事を背景に生まれた「暗愚な王とそれを諫めようとする忠臣の物語」と結び合わされて、忠臣屈原の自叙的作品として読まれるようになり、それに適うような解釈が施された。しかし、本来異なるもの同士を結び合わせようとする解釈には、当然のことながら齟齬が生じる。揚雄や班固が、屈原や「離騒」に批判的な態度を示したのは、そうした齟齬、つまり、国を憂える忠臣であるはずの主人公の背後に見え隠れする、王者然とした人物の姿に違和感・反感を抱いたからではなかった。しかしそうした批判は、『楚辞』と『詩経』、屈原と孔子を重ね合わせてとらえようとする王逸によって封じ込められ、楚辞文学は忠臣屈原の悲劇の物語と不可分なものとして解釈されるようになっていったのである。

古典文学作品は、我々の目に触れるに至るまでの間に長い歳月と多くの人の手を経ており、当然のことながら、解釈の長い伝統を有する。こうした解釈の伝統は、人類の貴重な財産ではあるが、時としてそれは「先入観」という形で我々の自由な読みを束縛し、研究の視野を狭めることにつながる。『楚辞』研究においては、「作者」にとらわれた伝統的な解釈がその「先入観」を生み出していると言える。作品が世に現われてから長い年月を経た後の時代に、実在したかどうかも疑わしい屈原という人物が「作者」として比定され、その人物像によって作品の解釈が大きく左右されるということが、長年おこなわれてきたのである。「作品」と「作者」「主人公」「読者」等の関係を多視的にとらえ直そうとする文学批評理論が広く知られるようになった現代に至ってもなお、特に中国における楚辞研究では、そのような作者比定に基づく強固な「伝統」が根強く残っている。現在でも研究者の多くはその「作者像」すなわち「屈原像」を前提条件として楚辞研究をおこなっており、さらに、近現代になって屈原に冠せられた「愛国詩人」という称号も影響してか、そうした「作者」の比定に疑義を呈すること自体、学界でタブー視される傾向がある。

しかしながら本書でも見てきたように、「離騒」をはじめとする楚辞作品すべてを屈原という人物と結びつけて解釈することは不可能である。そのことは、屈原という枠組みに無理矢理押し込めようとして生じた綻びが、「離騒」「九歌」「天問」「遠遊」「九弁」「招魂」「大招」「招隠士」といった作品の伝統的な解釈の各所に認められることからもわかる。これらの作品は、屈原伝説から離れた上で、さまざまな視点から分析する必要があろう。

ただし、楚辞作品すべてが屈原伝説と無関係なわけではなく、中には「漁父」「卜居」といった、屈原を登場人物とする作品や、「惜誓」「七諫」「哀時命」「九懐」「九歎」「九思」のように、屈原伝説から派生した漢代擬騒作品も含まれている。これらは従来、「屈原の作品ではない」という理由から軽視されがちであったが、本書で繰り返し述べてきたように、視点を変えれば、漢代の人々が抱いていた屈原像を内包する貴重な資料と見なすことができる。そしてそれらはまた、『楚辞章句』に収録され、他の楚辞作品と相互に関連づけられながら読まれることによって、読者の中に新たな屈原像を作り上げ、それを固定化するという役割をも果たしてきたのである。

したがって楚辞作品を研究する際には、屈原伝説にとらわれずに作品そのものに向き合う姿勢とともに、一歩引いた視点から冷静に屈原伝説と作品との関係をとらえ直す姿勢の両方が求められる。「偉大な楚辞作家屈原」「悲劇の忠臣屈原」の作品である「屈賦」を屈原伝説に沿って読み、後世の模倣作品を等閑視するという古い手法に拠っていては、楚辞研究のこれ以上の進展は望めない。『楚辞』が、先秦から後漢にかけて複雑な形成過程を経て成立した作品の集大成であることを考慮しつつ、さまざまな方向からアプローチを試みることでこそ、新たな楚辞研究の地平が拓けるのである。

＊1 鈴木修次・高木正一・前野直彬編、Ⅱ－2「楚辞・漢賦」、大修館書店、一九六八年、40頁。当該項目の執筆者は今鷹真。

＊2 第六章「屈原及戦国抒情体文学」、商務印書館、二〇〇八年、374頁。

＊3 屈原是战国时期的伟大诗人、是战国时期抒情文学的代表性作品《离骚》的创作者、是中国文学史上楚辞体文学的主要作者。更重要的是、在中国文学史上、诗人屈原不仅仅是作为一个诗人受人推崇、同时、他还作为一个忠臣和爱国主义者而广受尊敬。

＊4 愚按、屈原事迹、先秦諸書絶不録之、始見賈生弔文。史公蓋依淮南離騷傳述之、不探求其顛末。故多與楚辭不合、又與國策不合（『史記会注考證新校本』屈原賈生列伝、天工書局、一九九四年、1011－1012頁）。

＊5 筑摩書房、一九七三年。

初出一覧

本書の各章は、以下の論文をもとに、加筆・修正を施したものである。

第1部

第1章、第2章
「楚辞「離騒」の天界遊行について」(『東北大学中国語学文学論集』6/7合併号、二〇〇二年)。

第3章、第4章
「楚辞「離騒」における「上下」と「求索」」(『集刊東洋学』第91号、二〇〇四年)。

第5章
「楚辞「離騒」の「求女」をめぐる一考察」(『日本中国学会報』第57集、二〇〇五年)。

第6章
「楚辞「遠遊」と「大人賦」—天界遊行モティーフを中心として—」(『集刊東洋学』第94号、二〇〇五年)。

第7章
『淮南子』に見える天界遊行表現について—原道篇・覧冥篇を中心に—」(『中国文学研究』第31期、二〇〇五年)。
「『淮南子』に見える天界遊行表現について—俶真篇を中心に—」(『言語と文化』第16号、二〇〇七年)。

第2部

第8章、第12章
「漢代屈原評価之変遷」(『中国楚辞学』第19輯、二〇一三年)。
「孔子と屈原—漢代における屈原評価の変遷について—」(大野圭介主編『『楚辞』と楚文化の総合的研究』、汲古書院、二〇一四年)。

第9章
「楚辞「卜居」における鄭詹尹の台詞について」(『東北大学中国語学文学論集』14号、二〇〇九年)。

第10章
「笑う教示者―楚辞「漁父」の解釈をめぐって―」（『集刊東洋学』第104号、二〇一〇年）。

第11章
「「無病の呻吟」―楚辞「七諫」以下の五作品について―」（『東北大学中国語学文学論集』16号、二〇一一年）。

あとがき

本書第1部は、二〇〇六年に東北大学大学院文学研究科に提出した博士学位論文「楚辞『離騒』に見られる天界遊行モティーフについて－旧説の再検討および前漢期における受容と展開－」をもとに、また第2部は、博士学位論文提出後、学術雑誌に掲載された論文をもとに、全体的に加筆修正を施してまとめたものである。

博士論文審査には、主査の佐竹保子教授をはじめ、花登正宏教授、三浦秀一教授、熊本崇教授、国際文化研究科の浅野裕一教授（職名はいずれも当時）があたられ、多くの貴重なご意見・ご助言をいただいた。先生方には、この場を借りて改めて感謝の意を表したい。

本書のもととなった各論文は、その時々に抱いた疑問をそれぞれ出発点として書いたものであるが、改めて眺めてみると、どの論文も、ある共通する態度によって貫かれていることが見て取れる。すなわち、「偉大な楚辞作家屈原」の作品研究という、中国大陸を中心に現在もおこなわれている旧態依然とした方法論からの脱却を目指そうとする態度である。『楚辞』所収の諸作品と屈原との関係は、長い年月の間に作り上げられた多層的なものであり、「信屈」あるいは「疑屈」という視点からのみでは解決できない複雑な問題をはらんでいる。それらを整理しつつ、『楚辞』をより広い視野でとらえなおすためには、作品ごとにさまざまな方面から光を当て、詳細に見ていく必要がある。本書はその端緒に就いたばかりであり、まだ取り上げていない楚辞作品を含め、より精緻な分析をおこなうことが今後の課題として残されていると思う。

本書の出版は、第11回東北大学出版会若手研究者出版助成を受けて実現したものである。助成への応募に際しては、博士課程のときの指導教授であった佐竹保子先生に推薦書を書いていただいた。ところが、採択決定後、従来の怠惰な性格の上に、所属大学が換わったことによる環境の変化への対応に追われて、改稿作業が滞りがちになり、出版までにかなりの時間を費やしてしまった。佐竹先生には多大なご心配とご迷惑をおかけしたことを陳謝申し上げたい。

もとより筆者は、学部時代から一貫して楚辞研究を志していたわけではなく、数々の寄り道、迷い道を経て今日に至っている。その間、さまざまな出会いと、多くの方々からの支えや励ましがあった。

筆者に学問の楽しさと大学院進学という選択肢の存在を最初に示してくださったのは、かつて大阪外国語大学で日本古代史を教えておられた武田佐知子先生であった。その後、武田先生からは、分野を越え、公私にわたり、今日に至るまで多くの教示と啓発を受けている。ここに深い謝意と敬意を表したい。

早稲田大学大学院修士課程では、稲畑耕一郎先生の演習に出席させていただいた。『楚辞』と出会うきっかけを作っていただいたことに感謝の気持ちを捧げたい。

その後、一度は学問から離れたものの諦めきれず、改めて学び直そうと、三重大学人文学部の片倉望先生（中国思想）に教えを請うた。中国古典文学研究の深遠さに怖じ気づいて再び研究を諦めようとする筆者を叱咤激励し、博士課程への進学を勧めてくださった片倉先生に深く感謝したい。

東北大学大学院文学研究科では、花登・佐竹両教授からご指導いただくとともに、中国語学中国文学研究室の同学から多くの刺激を受けた。また、中国思想・東洋史研究室の先生方や同学からもさまざまな教示を受け、充実した楽しい日々を送ることができた。研究科棟の「六階長屋」でお世話になったすべての方々にお礼を申し上げたい。

楚辞学会日本分会のメンバーからは、楚辞を研究対象とする仲間がいるという心強さとともに、研究会等の場で多くの助言や刺激をいただいている。この場を借りて感謝したい。また、同会にお誘いいただき、彼らと近しく語り合える機会を作ってくださった故石川三佐男秋田大学名誉教授にも、心から感謝申し上げたい。

最後に、長きにわたって学生生活を支え、寄り道・迷い道を繰り返す筆者の研究を辛抱強く見守ってくれた最愛の家族に、謝意を示したい。

主要書名・作品名索引

【た行】

【は行】

【ま行】

【ら行】

主要人名索引

【あ行】

【か行】

【さ行】

【た行】

【な行】

【は行】

【ま行】

【や行】

【ら行】

【わ行】

著者略歴

矢田尚子（やた　なおこ）

1967年愛知県生まれ。東北大学大学院文学研究科博士課程後期三年の課程修了。博士（文学）。東北大学大学院文学研究科助教、盛岡大学文学部准教授、新潟大学人文社会・教育科学系（人文学部）教授を経て、現在、東北大学大学院文学研究科准教授。
専門は中国古典文学（先秦両漢文学）。
主な著書：『『楚辞』と楚文化の総合的研究』（共著、2014年、汲古書院）、『交錯する知－衣装・信仰・女性』（共著、2014年、思文閣出版）。

楚辞「離騒」を読む
―― 悲劇の忠臣・屈原の人物像をめぐって ――

Revisiting *Li Sao in Chu Ci*
On the Figure of Qu Yuan, the Tragic Loyal Subject

2018年11月27日　初版第1刷発行

著　者／矢 田 尚 子
発行者／久 道 　茂
発行所／東北大学出版会
〒980-8577　仙台市青葉区片平2-1-1
Tel. 022-214-2777　Fax. 022-214-2778
http://www.tups.jp　E.mail info@tups.jp
印　刷／カガワ印刷株式会社
〒980-0821　仙台市青葉区春日町1-11
Tel. 022-262-5551

ISBN978-4-86163-300-3　C3097
定価はカバーに表示してあります。
乱丁、落丁はおとりかえします。